Sabine Lichtenfels

TEMPEL DER LIEBE

Reise in das Zeitalter der sinnlichen Erfüllung

VERLAG MEIGA

Über das Buch:

Eine abenteuerliche Reise, die vom Steinkreis Almendes in Portugal zu den Tempeln in Malta führt, wird zu einer Reise durch ein neues Hologramm der Geschichte. Jedes Ereignis, jeder Tempelbesuch, auch jede Schwierigkeit stehen unter Führung und erhalten dadurch eine überraschende Wendung. Sabine Lichtenfels zeigt auf einfache und bescheidene Weise, was es heißt, als Medium unterwegs zu sein und ganz auf die göttliche Präsenz zu vertrauen.

Die Tempel von Malta wirken auf sie wie Antennen in eine weit zurückliegende Zeit und vermitteln ihr Beschreibungen und Bilder jener Kultur, welche einst diese Bauwerke errichtete. Die Informationen geben auf atemberaubnde Weise einen Einblick in ein hochentwickeltes, erfüllendes und sinnliches Leben - und das zu einer Zeit, in der man die Menschen noch mit Fautkeilen herumzulaufen wähnte.

Hier hat im wahrsten Sinne des Wortes spirituelle Archäologie stattgefunden und ein universelles und erotisches Lehrbuch mit allerhöchster Aussagekraft zu Tage gebracht.

2. Auflage
© 2012 Verlag Meiga GbR
ISBN 978-3-927266-19-3
Cover Photo: Nigel Dickinson
Layout: Nadine Eberle, Juliane Paul
Druck: Lightning Source Ltd. UK/USA

Verlag Meiga GbR
Monika Berghoff • Saskia Breithardt
Waldsiedlung 15 • D-14806 Belzig
Tel. +49 (0) 33841 30538 • Fax: +49 (0) 33841 38550
info@verlag-meiga.org • **www.verlag-meiga.org**

Contents

Vorwort   5

Einführung   9

Die Geschichte von Manu und Meret   21

Auf den Spuren meiner Träume   33

Die Einwanderung nach Malta   40

Die erste Nacht: Begegnung mit Lilith   45

Ich bin gerne eine Frau   48

Weibliche Sexualität und Religiosität   54

Der erste Tempelbesuch   66

Im Tempel von Tarxien   74

Irrfahrt über die Insel   79

Lilith spricht: Verlasse das Opfer-Dasein   85

Ein Traum zur Spirale   90

Hagar Qim und Mnajdra   95

Abenteuer mit einem Fischer   102

Nachtgedanken zu einer weiblichen Revolution   112

Im Tempel der Traumkraft   117

Nudime erzählt   123

Die Lehren der Mudima   128

Labyrinth und Spirale   138

Der Fisch   146

Ein spirituelles Experiment 151

Traum vom Apostel Paulus 156

Ein Besuch im Inneren der Erde 161

Im Tempel der Liebe 169

Wiederentdeckung des Steinkreises 177

Ausbildung im Tempel der Frauen 187

Vom Opfern der Tiere 197

Lebenszyklus, Clan und Alltag in der Tempelkultur 203

Die kosmischen Wächter 211

Ausbildung der Männer 220

Das Fest der Fruchtbarkeit 233

Nudime und ihr Fest in der Liebe 241

Das Ende der alten Kultur auf Malta 247

Abschied und Heimreise 253

Die gedankliche Essenz: Das Schicksal der Liebe 259

Worte der Maltapriesterin an den heutigen Mann 288

Anmerkungen zu Namen, Orten und Symbolen 300

Literaturverzeichnis 310

Projekte von Sabine Lichtenfels 313

VORWORT

Alles Wissen ist Erinnerung.
Platon

Jeder hat die Vergangenheit, die er verdient!
Graffiti an einer Hauswand in Berlin

Was wäre, wenn die Geschichte unserer Geschichtsbücher nicht die ganze Geschichte ist? Wenn unsere Vergangenheit nicht nur aus einer Abfolge von Kriegen und Eroberungen besteht? Wenn der Blick, den wir bisher auf die Vergangenheit gerichtet haben, sich als höchst einseitig entpuppt, wenn er verstellt war durch die Deutungsmuster eines grausamen, aber vorübergehenden Zeitalters?

Wer ernsthaft für eine positive, friedliche Zukunft arbeitet, sucht nach einer anderen Geschichtsdeutung, ja, braucht sie. Denn wenn der Mensch immer eine „vernunftbegabte Bestie" war, dessen gewalttätige Triebe nur unter großer Strafandrohung gebändigt werden konnten: Wie sollte er in Zukunft friedlich leben!

Vielleicht war ja alles ganz anders. Inzwischen räumen die ersten Geschichtsforscher ein: Das jetzige Zeitalter der Gewalt und der Angst ist eine barbarische, aber kurze, wenige Jahrtausende während Phase, die eine viel längere, friedlich verlaufende Entwicklung hoher Kulturen unterbrach. Es könnte sein, dass der Mensch ursprünglich zutiefst friedensbegabt war. Letzte heute lebende friedliche Stämme könnten die versprengten Überreste einer alten, ehemals weltumspannenden Friedenskultur sein. Wenn das tatsächlich wahr ist – und archäologische Funde scheinen das zu bestätigen – dann besteht ein Teil der Friedensarbeit für die Zukunft darin, sich auf richtige Weise zu erinnern.

Sabine Lichtenfels hat ein grandioses Abenteuer unternommen, um genau das zu tun. Ausgestattet mit einer Begabung für Intuition und „Innenraum-Wahrnehmung", mit unkonventionellem Denken und Disziplin für die Aufträge ihrer inneren Stimme, mit einer jahrzehntelangen Erfahrung in Gemeinschaftsaufbau, Friedensarbeit und Konfliktforschung, begab sie sich auf die Spuren der alten Kultur auf Malta. Schon zuvor hatte sie mit ähnlicher Kraft die Steinkreiskultur von Portugal ausgelotet. (1)

Auf Malta existierte vor ca. 6000 Jahren eine Tempelkultur, von der Megalithen, eine Vielzahl unter- und überirdischer Tempelbauten und kleine weibliche Figurinen erhalten sind: offensichtlich eine Gesellschaft ohne Waffen und Verteidigungsanlagen, eine Kultur, die etwa 2500 Jahre v. Chr. ohne Anzeichen für Gewalt plötzlich verschwand und der Wissenschaft bis heute Rätsel aufgibt.

Was Sabine Lichtenfels entdeckte – in ihren Träumen und Eingebungen, in ihren Alltagserlebnissen und in ihrer medialen Erforschung der alten Tempelstätten – das hat sie in diesem Buch aufgeschrieben, und es enthüllt sich vor unseren Augen so spannend wie ein Krimi. Wie man in einem Radiosender die richtige Frequenz sucht, so suchte sie in sich die Frequenz, die in Resonanz stand mit einer möglichen Vergangenheit des Friedens. Wie aber erzeugt man heute, mitten in der modernen Welt, Resonanz mit einer Kultur, in der der Eros heilig war? In der es keinen Geschlechterkampf gab und in der die Frauen das innerste Wissen hüteten? In der die Göttin allgegenwärtig und jedes Wesen, jedes Ding heilig war?

Beharrlich durchschaut und überwindet Sabine Lichtenfels Stück für Stück Verwirrungen und Zweifel, Gewohnheiten und Moralvorstellungen unserer jetzigen Kultur. Dies gelingt ihr in dem Maße, wie sie sich ihrer inneren Führung anvertraut.

Gleich zu Beginn begegnet sie einer geschichtlichen Kraft, die alle Zeitalter überdauert hat, eine Personifizierung all dessen in der weiblichen Seele, das sich nie einfangen ließ: Lilith.

Lilith ist der Name für ein weibliches Wissen, das intimst das Schicksal jeder Frau kennt - die Glut der ersten Liebe ebenso wie die Wollust des weiblichen Verlangens, den Schmerz des Verlassenseins und die Tränen jeder Mutter; sie hat Ausgrenzung, Verachtung und den Kampf gegen alles Weibliche am eigenen Leib erfahren; sie kennt das Durchhaltevermögen jenseits aller Hoffnung und den immerwährenden Neuanfang. Auch war sie Verführerin und Racheengel; sie kennt Wut, Bosheit und erbitterten Kampf. Lilith hat alle diese Dinge durchlaufen, in sich geborgen und in tiefes humanes Wissen und tiefe humane Kraft gewandelt.

Von ihr quasi an der Hand genommen, entdecken wir eine Kultur, in dessen Kern sinnlich-weibliches Wissen und Güte stehen. In dieser Kultur war das, was bei uns verpönt und verboten wurde, das Heiligste und verdiente die größte Aufmerksamkeit: Die Lust, der Starkstrom des Eros, die Freude der Geschlechter aneinander. Das Wissen um die Erzeugung wahrer Lebens- und Körperfreude bildete über Jahrtausende die Grundlage für die gelebte Gewalt- und Angstfreiheit.

Das ist der eigentliche Kern des Buches: Die Verbindung des Sakralen und des Sexuellen als Geheimnis eines friedlichen und erfüllten Lebens. Dies ist auch die Botschaft für alle, die heute den Versuch unternehmen, eine neue, friedliche Kultur aufzubauen: Beendet die Ausgrenzung des Eros. Entdeckt und erneuert ihn als eine heilige, alle gesellschaftlichen Schichten durchziehende Quelle der Freude und der Kraft. Entdeckt seinen humanen Kern, löst ihn aus den Verflechtungen der Gewalt, der Kommerzialisierung und der falschen Moralvorstellungen. Arbeitet gemeinsam daran, Frauen und Männer, Jugendliche und Ältere, beendet Neid und Konkurrenz und Geschlechterkrieg. Stellt den heilenden Eros auf den Altar eurer Herzen und der neu aufzubauenden Gemeinschaften.

Ich wünsche diesem Buch Leser und Leserinnen, die sich wie ich tief von der Lilith-Kraft und der Vision einer sinnlich-wissenden Lebensweise berühren lassen und die daraus Konsequenzen für ihr eigenes Leben ziehen.
Für die Kinder der Zukunft!

Leila Dregger
Freie Journalistin, Berlin, Mai 2009

EINFÜHRUNG

Der Grundstein für dieses Buch wurde in der Zeit gelegt, als ich das Buch „Traumsteine" fertig stellte. Ich lebte bereits seit einigen Jahren in Portugal, wo ich zusammen mit Dieter Duhm und anderen das Friedensforschungszentrum *Tamera* gegründet hatte. Die Gründung von Tamera und die Wahl des Ortes hingen intim mit dem Steinkreis *Almendres* bei Évora in Portugal zusammen, auf den ich während unserer Grundstückssuche gestoßen war. Seitdem besuchte ich *Almendres* regelmäßig und führte verschiedene Untersuchungen und spirituelle Experimente durch.

Bei einem der Besuche von *Almendres* erhielt ich von meiner inneren Stimme die Aufforderung, zusätzlich die geschichtlichen Spuren des Steinkreises bis hin nach Malta zu verfolgen.

Ich beschloss, das Buch „Traumsteine" auf Malta fertig zu stellen. Dort erhielt ich so neue und umfangreiche Informationen, dass es mir unmöglich war, sie alle in dieses Buch mit einzubauen. Auch die Art, wie ich die Informationen auf Malta erhielt, unterschied sich sehr von der von *Almendres*. Kamen hier von einzelnen Steinen die Durchsagen meist verbal zu mir, fast als spräche ich unmittelbar mit einer einzelnen Person, so sah ich auf Malta die meisten Informationen eher wie einen Film vor mir ablaufen.

Außerdem häuften sich die ungewöhnlichen Ereignisse in meinem Alltagsleben auf der Insel auf eine Art, dass ich sie in meinem Bericht nicht außer acht lassen konnte. Durch die vielen Erlebnisse, die sich gegen Ende meiner Reise immer mehr verdichteten, hatte ich einen klaren Beweis dafür, dass ich unter Führung stand.

Zunächst kam es häufig zu Verwirrungen. Fast hatte ich den Eindruck, als wollten Gegenkräfte nicht zulassen, dass ich Kontakt zu den ursprünglichen Informationen erhalte. Später wurde diese Empfindung dann aber von ungewöhnlich präzisen Erlebnissen innerer Führung abgelöst. Ob der volle Kontakt mit dieser kosmischen Führung hergestellt werden konnte oder nicht, ob Gegenkräfte mich zu belästigen vermochten oder nicht, entschied sich letztlich an der Frage, wie weit ich bereit war, die Angst hinter mir zu lassen und auf Vertrauen zu setzen. Diese Haltung des Vertrauens ist auch der Grund, warum es mir nicht möglich war, alle neuen, durch Trancen oder Eingebungen erhaltenen Informationen sofort „misstrauisch" auf ihren geschichtlichen Wahrheitsgehalt zu überprüfen.

Das zentrale Thema der Liebe und Sexualität

Das Thema Liebe und Sexualität stand so stark im Mittelpunkt der Reise und der Durchsagen, dass ich das fertige Manuskript lange Zeit liegen ließ, weil ich die Informationen zu intim und zu persönlich für eine größere Öffentlichkeit fand. Aber immer wieder mahnte mich meine innere Stimme, das Malta-Manuskript nicht einfach zu vergessen. Mittlerweile sind einige Jahre vergangen. Seit langem weiß ich, dass ich auf der Erde bin, um aus weiblicher Sicht einen ganz speziellen Beitrag zur Lösung des Themenbereiches Liebe und Sexualität zu leisten. Schon in einer Zeit, als mir die politischen und geschichtlichen Zusammenhänge noch relativ verschlossen waren, wurde die Erkenntnis, dass Liebe keine Privatangelegenheit ist, sondern ein Politikum ersten Ranges, zum Leitmotiv meines Handelns.

In der Schule hatten wir Sophokles' Drama über Antigone gelesen. Ich bewunderte die Kraft, mit der sie sich als Rebellin gegen den Tyrannen Kreon auflehnte und ausrief: „Nicht mitzuhassen, mitzulieben bin ich da!" König Kreon verurteilte Antigone zum Tode mit der Begründung: „Ich wäre nicht mehr der Mann; der Mann wäre sie, wenn solche Tat ihr ungeahndet bliebe."

So erkannte ich schon in frühen Jahren, wie sehr der Geschlechterkampf im Zentrum vieler politischer Entscheidungen steht, die schließlich zu Krieg und Vernichtung führen.

Während meines Theologiestudiums musste ich einsehen, dass die Religionsgeschichte unserer westlichen Kultur in ihrem Kern aus einem Kampf gegen die Frau und gegen alles Weibliche bestand. Sie basierte gleichzeitig auf Gewalt, Vernichtung und Ausrottung anderer. Erst viel später erfuhr ich, dass es einmal Kulturen gegeben hatte, in denen das Weibliche verehrt und geheiligt wurde.

Die Verdrängung des Weiblichen ist trotz aller Bemühungen nicht gelungen. In vielen Kulturkreisen bekommt die Heilige Mutter Gottes mehr Beachtung als ihr Sohn Jesus Christus. Aber auch sie ist ein verzerrtes Bild jener ursprünglichen heiligen, weiblichen Elementarkraft.

Wie konnte jemals eine Kultur entstehen, die einen großen Teil der Menschheit, nämlich die Frauen, als minderwertige Wesen betrachtet? Warum waren Menschen bisher nicht in der Lage, die zwei Pole des Menschseins, das Männliche und das Weibliche, in einer schöpferischen Symbiose und Ergänzung zusammenzufügen?

Die Nächstenliebe wird in der christlichen Religion zwar als höchstes Gut gesehen, doch die gesellschaftliche Realität steht einer gelebten und praktizierten Nächstenliebe oft entgegen. Ich suchte lange nach den Hintergründen unseres geschichtlichen Dilemmas. Schließlich musste ich einsehen, dass die Ursache dafür die falschen Axiome in der Liebe waren, vor allem im Bereich der sexuellen Geschlechterliebe.

Die sinnliche und sexuelle Liebe zwischen den Geschlechtern ist schon früh in der Geschichte zur Wurzel alles Bösen degradiert worden. Wie aber sollte Nächstenliebe möglich werden, wenn der innerste Kern der Liebe, die sinnliche und leibliche Grundlage des Lebens, von vornherein bekämpft wurde? Die Menschheit hat sich hier seit Tausenden von Jahren in einen Käfig aus lebensfeindlichen Moralvorstellungen, Normen und Verboten gesperrt.

Die Bücher von Karl-Heinz Deschner gaben mir die Kraft, das Theologiestudium trotz der vielen Enttäuschungen zu Ende zu führen. Durch Geister wie ihn fand ich den Mut und die Kraft zur Wahrheit. Er schrieb: „Die Wahrheit aber ist: Von Paulus über Augustinus, von den Scholastiker bis zu den berüchtigten Piuspäpsten der Faschistenära haben die größten Geister der Catholica eine immer während Geschlechtsangst gezüchtet, Sexualsyndrome sondergleichen, eine einmalige Atmosphäre von Prüderie und Heuchelei, von Verdrängung, Aggressionen, Schuldkomplexen, sie haben das ganze Leben des Menschen, seine Daseins-, seine Sinnenfreude, seine biologischen Lustprozesse und Leidenschaftstüren von der Kindheit bis ins Alter mit moralischen Tabus, mit Diabolisierungen umzingelt, systematisch Scham und Angst, inneren Notstand erzeugt und systematisch ihn dann ausgebeutet – aus purer Herrschgier oder weil sie meist selbst Triebgeplagte, Triebverdränger waren, weil sie selber gefoltert wurden, haben sie andere gefoltert, im übertragenen und buchstäblichen Sinn." (2)

Wie sollte man seinen Nächsten, sei es Frau oder Mann, wirklich lieben können, wenn die biologische Grundlage der gegenseitigen sinnlichen Anerkennung von vornherein negiert wurde? Hatte der Mensch so wenig Vertrauen in die Schöpfung, dass er seine ursprünglichen, kreatürlich liebenden Impulse für so niedrig hielt, sie einkerkerte und verbot? Wenn er hier schon, auf der biologischen Ebene, die Wahrheit des Lebens verneinte, wie wollte er dann auf einer höheren Ebene die Schöpfung ehren und zur Liebe fähig werden?

Noch einmal Karl-Heinz Deschner: „Neidzerfressen und klug kalkulierend zugleich vergällten sie ihren Gläubigen gerade das Harmloseste, Freudevollste: die Empfindung der Lust, die Ausübung der Liebe. Fast alle Werte des

Sexuallebens hat die Kirche pervertiert, das Gute schlecht, das Schlechte gut genannt, das Sittliche zum Unsittlichen gestempelt, das Positive zu einem Negativum. Sie hat die Erfüllung natürlicher Wünsche verhindert oder erschwert, die Erfüllung unnatürlicher Gebote aber, bei Strafe des ewigen Lebens und bei höchst irdischen, höchst barbarischen Bußen, zur Pflicht gemacht." (2)

Ich möchte an dieser Stelle ausdrücklich betonen, dass ich mit diesen Aussagen kein Urteil sprechen möchte über all diejenigen Menschen, die innerhalb von Kirche und Religion einen aufrichtigen Dienst an der Welt und an der Liebe leisten. Ihnen allen gebührt mein tiefer Respekt.

Doch im Zusammenhang meines Buches möchte ich auch auf den zerstörerischen Aspekt von Kirche und Religion hinweisen, weil seine fatalen Folgen bis heute noch nicht genügend gesehen werden.

DIE FRÜHEN URKULTUREN ALS POSITIVE QUELLE FÜR WEIBLICHES DASEIN

Ich suchte nach positiven Quellen für ein weibliches Dasein, und ich fand die Wurzeln früher Urkulturen. Es wird inzwischen immer mehr bekannt, dass eine an die große Muttergottheit gebundene Urreligion der an einen Vatergott gebundenen Religion voranging. In Sumer, Babylon, Mesopotamien, Kreta, Ägypten: Überall gab es anfangs große Muttergottheiten; überall ereignete sich aber auch irgendwann die Patriarchalisierung, und männliche Götter traten auf.

Die älteste soziale Beziehung aber ist die zwischen Mutter und Kind. Der Frauenleib galt als Analogie zur Erde und zur Fruchtbarkeit des Lebens. Alles Leben kommt aus dem weiblichen Leib: Diese Tatsache wurde in den frühesten Religionen zelebriert. Überall dort finden wir Muttergottheiten dargestellt. Auffallend ist ihr unpersönlicher, aber durch und durch sexueller Charakter. Die Große Mutter, die an Naturplätzen verehrt wurde, taucht mal als üppige Frau, mal in der Gestalt eines Fisches, als Schwein, als Ziege, als Kröte, als Kuh oder als Stute auf. Sie ist die Hüterin allen Lebens, die Wächterin über Leben und Tod; sie ist Inbegriff der Schönheit und der sinnlichen Liebe; sie ist das Tor zur sexuellen Erfüllung; sie wacht über Menschen, Tiere und Pflanzen und verkörpert alle Elemente. Der Fisch war das Symbol der Fruchtbarkeit. Später, bei den Christen, wandelte er sich in das Zeichen der Eucharistie.

„Sie (die Göttin) spiegelt den Kreislauf natürlichen Lebens, die generativen Kräfte jedoch vor allem. Denn wie sie zerstört, erschafft sie wieder, wie sie tötet, erweckt sie auch, Nacht und Tag, Geburt und Tod, Entstehen und Vergehen, die Schrecken des Lebens und seine Freuden entstammen von derselben Quelle, aus dem Schoß der Großen Mutter gehen alle Wesen hervor, und in ihn kehren sie zurück." (2)

Wie aber haben diese Kulturen gelebt? Welche Beziehungen haben sie untereinander gepflegt? Da diese Zeiten vor der Geschichtsschreibung liegen, wissen wir sehr wenig über sie. Vor allem: Wie kam es zu dem kulturgeschichtlichen Wechsel? Wann und warum trat der männliche Gott auf? War er gleich zu Beginn ein grausamer Gott? Bildete die Zeremonie der Heiligen Hochzeit früherer Kulturen einen Übergang? In ihr und in den Fruchtbarkeitsritualen, die bis in die Kultur des Dionysos hineinragten, existierten eine Weile männliche und weibliche Gottheiten miteinander, verbanden sich. Schließlich aber wurde das Weibliche ganz verdrängt.

Erst durch meine Begegnung mit dem Steinkreis – und später mit Malta – erhielt ich differenzierte Informationen, die mir eine Vorstellung von einem sinnlichen und heiligen Leben der frühen Urkulturen gaben. Die Spuren, die ich fand, ließen die große Freude und die gegenseitige Anerkennung der Geschlechter aneinander ahnen. Ich fand aber auch Spuren, die mir den sexuellen Hintergrund für das Aufkommen der Gewalt verständlicher machten. Ohne den sexualgeschichtlichen Hintergrund ist der aufkommende kulturgeschichtliche Wechsel, der ja offenbar irgendwann fast überall stattgefunden hat, kaum zu verstehen. Nur vor diesem Hintergrund lässt sich begreifen, warum Frauen sich überhaupt verdrängen ließen, warum Männer männliche Götter einsetzten und sie in ihrem Anfang fast alle mit Phallussymbolen der Potenz ausstatteten, während das Weibliche sich ins Dämonische, Böse und Alles-Leben-Verschlingende wandeln konnte. Im meinem Buch „Traumsteine" habe ich in der Geschichte über Manu und Meret versucht, diesen seelischen Vorgang wiederzugeben, der sich parallel in vielen anderen Kulturen so oder ähnlich abgespielt haben muss. Er ist zentral für das Verständnis der Tempelkultur auf Malta. Deshalb beginnt auch das vorliegende Buch mit dieser Geschichte.

Zum Thema der wissenschaftlichen Überprüfbarkeit

Da ich die meisten Informationen auf medialem Weg erhalte, habe ich wenig Beweismaterial dafür, dass diese Kulturen tatsächlich in der Form existierten, wie ich sie hier beschreibe. Zwar sind sich viele Forscher inzwischen einig, dass es Kulturen gab, die von Frauen bestimmt waren, aber ob diese gewaltfrei waren, bleibt doch meistens dahingestellt.

Auf Malta wurden keine Anzeichen für einen gewaltsamen Eingriff in die Urkultur gefunden,

und doch müssen die Menschen urplötzlich verschwunden sein. Das stellt die Wissenschaftler vor ein Rätsel. Wie und warum ging diese sagenumwobene Kultur, die die großen Tempel errichtet hatte, genauso sang- und klanglos wieder unter, wie sie vorher aus dem scheinbaren Nichts entstanden war?

Wenn ich mich bei meiner Arbeit zu sehr auf die Frage konzentriere, ob meine Aussagen mit einer geschichtlichen Wirklichkeit übereinstimmen, wird meine mediale Wahrnehmungsfähigkeit meistens gleich reduziert.

Einerseits stieß ich auf viele Übereinstimmungen meiner gesehenen Spuren. Andererseits aber widersprachen meine Eingebungen der herkömmlichen Geschichtsschreibung. Schließlich habe ich mich dafür entschieden, ganz meinen inneren Eingebungen zu folgen, ohne zu früh nach der Objektivität der Dinge zu fragen. Der Traum, den ich gesehen habe, ist tief und objektiv genug in der Sehnsucht der menschlichen Seele verankert, um ihn für viele an das Tageslicht der Erinnerung zu holen.

Ich habe mich auch bei der Nennung von Jahreszahlen nicht um wissenschaftliche Präzision bemüht. Mir geht es vor allem um das Aufzeigen eines Kulturgedankens, der es vermochte, über viele Jahrtausende hin Frieden zu schaffen. In meiner Schau erscheint es so, als habe die Gewalt vor dem Einbruch des Patriarchats noch keine wesentliche Rolle auf der Erde gespielt. Damit trete ich in einen deutlichen Widerspruch zu den Aussagen der Geschichtsschreibung.

Wenn ich über verschiedene Länder oder Gebiete schreibe, verwende ich meistens, um Verwirrungen zu vermeiden, die heute üblichen Namen, auch wenn es sich um die Rede einer Priesterin aus Malta handelt. Nur dort, wo ich klare Namenseingebungen hatte, was vor allem bei der Benennung von Personen der Fall war, setzte ich diese ein. Natürlich habe ich nach der Reise nachgeforscht, ob diese Namen irgendwann in der Geschichte tatsächlich einmal aufgetaucht sind.

Und ich bin erstaunlich fündig geworden; die Ergebnisse sind im Anhang zu finden. Manches bleibt allerdings noch im Dunkeln. So weiß ich nicht, ob es eine Verbindung der hier erwähnten Nammu zu derjenigen gibt, die in Sumer unter demselben Namen als Urmutter verehrt wurde. Der Name Nammu erschien mir sehr klar und deutlich bereits in einer Trance in *Almendres* und wiederholte sich auf Malta, obwohl ich ihn vorher nie gehört hatte.

Ich bin dennoch durch viele Erfahrungen und Erlebnisse sowie durch Bestätigungen in Büchern sicher, dass meiner Vision eine historische Wirklichkeit zugrunde liegt. Ich möchte mich dem schönen Vergleich von Alfons Rosenberg anschließen, den er in seinem Werk „Die christliche Bildmeditation" ausführt: „Man könnte den historischen Kern einer Legende dem in die Muschelschale einer Auster eingedrungenen Sandkorn vergleichen, das vom Muscheltier, in Abwehr des Fremden und Schmerzenden, solange mit feinsten Kalkschichten umhüllt wird, bis aus dem rauhen, missfarbigen Korn – dem Faktum – ein in lichten Farben schimmerndes rundes Gebilde, die Perle, Gleichnis vollkommener Schönheit, entstanden ist. Einer solchen Perle gleicht die Legende, in welcher Zeit, Ort, Umstände eines Vorganges eine unlösbare Verbindung mit der verursachenden Persönlichkeit eingegangen sind. Das geschichtliche Grundereignis ist dann – von Bedeutungsgeschichten umhüllt – in einem solchen Gebilde enthalten. Darum kann eine Legende mehr vom Wesen eines Menschen, eines Ereignisses aussagen als der nackte historische Bericht, der gewiss wichtig sein kann, zur Deponierung der Fakten im Archiv, während die Legende den fortwirkenden Sinn derselben ins Wort oder ins Bild fasst." (20)

Meine drängende Frage nach der Objektivität meiner Eingebungen wurden indes auf ganz anderem Weg beantwortet. So war ich immer wieder verblüfft, wie präzise die innere Führung funktionierte und wie sehr die Träume, in denen ich Malta zuvor gesehen hatte, mit der Wirklichkeit übereinstimmten. Später wurde ich im Steinkreis *Almendres* auf einen in Indien lebenden Stamm hingewiesen und gebeten, dorthin zu reisen. So besuchte ich die Todas in den Nilgiri-Bergen und war erstaunt, wie viele ihrer Lebenspraktiken noch heute ein lebendiger Beweis dafür sind, dass sie ihre Wurzeln in einer durch und durch humanen weiblichen Kulturform haben, die der in diesem Buch beschriebenen Lebensweise sehr nahe kommt.

ZUM AUFBAU DES BUCHES

Ich berichte im Buch nicht nur über die Entdeckungen, sondern auch über die vielen Erlebnisse, die mich dazu geführt haben, die Geheimnisse der Tempel in dieser Tiefe ergründen zu können. Ich berichte von den Führungen und Fügungen durch meine kosmische Begleitung, von den Verwirrungen und den ersten Besuchen der Tempel. Es ist mir wichtig, dass die LeserInnen einen Eindruck von meiner persönlichen Lebens- und Arbeitsweise bekommen. Denn nur indem ich in der Gegenwart sehr präzise den Eingebungen und Intuitionen meiner inneren Führung folgte, kam ich in die richtige Frequenz, mit der ich mich für einen Einblick in die Urkulturen öffnen konnte. Immer wieder ragten Elemente der urgeschichtlichen Vergangenheit ganz konkret in meinen Alltag hinein. Auch sexuelle Erfahrungen gehörten dazu.

Manch ein Leser mag sich wundern, warum ich spirituelle Ereignisse bis ins Detail darstelle, mit denen er vielleicht in seinem Leben nicht in Berührung gekommen ist. Ein anderer wiederum ärgert sich vielleicht über die konkreten sexuellen Erlebnisse und meint, diese setzen den spirituellen Charakter des Buches herab. Aber gerade das ist ein Hauptanliegen des Buches: Diese beiden Aspekte wieder in ihrem Zusammenhang verständlich zu machen. Wer die Spannung aushält, macht vielleicht eine neue Entdeckung.

Die Visionen und Trancen, die mir das geschichtliche Leben der Urkulturen vor Augen geführt haben, gebe ich in Form von Erzählungen wieder.

So lernen wir zum Beispiel die junge Priesterschülerin Nudime kennen, die uns durch die Tempel des alten Malta führt. Fast alle Namen, die ich hier erwähne, sind mir im Traum oder in einer Eigentrance erschienen. Nur einige wenige habe ich später hinzugefügt.

Konsequenzen für mein eigenes Leben

Die Erlebniswelt dieses Buches führte mich zu Konsequenzen in meinem persönlichen Leben. So habe ich zusammen mit Dieter Duhm, meinem langjährigen Lebensgefährten, eine zeitgemäße Friedensschule in Tamera aufgebaut, in der die Grundlagen für eine wirklich humane Lebenspraxis studiert und weitergegeben werden können. Diese Vision hat durch die Erfahrung auf Malta weitere Nahrung bekommen.

Sicher ist es auch kein Zufall, dass Dieter Duhm und ich, während wir an vollkommen verschiedenen Orten vollkommen verschiedenen Themen nachgingen, auf genau denselben Namen für diese Schule stießen. Von Malta aus führte ich ein Telefonat mit ihm, der sich zu jener Zeit in Portugal aufhielt. Er sprach davon, dass er mit dem Gedanken schwanger gehe, die entstehende Friedensschule in Tamera *Mirja* zu nennen. Er konnte mir keine genauere Begründung für den Namen geben, außer dass er ihm eben vom Klang her gefalle. Ich war sehr verwundert, denn am selben Tag hatte ich in einer Trance die ersten Eingebungen zu den Liebestempeln auf Malta erlebt und erfahren, dass die Liebesdienerinnen hier und auch im Steinkreis *Mirjas* genannt wurden. Vielleicht ragt oft eine positive Vergangenheit in unser gegenwärtiges Handeln hinein, ohne dass wir es bewusst bemerken.

Möge die Matrix unseres positiven Ursprungs unserem gegenwärtigen Handeln eine hohe Kraft und Wirksamkeit verleihen – für einen gelebten Frieden und für die Generationen, die nach uns kommen. Möge die Zukunft einen weiseren und friedvolleren Menschen auf unserem Planeten Erde vorfinden als unsere Zeit.

LILITH

Immer wieder wird in diesem Buch Lilith erwähnt. Lilith verkörpert für mich das weibliche Frauenwissen, das die Geschichte durchlaufen hat und nun auf einer höheren Stufe der Erkenntnis angelangt ist. Gemeinsam mit Lilith möchte ich sagen: Die vielen kulturgeschichtlichen Erfahrungen von Angst, Hass, Wut, Rache, von Opfer- und Täterdasein, vom Auf- und Untergang verschiedener Kulturen, von Religionsbesessenheit, Machtwahn und Intrige, von Heldentum und Märtyrerdasein haben uns vielleicht klüger werden lassen. Es ist, als erwachen die ersten Menschen aus einem langen Alptraum und erkennen ihre ursprüngliche Verbundenheit und Verwandtschaft wieder, die jenseits aller Religionen liegt. Der letzte große Schmerz wird der Schmerz der Erkenntnis sein. Vielleicht ist die Gattung Mensch jetzt reif für die Verwirklichung eines Lebenstraums, der schon seit Urzeiten in ihren Zellen und in ihrem höheren Bewusstsein als große Sehnsucht ihres Herzens angelegt ist und nicht ruhen wird, bis er seine zeitgeschichtliche Erfüllung gefunden hat. Der Lebenstraum wird sich nicht auf dem Weg der Eroberung, nicht auf dem Weg der Mission, auch nicht auf dem Weg der Belehrung durchsetzen lassen. Allein eine authentische Erfahrung vermag unsere Herzen wieder zu öffnen und sehend zu machen für den Aspekt der universellen Liebe, die das gesamte Dasein in einem neuen Licht leuchten lässt. Möge dieses Buch ein Beitrag für viele sein, den Weg des eigenen Herzens wiederzuerkennen und zu gehen.

DIE GESCHICHTE VON MANU UND MERET

Der Steinkreis *Almendres* bei Évora in Portugal erstreckt sich mit seinen 96 Steinen auf einem Hügel in der Landschaft des Alentejo. Seine Erkundung ist für mich zu einer inneren und äußeren Abenteuerreise geworden. An ihm entdeckte ich tiefe Zusammenhänge der Kulturgeschichte. Mit verschiedenen Methoden hatte ich herausgefunden, dass ich Informationen abrufen konnte, die in den Steinen gespeichert zu sein scheinen. Auf diesem Weg hatten sich mir eine Kultur und eine Geschichte aus prähistorischer Zeit offenbart. (Von dieser handelt mein Buch „Traumsteine" (14).

Lange vor unserer Zeitrechnung hatte hier, in dieser Landschaft ein Stamm gelebt, eine hochstehende Friedenskultur. Mehr und mehr trat sie vor mein inneres Auge. Durch sie erfuhr ich mehr über den Zusammenhang von Geburt, Tod und Wiedergeburt. Auch erhielt ich einen Einblick in die Möglichkeiten der telepathischen Kommunikation. Sie pflegten diese untereinander, aber auch mit Pflanzen, Tieren, anderen Stämmen und außerirdischen Wesen. Ich kam in Berührung mit einer gewaltfreien Kultur. Diese Zusammenhänge erforschte ich besonders gründlich, denn daraus ließen sich Konsequenzen für unsere Gegenwart und das Leben, das wir heute führen, ableiten. Es war, als wäre ich mit einer verallgemeinerbaren Ordnung einer universellen Friedenskultur in Berührung gekommen. Ich erfuhr auch, dass die Einsicht in eine ferne Vergangenheit eine vollkommene Revolution unserer gegenwärtigen Lebensverhältnisse verlangen kann.

Immer wieder berührte mich die Frage, was es war, das das Ende der friedlichen Kultur herbeigeführt hatte. Als Antwort erhielt ich schließlich die Geschichte von Manu und Meret. Sie geschah laut meiner Trancen in dieser oder ähnlicher Weise an vielen Orten der Erde gleichzeitig. Es ist

21

eine Liebesgeschichte; es ist aber auch die Geschichte vom Einbruch des Denkens, das sich gegen die Göttin stellte und neue Kulturgedanken auf der Erde aufkeimen ließ. Mit der Geschichte von Manu und Meret begann das Zeitalter der Gewalt. Ich fasse im Folgenden zusammen, was ich am Steinkreis *Almendres* in Portugal erfahren habe. Die vollständige Geschichte steht in meinem Buch "Traumsteine" (14) und ist auch als Broschüre erhältlich (16).

Willkommen am Feuer – zu einer Zeit lange vor dem Urchristentum. Die Priesterin Newar ist zurückgekommen. Sie war auf Reisen geschickt worden, um die Gefahr zu erkunden, die dem Stamm des Steinkreises drohte. Schon lange hatten die Priesterinnen des Stammes Warnungen empfangen, Warnungen einer Katastrophe, die bald auch die jetzt noch friedlichen Stämme bedrohen sollten. Newar berichtet von Ereignissen, die weit entfernt stattgefunden haben. Lauschen wir auf die Stimme der Priesterin.

Sie war einem Volk begegnet, das sich Narwan nannte. Die Narwan waren seit langem unterwegs und suchten Nahrung. Die Narwan sind viel elementarer auf Nahrung angewiesen als der Stamm vom Umfeld des Steinkreises. Dies hatte dazu geführt, dass sie bei ihrer Nahrungssuche, wenn die Erde ihnen nicht viel schenkte, begonnen hatten, auch Tiere zu jagen, um sich und ihre Kinder zu sättigen. Sie lebten in einem Gebiet, in dem der Winter kalt und die Erde oft dick mit Schnee und Eis bedeckt war. Vor allem die Männer waren es, die jagten. Das hatte zur Folge, dass ihre Kräfte wuchsen. Weil die Narwan Fleisch aßen, entwickelten sich ihre Körper schneller als die der vegetarisch lebenden Menschen in ihrem Umfeld. Ihre Lebensweise führte dazu, dass sie die Kraft der Tiere in sich aufnahmen, ohne volle Kenntnis von deren Bewusstsein zu haben.

Eine ganze Gruppe von jungen Männern war einmal unterwegs auf der Suche nach Nahrung. Sie hatten die Frauen des Stammes an einer Feuerstelle zurückgelassen, damit sie sich und ihre Kinder wärmen konnten. Auf ihrem Weg kamen die Männer auch zu dem Stamm der Wsalagi, einem Stamm, der in seiner Lebens- und Denkweise dem Stamm am Steinkreis sehr verwandt war. Diese beiden pflegten telepathischen Kontakt untereinander. Auch die Wsalagi gehörten zu den Friedenshütern. Manu war ein Mann der Narwan. Er und seine Leute wurden bereits erwartet, denn ihre Ankunft war der Tempelpriesterin angekündigt worden. Sie wusste auch, dass es zu einer sinnlichen Hochzeit zwischen einer Frau der Wsalagi und einem Mann der Narwan kommen sollte. Denn es war der Wunsch der Göttin, dass ihre Kraft sich verbünde und vermähle und so dem weiteren Frieden diene.

Es war gerade die Zeit der ersten Liebesfeste, durch die der Winter wieder fortgeschickt und der nahende Frühling gerufen wurde. Gleich zu Beginn kam es zu der erwarteten Zusammenkunft zwischen einem Mann der Narwan und einer Frau der Wsalagi.

Manu wurde auserwählt. Er war sehr schön und hochgewachsen. Er war noch nie mit einer Mirja, einer angehenden Priesterin vom Stamme der Wsalagi, zusammen-gewesen. Durch dieses besondere Ereignis erlebte er als Vertreter seines Stammes eine sinnliche Begegnung mit einer Tempeldienerin und angehenden Liebespriesterin.

Meret, die sich in diesem Stamm in der Ausbildung zur Liebespriesterin befand, bot ihm gerne und mit Freuden ihren Leib für den Dienst an der Liebe dar. Sie fand auf Anhieb Gefallen an Manu und seiner männlichen Kraft.

Für Manu war es ein großes Erlebnis. Noch nie war er so vom leuchtenden Feuer der weiblichen Urkraft berührt worden. In der sinnlichen Zusammenkunft mit dieser wunderschönen Frau erfuhr er etwas vollkommen Neues. Er fühlte im sexuellen Akt auf einmal, entzündet durch das innere Feuer von Meret, eine männliche Kraft in sich erwachen, die ihn stärkte, beglückte und in einer nie dagewesenen Art aufrichtete. Als er sie in seinen Armen hielt, da kannte er plötzlich nur **ein** Verlangen: Er wollte sie bei sich behalten. Er wusste, dass sie eine angehende Mirja war, eine Frau, die einen heiligen Dienst für die Göttin tat, indem sie die Männer in die sinnliche Liebe einführte. Sie war von Nammu und den Ältesten des Stammes dazu auserwählt worden. Er wusste auch, dass sie diesen Dienst an der Liebe nur zu bestimmten Zeiten tun durfte, nämlich dann, wenn der Mond dazu einlud und der ganze Stamm beraten hatte, dass es an der Zeit dafür war. Meret hatte ihm die Möglichkeit angeboten, mehrere Tage in ihrer Nähe zu sein. Dazu aber musste er die Erlaubnis des Ältestenrates einholen und den Anweisungen der Orakelpriesterin des Stammes folgen.

Meret war ebenfalls auf ungewöhnlich tiefe Art von der Kraft und Feinfühligkeit seines Körpers und von seiner schönen und sinnlichen Sprache berührt worden. Er schien die Kunst der Liebeslieder in fernen Landen gelernt und geübt zu haben, und der rollende Klang seiner dunklen Stimme brachte Merets Verlangen zum Beben, noch bevor sie einander sinnlich begegnet waren. Manu verkörperte einen männlichen Archetyp, der in Meret einen großen Sehnsuchtstraum berührte. Es war der Traum der personalen Liebe.

Ihr ganzer Stamm lebte in einer freien Liebesform: Männer wie Frauen konnten frei wählen, in welcher Form sie zueinander wollten. Im Laufe der letzten Jahrhunderte hatte sich hier aber immer mehr ein zusätzliches Bild der Liebe vorbereitet, das einen sehr intimen und persönlichen Charakter trug. Sie sprachen davon, dass es sich bei diesem personalen Liebestraum um einen Schöpfungstraum handelte, der von der Göttin erwünscht war, der aber bei den Frauen und Männern eine große Reife voraussetzte. Dieser Sehnsuchtstraum musste im Einklang mit dem Ganzen behutsam eingeleitet und vorbereitet werden, bis ihre Körper und Geister reif dafür waren, ihn ganz verwirklichen zu können.

Jede Frau hatte als Kind einen Lebensbaum gepflanzt. Es kam die Zeit, wo dieser Baum zum ersten Mal Früchte tragen würde. Und irgendwann war auch der Zeitpunkt erreicht, wo die Früchte dieses Baumes eine solche Reife erlangt haben würden, dass die Frauen sie einem als persönlichen Geliebten und *Partner Auserwählten reichen könnten. Dieser Zeitpunkt wurde in Absprache mit den Priesterinnen, mit Nammu und dem Lebensbaum beraten. Der Traum der personalen Liebe hatte sich im Wesen der Meret so zugespitzt, dass ihr ganzer Leib wie eine pralle Knospe erfüllt davon war. Es schien, als wäre sie jederzeit bereit dazu, sich in voller Pracht und Schönheit zu öffnen und zu erblühen. Eine männliche Berührung konnte ihren ganzen Leib erbeben lassen. Sie wusste jedoch sehr wohl, dass ihre Früchte am Baum des Lebens noch nicht reif waren. Sie wurde von den Priesterinnen eindringlich ermahnt, jetzt nicht ungeduldig zu werden. Diese sprachen zu ihr:*

Warte, bis die Zeit reif ist. Du bringst sonst großes Unglück über dich, deinen Liebhaber und den gesamten Stamm. Er wird fühlen, dass sein Phallus von deiner flammenden Fülle zwar erregt wird, ihr aber doch noch nicht gewachsen ist. Dennoch wird er durch die Berührung mit ihr eine neue Kraft in sich spüren, die er nicht verlieren möchte. Wie magisch wird er sich von deiner Fülle angezogen fühlen. Es ist gleichsam eine geliehene Kraft. Er wird sie an sich reißen, sie besitzen wollen und nicht merken, dass er genau dadurch den Keimling der jungen Liebe tötet. Du aber wirst von seiner Leidenschaft und wachsenden Kraft entfacht. Die Sehnsucht wird so stark in dir entflammen, dass du ihr nicht gewachsen sein wirst. Du wirst die leuchtende Kugel *) nicht halten können, wirst sie verlieren und sie an den Mann abgeben. Wider besseren Wissens wirst du deine Stellung im gesamten Stamm verraten, wirst in dir und in ihm den Glauben an den starken Mann entfachen und ihm etwas vortäuschen, was er noch nicht ist, um dadurch seine Liebeskraft vorzeitig anzufeuern. Wenn das geschieht, dann gerät die Schöpfung aus dem Gleichgewicht, und Nammu wird in ihrem Schöpfungsschlaf gestört. Das gesamte Verhältnis zur Erde und Natur wird sich verändern. Indem du das rastlose Verlangen des Mannes hervorrufst,

---

*) Leuchtende Kugel oder blaue Kugel: symbolisch für Selbstbewusstsein, Identität (Anm.d.Verlags)

weckst du in ihm gleichzeitig eine rasende Wut. Die Menschen werden zum Teil Jahrhunderte brauchen, um die leuchtende Kugel zurückzugewinnen. Der Traum der personalen Liebe ist noch nicht zu Ende vorbereitet.

Aber sowohl in Meret als auch in Manu war das Feuer der Liebe bereits zu stark entfacht.

Manu wurde noch einmal fortgeschickt. Während er sich noch bemühte, dem Rat der Priesterinnen zu folgen, packten ihn ein heftiges Verlangen und eine starke Ungeduld. Er wollte diese Frau viel mehr, viel intimer für sich, als das im bisherigen Stammesleben möglich war. Er sah die Schamanu, die höheren Tempelpriester vor sich, die viel leichter und öfter Zugang zu Meret hatten. Warum sollte er sich da einfügen, wo er doch die besondere Zuneigung Merets zu sich fühlte? Warum sollte er sich den Schöpfungsträumen der großen Nammu fügen, wo doch der Drang nach Verwirklichung jetzt in ihm brannte? Hatte sie ihm nicht Geist, Kraft und Freiheit geschenkt, um sich aus eigener Intelligenz einen Liebestraum zu verwirklichen? Noch dazu, wo er eine solche Kraft und Eigendynamik in sich fühlte? War das nicht auch Nammu, die sich da meldete? War nicht jeder Mensch Schöpfer, und konnte er nicht seinen eigenen personalen Schöpfungstraum träumen? Warum warten, bis die Zeit gekommen war? Warum sollte er diese Mirja mit vielen teilen, wenn er sie doch dank seiner Kraft auch ganz für sich gewinnen konnte?

Dieser Gedanke, jemanden ganz für sich haben zu wollen, war vollkommen neu, und er war der gefährlichste von allen. Nur der Gedanke, Meret besitzen zu können, gab ihm das Gefühl der vollen Potenz. Was hatte er den hochstehenden Schamanu, den Liebesdienern im Tempel, entgegenzusetzen, die möglicherweise als persönliche Begleiter und Liebhaber für Meret vorgesehen waren, wenn nicht seine körperliche Kraft und die hohe Gabe, intime Nähe herzustellen?

Er fühlte Kraft und aufkeimende revolutionäre Gedanken gegen das Prinzip von Nammu, der Mater, der ewigen Geduld und Kommunikation mit allem, was um ihn war. Er fühlte die Stärke in seinen Armen. Was, wenn er sich dank dieser aufkeimenden Kraft widersetzte?

Es war das beginnende Prinzip der Revolution, einer Revolution gegen etwas, aus dem man selbst kam und das man doch verändern wollte. Manu erlebte das Ganze als Vorahnung einer großen Freiheit. Er ahnte neue und große männliche Schöpfungswerke. Seltsamerweise war dies von dem dunklen Gefühl begleitet, sich der Materie insgesamt bemächtigen zu wollen, sich von ihr zu lösen, sich unabhängig von ihr zu machen und sie dadurch für sich zu gewinnen. Zum ersten Mal tauchte latent der Gedanke auf, der Frau und damit der Schöpfung habhaft zu werden. Er vergaß dabei, dass er selbst ein Teil von Nammu war, die er nun besitzen wollte. Er vergaß, dass sein Verlangen nach der Erfüllung der personalen Liebe zwar erwünscht war und sein ursprünglicher Traum durchaus in Einklang mit der Materie stand, aber nur zur liebenden Erfüllung finden konnte, wenn es im Einklang mit dem Ganzen geschah, und das hieß: zur richtigen Zeit. In Manu tauchten zum ersten Mal düstere Gedanken der Macht auf. Während er äußerlich gehorchte, verfolgte er im Inneren ganz andere Pläne.

Eines Tages, als er mit einer Gruppe junger Männer auf Nahrungssuche war, trafen sie auf einige Angehörige des Stammes der Wsalagi. Manu hatte gegorene Früchte und Fleisch eines gerade verstorbenen Büffels gegessen, was ihnen normalerweise nicht erlaubt war. Der Büffel war ein besonders geheiligtes Tier.

Ein junger Schamanu vom Stamm der Wsalagi machte ihn auf das Verbot aufmerksam. Er bat ihn, die Knochen des Tieres zurückzutragen zu dem Ort, an dem es verstorben war.*)

In Manu geschah etwas, was ihm nie zuvor widerfahren war. Es war, als folgte er einer ganz neuen inneren Magie. Er hob eine Keule auf und lief erhobenen Armes ohne weitere Erklärung

---

*) Die vollständige Geschichte ist hier besonders interessant nachzulesen! Siehe Literaturverzeichnis, Punkt 16! (Anm.d.Verlags)

auf die andere Gruppe zu. Etwas Unglaubliches geschah, etwas Unberechenbares, ein Ereignis, das noch niemand zuvor erlebt hatte. Manu wirkte mit seiner erhobenen Keule so mächtig und stark, dass die Gruppe der ihn umringenden Männer verdutzt zurückwich mit einem Ausdruck im Blick, der erstmals so etwas wie Angst signalisierte. Das steigerte in dem von den Beeren angetrunkenen Manu das neu aufkeimende Gefühl der Macht und der Stärke. Die Kraft verselbständigte sich. Er lief auf den jungen Mann zu, der ihn von Angst berührt anschaute, aber immer noch nicht zur Seite wich. Da erschlug Manu ihn mit seiner Keule.

In eben diesem Moment, als er dies tat, kamen schwarze Wolken auf, und ein heftiger Regen fiel nieder. Manu war es, als würde er überschüttet von Nammus unbändiger Trauer darüber, dass nun geschehen war, was sie immer befürchtet hatte. Manu wurde jetzt selbst von einer Trauer ergriffen, denn er begann langsam zu ahnen, was sich ereignet hatte. Seine revolutionären Gedanken hatten ihn zu Taten bewegt, die er noch vor kurzem nicht einmal geträumt hätte.

Indem Manu all dies tat, geschah etwas, das schlimme Folgen für ihn haben sollte. Er tötete einen Teil seines eigenen Gedächtnisses, einen Teil seiner inneren Anteilnahme an den Liebesgesetzen der Schöpfung. Er tötete das Tierbewusstsein in sich selbst, verinnerlichte aber dessen triebhafte Kraft, ohne sie wirklich zu kennen. Etwas in seinem Geist starb ab.

Ohne zu wissen, was geschehen war, fiel er in eine stumpfe Trauer. Dort, wo vorher ein großes, junges, neugieriges Herz in ihm geschlagen hatte, setzten eine neue Gleichgültigkeit und erste Anzeichen von Grausamkeit ein. Dies geschah unbemerkt und im Unterbewussten. Zunächst war er überwältigt von den vollkommen neuen Vorgängen in sich selbst.

Das Neue lag darin, dass er diese ungewöhnliche Kraft als ganz und gar eigene Kraft erfahren hatte. Er hatte sie sich, ohne mit irgend jemandem in Kontakt oder Einklang zu stehen, erobert. Er musste niemanden fragen, niemanden bitten und auf niemanden Rücksicht nehmen. Es war das Gefühl der Selbständigkeit und der Macht über andere, an dem er sich berauscht hatte. Er hatte zum ersten Mal gefühlt, was es bedeuten kann, Macht über das Leben anderer Menschen auszuüben. Es hatte ihn auch deshalb berauscht, denn es brachte ihn emotional seinem inneren Ziel näher, sich Meret zu bemächtigen.

So geschah es. Meret hörte nicht auf die Mahnungen der Priesterinnen, reichte Manu ihre noch unreife Frucht und verließ mit ihm den Stamm. Zu zweit hielten sie nach neuen Möglichkeiten für ihre Zukunft Ausschau.

Was Manu und Meret geschehen war, geschah parallel auch an anderen Orten. Über die Jahrhunderte entstand daraus ein vollkommen anderer Kulturgedanke, der sich feldartig ausbreitete: der männliche Schöpfungsgedanke. Männer erfanden den männlichen Gott. Aus ihm entwickelte sich der Kriegsgott. Sie erschufen den Archetyp des zornigen, strafenden Vatergottes. Mit ihm gemeinsam wollten sie die friedliebenden Völker bezwingen. Ein neuer Gedanke und eine neue Tat waren geboren worden. Die Angst vor dem Tod war entstanden. Der Gedanke, dass man über den Tod eines anderen bestimmen konnte und dadurch Macht über ihn hatte, war die Geburtsstunde einer neuen und selbständigen menschlichen Kulturgeschichte. Alles, was noch an die alte Kultur der Liebe und Verehrung der Großen Mutter und der Frau überhaupt erinnerte, wurde verfolgt, vernichtet und ausgetilgt. Dem sexuellen Traum der Kraft war der Mann nur gewachsen, indem er die Potenz der Liebe, die er ja noch gar nicht kannte, durch den Gedanken der Macht, der Bezwingung, der Verachtung und der Gewalt ersetzte. Da die Frau aus lauter Sehnsucht, dass ihr sexueller Liebestraum Erfüllung finden möge, dem Mann zu früh ihre Frucht vom Baum der Erkenntnis gereicht hatte, ließ sie all dies geschehen. Sie war nicht länger der Pol der Liebe, der Güte, des Schutzes und der Pflege alles Lebendigen, sondern sie unterwarf sich dem Mann. Sie hatte nur noch den einen Gedanken, einen Mann für sich zu gewinnen. Da, wo ihre Schönheit und Wildheit, ihre Verbundenheit mit der Göttin noch durchblitzte, wo sie nicht bereit war, diesen kulturellen Schritt der Unterwerfung mitzuvollziehen, wurde sie in den kommenden Jahrhunderten und Jahrtausenden mit brutalsten Mitteln zum Schweigen gezwungen.

Die Jagd wurde ein Symbol der Macht. Die Menschen töteten Tiere aus reiner Jagdlust. Wie ein Virus verbreitete sich der neue Zustand, der Zustand der Angst, überall in der Schöpfung. Tiere wurden getötet, ohne gefragt zu werden, und starben angstvoll. Angst erzeugt Vergessen. Und so gab es immer mehr Menschen und Tiere auf der Erde, die das Paradies vergaßen und sich an ihre eigentliche Herkunft nicht mehr erinnern konnten. Sogar Pflanzen kehrten mit dem Stachel des Giftes wieder und richteten ihn gegen Tier und Mensch, um überleben zu können.

Da der menschliche Geist durch das Vergessen stumpf geworden war, war ihr Leben auf der Erde keine Freude mehr. Neid erfüllte sie, und sie nahmen immer mehr von dem, was andere sich geschaffen hatten. Sie besuchten Stämme, die zu Nammus Ehren die Schrift entwickelt hatten. Sie töteten sie und raubten ihr Wissen. In dem Maß, wie der Mensch Schrift und Kunst erlernte, verlor er sein Gedächtnis.

Äußerlich mochte es nach Fortschritt ausgesehen haben. Plötzlich war der Mensch gezwungen, Erfindungen zu machen, da der unmittelbare Kontakt mit der Natur zerbrochen war. Man musste sich schützen. Städte wuchsen zu enormen Größen heran. Die Menschen schmiedeten immer kunstvollere Waffen. Sie benutzten dazu Metalle, die sie der Erde entrissen. Sie bemerkten nicht, dass die Erde diese Stoffe für ihr Gleichgewicht brauchte. Die Materie stand ihnen jetzt fremd und bedrohlich gegenüber, denn sie verstanden ihre Sprache nicht mehr.

Die Befürchtungen der Priesterinnen vom Steinkreis erfüllten sich in einem viel größeren Ausmaß, als sie es geahnt hatten. Sie erkannten im Laufe der Jahre, dass der Mensch sogar die Freiheit und die Möglichkeit hatte, die Mater, Nammu, zu töten, wenn er seinen Ursprung einmal ganz vergessen haben würde.

Damit würde er auch sich selbst vernichten und den gesamten Schöpfungstraum vom Paradies auf Erden.

Die Elemente wurden den Menschen immer fremder. Sie mussten jetzt Häuser bauen, um sich vor Kälte zu schützen. Sie mussten immer mehr essen, um Energie aufzunehmen. Da der Mensch nicht mehr im Zustand des Vertrauens war, konnte er das Singen der Steine, der Bäche, der Flüsse, der Pflanzen und der Tiere auch nicht mehr verstehen, die jetzt ständig um ihren verlorenen Schöpfungstraum weinten. Der Mensch hatte den Kontakt zu seinen eigenen Träumen und zu seinem eigenen Wesen verloren. Ebenso wie den Kontakt zu den Wesen im All. Denn da er sich gegen das Prinzip der ewigen Wiederkehr aufgebäumt und eigenmächtig eingegriffen hatte, hatte er seine eigenen Ursprünge vergessen, und so kannte er die Möglichkeit der Kommunikation mit dem Schöpfungsganzen nicht mehr. Er hatte gelernt, seine Erkenntniskräfte zu missbrauchen. Die Zeitvorstellung wandelte sich in ein lineares Fortschrittsdenken. Alle Materie wurde vergegenständlicht, wurde zu leblosen Objekten, die man benutzen konnte. Das Bewusstsein für die Einheit und Gleichzeitigkeit aller Dinge entschwand ihnen, und so verharrten sie in einem selbstgebastelten Käfig, nicht mehr wissend, wo der Ursprung der allgegenwärtigen Liebeskraft zu finden war. Soweit Newars Erzählung am Feuer.

Es vergingen Jahrhunderte. Zunächst lebte der Stamm von Almendres in Südportugal nach dem Vorfall zwischen Manu und Meret friedlich weiter. Die Mitglieder verfeinerten ihr Wissen im Laufe der Zeit und lernten immer mehr, sich gegen aufkommende Störungen zu schützen. Die angehenden Mirjas übten sich in der Vertiefung der Liebeskunst, denn sie wussten um ihre hohe Verantwortung den Männern gegenüber.

Seitdem die Störungen auf der Erde eingetreten waren, mussten sie viel behutsamer mit dem Hüten von Information und mit dem Gedächtnis umgehen. Sie begannen mit dem Anlegen umfangreicher Gräber, was zuvor nicht üblich war. Sie verstanden es als ihre Aufgabe, das Gedächtnis über viele Zeiten und viele Völker hinweg zu retten. In diesem Sinne arbeiteten sie über ein Jahrtausend am Steinkreis, um ihn in seiner Informationsstruktur immer mehr zu verfeinern. Denn sie wussten, dass er über Jahrtausende hinweg eine stabile Information zu tragen, zu leiten und zu schützen hatte. Das war ihnen das Wichtigste: Eine angstfreie Botschaft über das Gemeinschaftswissen zu hinterlassen, die über viele weitere Generationen hinweg wirksam bleiben und lesbar sein würde. Irgendwann wäre der Traum von Nammu so weit gereift, dass andere Friedenshüter dies nutzen könnten, um eine neue Friedenskultur einzuleiten.

Auch auf der Insel Malta wurde die Geschichte von Manu und Meret bekannt. Hier tat man alles dafür, um das Friedenswissen zu vertiefen und weiterzuentwickeln. Würde es an ihrem Ort zu einer Bedrohung kommen, so waren sie darauf vorbereitet, den Ort zu wechseln und anderswo die Kultur der universellen sinnlichen Liebe weiterzuentwickeln und eine partnerschaftliche Kultur einzuleiten.

AUF DEN SPUREN MEINER TRÄUME

Nachdem ich den Steinkreis über mehrere Jahre gründlich erforscht hatte, wurde ich von dort aus auf weitere Entdeckungsreisen geschickt. Eines Tages erhielt ich im folgenden Auftrag:

Du musst noch in diesem Winter mit einem neuen Buch beginnen. Schreibe deine inneren Erfahrungen auf, die du, ausgelöst durch diesen Steinkreis, gemacht hast. Beschreibe deine geschichtliche Reise und die Veränderungen, die sie in deinem Leben jetzt bewirkt. Fahre nach Malta. Besuche den Ort der schlafenden Priesterin. Finde den dortigen Steinkreis und die Tempel wieder, von denen du jetzt schon oft geträumt hast. Erschließe die Zusammenhänge, die zwischen Malta und dem Steinkreis bestehen. Öffne dich den Informationen, die du dort vorfindest. Finde die Spuren wieder, die dich von Malta nach Kreta und nach Ägypten führen, nach Nubien und Eritrea, nach Indien und Tibet und an die verschiedensten Plätze dieser Erde. Verfolge das Symbol des Fisches, das du an diesen Plätzen finden wirst, und versuche, es zu verstehen. Verstehe seine mythologische Information. Sieh, wie sich der humane Impuls auch durch die Zeiten der Unterdrückung durchgehalten hat und sich bis heute seinen Weg bahnt. Jetzt warten diese stummen Zeichen darauf, wieder gehört und zur Sprache gebracht zu werden. Lerne die Sinnlinien hinter allem, was dir geschieht, zu verstehen und neu zu deuten. Du musst dazu bald eine erste Reise machen. Es ist wichtig, dass dies bald geschieht, denn das Land hier in der Gegend wird gerade zerstört. Viele Kraftlinien und Informationsringe werden durchschnitten, so dass die urgeschichtliche Information bald immer schwerer abrufbar sein wird.

Diese Aufforderung war so klar und eindeutig, dass ich mich ihr kaum entziehen konnte. Ich war auch darauf hingewiesen worden, dass zur Zeit der urgeschichtlichen Kultur auf Malta eine Friedensschule existiert hatte, von der wir noch heute lernen können. Über sie mehr zu erfahren, war ein wesentlicher Grund meiner Reise nach Malta. Im Februar wollte ich meine Reise antreten. Es dauerte eine gewisse Zeit, bis innere Stimme, Vision und Wirklichkeit zusammenfanden. Da ich fast immer in Gemeinschaft lebe, wusste ich im Inneren, dass es für mich eine wichtige Erfahrung sein würde, jetzt wieder einmal alleine unterwegs zu sein.

Mein Flug führte von Lissabon über Köln nach Malta. Das erste, was mir in Köln überall in großen Lettern entgegenleuchtete, war die Ankündigung: Er und Sie. Eine Ausstellung zum Thema Macht und Herrschaft. Das passte hervorragend zu meinem Reisethema, und ich nahm dies als einen Wink, die Ausstellung zu besuchen. Ich war beeindruckt von den vielen Informationen, die aus den verschiedensten Zeiten über die verschiedensten Völker zusammengestellt worden waren. Gleichzeitig fand ich die Einseitigkeit der Informationen bedrückend. Obwohl es sich scheinbar um eine frauenfreundliche Ausstellung handelte, wurde doch überall der Schwerpunkt auf die Unterdrückung der Frau gelegt. Alle dargestellten Lebensformen waren bereits von Gewalt geprägt. In den meisten Kulturen hatte man grausame Rituale zur Unterdrückung der Sexualität durchgeführt. Beschneidung und Verstümmelung der Geschlechtsorgane schienen überall selbstverständlich.

Ich suchte ganz andere Inhalte, Informationen über Gesellschaften, in denen Frauen nicht unterdrückt wurden, Hinweise auf weiblich organisierte Gesellschaftsformen aus der Urgeschichte. Aber Çatal Hüyük, das frühe Sumer, Malta, Kreta oder auch das frühe Ägypten wurden nicht erwähnt. Auch kein Wort über heute noch existierende Kulturen, die Zeugnis geben von weiblich geprägten und gewaltfreien

Kulturformen. Tausende von Menschen pilgerten in diese Ausstellung und wurden in der allgemeinen Anschauung bestätigt, dass die Frau von jeher das schwache, unterdrückte Opfer der Geschichte ist, zu deren Schutz man die Ehe und andere soziale Einrichtungen geschaffen hatte. Bis in die Gegenwart hinein werden Spuren von weiblicher Kraft und Authentizität mit allen Mitteln verleugnet und vernichtet. Das spärlich vorhandene fundierte Material wird von den wenigsten Wissenschaftlern anerkannt. Darin liegt das letzte Machtmittel der bestehenden Gesellschaft, sich gegen aufkeimende Quellen einer weiblichen weichen Macht, die ihre Ursprünge in prähistorischen Kulturen hat, zur Wehr zu setzen.

Mir wurde durch diese Ausstellung noch einmal neu bewusst, dass ich mit dem Auftrag nach Malta fuhr, neue Informationen über ursprüngliche Gesellschaftsformen ans Licht zu bringen, damit Frauen – aber auch Männer – Mut zu anderen Lebensperspektiven bekommen. Einige Basissätze aus dem Tamera-Manifest (4) machen den geistigen Hintergrund, vor dem ich diese Reise antrat, deutlich:

Wir stehen heute vor der größten Revolution seit dem Neolithikum. Es ist der Übergang von der patriarchalen Epoche in eine neue Form menschlicher Zivilisation.

Die globalen Strukturen von Gewalt und Angst, Geschlechterkrieg und Männerherrschaft, Rassismus und Völkermord, Ausbeutung der Dritten Welt und Ausbeutung der Natur sind geschichtlich bedingt und lassen sich deshalb geschichtlich verändern.

Auch die persönlichen Probleme, mit denen heute Millionen Menschen zu Therapeuten gehen, sind geschichtlich bedingt und bedürfen deshalb neben der individuellen Behandlung einer geschichtlichen und politischen Antwort.

Umweltkrise und Inweltkrise sind zwei Seiten derselben Gesamterkrankung. Sie können nur in der Zusammenschau verstanden und gelöst werden.

Ich empfand mich als Pionierin auf der Suche nach der Grundmatrix einer ursprünglichen, heilen Kulturform. Es war wie eine neue Form der Suche nach dem Heiligen Gral. Dass Frauen weniger unterdrückt werden sollen, wird inzwischen allgemein toleriert. Frauen in ihrer elementaren sinnlichen Freiheit, ihrer Weiblichkeit und ursprünglichen Quelle neu zu entdecken, das ist die nächste Herausforderung, vor der wir stehen. Wenn Frauen ihren positiven Urgrund wiederfinden, dann kommen sie zu einer neuen und geschichtsgebenden Kraft. In urgeschichtlichen Kulturen liegt die entscheidende Quelle dafür verborgen. Ob sie gefunden, gesehen und verstanden wird oder nicht: Daran entscheidet sich, ob Krieg oder Friede sein wird zwischen den Geschlechtern, ob die Lebenskräfte fließen dürfen oder ob sie weiterhin unterdrückt werden müssen.

Ich war auf der Suche nach der Wiederentdeckung einer gewaltigen Urkraft, die wir alle vergessen haben: Die weibliche Quelle und damit die Sexualität. In ihrer Unterdrückung liegt eine wesentliche Ursache für Krieg und Gewalt. Die Quelle und die Tatsache ihrer Unterdrückung aber ist so verdrängt, dass dieser Bereich in seiner Tiefe kaum noch wahrgenommen wird.

Am Nachmittag ging ich zum Bahnhof, um meine Tochter Delia abzuholen. Blond, jung, schlank, mit schwungvollem Schritt kam sie mir entgegen. Was für ein schönes Geschöpf! Wie schön würden alle diese Wesen in der Welt stehen, wenn sie nicht mehr dazu gezwungen wären, ihre sinnliche Schönheit und Ursprünglichkeit anzuzweifeln, wenn sie nicht mehr gezwungen wären, genau diese wilde und elementare Ursprünglichkeit zu domestizieren! Wie, wenn sie genau dafür entsprechend geachtet würden!

Wir hatten ein intimes Frauengespräch. Delia stand vor der gleichen Frage wie viele junge Frauen: Wie lässt sich das sexuelle Abenteuer in der Liebe und im Leben mit der Sehnsucht nach Dauer, Freundschaft und Intimität verbinden? Wie entsteht Wahrheit in der Liebe? Was ist mit der Eifersucht? Wo finde ich ein Forum, in dem ich über alle diese Themen reden kann, ohne gleich mit falschen Belehrungen rechnen zu müssen?

Wie toll es wäre, wenn wir Einrichtungen hätten, wo junge Menschen eingewiesen würden in den Liebesbereich! Hier gäbe es so viel zu lernen und so viel zu fragen, und genau hier schweigt die Gesellschaft am meisten. Liebe, das universellste Geschenk der Natur, das Höchste und Heiligste, haben wir zur Privatsache gemacht. Wie die Lemminge laufen alle in die gleiche Falle. Ich nahm dieses Gespräch als letzten Ansporn, um tiefer in folgende Fragen vorzudringen: Wie waren die Menschen der frühen Urkultur in die Fragen der Liebe und Sexualität eingewiesen worden? Kannten sie bereits die gleichen Sehnsüchte wie wir? Wie sahen die Einrichtungen aus, die sie für das Erlernen der Liebe hatten? Ich wollte hier unbedingt mehr erfahren, um entsprechende Einrichtungen in einer zeitgemäßen Form aufzubauen. Ich träume davon, wie sich auf diesem Weg eine internationale Bewegung für eine freie Erde gründet. Sinnvolle Aktionen für die Heilung der Umwelt, das ist eine große Aufgabe, vor der wir stehen. Modelle zu entwickeln für ein sinnvolles Zusammenleben, das ist der andere Schwerpunkt, der notwendig ist für eine fundierte Bewegung. Ich bin entschlossen, Tamera zu einem internationalen Treffpunkt für eine neue Friedensbewegung zu machen. Ich werde dies vor allem für die nach uns kommende Generation tun, für junge Menschen, die nach einer lebenswerten Perspektive suchen.

Am nächsten Morgen fuhr ich zum Flughafen. *Sei wach*, mahnte meine innere Stimme.

Du kannst schon hier ein Hotel buchen, dann sparst du viel Geld. Ich bin immer dankbar, wenn sich spirituelle Sinnlinien und Führungsimpulse bis in die einfachen Dinge des Alltags erstrecken. Ich holte mein Ticket ab und fragte die Blondine am Schalter, ob ich nicht nachträglich noch ein Hotel buchen könne. Sie zuckte nur muffelig mit den Achseln: „Zu spät." Aber meine innere Stimme blieb fest, führte mich direkt zu einem anderen Schalter. Die junge Angestellte, die dort saß, zog mich magisch an. Ich fragte sie nach einem Hotel. „Eigentlich darf ich das nicht", sagte sie, „aber ich kann ja mal schauen, was ich noch im Computer habe." „Am liebsten hätte ich einen ruhigen, einfachen und billigen Platz mit Kochnische", sagte ich, „damit ich mich selbst versorgen kann."

Die richtige Information zieht die entsprechende Wirklichkeit an. Dieses spirituelle Prinzip erprobe ich immer wieder in den alltäglichsten kleinen Handlungen. Je präziser die Information, desto wahrscheinlicher ist ihre Einlösung. Ich versuchte, mir vor einem eigenen inneren Bildschirm ein Hotelzimmer vorzustellen: Licht, schöne Aussicht, große Fenster und preisgünstig.

Sie suchte in ihrem Computer. „Scheint schwierig zu sein", murmelte sie. „Da habe ich etwas, das Einzige, was ich mit Kochnische finde", murmelte sie. „Es kostet...", sie stutzte, „... es kostet 80 Euro pro Woche. Das ist ja geschenkt!" stieß sie verwundert aus. Ich wusste sofort, dass ich unter Führung stand und dieses Angebot annehmen musste.

Nach mehrstündigem Flug kam ich schließlich in Malta an. Von oben sah man ein einziges blaugraues Häusermeer und karge Felsen. Es sah aus, als wäre die ganze Insel mit Häusern übersät. Das also war die Insel der großen Steinmonumente. Das war der Platz, von dem ich im Steinkreis immer wieder geträumt hatte. Hier also sollte eine Hochkultur geblüht haben, eine Kultur von gewaltfreien Stämmen mit hoch entwickelter Kommunikationsstruktur, die es verstanden hatten, telepathisch mit anderen Stämmen zu kommunizieren. Hierher hatten mich meine Steinfreunde aus Portugal geschickt.

In Mistra Village erwartete mich ein echter Palast. Hier sollte mein Buch seine Fortsetzung finden. Zwei Schiebefenster reichten bis auf den Boden, wie ich es mir in meinen schönsten Vorstellungen gewünscht hatte. Sie führten hinaus auf eine Terrasse mit einer herrlichen Aussicht auf die Bucht. An der gegenüberliegenden Küste drängten sich moderne Hochhäuser dicht an dicht, was aus der entsprechenden Entfernung schon wieder malerisch wirkte. Dazwischen erstreckte sich das türkisblaue Meer, das meinem Geist Inspiration und dem Auge Ruhe für phantasievolles Träumen schenkte.

Ich dankte meiner inneren Führung und begann gleich mit der Einrichtung meines neuen Salons. Ich schleppte einen kleinen Schreibtisch in die Nähe des Fensters, baute meinen Computer auf, stellte meine Bücher ins Regal, schmückte den Raum mit Fotos vom Steinkreis und den Tempeln von Malta und begab mich schließlich todmüde ins Bett.

Die Einwanderung nach Malta

Bevor ich berichte, wie sich mir die Insel Malta erschloss, möchte ich wiedergeben, wie sich mir im Steinkreis von Portugal die Verbindung zwischen dem damaligen Stamm und der Kultur von Malta dargestellt hat.

Über viele Jahrhunderte hatten wandernde Halbnomaden in der Umgebung des Steinkreises gelebt. Sie lebten in den fruchtbaren Wäldern, ernährten sich von Beeren und Früchten und hatten trotz einfachem Leben eine hoch entwickelte geistige Kultur. Sie hatten über viele Jahrhunderte hinweg den Steinkreis aufgebaut. Er war ein wichtiger Treffpunkt, an dem sich der ganze Stamm zu besonderen Zeiten versammelte. Aber der Steinkreis war weit mehr als nur Heiligtum und Treffpunkt für ihre Kultur. Er war gleichzeitig als Gedächtnis der Mutter Erde errichtet worden; er sollte Friedensinformationen für kommende Generationen und Völker hüten und war ein geomantischer Schutzplatz, durch den die Wirkung der heiligen Schätze von Mutter Erde, zum Beispiel das Uran, verstärkt und unterstützt werden sollte.

Es war dem damaligen Stamm bewusst, dass eine Zerstörungswelle über ganz Europa und andere Erdteile kommen würde. Sie verstanden sich als Friedenshüter, die das Friedenswissen für kommende Generationen bewahren wollten. Nammu, die Mutter Erde, war ihnen heilig. Sie standen mit ihr in ständiger Kommunikation. Die Erde sprach zu ihnen durch das gesamte Leben auf dem Planeten. Die Stammesmitglieder verstanden es, mit den Pflanzen, Tieren, Steinen und allem, was hier lebte, zu kommunizieren und so die wichtigen Informationen der Erdmutter jederzeit abrufen zu können. Auf diese Weise pflegten sie auch die telepathische Kommunikation mit anderen Völkern und Kulturen.

40

Es war etwa sechstausend Jahre vor unserer Zeit, da geschah es, dass die Orakelpriesterin - die nach der Tradition des Stammes Bechet hieß - den ganzen Stamm einberief. Sie hatte einen wichtigen Traum gehabt, der sie dringend gemahnt hatte, etwas zu unternehmen. Zunächst hatte sie nur die drei jungen Orakelpriesterinnen gerufen, Newar, Tamara und Vatsala. Diese hatten ähnliche Ahnungen einer aufkeimenden Gefahr, und so riefen sie den Ältestenrat zusammen und berieten. Bechet hatte geträumt, dass die kriegerischen Völker, die man heute die Kurganvölker nennt, sich ihrer Gegend näherten, um den Steinkreis zu zerstören und alle dort lebenden Menschen zu töten. Bechet berichtete von ihren Eingebungen, die sie erhalten hatte:

Wir müssen die Erde schützen, es droht uns eine große Gefahr. Es wird eine Welle des Mordens über unser Gebiet und andere Erdteile hinweggehen, die das große Vergessen noch steigern wird. Neue Religionen werden entstehen. Wenn es so weitergeht, wird bald niemand mehr etwas wissen wollen über Nammu und ihre Ahnen. Die Menschen sind zum Teil so weit aus dem Schöpfungstraum herausgefallen, dass die Männer begonnen haben, Nammu zu verdammen. Sie haben Kriegsgötter geschaffen. Sie beginnen, die Frauen zu verachten und ihr Schöpfungsgeheimnis mit Füßen zu treten. Sie wissen um unsere Tradition des Träumens und versuchen, unsere Träume mit dunklen Kräften zu beeinflussen.

Der gesamte Stamm beschloss, sich für drei Tage zurückzuziehen, um gemeinsam auf besondere Hinweise und Eingebungen zu achten. Nach dieser Zeit trafen sie sich um Mitternacht zur Beratung. Sie wussten jetzt, dass eingetreten war, was sich schon lange angekündigt hatte. Sie würden das Weite Wandern beginnen. Ihr Stamm würde sich aufteilen und in die vier Himmelsrichtungen losziehen, um sich mit denjenigen Völkern zusammenzuschließen, die sie seit langem aus ihren Träumen und der telepathischen

Kommunikation mit ihnen kannten. Dabei würden sie sich von ihren Eingebungen führen lassen.

Von anderen befreundeten Stämmen hatten sie gehört, dass die Kurgan brutalste Methoden anwendeten, um den Wissenshütern, noch bevor sie starben, ihre Geheimnisse zu entlocken. Das wollten sie unter allen Umständen vermeiden. Niemand von ihnen sollte im Zustand der Angst ins Reich des Todes überwechseln. Unberührt von der Angst zu bleiben, war eine Voraussetzung für den Schutz des Friedenswissens. Jedes Stammesmitglied erhielt bestimmte Anweisungen, die sich zu einem sinnvollen Ganzen ergänzten.

Eine Gruppe von jungen Frauen und Männern sollte über das Land wandern und sich einen Weg weisen lassen bis nach Afrika, bis zu den Bewohnern von Eritrea und zu den Nubiern, mit denen sie seit Jahrhunderten in innigster telepathischer Verbindung standen. Diese waren ebenfalls bedroht und brauchten Schutz und Verstärkung. Während in Europa und anderen Gebieten sich die Kriege ausbreiten würden, hatten sie die Aufgabe, die Friedenskultur zu hüten und weiter zu entwickeln.

Eine andere Gruppe von zwölf jungen Männern und Frauen sollte sich auf See begeben. Sie würden ihren Weg von den Sternen, den Träumen und den Fischen im Wasser gewiesen bekommen. Nun, die Göttin der Gewässer, würde sie begleiten. Sie waren angewiesen worden, zunächst ans Meer zu wandern und dort ein großes Schiff zu bauen. Viele Tage und Monate arbeiteten sie an dem Schiff, es war ihre größte handwerkliche Tat. Nachdem sie viele Tage und Nächte lang ununterbrochen gebaut und kunstfertig Stoffe hergerichtet hatten für die Segel, die ihnen Geschwindigkeit geben würden, um über das Meer zu kreuzen, waren sie endlich bereit. Sie sollten zu einer Insel übersetzen, die zentral gelegen war und die sie aus ihren Träumen bereits kannten. Es war die Insel, die wir heute Malta nennen.

Dort sollten sie mithelfen, eine Schule der Friedenshüterinnen zu gründen. Im Zentrum ihrer Arbeit würde die Schule der *Mirjas* stehen. Die *Mirjas* hüteten das Heilungswissen in der Liebe. Stammesverwandte aus den verschiedensten Gebieten würden im Laufe der nächsten Jahrhunderte auf der Insel eintreffen, um dieses Wissen zu suchen, zu hüten und weiterzuführen. Es war ihnen angekündigt worden, dass Malta für einige Jahrhunderte eine Blüte ihrer liebenden Kultur bilden würde, dass sie dort das Wissen über Träume, Telepathie, Kunst und vor allem das Wissen in der Liebe weiterentwickeln würden.

Schließlich zogen die Gruppen, die jeweils einen anderen Aspekt und eine andere Aufgabe in der Heilung der Welt zu vollbringen hatten, los. Sie wussten nicht, ob sie sich in diesem Leben noch wiedersehen würden.

Auf diese Weise reiste eine Gruppe von zwölf jungen Männern und Frauen in Richtung Malta. Die Göttin Nun war ihnen gut gesonnen. Sie hatten ruhige See, die Winde waren günstig. Mit Leichtigkeit passierten sie die Straße von Gibraltar, segelten an der Küste von Marokko und Algerien vorbei, und als sie die Spitze von Tunesien hinter sich gelassen hatten, wussten sie, dass sie an der Küste Siziliens entlang direkten Kurs auf Malta hielten. Nach einem weiteren Tag und einer weiteren Nacht landeten sie dort in der Nähe des heutigen Bugibba, wo immer noch ein Tempel mit einer Steintafel, auf der drei Fische dargestellt sind, an ihre Überfahrt und ihre Einwanderung nach Malta erinnert.

Sie trafen auf einen friedliebenden Stamm, der bereits auf der Insel lebte. Dieser war einige Jahrhunderte zuvor von Sizilien auf Malta eingetroffen. Sie lebten vom Fischfang, von Pflanzen und gelegentlich von der Jagd. Sie verehrten die Göttin in den verschiedensten Formen. Kleine Skulpturen einer weiblichen Gottheit erinnern noch heute an diese frühe Stufe der dort aufkeimenden Kultur.

Neben den wenigen Menschen, die bereits auf der Insel lebten, fanden sie ein üppiges Pflanzenwachstum vor und reichhaltiges Gestein. Auch auf Malta wurden die Steine als besondere Hüter des irdischen Gedächtnisses verehrt. Es gab viele Tiere. Die größten unter ihnen waren eine besondere Elefantenart, mit denen sie sich bald anfreundeten und von denen sie auf vielen ihrer Wege begleitet wurden. Die Menschen, die dort lebten, hatten bereits mit der Tierzucht begonnen, und so waren sie auch von Schweinen, Schafen und Ziegen umgeben, die sie später auf ihren Steintafeln verewigten. Sie schufen Tierdarstellungen als Huldigung an die Göttin in Tiergestalt.

Die Bewohner der Insel hatten die Neuankömmlinge bereits erwartet, und es war ein Leichtes, ein Zusammenleben aufzubauen, das jedem Einzelnen gerecht werden konnte. Im Laufe der nächsten Jahrhunderte kamen immer mehr Menschen auf die Insel.

Durch die Einwanderer, die von Portugal nach Malta kamen, waren bald alle Bewohner der Insel mit der Geschichte von Manu und Meret intim vertraut. Jede *Mirja* erfuhr über diesen geschichtlichen Hintergrund, und jeder Schamanu wurde entsprechend aufgeklärt.

Der Sinn des Wortes *Schamanu* bedeutet: der, welcher der Göttin dient. Ein *Schamanu* war ein Liebespriester. Er wurde im Tempel ausgebildet, um den Liebesdienst für Frauen auszuüben und in den Fruchtbarkeitsritualen als Bote der Göttin aufzutreten. Ein Schamanu hatte die Aufgabe, die sexuelle Kraft als kosmische Kraft zu hüten und dafür zu sorgen, dass die sexuelle Balance im ganzen Stamm gepflegt und geachtet wurde. Für die Fruchtbarkeit und zu Ehren der sinnlichen Liebe wurde mindestens einmal im Jahr das Fest der heiligen Hochzeit mit Nammu gefeiert.

Es hatte sich die Tradition entwickelt, dass Mitglieder des Stammes, die auf besonders starke Weise das Thema der personalen Liebe mitbrachten, Manu oder Meret genannt wurden. Sie hatten die Aufgabe, durch ihr Leben einen geschichtlichen Beitrag zur Heilung zu leisten, um die Liebesthematik, die im Leben von Manu und Meret so unglücklich verlaufen war, anders und heilsamer zu lösen.

DIE ERSTE NACHT: BEGEGNUNG MIT LILITH

Bevor ich in meiner ersten Nacht auf Malta einschlief, konzentrierte ich mich noch einmal auf den Sinn meiner Reise. Ich bat um Hinweise für einen Einstieg. Ich bat darum, dass mir im Traum eine weibliche Urkraft begegnen möge, die das urgeschichtliche Wissen auf Malta hütete. Zu diesem geschichtlichen Hintergrund wollte ich eine persönliche Verbindung schaffen und mehr erfahren über meinen spirituellen Auftrag hier in Malta. Schnell schlief ich ein und träumte zunächst von vielen Tempeln.

Ich gehe von Stein zu Stein, untersuche jeden Einzelnen und schaue mir alles gründlich an. Die Bilder verwandeln sich aber dauernd. Mein Traum wechselt von Bildern aus der urgeschichtlichen Zeit immer wieder über in die Gegenwart. Ich irre durch verkehrsreiche Straßen zwischen hupenden Autos umher auf der Suche nach irgend etwas, an das ich mich nicht erinnern kann. Während des Traums wechselt das Bild ganz abrupt. Es ist, als werde ich von einer eigenartigen Energiebewegung geschüttelt. Ich fühle mich von einer spiralartigen Grundbewegung durchgewirbelt. Dann sehe ich die Spirale in einem Stein eingeritzt. Ich bin Schülerin, sitze davor und muss mich auf diese Spirale konzentrieren.

Ich erwachte, erstaunt über dieses deutliche Bild der Spirale, schlief wieder ein und träumte wieder von den Tempeln. Ein Bild prägte sich mir deutlich ein:

In einem Tempelbereich sehe ich ein kleines Mädchen, das gerade krabbeln kann. Es ist meine Aufgabe, es zu hüten. Mein Geliebter Pierre steht neben mir und sagt: „Schau mal, was ich gerade mache. Ich tue nichts, als dieses Wesen zu beobachten. Dadurch scheine ich es immer mehr zu verstehen. Ich greife in keiner Weise ein; genau das scheint ihm Schutz zu geben. Lilith heißt es."

Mit diesen Worten erwachte ich. Lilith? Wie kam ich jetzt im Traum auf diesen Namen? War das nicht der Aspekt des Weiblichen, der in der Bibel als das Böse schlechthin verdammt wurde? Eva war diejenige, die mit Adam vermählt und schließlich aus dem Paradies vertrieben wurde. Lilith aber war der Aspekt des Weiblichen, der sich nie einfangen ließ. Sie war die wilde und weibliche Natur, die auch durch die Jahrtausende hindurch nicht gezähmt werden konnte. Dieser weibliche Aspekt waltete im Untergrund trotz aller Zähmungsversuche. Und wo ihr kein Recht auf Leben eingeräumt wurde, richtete sie Unheil an.

Und ich hütete jetzt diesen weiblichen Aspekt in Gestalt von Lilith, die in einem Alter war, wo sie gerade erst krabbeln konnte? Ich deutete die kleine Lilith als Symbol für einen neuen Kulturimpuls, der jetzt sorgsam gehütet und wahrgenommen werden wollte. Es scheint eine Aufgabe von uns Frauen zu sein, diesen weiblichen Aspekt in uns wieder zu erkennen und zu pflegen, ohne in irgendeiner Weise kommentierend einzugreifen. Lilith erschien mir wie ein embryonaler Aspekt der weiblichen Urschöpfung, die Ankündigung eines neuen Kulturimpulses. Ich schlief wieder ein.

Erneut befinde ich mich im Tempel. Dort gibt es Sitzreihen, die in Felsen eingehauen sind - wie in einem in die Landschaft eingefügten Theater. Ich habe mit jungen Menschen ein Theaterstück einstudiert, das die verschiedenen Aspekte menschlicher Archetypen auf die Bühne bringen soll. Wir haben das Stück in zwei Tagen geprobt, und heute ist unsere Uraufführung. Gerade werden die letzten Vorbereitungen getroffen.

Ich erwachte, erstaunt darüber, in wie vielen Gefilden sich meine Seele wieder getummelt hatte, und war dankbar für die ersten Hinweise. Ich fühlte, dass ich hier auf Malta stärker denn je vor der Aufgabe stand, Bilder aus vergangenen Zeiten sinnvoll mit der Gegenwart zu verbinden. Die Sonne ging gerade auf. Und während ich meine Traumerinnerungen in mein Tagebuch schrieb, stellte ich fest, was für eine Fülle an Hinweisen ich bereits in der ersten Nacht geerntet hatte. Ich befragte meinen Traum und suchte eine Verbindung zu der kosmischen, weiblichen Wissensquelle. Ich versuchte, in meinem Inneren die Stimme zu hören, die mich hierher geführt hatte. „Warum träume ich von dir? Hast du Hinweise für mich und mein Hiersein?" fragte ich, horchte auf meine innere Stimme und bekam sehr schnell Antworten.

Du bist hier, um weibliches Wissen, das sich über die Jahrtausende entwickelt hat und über viele Jahrhunderte bekämpft wurde, wieder zu wecken. Hilf mit, dass es sich in der gegenwärtigen Zeit neu formiert und zu einer neuen feldbildenden Kraft sammelt.

"Wer bist du, Lilith?" Ich schrieb die Antworten mit.

ICH BIN GERNE EINE FRAU

Ich bin die noch nicht integrierte Kraft, die du in vielen Frauen, in ihren Wünschen, Ängsten, Nöten und in ihren tieferen Sehnsüchten wiederfindest. Ich bin eine geschichtliche Urkraft, die sich nicht töten lässt. Ich habe eine große Geschichte der Wandlung erfahren. Ich bin der weibliche, geschichtliche Archetyp, der feldbildend einen gesellschaftlichen Heilungsvorgang einleiten könnte, da er in Verbindung steht mit universellen Heilungsvorgängen und einer urgeschichtlichen Kultur des Friedens.

Verbinde dich, so tief du kannst, mit meinem Leitsatz, so wirst du auf die Spuren der Urmutter allen Lebens geführt und auf meine wilde und unzähmbare Kraft für einen geschichtlichen Neuanfang. Der Satz lautet: **Ich bin eine Frau. Ich bin dankbar dafür, denn ich bin gerne eine Frau.**

Dies ist ein Satz für die vollkommene Revolution aller Lebensverhältnisse in der gegenwärtigen Kultur. Er soll dein Leitfaden zu einem weiblichen Friedenswissen sein. Schon allein diese Aussage, in voller Wahrheit ausgesprochen, verlangt einen grundlegenden Wandel im Weltbild der Frau und eine Wiederbesinnung auf ihre wahren und schönsten Quellen. Sie verlangt Schritte der Befreiung aus dem gesellschaftlichen Korsett, in dem mir seit Tausenden von Jahren Verhaltensweisen aufgezwungen wurden, die meiner wirklichen universellen Lebensquelle nicht entsprechen. In der Religionsgeschichte ist der geschichtliche Einbruch, der mich meiner ursprünglichen weiblichen Wissensquellen beraubt hat, durch den Erbsündenfall ausgedrückt. Weil alle Frauen Nachkommen Evas sind, soll sich mit ihr das ganze weibliche Geschlecht versündigt haben. Vergessen wurde, dass es viel ältere Schöpfungsmythen um Eva gab. Eva bedeutete ursprünglich „Mutter alles Lebendigen". Bevor sie Eva genannt wurde, hieß sie Nammu.

Ich, Lilith, bin Nammus wilde Tochter, die niemals gefangen werden konnte. Ich war Adams wilde Braut und entfloh ihm, noch bevor man die Urmutter Eva, die angeblich aus seiner Rippe geschaffen wurde, in seine Braut verwandelte. Ich aber habe mich dem Mann niemals unterworfen. Ich wurde von einem Gott verdammt, den ich niemals als solchen anerkannt habe. So konnte er meine wilde Natur auch niemals zerstören.

Viele alte Völker sahen die Göttin und die Schlange als die Urahnen an. Religiöse Bilder zeigen Eva, wie sie dem Mann das Leben schenkt, während sich die Schlange um den Apfelbaum als Lebensbaum windet. Dies sind Bilder der ursprünglichen Schöpfungsreligion, in der Eva noch die Mutter alles Lebendigen war. Durch den kulturgeschichtlichen Wandel wurde der Mensch aus dem Paradies vertrieben. Auch ich wurde vertrieben. Denn durch den unendlichen Schmerz, den ich erfuhr, als ich sah, was sie Eva und damit allen Frauen antaten, erwachte in mir der Gedanke der Rache. Dieser Gedanke gab mir viel Kraft, aber er war es auch, der mich selbst aus meinem ursprünglichen Paradies vertrieb und es zerstörte.

Der Kabbala zufolge kann das Paradies auf Erden nur durch die Wiedervereinigung der beiden Geschlechter zurückgewonnen werden. Selbst Gott müsse, so heißt es, mit seinem weiblichen Gegenstück, der Scheschina, auch himmlische Eva genannt, wiedervereinigt werden.

Das, was zeitgeschichtlich ansteht, nenne ich die partnerschaftliche Kultur. Sich mit den weiblichen Urquellen wieder zu verbinden, ist ein wesentlicher Schritt auf diesem Weg. Du findest hier auf Malta unzerstört alle wesentlichen Informationen über den Lebensbaum, über die Schlange, über die Urmutter und über einen geschichtlichen Lebens- und Liebestraum einer sich neu gebärenden weiblichen Kraft.

„Was ist geschehen mit dem ursprünglichen Traum der Erde, mit dem personalen Liebestraum, den Manu und Meret träumten, was ist mit dem Wunsch nach einer partnerschaftlichen Kultur des Friedens geschehen? Was ist zu tun zur Heilung und Verwirklichung dieses urgeschichtlichen Traumes?" fragte ich und schrieb bereits die Antwort.

Dieser Traum trägt im Inneren ein Bild der Partnerschaft, dienicht mehr gebunden ist an Bedingungen, sondern die sich auf dem Weg zweier frei liebender Menschen vollzieht, die auf ihrem Weg der Liebe viele andere Männer und Frauen einbeziehen können. Diese Art von Treue entsteht aus dem freien und teilnehmenden Blick in die Welt und aus einer tiefen Verständigung darüber.

In der Frühgeschichte war der Herd der soziale Knotenpunkt und heilige Ort einer Gemeinschaft. Die Frau war der Pol nicht nur für einen Mann und ihre Kinder, sondern für den gesamten Stamm. Es gibt eine archaische und elementare Sehnsucht in mir, die nach Gemeinschaft ruft. Sie ruft nach Lebensformen, die wieder in einen größeren Zusammenhang eingebettet sind. In meinen Zellen ist ein Urgedächtnis angelegt. Es erinnert an eine alte Form des matriarchalen Zusammenlebens, in dem der Herd das Zentrum der Gemeinschaft war und damit der soziale und auch der religiöse Pol für das Blühen der gesamten Gemeinschaft.

Ich möchte in einer Gemeinschaft mit Männern und Frauen leben, mit Kindern, Tieren und Pflanzen, so dass ich nicht immer wieder gezwungen bin, meine eigentliche Gestalt vor den anderen zu verbergen. Wahrnehmung und Kontakt sind so elementare Lebensquellen wie das Atmen. Wenn ich das darf, dann bin ich gerne eine Frau, denn dann kann ich es in vollem Umfang sein. Meine Erfüllung als Frau fand immer in der Gemeinschaft statt. Diese fast biologische Grundsehnsucht wohnt noch heute in meinen Zellen.

Unter den gegebenen gesellschaftlichen Bedingungen bin ich gezwungen, diese Sehnsucht nach Kontakt, nach Dauer und Treue in viel zu kleine Formen zu pressen. Damit die Liebe und der Eros sich so entfalten können, wie es meiner eigentlichen Weiblichkeit entspricht, bedarf es der Gemeinschaft, und zwar einer größeren Liebesgemeinschaft, die auf Vertrauen basiert.

Die neue menschliche Friedenskultur hängt von unserer Fähigkeit ab, funktionierende Gemeinschaften aufzubauen. Es ist merkwürdig, dass Menschen überhaupt leben können ohne Gemeinschaft. In der patriarchalen Kultur sind sie aus den natürlichen universellen Stammeszusammenhängen herausgerissen worden. Gemeinschaften in der heutigen Zeit scheitern immer am Thema Liebe. Sie scheitern immer am nicht gelösten Thema von Konkurrenz und Eifersucht.
„Was war das Heilsame und Besondere in den frühen Friedenskulturen?" wollte ich jetzt wissen.

In den frühen Kulturen waren wir alle verbunden mit Mutter Erde, in deren Dienst wir standen. Diese Verbundenheit mit der Schöpfung nannten wir Liebe. Wir bildeten eine große zusammenhängende Familie. Alle Liebesbeziehungen standen in der Verbundenheit mit dem größeren Ganzen. Private Liebesbeziehungen gab es nicht. Und hier komme ich auf den wesentlichen Punkt meines Frauseins, der am meisten verdrängt und verleugnet wurde: Es ist der sexuelle Punkt.

Ich bin eine Frau. Und da ich eine Frau bin, bin ich ein sexuelles Wesen.

Und ich bin gerne ein sexuelles Wesen. Diese Aussage, von einer Frau ausgesprochen, bedarf heute im 21. Jahrhundert eines revolutionären Mutes, der erst rudimentär in wenigen Frauen vorhanden ist, obwohl wir scheinbar im Zeitalter der sogenannten sexuellen Befreiung leben.

Diese Aussage bedeutet:
Austritt aus der Scham.
Austritt aus der Angst vor Gewalt.
Austritt aus der Angst vor Unterdrückung und Bestrafung.
Austritt aus der falschen Moral.
Austritt aus der Angst vor dem Neid der Konkurrentinnen.
Austritt aus den Normvorstellungen der Schönheitsindustrie.
Austritt aus den Religionsvorstellungen der patriarchalen Kultur.
Austritt aus dem alten Liebesbild.

Austritt aus der Ohnmacht dem Mann gegenüber.
Austritt aus dem sexuellen Vergleich und Leistungsdruck.

Es gibt kaum etwas, aus dem Frauen nicht austreten müssen, um diese Aussage frei und ohne heimliches schlechtes Gewissen treffen zu können. Es ist eine geschichtliche Urangst vor der Sexualität, die seit der Entstehung des Patriarchats in den weiblichen Zellen liegt. Das Ausmaß an Angst vermehrt sich auf der Stelle, wenn die Frau ihre sexuelle Bejahung nicht nur an einen Mann bindet. Die Bilder der Gewalt, der Vernichtung und Zerstörung aller weiblichen Elemente, die sexuellen Gräueltaten einer fehlgelaufenen Geschichte zwischen Mann und Frau liegen heute als sedimentierte Angst in den Zellen der Frau, sobald sie sich dem Thema Sexualität nähert. Die Grausamkeit und die Angst davor liegen jedoch nicht in der Sexualität selbst, sondern sie sind eine Folge der jahrtausendelang falsch gelenkten und unterdrückten Sexualität.

Was für ein Einstieg! Es war der erste Morgen auf Malta. Noch bevor ich irgend etwas von der Insel wahrgenommen hatte, wurde ich bereits in diese Tiefen der Themen gerufen. Mein Traum hatte mich nicht nur in die Vergangenheit geführt, sondern auch Zukunftsgedanken geweckt. Was hatte die Spirale zu bedeuten, warum tauchte sie im Traum dieser ersten Nacht auf?

Und dann Liliths Worte: Sie schafften eine unmittelbare Verbindung zwischen Vergangenheit und Gegenwart. Die Figur Lilith war mir bis dahin ziemlich fremd geblieben. Obwohl ich wusste, dass viele Frauen aus der modernen Frauenbewegung sie immer wieder einbrachten, hatte ich mich bis heute wenig mit ihr befasst.

Nachdenklich erhob ich mich.

Jetzt war es an der Zeit, erst einmal für mein leibliches Wohl zu sorgen. Ich besorgte mir in einem nahe gelegenen Supermarkt ein kleines Frühstück, richtete es mir feierlich her und nahm es in aller Ruhe auf meiner kleinen Terrasse ein. Ich dachte über meinen Einstieg nach und bemühte mich darum, eine Struktur für meinen Start auf Malta zu finden. Schließlich befand ich mich in einer Umgebung, die mir, abgesehen von meiner Traumbekanntschaft, in jeder Hinsicht fremd war.

Unsere Kultur hat den Eros auf den persönlichen Bereich zweier Menschen festgelegt. Dadurch hat sie tiefere Zonen der sexuellen Magie ausgeklammert. Sie lassen sich aber nicht ausklammern, so wahr wir Menschen sind. Sie leben unterirdisch weiter in heimlichen Phantasien, sie dienen der Werbung als heimliche Verführer, sie rumoren in den Leibern von Huren und Heiligen, sie füllen die Träume der Literatur, sie brechen sich immer irgendwo gewaltsam Bahn in sexuellen Exzessen, von denen dann die Presse berichtet. Die Gesellschaft hat die sprengende Macht des Eros in die Bereiche von Pornographie und Kriminalität verwiesen. Heute ist sie im Begriff, an dieser Sünde unterzugehen, denn Menschen können nicht ewig mit einer Maske leben.

Dieter Duhm (3)

Weibliche Sexualität und Religiosität

Nachdem ich eine so umfassende Einführung erhalten hatte, befasste ich mich zunächst mit den Aufzeichnungen vom Steinkreis *Almendres*, mit der tragischen Liebesgeschichte von Manu und Meret. Ich sann darüber nach, warum jetzt plötzlich die Rede von Lilith war. "Warum wurde Eva ins Spiel gebracht, warum hieß sie nicht einfach Nammu, wie sie mir immer im Steinkreis begegnet war? War möglicherweise auch hier übergroße Liebessehnsucht der geschichtliche Hintergrund für die biblische Geschichte der Eva, die Adam dazu verführt hatte, zu früh vom Baum der Erkenntnis zu essen?"

Ich nahm mein Diktiergerät und verließ mein Hotel, um einen kleinen Spaziergang zu machen. Ich hoffte auf weitere Erkenntnisse. Direkt hinter dem Haus erstreckte sich die wilde Macchia mit kleinen Bäumen, Büschen, blühenden Steingärten und hell leuchtendem Gestein. Ich war dankbar für dieses wilde Stück Natur in meiner unmittelbaren Nähe.

Das ist auf dieser Insel, die dichter besiedelt ist als das Ruhrgebiet, keine Selbstverständlichkeit. Ich lief ein paar hundert Meter einen kleinen Hang hinauf, setzte mich an einen schönen schattigen Platz unter einen Baum mit Blick auf die Küste und horchte noch einmal in mich hinein. Ich sog die würzige Luft ein und lauschte den fernen Klängen vom Hafen, die zu mir herüberschallten. Liliths einführende Worte vom heutigen Morgen ließen mir keine Ruhe. Ich dachte an die kleine Gruppe vom Stamm der ursprünglichen Erbauer des *Almendres*-Steinkreises, die damals von Portugal nach Malta gesegelt war. An welcher Stelle war sie wohl gelandet? Würde ich ihre Spuren in irgendeiner Weise ausfindig machen können?

Ich bin auf der Suche nach einer Verbindung zur Urgeschichte, nach einer Verbindung zu dem Stamm des Steinkreises aus Portugal. Eine kleine Gruppe hatte damals Portugal verlassen, um sich einen neuen Heimatort zu suchen. Sie fuhren über See und wurden nach Malta geführt. In Malta gründeten sie eine Friedensschule. Hier wurde Friedenswissen gehütet und weitergetragen. "Wieso kommt jetzt der Name Lilith zu mir? Warum taucht der Name Eva auf? Steht dies in irgendeiner Verbindung zu der Urgeschichte, die ich suche?" Ich musste nicht lange auf Antwort warten. Der Traum der vergangenen Nacht hatte mir einen leichten Zugang zu meinen inneren Eingebungen verschafft.

Die ursprünglichen weiblichen Quellen sind im Laufe der Geschichte mit verschiedenen Namen benannt worden, aber es sind letztlich doch überall dieselben Kräfte. Malta hat eine reichhaltige Kulturgeschichte. Hier sind viele verschiedene Informationen übereinandergelagert. Eine Linie wird dich in die Urgeschichte führen, hin zu den Liebestempeln, hin zu Manu und Meret, hin zu den Traum- und Orakelpriesterinnen. Wenn du geduldig bist, wirst du in Kontakt mit diesen Informationen kommen.

Dazu musst du dich vermutlich durch viele verschiedene Kulturschichten hindurcharbeiten. Du musst auch mit

Widerständen rechnen. Schon früh kamen Priester nach Malta, die den Glauben des Alten Testaments hierher brachten. Auf Malta waren die Phönizier. Hier strandete der Apostel Paulus und wurde von der Schlange gebissen. Hier siedelten die Urchristen. Viele andere geistige Strömungen ließen sich hier nieder. Neben dem Friedenswissen findest du hier auch erste Zeichen des Verfalls, des Aufkommens von Machtgedanken und zerstörerischen Kräften.

Lilith hat ihre Wurzeln in der urgeschichtlichen Kultur. Aber die Lilith, die dir in deinem Traum begegnet ist und jetzt als erwachsene Person zu dir spricht, ist eine Person, die Vergangenheit und Gegenwart in sich vereint. Sie bahnt den Weg in eine neue Zukunft. In ihr findest du die Keimkraft für eine partnerschaftliche Kultur, die weibliches Wissen voll bejaht. Lilith kennt die Trennung; sie kennt den Schmerz und die Nichtverbundenheit; sie wurde geschunden und gejagt. Lilith war wild und unbezähmbar. Sie lernte die Rache kennen; sie stellte sich gegen jede Mütterlichkeit, die sich einzwängen ließ in die Strukturen des Patriarchats. Sie hütete den reinen und elementaren sinnlichen Traum, der sich in keine Formen zwängen ließ und stellte sich dafür sogar scheinbar gegen Nammu, die in den späteren Kulturen Eva genannt wurde. Aber gerade weil sie das alles durchlaufen hat, hat sie ein umfassendes Wissen und eine umfassende Erfahrung weiblicher Geschichte. Sie steht jetzt in größerer und tieferer Verbundenheit mit dem Heilungswissen. Keine kennt so intim die kulturgeschichtlichen Sackgassen wie sie, und keine ist so tief mit dem neu keimenden Heilungswissen verbunden.

Sie hat sich niemals verhäuslichen lassen und kennt den personalen Liebestraum von Manu und Meret in seiner klaren und unverstellten Form. Sie ist die wilde Schwester von Meret; aber Lilith erlag nie den verführerischen Angeboten eines Manu. Wer den Spuren Liliths folgt, verbindet sich mit der Stimme einer weiblichen Revolutionskraft und wird gleichzeitig an die Wurzeln der Urgeschichte geführt, aus der auch sie kommt. Du wirst hier stärker als an anderen Orten zu *sexuellem Heilungswissen geführt, denn die wesentliche Stelle, an der das Friedenswissen zerstört und verletzt wurde, liegt im Bereich der Sexualität.*

Ich sprach alle diese Eingebungen auf mein Diktiergerät und folgte noch einmal bewusst den Klängen des Satzes:

Ich bin eine Frau. Und ich bin dankbar dafür, denn ich bin gerne eine Frau.

Ich fühlte, dass meine Einführung vom frühen Vormittag eine Ergänzung und Erweiterung suchte, und so folgte ich den Spuren meiner weiteren Eingebungen und ließ Lilith sprechen.

LILITHS WORTE, FORTSETZUNG

Ich bin eine Frau, und ich bin gerne eine Frau. Ich bin eine Frau und damit ein sexuelles Wesen, und ich bin als dieses sexuelle Wesen eine Frau, die sich in liebender sinnlicher Verbindung auf mehrere Männer bezieht und sich mit ihnen geistig, sinnlich und wollüstig vereinen möchte. Es ist manchmal schwer zu begreifen, wie viel Mut zur Wahrheit eine solche Aussage in der heutigen Zeit braucht. Die Überwindung der Angst vor Frauen und vor Männern ist verlangt. Sie wird die Gegnerschaft von vielen Frauen nach sich ziehen und die Verachtung von vielen Männern.

Viele Frauen werden wütend, da sie in dem positiven Bekenntnis zur Heterosexualität eine wiederholte Abhängigkeit vom Mann sehen. Jetzt will sie nicht nur für den Einen da sein, sondern sich auch noch für viele aufopfern. So entsteht ja eine noch größere Abhängigkeit. Sie empfinden in dieser Aussage einen Boykott gegenüber der Freiheit und Unabhängigkeit, die sie anstreben. Die Enttäuschung über die Männer und der daraus entstandene Hass auf die Männer sind so groß geworden, dass sich viele Frauen nicht mehr mit der erotischen Anziehung zwischen Mann und Frau auseinandersetzen wollen. Schon gar nicht geht es ihnen um Frieden zwischen den Geschlechtern.

Rache am Mann hat für sie eine viel höhere Kraft als der Wunsch, dem Frieden unter den Geschlechtern zu dienen. All das ist geschichtlich verständlich. Interessanterweise wirst du feststellen können, dass gerade Frauen, die besonderen Wert auf den Unabhängigkeitsgedanken legen, in ihren sexuellen Phantasien oft den Bildern der Unterwerfung unter den Mann folgen. Die sexuelle Unterwerfungslust ist unbewusst so groß geworden, dass sie davor erschrecken, da sie dies in keine sinnvolle Verbindung bringen können mit dem Selbstbild einer freien und unabhängigen Frau.

Sie wissen ja noch nicht, dass sich gerade aus dem erfüllten sexuellen Kontakt heraus die Bilder der Unterwerfung oder der Gewaltphantasien wandeln in Bilder der wirklichen Anteilnahme und des Kontaktes. Aus den sexuell erfüllten Kontakten gehen die wirklich freien Frauen hervor.

Es sind bisher erst wenige, die dies bejahen können im Sinne einer wirklichen Emanzipation der Frau. Nur wenige können sich vorstellen, dass eine Frau in einem unabhängigen und freien Sinn den vollen erotischen Kontakt zum Mann wünscht. Es ist der freie Wunsch einer Frau, in eine Partnerschaft mit dem Mann einzutreten. So wahr ich ein sexuelles Wesen bin, sage ich als Frau: Ich brauche den Mann. Aber ich brauche ihn weder als Tyrannen, noch als Pantoffelhelden, noch als Herrscher, noch in seiner alten belehrenden Rolle. Ich wünsche ihn als einen tatsächlich potenten Liebhaber, der die sinnliche Liebe kennt. Ich werde mich ihm weder unterwerfen, noch mich bemutternd über ihn stellen, denn beides entspricht nicht meiner wahren sinnlichen Sehnsucht. Und ich werde ihn auch nicht mit falschen Mitteln an mich binden, da ich durch die letzten Jahrhunderte hindurch erfahren habe, dass Erpressung in der Liebe genau das zerstört, was wir ursprünglich aneinander geliebt haben. Ich werde dafür sorgen, dass die ursprüngliche freie und wollüstige Begegnung mit den Männern möglich wird, wie ich sie schon seit Jahrtausenden wünsche. Der Eros ist von Natur aus frei und lässt sich nicht in künstliche Bahnen lenken. Die Erleuchtung, die ich suche, geschieht nicht im Jenseits, sie geschieht in meinen Zellen, irdisch und elementar. Sie ist durch und durch sexueller Natur. Ich berufe mich hier auf uraltes weibliches Mysterienwissen, das langsam wieder ans Tageslicht der Erinnerung kommt und das in der heutigen Zeit einen natürlichen Wandel bewirkt. Aber dieser Wandel kann erst vollzogen werden, wenn wir unsere natürliche sexuelle Quelle als Wissensquelle und universelle Liebesquelle wieder heiligen.

Die Freundschaft und die Treue, die ich mir zusätzlich vom Mann wünsche, ergeben sich aus einer anderen Kraft als aus Erpressung und falschen Gesetzen. Ich werde die Männer in ihrer Entwicklung unterstützen, indem ich ihnen zeige, was ich an ihnen liebe und begehre und was nicht. Die wirkliche, auch sexuell gelebte Hingabe an den Mann macht mich nicht abhängig, sondern frei. Dass ich mich so lange äußerlich zurückgezogen habe, war nur eine Folge meiner Hoffnungslosigkeit. Auch dass ich der Spur der Rache gefolgt bin, kam aus meiner wilden Verzweiflung darüber, dass sich die erotische Welt, die in meiner Sehnsucht liegt, nicht verwirklichen ließ. In die viel zu enge und ausschließliche Beziehung und die persönliche Liebesforderung an den Mann bin ich aus Resignation und nur scheinbar eingetreten. Aber niemand kann mich dauerhaft gefangen halten. Der Eros verlangt eine Öffnung und Teilnahme an der sinnlichen Welt über alle Ehegrenzen hinaus.

Das Bild einer sinnlich wollüstigen und dauerhaften Liebesbeziehung ist ein anarchistisches Bild. Denn die Gesetze des Eros selbst haben eine anarchistische Kraft, die alle falschen Normen sprengen. Aus der sinnlichen Anerkennung des anderen Geschlechts und der Anerkennung der erotischen Wirklichkeit entsteht eine tiefere Treue und Dauer zwischen Mann und Frau, die nicht mehr von Verboten und Eingrenzungen lebt. Eine immer umfassendere Offenbarung voreinander macht diesen Weg der Erkenntnis möglich und führt zu einer tieferen Treue, als sie im System der Ehe und der Ausgrenzung anderer jemals möglich war.

Das wussten die Menschen auf Malta schon vor Tausenden von Jahren. Ohne die Geduld und unendliche Güte von Nammu hätten wir niemals durchgehalten. Nammu verkörpert die ewige Güte. Mein Schmerz jedoch war viel zu groß, als dass ich Geduld hätte üben können. Aber jetzt ist die Zeit vielleicht reif dafür, dass dieses alte Mysterienwissen für eine sinnliche Friedenskultur noch einmal als Keimkraft das Tageslicht der Geschichte erblicken kann.

„Was ist geschehen? Warum kommen alle Frauen und Männer in den tiefen Konflikt zwischen der Sehnsucht nach Intimität und Partnerschaft und einem freien Liebesleben? Wie sah dies in den frühen Kulturen aus?" fragte ich.

Das falsch gelebte Liebesbild brachte uns Frauen dazu, unsere natürlichen Liebesvorstellungen in ein Besitzdenken und in Ausschließlichkeit umzuwandeln. Damit wurde die matriarchale sexuelle Wirklichkeit, die meiner eigentlichen ursprünglichen Natur als Frau ganz tief entsprechen würde, nicht mehr lebbar. Sexualität ist eine universelle Begegnungsform. Sie kann einmalig sein, sie kann außerhalb von Beziehungen durchaus erwünscht sein. Sexualität ist aber in der bestehenden Gesellschaft nur innerhalb von Beziehungen erlaubt.

Es gibt einen Aspekt in der Sexualität, den wir in frühen Kulturen durch unsere intime Verbundenheit zur Natur und zur Göttin gestaltet haben. In sexuellen Fruchtbarkeitsritualen haben wir den Eros selbst zelebriert, als kosmische Feier und kosmischen Dank an Mutter Erde. Fruchtbarkeitsrituale wurden praktiziert und öffentlich aufgeführt, in denen wir Frauen selbstverständlich unsere sinnliche Lust zeigen und offenbaren durften. Das war nicht die sinnliche Offenbarung vor einem privaten Mann. Es war ein Tempelfest, in dem wir Mutter Erde unsere Sinnlichkeit als Dank zurückgaben. Auch die Männer vollzogen den Liebesakt nicht mit uns persönlich, sondern als Dienst an der Göttin. Eine Frau, die in einem

Liebestempel versuchte, einen Mann persönlich an sich zu binden, hatte ihren Dienst an der Göttin verfehlt.

Diese Art von elementarer, einfacher, sexueller, aber auch gewaltiger Begegnung zwischen Mann und Frau wurde in der heutigen Kultur zurückgedrängt. Es ist die nicht verstandene Gewaltigkeit des Eros selbst, die zur Unterdrückung der Frau und damit zur Gewalttätigkeit geführt hat. Liebe und Sexualität wurden gespalten. So entstand geschichtlich auf der einen Seite der romantische Minnesänger und Verehrer der Frau, der sie anbeten wollte und sie unantastbar machte. Auf der anderen Seite entstand der Triebtäter, der den Urgewalten des verbotenen Eros folgt. Das Verbot des zugleich heiligen und wollüstigen Aspektes führte zu Formen von Sadismus und Masochismus bis hin zur realen Gewalttätigkeit, die sich als Blutspur von unsäglicher Grausamkeit durch die ganze patriarchale Geschichte zieht.

„Was können wir denn heute tun, um dem sexuellen Aspekt unseres Daseins wieder gerecht zu werden? Wie findet sich eine Frau, die den Eros bejaht, denn heute zurecht?"

Die ersehnte Verwirklichung der Liebe in all ihren Aspekten braucht die Integration des heiligen Aspektes der Sexualität. Und wir brauchen wieder natürliche Gemeinschaftsformen, in denen diese Wahrheit gelebt werden kann. Welch ein kulturgeschichtlicher Wandel könnte sich vollziehen, wenn wir unsere pflegende Kraft wieder investieren würden in den Aufbau von Gemeinschaften, in denen nicht Verstellung, sondern Vertrauen die Grundlage ist, so dass wir der erotischen Wirklichkeit gemäß leben könnten? Wie viel Benzin wird verfahren auf der Suche nach erotischen Kontakten? Wie viel Ersatzkonsum wird gebraucht, um die erotische Sehnsucht zum Schweigen zu bringen? Es wird auf der Erde keinen Frieden geben, solange in der Liebe Krieg herrscht. Hier ist ein Erwachen von uns gefordert. Sofern ich eine Frau bin, gibt es in mir die sexuelle Wirklichkeit genauso wie die sakrale Wirklichkeit. Wie konnten wir es zulassen, dass die sexuelle Wahrheit so lange aus den Religionen verdrängt wurde? Ich möchte den sakralen und heiligen Charakter des Lebens selbst verehren können mit aller Lust an der Hingabe, die mir zu eigen ist. Natürlich möchte ich auch die männlichen Kräfte lieben und verehren können. Welche Erfüllung erfahre ich, wenn ich mich tatsächlich voller Vertrauen dem Mann hingeben darf, weil ich weiß, dass er diese Hingabefähigkeit nicht mehr missbrauchen wird!

Meine weibliche religiöse Sehnsucht braucht keine Kirchen und keine Altäre. Patriarchale Religionen und ihre Machtausübung sind aus der Unterdrückung der erotischen und sexuellen Wirklichkeit entstanden. Sie waren ein Machtmittel gegen die erotische Vollmacht weiblicher Kulturen. Das Sinnbild dafür sind Eva und die Schlange, die von dem männlichen Gott aus dem Paradies vertrieben und als böse verteufelt wurden. Es gibt aber eine heilige Komponente im Leben selbst, die sich nicht vertreiben lässt, die durchgehalten hat durch Jahrtausende der Vernichtung und Verdrängung.

Dieses sexuelle Urwissen ist es, das sich jetzt vehement wieder zu Wort meldet. Es hat etwas damit zu tun, dass die Materie in sich eine heilige Energie hat. Der Begriff „Materie" kommt ja von „Mater", lateinisch: Mutter, und bedeutet viel mehr als eine objektive leblose Masse. Materie trägt Bewusstsein in sich, mit dem wir, so wahr wir zelluläres Wissen und zelluläre Erinnerungsfähigkeit haben, kommunizieren können.

Ich werde mich als Frau kulturgeschichtlich dorthin entwickeln, ein machtvolles Organ für die Pflege von Mutter Erde zu sein. Ich werde dafür sorgen, dass ein geistiges Feld und ein Bewusstsein für diese Zusammenhänge entstehen können. Du sollst mithelfen, indem du dich in den Dienst deiner höheren Weiblichkeit stellst. Die Erde ist so leiblich, wie wir es sind. Es handelt sich um ein Körperwissen, ein zelluläres Wissen, das wir durch die richtige Wachheit, durch die richtige Wahrnehmung und Präsenz füreinander und durch den Eintritt in die sinnliche Präsenz für diese Erde wieder abrufen können.

Aus diesem Bewusstsein entwickelt sich ein vollkommen neuer Ökologiebegriff.

Hier setzt ein Urvertrauen ein, das wir vor langer Zeit verloren haben. Es ist das Urvertrauen in die Elementarkräfte der Natur selbst. Aus diesem Vertrauen heraus ist es möglich, sich mit diesen Kräften so zu verbinden, dass sie uns ihren Schutz gewähren. In der Verbindung mit diesen Kräften liegt eine große Erfüllungsmöglichkeit.

„Welchem Weg folgst du? Wie kann man auf die Geburtsstunde einer neuen Kultur vertrauen, in der es wieder möglich wird, gerne und frei eine Frau zu sein?"

Es gibt die Sehnsucht. In der Sehnsucht liegt auch latent die Information für ihre Erfüllung und für den Weg dorthin. Es gibt die Sehnsucht, weil es auch die Möglichkeit zur Erfüllung gibt, so wie es den Durst gibt, weil es auch Wasser gibt. Das ist eine Gesamtschau, die jede Frau, die in Berührung mit ihrer weiblichen Quelle kommt, hinführt zu einer Theologie der Entscheidung. Es ist die Entscheidung für die Wiederverbindung und den Wiedereintritt in größere Informations- und Kommunikationszusammenhänge. Es ist dann nicht mehr beliebig, was du tust. Dein Leben ist zu einem Gebet geworden. Diese Entscheidung verlangt von dir die Hingabe an die Materie und an das abrufbare Friedenswissen, das in der Materie selbst wohnt. Es verlangt von dir, dich ganz in den Dienst der Erde mit allen ihren Mitgeschöpfen zu stellen. Und dies trotz der großen Vernichtungskräfte, die gegen Ende des auslaufenden patriarchalen Zeitalters immer mehr werden.

In diesem Sinne wirst du gerne dem biblischen Ausspruch vertrauen: „Folge mir, denn ich bin bei dir alle Tage, bis an der Welt Ende." In diesem Fall folgst du keinem Guru, sondern du gibst dich voller Vertrauen der Göttin, den lebendigen Aspekten der Erde hin. Man möge sich vorstellen, welch sinnliches Vertrauen in unsere Zellen zieht, wenn wir diesem biblischen Spruch so folgen können, dass sich keine Angst mehr einstellt, weil wir auf die schützenden Wachstumskräfte der beseelten Natur schauen und uns bewusst und leiblich wahrnehmend mit ihnen verbinden können.

Aus dieser Schau entsteht ein Forschungsgeist, durch den jede Frau, die mit mir in Berührung gekommen ist, sich herausgefordert fühlt,

Lebenszusammenhänge zu entwickeln und aufzubauen, in denen dieses biologische Urvertrauen wieder gedeiht. Dies ist der Beginn einer neuen, einer wirklich weiblichen Politik.

Das geht selbstverständlich nur unter Einbeziehung und Bejahung der sexuellen Wirklichkeit. Solange sich die Frau aus Angst gegen diese sexuelle Wirklichkeit stellen muss, wird sie sich gegen die materielle Wirklichkeit überhaupt stellen, und sie wird die Elementarkräfte des Lebens als Bedrohung erfahren, vor der sie sich schützen muss.

Wenn wir aber dieser Spur ganz folgen dürfen, dann kommen wir zu einem kreatürlichen Grundwissen unserer weiblichen Zellen. Sie tragen die Informationen in sich, die zu unserer Erfüllung nötig sind. Es ist wie die Erinnerung an einen archaischen Urtraum, an einen urgeschichtlichen Zustand, in dem eine Friedenskultur vorgeträumt wurde.

Auf der Grundlage dieser neuen Betrachtung bin ich auf dem Weg, als geschichtliches Wesen Frau eine neue Beziehung zu mir selbst zu finden. Sich führen lassen, aber dieses Mal nicht mehr von Führern, nicht mehr von patriarchal vorgeschriebenen Gesetzen, sondern von den universellen Wachstumskräften und Führungskräften, die dem ursprünglichen Paradiesestraum der Erde, der Materie selbst innewohnen. In diesem Sinn bestehen meine Freiheit und meine Notwendigkeit darin, mich in den Dienst von Mutter Erde zu stellen.

Folge diesen Spuren auf Malta. Entdecke, dass die Spuren der weiblichen Urquelle hier überall zu finden sind. Es wird nicht leicht sein, denn viele Gegenkräfte haben sich im Laufe der Jahrhunderte angesammelt und mich zum Schweigen verdammt. Aber wenn du dich von den Widerständen nicht abhalten lässt, wirst du einen Weg zu mir und damit auch zur

Göttin finden, wirst ihre Sprache verstehen und anderen einen Weg dorthin eröffnen. Mach dich nun erst einmal mit der Insel vertraut.

Gleich zu Beginn meiner Reise fühlte ich mich mit dem vollen Aspekt meines Frauseins konfrontiert. Ich ahnte, dass hier auf Malta das sexuelle Thema noch mehr ins Zentrum rücken würde als am Steinkreis. Ich hatte den Eindruck, mit einem überzeitlichen weiblichen Manifest der Wollust und ursprünglicher Religiosität in Berührung gekommen zu sein. Ich fühlte mich herausgefordert, unter diesem Aspekt die Tempel zu besuchen und zu erkunden. Jetzt war ich bereit, aufzubrechen und tiefer in die urgeschichtlichen Geheimnisse vorzudringen.

Der erste Tempelbesuch

Ich hatte ein Auto gemietet. Mein erster Tempelbesuch führte mich am nächsten Morgen zum Tempel Ggantija auf Gozo, einer kleinen Nachbarinsel, die zur Inselgruppe von Malta gehört. Während mir die Ortschaften, die Straßen und Gassen zwischen den vielen Häusern vollkommen fremd waren, so fühlte ich mich hier am Tempel auf der Stelle geborgen und geschützt. Es war, als käme ich nach Hause. Ganz ergriffen ging ich durch die runden Räume, die dort Tausende von Jahren überdauert hatten. Ihre Formen erinnerten an eine Gebärmutter. Die hellen Mauern strahlten im Licht der Sonne und wirkten überaus freundlich. Im Inneren stieß ich einen Ruf des Erstaunens aus. Dieser Raum war mir urbekannt. Ich hatte einmal von einer jungen Priesterin geträumt. Die Umgebung, die ich in jenem Traum gesehen hatte, entsprach exakt diesen Gemäuern. In jenem Traum hatte ich in der Umgebung der Ggantija auch einen Steinkreis besucht. Sollte er noch zu finden sein? Auf den Karten von Gozo war jedenfalls kein Steinkreis verzeichnet.

Meine Aufmerksamkeit kehrte wieder zurück zu den hellen Mauern. An vielen Stellen waren faustgroße Löcher oder Mulden in den Steinen und gaben ihnen einen eigenwilligen Charakter. Gleich beim Eingangstor wurde meine Aufmerksamkeit von einem kreisrunden Loch gefesselt, das sich etwa auf Augenhöhe befand. Ich stellte mich davor und spähte hindurch, in der Vorstellung, dass so auch frühere Tempelbesucher in hoher Erwartung durch diese Öffnung gespäht hatten. Wie durch eine Lupe wurde der Blick auf einen anderen Stein gleich dahinter gelenkt. Dieser hatte eine weitere Öffnung, die mir wie ein Sprechrohr erschien, das aus der Tiefe der Erde herausragte. Ich spürte starke Reaktionen in meinem Körper, als käme ein direkter warmer Hauch von den Steinen. Aber in mir blieb alles still.

Einige Steine hatten einen ganz ähnlichen personalen Charakter, wie ich es vom Steinkreis *Almendres* kannte. Auch hier hatte ich den Eindruck, energetisch „abgeklickt" zu werden: ein Gefühl, das mir vom Delphinstein im Steinkreis urbekannt war.

Diesen persönlichen Charakter hatten hier aber nur wenige Steine. Die meisten schienen eher zweckorientiert aufgestellt, um die Tempelform einzukreisen. Ich wurde das Gefühl nicht los, dass manche Steine aus einer anderen Zeiten stammten. Meine Intuition sagte mir, dass die ursprüngliche alte Form des Tempels noch nicht so dicht mit Mauern eingegrenzt war wie die jetzige Form, sondern dass dieser Umriss erst später gebaut wurde. Der gesamte Tempel hatte eine Form, die an einen Frauenleib erinnert; die linke Frontseite war etwa 6 m hoch. Gigantisch, aber freundlich wirkten die Steine. Auffallend waren die großen Löcher, die überall hineingebohrt worden waren. Bei einigen hatte ich den Eindruck, dass sie dem praktischen Nutzen dienten, zum Beispiel um Sperrbalken zu halten, was ich später auch in Büchern bestätigt fand. Andere aber schienen bestimmte körperliche Chakren zu symbolisieren. Mir schien, dass sie für die Unterstützung von Besuchern, Schülern und Ratsuchenden angelegt waren, um die Energie an der entsprechenden Körperstelle zu fokussieren und so Botschaften über diese Stelle zu erhalten.

Die großen Löcher, die ins Erdinnere wiesen, übten einen regelrechten Sog auf mich aus. Die Phantasie, dass hier der geöffnete Mund der Erdgöttin die Ratsuchenden direkt mit Botschaften ansprach, war nicht fern. Jedenfalls weckten diese Öffnungen sofort eine große Ehrfurcht in mir und verstärkten mein Gefühl der Verbundenheit mit der Erde. Sie schienen mir symbolisch für das Sprachrohr der Großen Mutter zu stehen, aus der alles Leben kam und zu der alles Leben zurückging.

Ich verweilte bei einem der Steine, die sich in einem Gang befanden, der direkt auf einen großen, flach liegenden

Altarstein zuführte. Ich hielt ihn für einen Orakelstein. Er war von oben bis unten mit großen, kreisrunden Löchern ausgestattet. „Löcher für Opfergaben an die Große Mutter oder Löcher, die als Sprechrohr dienten, um der Großen Mutter die eigenen Wünsche und Hoffnungen mitzuteilen", rätselte ich. Gegenüber stand ein ganz ähnlicher Stein. Wenn ich mich auf ihn zubewegte, spürte ich deutliche Reaktionen in meinem Körper. Etwas verband mich sehr fest mit der Erde. Fast war es, als würde ich nach unten gezogen. Wiederholt durchflutete mich ein wärmender Hauch, der meinen ganzen Körper energetisierte. Aber ich erhielt keinerlei Bilder oder Eingebungen. Es war wie eine freundliche Begrüßung: *Komm erst einmal hier an!*

Darüber hinaus war die einzige klare Information, die deutlich bis zur mir vordrang:

Du wirst hier viel mit Tod und Wiedergeburt konfrontiert. Achte auf das Labyrinth und die Spirale.

Gleich am Eingang war mir eine in die Steine geritzte Spirale aufgefallen. Sie erinnerte mich sofort an meinen Traum der vorangegangenen Nacht. Die Spirale symbolisiert in vielen Kulturen die Kraft der Unendlichkeit, die Quelle des Lebens und der weiblichen Schöpfungskräfte. Sie ist ein Zeichen der Wandlung und der Transformation. Sie ist die Energieform für die Entstehung allen Lebens und die Energiebewegung, mit der sich innere Transformationsvorgänge ankündigen.

Obwohl ich sehr berührt war von der Schönheit dieses Tempels und den ersten Hinweisen, die ich wahrgenommen hatte, so war es doch schwierig für mich, in eine tiefere mediale Haltung zu kommen. Dauernd tauchten Menschen auf. Ein Ehepaar schien einfach nicht von meiner Seite weichen zu wollen. Ich war immer auf der Flucht vor den beiden, um in Ruhe meditieren zu können. Sie aber schienen sich immer wieder von den gleichen Plätzen angezogen zu fühlen wie ich. Wie schwer es mir doch fiel, in den Zustand des Vertrauens und der Öffnung zu kommen, wenn fremde Menschen in der Nähe waren! Der Zustand des

Vertrauens aber ist Grundlage für die mediale Arbeit. Wie viele Menschen kennen ein religiöses Urerlebnis und eine Glückserfahrung nur allein in der Natur! Fast jeder weiß von solchen Erfahrungen zu berichten. Aber wer kennt dieselbe Öffnung des Vertrauens und der Urerfahrung unter Menschen? Sofort und vermutlich aus guten Gründen verschließt man sich. Selbst bei vertrauten Personen ist es schwer, die gleiche Tiefe des Erlebens zu erlauben, die man vom Alleinsein kennt. Wahrscheinlich wird noch einige Zeit vergehen, bis Menschen untereinander Verhaltensformen des Vertrauens wählen, bis das alte Versteckspiel aufhört und wir schönere und universellere Umgangsformen entwickeln, die unserer eigentlichen Natur und Kommunikationsfreude entsprechen.

Beim Hinausgehen sprach mich das Ehepaar an und fragte mich aus, was ich über die Plätze wisse, warum ich hier sei und wo ich noch überall hin wolle. Ein kleines Gespräch entwickelte sich, und ich sah, dass sie ein sehr interessantes Buch über die Tempel dabei hatten. Ich ahnte, dass diese Menschen in irgendeiner Weise für mich von Bedeutung waren. Nach kurzem Gespräch verabschiedete ich mich.

„Wir sehen uns bestimmt wieder", rief mir der Mann nach.

Bei Sonnenuntergang kam ich wieder in den mir bereits bekannten vier Wänden an. Ich ging ins Gebet und bat um deutlichere Führung, das spirituelle Eingangstor hier auf Malta leichter zu finden. Zurück kam nur die Aufforderung, mich zu entspannen, langsam zu tun und: den Fernseher einzuschalten. Zufällig tauchte genau in dem Augenblick, als ich ihn gerade anmachte, das Bild eines Labyrinthes auf. Es lief ein Film, der vor allem das Thema Tod umkreiste. Nachdem ich gerade heute in der einzigen medialen Mitteilung, die ich im Tempel bewusst erhalten hatte, auf das Labyrinth hingewiesen worden war, verfolgte ich die Szene natürlich mit großem Interesse. Immer wieder kam in dem Film das Labyrinth vor. Besonders häufig tauchte ein Foto eines Labyrinthes auf Kreta auf, und ich dachte daran, dass mich ja eine meiner nächsten Reisen nach Kreta führen sollte. Oft saß der Hauptdarsteller stundenlang allein in seinem Atelier und malte Spiralen als Schwelle und Übergang in das Reich des Todes und sprach dazu: „Die Seele gelangt ans Ende ihrer langen Reise und nähert sich nackt und allein dem göttlichen Licht."

Ich war verwundert über diesen ungewöhnlichen Film. Wieso tauchten ausgerechnet jetzt im Fernsehen Spirale und Labyrinth auf? Nach meinem Traum von der Spirale und dem Hinweis im Tempel:

Du wirst hier viel zu tun bekommen mit dem Thema Tod und Wiedergeburt. Achte auf die Spirale und das Labyrinth.

Jenseits der Angst zu stehen, das war der thematische Mittelpunkt des Films. Ein Mann hatte einen Flugzeugabsturz überlebt und an der Schwelle des Todes gestanden; jetzt kam er durch diese Erfahrung in unmittelbare Berührung mit den „Es-Kräften" des Lebens. Dies sind elementare Kräfte, die von selbst wirken, ohne dass wir irgend etwas dazutun müssen. Die Begegnung mit diesen Kräften geschieht aus einer unmittelbaren Hingabe an die Schöpfungskräfte, wenn wir einmal alle eigenen Vorstellungen und Anstrengungen vergessen. Der Mann rettete viele Opfer des Flugzeugabsturzes und verließ dann wie in Trance den Unfallort. Seit dieser Erfahrung kannte er keine Angst mehr vor dem Tod. Er besuchte eine Frau, die den Absturz überlebt hatte, und half ihr, den Tod ihres Kindes zu verkraften, indem er die ungewöhnlichsten Dinge mit ihr tat. Sie erlebten ein Liebesglück, das jenseits ihrer Ehe war, das aus der Verbundenheit kam, gemeinsam am Abgrund des Lebens gestanden zu haben. Trotz seiner außergewöhnlichen Angstfreiheit war er in dieser Kultur aber nicht mehr normal überlebensfähig, denn er stellte fest, dass er einfach nicht mehr lügen konnte. Alle wollten ihn zurückholen in die bürgerliche Welt, ein Psychotherapeut, ein Rechtsanwalt, seine Frau; sie alle riefen ihn aus verständlichen Gründen zurück in den gesellschaftlichen Käfig, in dem alles seinen

„normalen" und scheinbar freiheitlichen Gang nehmen sollte.

Für mich war es kein Zufall, dass ich ausgerechnet jetzt den Fernseher eingeschaltet hatte. Jenseits unserer alltäglichen Erlebniswelt und Logik spinnen sich ganz andere Zusammenhänge durch unser Leben. Wenn wir wach sind, leuchten sie uns urplötzlich und elementar in ihrem kosmischen Gesamtzusammenhang entgegen und fügen sich zu einer Sinneinheit zusammen. Solche „Sinnlinien" tauchen überall auf, nur nehmen wir sie meistens nicht bewusst wahr. Es zieht sich eine Sinnlinie durch unsere inneren Bilderwelten, durch unsere Erlebnisse; sie ragt sogar hinein bis in Fernsehfilme, die wir „zufällig" anschalten, oder sie teilt sich uns durch Radiosendungen oder zufällige Reklamezeilen an einer Hauswand mit. Hier gibt es einen Sinnzusammenhang, der mit normaler Logik in keiner Weise mehr erklärbar ist. Natürlich hatte nicht ich bewirkt, dass jetzt ein Film über Tod und Wiedergeburt, über die Spirale und das Labyrinth im Fernseher lief. Und doch war es kein Zufall, dass ich den Bildschirm genau in dem Moment einschaltete, als das Labyrinth gezeigt wurde. Die Sinnlinien der Synchronizität stehen jenseits der Logik und fügen die Ereignisse unseres Lebens anders, aber durchaus erfahrbar und verstehbar zusammen. Wenn wir die nötige Geduld aufbringen, sie zu ergründen, tauchen wir in neue Erlebniszusammenhänge ein. Unsere Urahnen lebten wahrscheinlich fast nur in solchen Zusammenhängen und machten viele ihrer Entscheidungen davon abhängig, welche Sinnlinie sich in ihrem Erlebnishorizont gerade zeigte. Sie folgten permanent dieser Spur.

Die mythologische Welt aus ferner Vergangenheit und die modernen Hinweise, die wir aus der Chaostheorie erhalten, umkreisen wahrscheinlich das gleiche Rätsel. Dieses wird sich vermutlich nur aus einer holographischen Weltsicht entschlüsseln lassen.

Ich notierte meine Gedanken dieses Tages in Stichworten und begab mich schließlich zur Nachtruhe. Ich hoffte auf verständliche Nachrichten in meinen Träumen. Es kam allerdings anders. In der Nacht hatte ich Alpträume auf eine Art, wie ich sie schon lange nicht mehr erlebt hatte. Durch meine lange Traumforschung bin ich inzwischen erfahren darin, Alpträume noch im Traum selbst in Träume der Kraft zu verwandeln. Ich bin gewohnt, die Traumforschung als Übungsfeld für mein alltägliches Leben zu nutzen. In dieser Nacht wurde ich kräftig auf die Probe gestellt.

Traum von Anda ça

Ich habe eine Aufgabe, deren genauen Inhalt ich vergessen habe, gerade gelöst und sitze jetzt etwas erschöpft in einer mir fremden Wohnung. Eine Tür ist geöffnet und bewegt sich leicht. Ich sehe durch die geöffnete Tür in einem Spiegel an der Wand, dass in dem Raum jemand steht, der sich darin übt, vor dem Spiegel schreckliche Grimassen zu ziehen. Dann kommt er aus dem Zimmer direkt auf mich zu. Er stößt grauenhafte Laute aus, zieht Grimassen, die gewiss keinem menschlichen Gesicht mehr ähneln, und will mich packen. „So leicht kriegst du mich nicht", sage ich zu ihm. „Dafür habe ich noch viel zuviel vor. Außerdem bin ich geschützt durch meine Güte." Er nähert sich grausig lachend und unbeirrt meinem Gesicht. „Anda ça!" rufe ich laut und bestimmt, eine Redewendung, die ich wohl unbewusst von den Portugiesen aufgeschnappt habe, die dies oft zu ihren Hunden sagen. „Hau ab!" will ich damit sagen, und durch meinen lauten und bestimmten Ton wache ich selbst auf.

Beim Aufwachen fiel mir auf, dass „Anda ça!" das Gegenteil dessen bedeutet, was ich bewirken wollte, nämlich: „Komm her!" Erstaunt grübelte ich über den Traum nach. Warum begann jetzt alles so verwirrend? Ich machte das Licht an und versuchte, mich erst einmal wieder zu orten. Den Einstieg auf Malta hatte ich mir etwas leichter vorgestellt. Hatte ich in meinen Visionen und Träumen zu wenig auf die Details und Zwischenklänge geachtet? Warum hatte ich in meinem Traum auf portugiesisch „Komm her!" gesagt, in der festen Meinung, das Monster damit fortzuschicken? Bedeutete dies, dass ich selbst gerade dabei war, mich für die Kräfte der Angst und der Gefahr zu öffnen, statt für die Kräfte des Friedens und des Schutzes?

Am nächsten Morgen war es düster und regnete in Strömen. Ich blieb zu Hause und arbeitete. Es wurde ein ruhiger und ordnender Arbeitstag, an dem ich viel über die Geschichte der Insel las. In einem archäologischen Bildband stieß ich auf ein sehr interessantes Detail. Es existierte ein auf das Ende des 18. Jahrhunderts datierter Bericht von einem italienischen Antiquar, in dem dieser ein Labyrinth erwähnte, das er bei den Tempeln untersucht hatte. Bisher wurde vergeblich danach geforscht; es wird immer noch danach gesucht, und man verspricht sich mit neuen Methoden mehr Erfolg. Noch ein Hinweis auf das Labyrinth!

Später sollte sich herausstellen, dass sich der Text auf das unterirdische Labyrinth bezogen hatte, das sich unterhalb des Steinkreises von Gozo befand, von dem ich geträumt hatte und in dem erst kürzlich viele neue Funde ausgegraben worden waren. Bis zu dieser Entdeckung brauchte ich allerdings noch einige Umwege.

IM TEMPEL VON TARXIEN

Nach den ersten klaren Hinweisen, die ich erhalten hatte, fand ich einige Tore in Malta zunächst fest verschlossen vor. So erfuhr ich, dass das berühmte Hypogäum, eines meiner Hauptziele der Reise, geschlossen worden war. Mehrere meiner Träume hatten mich vom Steinkreis aus direkt ins Hypogäum geführt. Ich wollte nicht ganz wahrhaben, dass mir ausgerechnet dieses Tor verschlossen bleiben sollte. Trotz aller Widrigkeiten machte ich mich am nächsten Mittag nach der ersten Arbeit wieder auf den Weg. Ich wollte in Valletta, der Hauptstadt von Malta, den Tempel von Tarxien besuchen und etwas in Erfahrung bringen über die Möglichkeit, das Hypogäum trotzdem zu besuchen.

Es wurde eine chaotische Irrfahrt durch dichtesten Verkehr. Ich fand kaum ein Hinweisschild. Es gab keinerlei Ampeln, dafür aber um so mehr hupende Autos. Nach vielen Manövern und trotz miserabler Beschilderung kam ich schließlich am Tempel von Tarxien an. Er liegt mitten in der Stadt. Auf der einen Seite wird er von den Mauern einer modernen, aber leider scheußlichen Kirche eingegrenzt. Sie sieht aus wie ein Bunker. Mein ganzes Bestreben galt dem Versuch, mich ganz auf das direkte Umfeld des Tempels einzustellen, das still Kunde gab von den Jahrtausenden vor unserer Zeit. Man spürte deutlich, dass dieser Tempel später entstanden war als der Tempel Ggantija, den ich zuvor besucht hatte. Wieder umgab mich diese erhabene Kraft, wieder spürte ich sofort Reaktionen in meinem Körper. Kurz war mir, als würde der Boden schaukeln wie auf einem Schiff. Ich prüfte es, immer wieder kam an der gleichen Stelle die gleiche Reaktion, so, als wolle mich etwas darauf aufmerksam machen, dass hier das Erdinnere eine ganz besondere Energie barg. Gerne hätte ich jetzt einen kundigen Geomanten an meiner Seite gehabt, jemanden, mit dem ich mich hätte austauschen können. In

Gedanken versunken schlenderte ich weiter. An einer Stelle kam mir ein ähnliches Déjà-vu wie schon in dem Tempel auf Gozo: Ich stand vor genau solchen Stufen, wie ich sie vor kurzem im Traum ausgiebig betrachtet hatte. Sie hatten sich mir so eindrücklich eingeprägt, weil ich sie im Traum auffallend lange gemustert hatte. Immer wieder schaltete sich das gleiche Bild ein, als wäre hier ein Geheimnis verborgen. Etwas weiter den Gang entlang musste sich ein großer Stein befinden, auf dem meinem Traum zufolge frühere Orakelpriesterinnen dem einfachen Volk geweissagt hatten. Tatsächlich fiel mein suchender Blick auf einen entsprechenden Stein. Wie gerne hätte ich mich jetzt auf ihn gelegt, um ihn zu erforschen!

Aber um mich herum tobte der Lärm einer Großstadt und vieler Menschen. Lärmende Schulklassen, fotografierende Japaner, uralte Engländer, die mit sich überschlagender Stimme immer wiederholten: „How wonderful! How lovely!" So hatte ich mir Malta nicht vorgestellt! In meinem Traum von Malta hatte ich das moderne Leben einfach ausgeblendet. In meiner Vision war ich in die alte Welt eingetaucht und hatte beinahe vergessen, dass ja inzwischen Jahrtausende vergangen waren. Malta hatte sich inzwischen zu einer durch und durch katholischen Insel entwickelt. Mit unglaublichem Aufwand waren hier in den letzten Jahrhunderten Kirchen erbaut worden. Man könnte meinen, hier sei versucht worden, ein eigenes Papsttum zu gründen. Auch die übergroßen Kuppeln, die hier viele Kirchen tragen, scheinen dem Petersdom Konkurrenz machen zu wollen, was auf so einer kleinen Insel äußerst seltsam anmutet.

Angeblich befinden sich 365 Kirchen auf Malta. Sie geben Zeugnis von einer christlichen Kulturgeschichte, die diese Insel durchlaufen hat. Beinhart und unvereinbar knallen diese beiden grundverschiedenen Kulturimpulse aufeinander.

Wie sollte ich denn hier meine mediale Forschung beginnen, derentwegen ich doch schließlich so weit gereist war? Man musste eine Göttin sein, um hier abschalten zu können! Ich versuchte, zur Ruhe zu kommen, setzte mich auf einen in der Nähe des Tempels liegenden großen Stein und begann, meine Eindrücke aufzuschreiben.

Der Tempel war gut erhalten und führte, wenn es mir gelang, die Konzentration aufzubauen, unmittelbar in die plastische Bilderwelt früherer Zeiten. In einem der Tempelräume stand eine Figur, die insgesamt ungefähr 2,5 m hoch gewesen sein muss. Deutlich erkannte man noch die Falten ihres Rockes. Darunter kamen zwei dicke Beine zum Vorschein, und die Füße waren fast naturalistisch eingemeißelt. Kurz über Kniehöhe war die Figur abgebrochen.

Diese Figur hinterließ einen seltsamen Eindruck in mir. Sie passte gar nicht zu den Impressionen, die ich bisher in den Tempeln gesammelt hatte. War die schlafende Priesterin, die man im Hypogäum gefunden hatte, in ihrer Originalgröße winzig klein gewesen, so mutete diese Figur überdimensional groß an. Es haftete ihr damit etwas Düsteres an, so, als hätten bestimmte Personen versucht, den Tempeln mit einem neuen Stil einen Stempel der Macht aufzudrücken.

War hier der erste Einbruch geschehen? Sah ich hier bereits Einflüsse von Priesterkulturen? Fast meinte ich, dass ein früher Geist des Alten Testamentes zu mir herüberwehte. Zunächst registrierte ich diesen Eindruck nur, ohne ihn zu hinterfragen, und erinnerte mich an die ersten eindringlichen Worte der Lilith, die ich gleich zu Beginn aufgenommen hatte:
Malta hat eine reichhaltige Kulturgeschichte. Hier sind viele verschiedene Informationen übereinandergelagert. Eine Linie wird dich in die Urgeschichte führen, hin zu den Liebestempeln, hin zu Manu und Meret, hin zu den Traum- und Orakelpriesterinnen. Wenn du geduldig bist, wirst du in Kontakt mit diesen Informationen kommen. Dazu musst du dich vermutlich durch viele verschiedene Kulturschichten hindurcharbeiten. Du musst mit Widerständen rechnen. Nach Malta kamen früh die Priester, die den Glauben des Alten Testamentes hierher brachten.

Ich war etwas überrascht darüber, was für unangenehme Assoziationen eine einfache, aus Stein gemeißelte Figur in mir hervorzurufen vermochte. Ähnlich dunkle Gefühle überkamen mich des Öfteren in kirchlichen Gemäuern, in denen man die Gewalt der Kirchengeschichte, die mit dieser Architektur verbunden war, allzu deutlich spürte.

Neben diesen dunklen Eindrücken gab es aber auch viele andere, die mich mit lichten Bildern einer friedlichen Kultur verbanden. Überall sah ich Steine mit kunstvoll eingemeißelten Spiralen. Ziegen, Schweine oder Widder waren liebevoll auf Steintafeln dargestellt. Da sie in den Tempeln dargestellt sind, liegt die Vermutung nahe, dass sie verehrt wurden. Vermutlich sah man auch in ihnen eine Erscheinungsform der Göttin.

Zwischen den Tempelmauern befinden sich einzelne große Megalithen. Ich war mir ziemlich sicher, dass das meiste, was ich hier sah, aus einer späteren Zeit stammte als der Steinkreis in Portugal. Gewiss gilt das für die Altäre, die angeblich der Opferung von Tieren dienten. Hier in diesem Tempel mischen sich ungewöhnlich stark die Eindrücke von Gewalt und Abhängigkeit mit ganz alten Einflüssen, die noch etwas von der friedlichen und erhabenen Kultur ausstrahlen, die als einzige Religion das Leben selbst verehrte. Zu jener Zeit lebten hier Menschen, denen die Steinplätze allein der Besinnung und Orientierung dienten, um sich mit den Urschöpfungskräften der Göttin – und somit des Lebens – zu verbinden. Das waren die Eindrücke und Elemente, die ich auch aus dem Steinkreis in Portugal kannte, die mir urvertraut waren und auf deren Spuren ich mich unterwegs fühlte.

Während ich schrieb, saß ich auf einem großen Stein außerhalb des Tempels, der vermutlich der Überrest einer Wohnhütte war. Aber kaum fand ich etwas Ruhe, als sich auch schon eine Schulklasse mit plappernden Teenagern näherte. Gegen ihr lautes Lachen und munteres Geschwätz konnte ich meine Konzentration nicht aufrechterhalten. Ich wurde ungeduldig mit mir und meiner Umwelt.

Tu langsam, sammle die Eindrücke. Übe dich in der Kunst des Wartens. Du wirst schon noch früh genug tiefer in die Zusammenhänge eindringen, meldete sich meine innere Stimme. Ich schrieb gerade einige Eindrücke in mein Tagebuch, als ich sah, wie sich dasselbe Ehepaar näherte, das ich einen Tag zuvor auf Gozo getroffen hatte. Das war kein Zufall! Im Moment verlangte meine innere Führung wohl eher Wachheit und Präsenz in der Gegenwart, als Versenkung und Vertiefung in die Vergangenheit. Ich hatte die beiden gerade registriert, da kamen sie auch schon auf mich zu und begannen zu plaudern. Während ich zuhörte, überlegte ich, welche Bedeutung es wohl haben könnte, dass ich sie jetzt hier wieder traf. *Das Buch,* schoss es streng durch meinen Kopf. Das hätte ich nun wirklich früher bemerken können! Das Buch, das der Mann in Gozo in der Hand gehabt hatte, hatte ich bisher noch in keinem Laden gesehen. Ich fragte ihn danach. Er zog es bereitwillig aus seiner Tasche und bot mir an, es ihm abzukaufen. Ich sah sofort, dass es ein besonderes Buch war, in dem ich Informationen über die unbekannteren Plätze finden konnte. Ich willigte freudig in den Kauf ein, hinterließ ihnen noch meinen Namen und machte mich dann auf den Weg nach Hause.

IRRFAHRT ÜBER DIE INSEL

Der Besuch von Tarxien hatte mich erschöpft. Ich war an einen Punkt gekommen, an dem ich leise begonnen hatte, den Sinn meiner Reise zu hinterfragen. Was tat ich da eigentlich? Steinen hinterher jagen? Im Lärm einer Großstadt die Idylle uralter Vergangenheiten suchen?

Ich fuhr über die holprigen Straßen im dichten Verkehr. Was für ein Gewühl! Nach etwa 20 Minuten kam ich zu demselben Punkt zurück, von dem aus ich gestartet war. Die Verkehrsschilder führten völlig in die Irre. War dies das Labyrinth in moderner Form, aus dem ich jetzt meinen Ausgang zu finden hatte? Stinkende Abgase, Kreuzung über Kreuzung, hupende Autos und vollkommen versteckt und unsystematisch ab und zu ein kleines Verkehrsschild, das meistens nur den unmittelbar angrenzenden Ort anzeigte.

In meiner leichten Übermüdung sah ich plötzlich die Grimasse eines grinsenden Priesters vor mir. Es war das gleiche Gesicht, das ich heute Nacht in meinem Traum Grimassen ziehend vor mir gesehen hatte. „Hau ab", murmelte ich verärgert über das Gestrüpp in meinem Kopf. Hinter mir hupte eine Frau, gestikulierte wild und zeigte auf irgend etwas an meinem Wagen. Ich hielt an, und sah, dass ich einen Platten hatte. Mein Gott! Ich kam mir vor wie mitten in einem Castaneda-Alptraum, dabei liebe ich diese Art von Spiritualität gar nicht, wo hinter jedem Busch eine neue Gefahr lauert. „Gibt es denn hier keine helfende, schützende Kraft? Ich bin nicht auf der Suche nach kriegerischen Phantasien und Abenteuern; ich möchte etwas erfahren über eine Kultur des Friedens", fluchte ich vor mich hin. Sofort warnte mich etwas im Inneren: *Friede ist schwierig in sich selbst, aber unmöglich anderswo zu finden!*

Ich wusste, dass ich aufpassen musste, durch meine innere Einstellung nicht weiteres Unglück anzuziehen, und dachte an die spirituelle Lehre, nicht gleich zu reagieren. Beherrscht man diese Kunst, dann hält das Leben in jeder Situation eine Lösung bereit, und Hilfe wird sich einstellen. Auf der Stelle schaltete ich um.

Ich ignorierte den Reifen und beschloss, vorsichtig weiterzufahren. Hoffentlich würde ich bald auf die nächste Tankstelle treffen. Ich bog rechts ab – und fuhr auf eine Tankstelle zu! Also doch eine rettende Hand! Ich ließ den platten Reifen aufpumpen und fuhr weiter. In einer Stunde würde es zu dämmern beginnen, und ich wollte auf keinen Fall im Dunkeln auf diesen Straßen umher irren. Das hieß zunächst einmal, den Ausweg aus diesem Ballungsgebiet zu finden. Manchmal meldete sich der Aberglaube, dass irgend jemand mich absichtlich in die Irre leitete.

In die Irre geleitet wird nur, wer sich in die Irre leiten lässt, konterte es aus meinem Inneren. Kleinlaut musste ich zustimmen. Meine Verwirrung schien tiefer zu liegen.

Die Tempel hier hatten einen ganz anderen Charakter, als ich es von den Megalithen in Portugal gewohnt war. Hier gab es keine Steine, die verschiedene Archetypen repräsentierten, mit denen man sich hätte verbinden können. Hier konnte man nicht von Stein zu Stein laufen und jeden befragen. Hier musste ich mich dem Geheimnis vollkommen anders nähern. Ich spürte auch, dass ich mich noch tiefer von der Frage lösen musste, ob denn meine Wahrnehmung wissenschaftlich korrekt war. Niemand konnte mehr mit Gewissheit sagen, ob hier Gewalt geherrscht oder eine friedliche Kultur die Tempel errichtet hatte. Jeder hatte die Möglichkeit, in die Steine hineinzudeuten, wonach ihm zumute war. Ich suchte nach äußeren Anzeichen, die meine innere Schau des Friedens hätten bestätigen können. Aber dazu musste ich erlauben, diese Vision an irgendeinem ruhigen Ort erst einmal in Ruhe entstehen zu lassen, bevor ich ständig jeden Stein und jeden Altar mit der Frage betrachtete, ob er nun Beweis oder Gegenbeweis für meine These war. Handelte es sich hier um Zeichen einer friedfertigen Kultur, oder waren es blutrünstige

Urmenschen, die hier gehaust hatten? Im Grunde war es die innere Ungewissheit, die mich so erschöpfte und mich jetzt auch so orientierungslos durch die Straßen irren ließ.

Nach langer Irrfahrt – ich hatte das dicht besiedelte Gebiet inzwischen verlassen, aber keine Ahnung, wo auf der Insel ich mich befand – sah ich verschiedene Hinweisschilder, die zu Tempeln führten. Ich kam unmittelbar am Tempel der Hagar Qim vorbei, als es schon fast dunkel war.

Etwas überrascht darüber, dass meine Irrfahrt mich direkt zum nächsten Tempel geführt hatte, hielt ich den Wagen kurz an. Hagar Qim liegt in einer wunderschönen Landschaft erhaben über dem Meer. Bald würde die Sonne untergehen. Mir war klar, dass die Zeit nicht stimmte, um jetzt noch einen Tempel zu besuchen. Aber ich war dankbar zu wissen, dass ein solch erhaben gelegener Tempel auf meinen nächsten Besuch wartete.

Jetzt wusste ich wenigstens ungefähr, wo dieser Tempel lag. Ich sah auf der Landkarte, dass Hagar Qim an der Südküste der Insel lag. Mein Hotel, befand sich am anderen Ende, an einer nordwestlichen Bucht. Ich war also genau auf die entgegengesetzte Seite der Insel geraten. Mein innerer Kompass hatte mich wohl kurzfristig verlassen.

Der Blick war überwältigend. Die Straße schlängelte sich streckenweise an einer Steilküste direkt am Meer entlang. Weit und breit sah man nichts anderes als die Felsen und das Meer. Weiter, durch viele Kurven und Windungen, kam ich über Rabat nach Zebbieh, und in Mgarr sah ich wieder ein Schild, das auf einen Tempel hinwies: der älteste Tempel der Insel.

Später stellte ich fest, dass meine Irrfahrt mich unmittelbar an allen wesentlichen Tempeln der Insel vorbeigeführt hatte. War ich hier unbewusst geleitet worden von einer Kraftlinie der Insel, die von Tempel zu Tempel führte? Im Stockfinstern kam ich zu Hause an. Ich setzte mich auf eine Couch und versuchte, mich erst einmal innerlich zu beruhigen, um irgendwo in dem Gestrüpp meiner Gedanken und Gefühle meinen „Bordcomputer", meine innere Stimme wieder herauszuhören.

Du berührst in deiner Thematik das heißeste Eisen der Geschichte. Das geht nicht so einfach und sanft, wie es vielleicht in der Welt der Visionen gelingt, die sich noch nicht mit der materiellen Wirklichkeit reiben müssen. Dieses ist ein großer Kraftort, aber er wird auch seit Jahrtausenden von unterdrückenden Mächten besetzt gehalten. Schon zu Zeiten seiner Nutzung wurde er umfunktioniert und missbraucht. Du musst dich geistig gut schützen, denn jede, die mit dem inneren Geheimnis in Kontakt kommen möchte, wird auch angegriffen werden von den Gegenkräften. Noch bist du ja nicht angekommen in dem gelobten Land. Du bist ja hier als Pionierin und Vorkämpferin. Übe geistige Schutzmeditationen. Hüte deinen Leib. Er braucht jetzt besondere Aufmerksamkeit. Achte darauf, was du an dich heranlässt und was nicht. Geh wach und vorbereitet ins Bett. Orientiere dich an den Himmelsrichtungen. Es ist sehr wichtig, was du jetzt tust und wie du es tust. Dein Kopfschmerz taucht auf, weil neben der tiefen, heilenden Schicht, die hier existiert, alle diese Orte eine schlimme Verletzung erfahren haben. Mit der kommst du in Kontakt, wenn du dich medial öffnest. Deshalb ist es so wichtig, dass du dich energetisch immer wieder reinigst. Jetzt lasse es dir erst einmal gut gehen und nimm neben allem die Geschenke entgegen, die du am heutigen Tag erhalten hast.

Dankbar für diese Botschaft bereitete ich mir als erstes ein gutes Essen zu. Ich blätterte neugierig in dem neuen Buch „Tempel von Malta und Gozo" (25), das ich von dem Ehepaar erworben hatte. Ich sann darüber nach, was es eigentlich war, das mir bei meinen bisherigen Tempelbesuchen so bekannt vorkam, und was es war, das mich so befremdete. Diese Mischung aus intim bekannter Nähe und großer Fremdheit hatte ich selten so erlebt wie hier. Erneut dachte ich über meinen Traum nach. Es schien wichtig, dass ich mir der vorhandenen Gefahr bewusst wurde, bevor ich die tieferen Hintergründe dieses Ortes erkunden konnte. Wiederholt hatte ich schlafende Priesterinnen auf Malta gesehen und von ihnen geträumt. Im Traum waren mir ganz klare und eindrückliche Bilder von den Stufen und Gemäuern gekommen, träumend hatte ich das Gestein studiert, obwohl ich nie zuvor an diesem Ort gewesen war. Jetzt hatte ich bereits zwei Plätze gesehen, die meinem Traumbild ganz ähnlich waren: den ersten auf Gozo, den zweiten in Tarxien auf Malta. Die allererste Priesterin in meinen Träumen hatte in einem Tempel wie dem auf Gozo gelegen. Aber ganz in der Nähe dieses Tempels hatte ich einen weiteren Ort gesehen, der dem Steinkreis in Portugal ähnelte, nur viel kleiner und etwas in die Erde eingelassen. Es führten Stufen hinab, und unterirdisch befand sich eine Art natürliches Labyrinth mit verschiedenen Gängen und Höhlen. Ich hatte erwartet, auch hier in Malta einen Steinkreis zu finden. Aber weder in meinem Reiseführer noch in einem Bildband fand ich Hinweise auf irgendeinen Steinkreis oder überhaupt auf Dolmen oder Menhire – war ich doch sicher gewesen, hier auf ähnliche Monumente zu treffen. Ich spürte, wie sehr ich auf der Suche war, diese Orte objektiv zu finden. Ich konnte meine Enttäuschung darüber nicht verhindern, dass meine Träume nur entfernt der Wirklichkeit entsprachen und ich statt dessen in einer dem Ruhrgebiet ähnlichen Großstadt gelandet war, die einige großartige Tempelreste aufwies.

Nachdenklich blätterte ich in dem Buch. Dabei stieß ich nach einer Weile auf einen erstaunlichen Hinweis. Ich sah ein Aquarell, das meinem ursprünglichen Traumbild verblüffend ähnlich war. Das Bild hatte C. Brocktorff 1829 als Dokumentation einer Ausgrabung gemalt. Es bildete einen Steinkreis ab: ein großer liegender Stein umgeben von anderen Megalithen. Dieser Steinkreis war ein wenig in die Erde eingelassen. Sofort wurde ich von einer Freudewelle erfasst und las gebannt weiter. Der ehemalige Steinkreis hatte sich ganz in der Nähe des Tempels auf Gozo befunden. Auch fand ich Hinweise auf viele Menhire, die man in früheren Zeiten gefunden hatte und die jetzt zum großen Teil verschwunden waren. So war mein Traum vom Steinkreis und von Megalithen auf Malta doch nahe an einer ehemaligen Wirklichkeit. Forscher haben in den letzten Jahren lange nach diesem Steinkreis gesucht, der heute Brocktorff-Circle genannt wird, und vor kurzem die ursprüngliche Stelle wiedergefunden. Ein Bauer, der sich bei seinem Feldanbau durch die vielen großen Felsbrocken gestört fühlte, hatte sie aus dem Weg geräumt und das Feld eingeebnet. Das Ganze befand sich – wie ich vermutet hatte – ein paar hundert Meter entfernt von der Ggantija. Ich war glücklich über diesen Fund und wusste, dass ich diesen Ort wieder aufsuchen würde.

LILITH SPRICHT: VERLASSE DAS OPFER-DASEIN

Ich schlief früh ein und erwachte mitten in der Nacht in dem Wissen, dass gerade etwas Besonderes geschehen war. Wie selbstverständlich hatte ich mich in der Bilderwelt der frühen Tempelzeiten bewegt und ihre Geschichte weitergeträumt. Als ich erwachte, fühlte ich mich aufgewühlt und leicht fiebrig. Ich wollte mich erinnern, was mich denn so erregt hatte, und wusste noch, dass es um den schlangenartigen Fisch ging, der in einen Stein eingraviert in der Ggantija auf Gozo gefunden worden war. Auch erinnerte ich mich, dass ich auf Schiffen gewesen war. Ich selbst hatte mich in der urgeschichtlichen Zeit wiedergefunden. Die ersten Priester waren auf der Insel aufgetaucht. Wir waren angewiesen worden, unser Wissen vor ihnen zu verbergen. Dunkel erinnerte ich mich, dass sie mich auf ein Schiff zu einem Treffen eingeladen hatten. Dann streikte meine Erinnerung. Ich wälzte mich in meinem Bett hin und her. Aufwühlende Dinge waren geschehen, die mich erregten; ihren Inhalt bekam ich aber nicht mehr zu fassen. Noch heute gibt es Erinnerungen, bei denen in meinem Unbewussten ein feiner Zensor auftaucht:

Bis hierhin und nicht weiter!

Dann setzt so etwas wie ein Denk- und Erinnerungsverbot ein: *Wenn du hier weiterdenkst, dann droht Gefahr: Inquisition, Ausschließung, Verfolgung. Es besteht die Gefahr, dass dein Körper vergiftet wird von Gedanken der Identifizierung und der Angst. Sie durchsetzen die Bilder der paradiesischen Erkenntnis mit dem Gift, das ganze Jahrhunderte vernichtete. Identifizierung mit dem Schlimmen und der Angst blockieren die Erkenntnis.*

Zweifel, die wohl mein Traum ausgelöst hatte, rüttelten mich heftig. Wie kommst du auf den Wahnsinn, eine solche Geschichte zu schreiben? Man wird dich als Hexe brandmarken; Frauen werden dich beschimpfen; Männer werden dich bekämpfen als die, die ihnen ihre Domäne streitig macht. Die Kirche wird vor dir warnen. Die Frauen werden dich anprangern. Die Wenigen, die in dem Kern dieser Geschichte eine mögliche Wahrheit finden, die Konsequenzen für ihr weiteres Leben daraus ziehen, die sich auf die Suche nach ihren wahren Freunden begeben: All die werden es nicht gerade leicht haben, denn sie werden auf eine Grenze nach der anderen stoßen, die die Gesellschaft und die herrschende Weltanschauung ihnen setzen. In solchen Sekunden möchte ich am liebsten alles noch einmal ungeschehen machen und diese ganzen Erfahrungen still für mich behalten, wie der Fisch in den Tiefen der Urgewässer, der sein embryonales Dasein austrägt und verschwiegen sein Leben führt. Auf diese Weise haben manche Frauen trotz ihres Wissens jahrtausendelang geschwiegen.

Mache nicht den Fehler, zu früh etwas auszusprechen, was noch gar nicht reif ist, ausgesprochen zu werden. Lade nicht den Zorn Andersdenkender auf dich, sondern bringe in aller Stille deinen Traum zur Erfüllung, meldete sich die zweifelnde Stimme.

Aber die andere Stimme wirkte wie ein Befehl, eindeutig und zwingend. Sie kam aus mir wie eine innere Notwendigkeit, die mich aus meinen Zweifeln riss. Sie war es, die mich ganz wach machte, die mich aufstehen ließ, um etwas Obst und ein Glas Wasser zu holen, und die mich an den Schreibtisch führte. Ich schrieb meinen Traum auf und ging ins Gebet. Es dauerte nicht lange, da meldete sich diese Stimme wieder. An ihrem unbeirrbaren und aufrüttelnden Geist erkannte ich sofort, dass es Lilith war, die zu mir sprach. Sie kannte die vielen Schmerzen der Geschichte und war nun zu meiner Begleiterin geworden, die mich behutsam, aber klar aus den Verirrungen der Zweifel hinausführte. Ich horchte auf ihre Worte.

Verlasse das Opferdasein!

Eine Revolutionärin ist eine Person, die ihre Aufmerksamkeit dorthin richtet, wo andere Menschen erschrecken. Der Zweifel ist immer der Zweifel an der eigenen Bereitschaft. Hinter jedem Zweifel wartet eine Erkenntnis.

Der einzige Grund, nicht wirklich erkennend zu sein, ist der, dass man sich als Opfer sieht. Verlasse die Angst vor dem Opferdasein. Es ist jetzt an der Zeit, die Dinge zur Sprache zu bringen. Dieses ist dein ganz persönlicher Traum, aber es ist auch ein geschichtlicher Traum, der für viele Bedeutung hat und den du zur Sprache bringen musst. Niemand anders kann das für dich tun; du musst aussprechen, was du gesehen und erfahren hast. Wage dich weiter vor ins Land der Erinnerung, ins Land der verbotenen Früchte. Achte darauf, dass du nicht den Gedanken der Wut und der Rache erliegst und auch nicht den Gedanken der Identifizierung und der Angst. Da, wo Schmerz und Angst einsetzen, bleibt dir die entscheidende Erkenntnis versagt. Genau die aber wird heute so dringend gebraucht. In der alten Bilderwelt gesprochen: Nammu verlangt von dir den heiligen Zorn, der dir die Kraft geben kann, die Dinge bis zu Ende anzuschauen. Jahrtausendelang hat diese Seite in euch geschlafen. Jahrtausendelang hat Nammu ihr Wissen nur in verschwiegenen Bildern weitertragen können. Sie musste ihren Schöpfungstraum weiter austragen. Sie musste Bilder finden, die der Gewalt gewachsen sein würden. Sie hat einen Traum des Zornes vorbereitet, der Kraft gibt, der sich aber nicht mit dem Hass verbindet. Ihr werdet keine Göttin mehr außerhalb von euch selbst suchen und anbeten, aber in vielen Frauen wird Nammu sich wieder zu Wort melden. Mit dem heiligen Zorn wird sie ihren Altar der Liebe vertreten und nicht länger zulassen, dass er verfolgt, verboten und vernichtet wird. Dieser Zorn keimt neu und mächtig. Er wird im Laufe der Zeit in vielen auferstehen. Er wird sich erneut verbinden mit der Kraft der Liebe und der Güte. Hilf mit, dass ein neuer Lebenskeimling der sinnlichen Liebe zwischen die betonierten Mauern falscher Moral gelegt wird. Trotz des Feldes von Macht und Herrschaft, trotz der verschmutzten Gedanken von perverser, lieblöser und entstellter Sexualität soll dieser Keimling zunächst vielleicht unauffällig, dann aber immer machtvoller seine wahren Kulturblüten entfalten. Lege dieses kleine Pflänzchen an, gib ihm Überlebenskraft durch den Mut deiner Sprache und Gedanken. Möge diese Saat aufgehen. So wie sich auf den Müllhalden viele Pflanzen ansiedeln, um dem Boden Heilung zu bringen, so kann jetzt ein neuer Kulturgedanke aus den Ruinen der gegenwärtigen Kultur hervorgehen. Darin besteht eine der wenigen Überlebenschancen, die es heute noch gibt. Das Wissen wird von ursprünglichen Hütern des Wissens gesucht und wieder gefunden werden. Es wird in anderen Menschen Erinnerungen hervorrufen, die aus den noch unbewussten Schichten ihrer ewigen Seele ans Licht drängen, und den Mut für ein neues Leben nähren, das nicht mehr den alten Mustern folgt, sondern sich zu neuen Ufern aufschwingt. Es wird die Kraft des höheren Selbst wieder wecken, wird daran erinnern, dass das Schöpfungswissen in jedem Einzelnen verankert ist und gepflegt werden möchte. Ihr braucht dazu keine fremden Götter außerhalb von euch anzubeten; ihr braucht aber auch nicht der entheiligenden Macht eines überrationalen Denkens zu folgen, die den sakralen Charakter des Lebens selbst mit Füßen tritt.

Heute wird auf der Insel ein Festtag gefeiert, der Tag des Apostels Paulus, der hier auf Malta strandete. Er hat hier die Autorität der Schrift eingeführt. Außer Paulus sind hier aber viele andere Menschen mit ihren Schiffen gelandet, und auch die haben ihr Wissen hinterlassen. Über die Jahrtausende hinweg war Malta ein Ort, zu dem Wissen aus verschiedenen Quellen in unterschiedlicher Form getragen wurde. Hier wurde es weitergeführt und weiterentwickelt. Neben der Schrift existieren ganz andere Zeichen, die wir lesen und deuten können. Heute, wo viele von euch aus einem jahrtausendelangen Vergessen mit einem neuen Schöpfungstraum erwachen, könnte ein neues Zeitalter eingeleitet werden. Seit Urzeiten ruht eine umfassende Friedensvision im menschlichen Gedächtnis.

Durch Angst seid ihr von dieser Vision getrennt worden. Nimm die Welten der Wandlung in Kauf, die mit der Wiederfindung dieser Informationen verbunden sind. Es trennt euch der erfahrene geschichtliche Schmerz von einer höheren, heilsamen und umfassenden Friedensmöglichkeit, die euch wieder mit dem Starkstrom eines gelebten Lebens verbinden kann. Dieser Schmerz, der in euren Zellen ein geschichtliches Angsttuberkel hinterlassen hat, muss nicht mehr sein. Jetzt gilt es, nicht mehr der Angst zu folgen. Folge den höheren Frequenzen deiner Seele, dorthin, wo die Spuren für eine neue Daseinsmöglichkeit auf diesem Planeten gelegt werden können und eine umfassende Friedensvision auf euch wartet.

Ein Traum zur Spirale

Es war mitten in der Nacht. Nach Liliths Ausführungen war ich wieder gefestigt, und doch ruhte ein düsterer und fremder Schleier über allem. Noch hatte sich mir der Traum aus vergangenen Zeiten nicht eröffnet. Ich beschloss, wieder ins Bett zu gehen. Gemäß der Anweisungen meiner inneren Stimme hatte ich mich in der Orientierung geübt und erst einmal erkundet, wie meine Wohnung in Bezug auf die Himmelsrichtungen ausgerichtet war. Ich hatte auch die Richtung meines Bettes überprüft. Nach einer besonders gründlichen Einstimmung auf die weitere Nacht bat ich um kraftgebende Zeichen. Ich träumte von den verschiedensten Tempeln. Aber anscheinend war ich viel zu müde, um aufmerksam zu träumen. Keine neue Erkenntnis wäre mir im Gedächtnis geblieben, wenn ich nicht plötzlich auf besondere Weise geweckt worden wäre.

Es ist, als werde ich von einer Energiebewegung geschüttelt, die sich wieder wie eine Spirale durch meinen Körper schraubt. Ich sehe die Spirale in einem Stein vor mir eingeritzt: das gleiche Bild, das mir schon einmal im Traum erschienen ist. Ich sitze als Schülerin davor und muss mich auf diese Spirale konzentrieren.

Ich sprach Folgendes auf mein Tonband:

Das ist ein wichtiger Aspekt in der Kunst des Träumens. Diesen mussten alle Orakelpriesterinnen perfekt beherrschen, um sich nicht ablenken zu lassen von unbewussten Bildern, die aus der Seele kamen, um Tagesereignisse zu verdauen. Sie mussten sehr genau lernen, zwischen Sehträumen, Schöpfungsvorgängen oder Verarbeitungsträumen zu unterscheiden, die die eigene Psyche brauchte. Die Spirale war das Urzeichen aller lebenserzeugender Prozesse. Sie war die Verbindung zwischen dem Ursprung und der Neuschöpfung. Sie repräsentierte das Zeichen für die Verknüpfung mit dem namenlosen Aspekt

der universellen Liebe in der Schöpfung. Ging es allein um die
Fokussierung auf eine Frage, wie es bei dir jetzt der Fall ist,
dann erschien ihnen die einfache Spirale. Ging es um den Aspekt
einer Neuschöpfung oder hatten sie die Aufgabe, Fragen für die
Zukunft zu lösen und selbst einen Schöpfungstraum zu Ende
zu führen, dann verbanden sie sich mit der Doppelspirale. Das
gewährte ihnen die gewünschte Konzentration. Dieser Vorgang
konnte verhindern, dass Bilder in ihrem Inneren auftauchten,
die nicht mit dem Schöpfungsaspekt des Ganzen in Verbindung
standen. Mit dem Blick auf die Spirale war noch ein zweiter
Vorgang verbunden: Es war das Errichten einer inneren
Lichtsäule, die durch die ganze Wirbelsäule ging. Dadurch
waren sie ganz mit der Schöpfungskraft verbunden. Auf diesem
Weg gelang es ihnen, sich zu festigen und vollkommen leer zu
machen. Jede Neuinformation braucht diese innere Leere.

Ich sprach alle diese Erklärungen unmittelbar aus meinem
Traum heraus auf mein Tonband. Dies ist eine Methode,
die mir nur dann gelingt, wenn ich mich vor dem Schlafen
sehr gut einstimme. Erst nachdem ich bereits längere Zeit
gesprochen hatte, wurde ich ganz wach. Meine Wirbelsäule
erschien mir vollkommen lichtdurchflutet.

Ich erinnerte mich noch an ein weiteres Traumbild. Ich sah
mich als junge Frau und Schülerin in den Tempeln, wo ich
die Aufgabe hatte zu beobachten, welche Irritation nicht zu
Ende gedachte Gedanken mit sich brachten.

Gedanken schaffen Wirklichkeit, und du kannst jederzeit
Zeuge dieses Vorgangs werden, klang mir noch die Stimme
meiner Lehrerin im Ohr. Ich hatte mich innerlich ganz leer
machen müssen. Danach war ich um den Tempel herum
gelaufen, hatte mir einen ruhigen Ort gesucht und mit einem
Steinwerkzeug eine Spirale auf einen Felsen geritzt. Dieser
Vorgang hatte mich vollkommen zur Ruhe gebracht.

Jetzt war ich hellwach. Die Spirale schien für mich die
Antwort zu sein auf meine Frage für die Nacht. Sie war das
Zeichen, um das ich gebeten hatte und an das ich mich halten

sollte, wenn ich den geistigen Kontakt zu dieser uralten Tempelschule in Malta aufsuchen wollte. Ich konzentrierte mich auf weitere Eingebungen, und ohne dass mir irgendeine Person im Bild oder in der Traumwelt erschien, kamen Informationen zu mir, die ich etwa folgendermaßen zusammenfassen kann:

Nammu hat keinen Namen. Auch Nammu ist nur eine Hilfsbezeichnung, eine künstlerische Ikone, die einen bestimmten personalen, mütterlichen Aspekt der Schöpfung repräsentiert. In ihr findest du dargestellt, dass das Leben hier auf diesem Planeten für alle Menschen einen starken weiblichen göttlichen Aspekt repräsentieren und verwirklichen möchte. Für Männer und für Frauen offenbart sich das weibliche göttliche Prinzip gleichermaßen. Es wird repräsentiert durch den Aspekt der Urmutter. Letztlich aber ist auch dieser Aspekt das ewig Wandelbare. Die Spirale erinnert dich immer auch an den Aspekt der Neuschöpfung, der ewigen Gegenwart und Wandlung. Da die Menschen immer mehr nach geistiger Objektivierung suchten, haben sie durch die Namensgebung die göttlichen Qualitäten veräußerlicht. Sie haben sie außerhalb ihrer selbst gesucht. Das führte sehr schnell zu einem Religionskult. Doch die göttliche Quelle ist in ihrem ursprünglichsten und wahrsten Wesen das ewig Namenlose. Der religiöse Charakter des Lebens ist nur im Inneren erfahrbar und berührt sich von dort aus mit der Schöpfung. Dieser Vorgang lässt die Welt erstrahlen in ihrem Aspekt der universellen Liebe.

Es wird ein Zeitalter vorbereitet und beginnen, das wieder vollkommen frei von Religion und Okkultismus ist. Auch eure Urahnen hatten ja keine Religion, wie ihr sie heute kennt. Das Dasein, im Namen der universellen Liebe geführt, ist die Religion, die das Leben selbst schreibt. Das Leben selbst zeichnet die Urmuster der Schöpfung ständig neu, ihr könnt sie überall finden. In jeder Wissenschaft, in der Physik, in der Mathematik, in der Astronomie, in der Geologie, in der Technologie und in der Geomantie, überall werdet ihr auf die gleichen Urgeheimnisse des Lebens gestoßen. Es bleibt die Frage offen, ob die Menschen als mitverantwortlichen Träger der Schöpfung sie weiterhin für die Zerstörung und Selbstvernichtung benutzen oder ob sie das innere Geheimnis der universellen Liebe endlich zu lesen verstehen. Um diesen heiligen Aspekt des Lebens, der in allem Seienden zu finden ist, verwirklichen zu können, braucht ihr die Verbundenheit mit dem Schöpfungsganzen. Zum Gelingen verhelfen heilige künstlerische Ikonen der Seele, die von euch geschaffen werden und die euch dabei unterstützen werden, eure eigene ewige Gestalt zu verwirklichen. Aber vergesst nie, dass diese Bilder und Wesen nur einen Teil des Ganzen widerspiegeln und repräsentieren. Am Ausgangspunkt steht immer die Leere. Deshalb war es so wichtig, dass die Orakelpriesterinnen die Kunst verstanden, sich leer zu machen wie ein Stein und sich dann mit dem Aspekt der Spirale zu verbinden.

Beim Erwachen dachte ich über dieses Geheimnis nach. Es ist einleuchtend, dass ursprünglich das Leben selbst die große Gottheit war, die alle Aspekte in sich barg. Da musste kein Schöpfer hinter der Schöpfung gesucht werden, kein Gott hinter der Existenz. Da musste man nicht dieses Dasein verdammen, um ein anderes dahinter zu suchen. Das Leben selbst war göttlich genug, und es beinhaltete den physischen Aspekt genauso wie den metaphysischen. Es spiegelte sich in den Quellen von Leben und Tod. Die großen Göttinnenfiguren veranschaulichten nur die sakrale Kraft des Lebens, die es den Menschen, Frauen wie Männern, erleichterte, sich den weiblichen und sakralen Geheimnissen der Schöpfung zu nähern. Diese Lebenskunst wieder zu entwickeln und zu erforschen, das ist die große Herausforderung. Der Weg, den es zu finden und zu gehen gilt, ist die heilige Spur des Lebens selbst. Wer nach dem sakralen Geheimnis der Schöpfung sucht, betritt einen Grat auf großer Höhe. Auf diesem Gratwandel gilt es, viele Fallen und Täuschungen zu überwinden. Die Suchenden müssen den Weg finden zwischen Okkultismus, altem Götter- und Götzenglauben oder beinhartem Atheismus. Der Atheist erliegt meistens der Falle, dass er den Geheimnissen des Lebens gar keinen Zutritt mehr erlaubt. Er vergöttert Wissenschaft und Logik, denen er längst erlegen ist, ohne zu bemerken, dass er auf diesem Weg das sakrale Leuchten des Lebens selbst ausgeklammert hat. Er nimmt auch nicht mehr wahr, wie sehr seine Wissenschaft und seine Logik von Glaubenssätzen geprägt sind.

Die Okkultisten haben sich in den Netzen des Symbolismus verstrickt. Sie suchen Gott im Verborgenen und damit das göttliche Geheimnis immer hinter den Dingen und Ereignissen des Lebens. Sie feierten Kult- und Opferrituale. Im Hintergrund steht fast immer die Angst vor einer strafenden Autorität.

Durch meinen Traum schien sich der Einstieg in Malta ein ganzes Stück weiter geöffnet zu haben. Ich war dem Geheimnis der Spirale näher gekommen; ich verstand mehr, warum mir einmal die Gestalt der Lilith erschien, ein anderes Mal die Rede von Nammu war, dann wieder von Eva, der Urmutter allen Seins. Religionen, die einem Personenkult verfallen, mag ich nicht, auch nicht das Tingeltangel der vielen weiblichen Rituale, Hexengeflüster und Menstruationskulte. Ich empfinde sie fast alle als Lebensersatz und Bollwerk gegen die sexuellen Urkräfte des Lebens. Und dennoch war ich auf der Suche nach den Ursprüngen einer weiblichen Religiosität, hoffte, fündig zu werden in einem ursprünglichen, elementaren, wahren und weiblichen Sinn der Schöpfung.

Dieser Traum war für mich wie ein Meilenstein auf meinem Weg. Ich fühlte mich frei und gestärkt für das Kommende.

Hagar Qim und Mnajdra

Gestärkt und erfrischt von der Nacht war ich erwacht. *Wasche dein Gesicht in Glück und Gesundheit, indem du Freude genießt.*

Dieser Satz tauchte bei meiner Morgenübung auf, während ich mit geschlossenen Augen meinen Körper schlangenartig hin- und herbewegte. Die Morgenmeditation war wie ein Lichtbad der seelischen Reinigung. Es war eine Art Morgentanz, den wir in Tamera pflegten. Oft entstanden dabei Bewegungen, die mich an die Skulpturen von Tänzerinnen und Priesterinnen aus früheren Kulturen erinnern. Wie von selbst wurden meine Hände zu einer betenden oder segnenden Gebärde nach oben geführt oder bildeten eine sichelförmige Öffnung über dem Kopf, oder aber mein Körper verlangte, dass ich mich auf die Erde kniete, mein Kreuz kräftig nach unten durchdrückte, die Arme nach vorne spreizte und den Po in die Höhe reckte. Schon als kleines Kind habe ich diese Haltung besonders geliebt. Sie führt zu einer wohligen Ruhe, zur Verbundenheit mit dem All. In einer Trance erfuhr ich, dass dieses eine uralte Göttinnenhaltung war. Es gibt eine „Krötengöttin", eine Terrakotta-Figur aus Anatolien um 6000 v. Chr., die in dieser Haltung ruht.

Wasche dein Gesicht in Glück und Gesundheit, indem du Freude genießt. Dieser Satz war mir wohlbekannt. Es handelt sich um eine alte ägyptische Tempelinschrift von ca. 2700 v. Chr. Ich hatte es mir zur Gewohnheit gemacht, jeden Morgen bei meiner Meditation einen Kraftsatz für den Tag zu finden, der mir Orientierung geben sollte und auf den ich mich während des Tages immer wieder besinnen konnte.

Mich rief die Hagar Qim, ein Tempel an der Küste. Ich hoffte, hier eine leichtere seelische Verbindung mit dem Geheimnis der Tempel zu finden. Dieses Mal machte ich eine ausgiebige

Meditation, bevor ich losfuhr, denn ich wollte mich gut vorbereiten, um mich vor geistigen Verirrungen zu schützen. Der Traum von der Spirale half mir dabei. Mir war wieder klar geworden: Wenn man Friedensarbeit machen möchte, muss man anfangen, auch in die Bereiche hineinzuleuchten, von denen man bisher partout nichts wissen wollte.

Urplötzlich kam mir der Impuls, ein I-Ging zu werfen. Mit dem I-Ging habe ich schon oft interessante Erfahrungen gesammelt, auch wenn ich mich immer wieder von seiner zum Teil sehr männlichen und kriegerischen Sprache abgestoßen fühle. Es ist ein geschichtliches Orakelbuch, das über Jahrhunderte gewachsen ist und so natürlich auch von der patriarchalen östlichen Kultur mitgeprägt wurde. Dahinter aber waltet ein Geheimnis, das jenseits des Zufalls liegt. Ich habe es oft genug erprobt und als weise Quelle anwenden können. Es ist auch kein Zufall, dass Aufbau und Struktur des I-Ging der mathematischen Struktur des genetischen Codes entsprechen. Der genetische Code wiederum hat die Grundform der Doppelspirale. Wie viele haben über dieses Geheimnis schon nachgedacht!

Ich nutzte den Wurf der Münzen, um mich auf meine tieferen Fragen zu fokussieren. Ein wesentlicher Vorgang in der Kunst des Orakels besteht darin, die eigentlichen eigenen Fragen überhaupt wahrzunehmen. Menschen in früheren Zeiten gingen oft tagelang in die Stille, bevor sie das Orakel aufsuchten. Die Welt ist voller Antworten. Aber diese können als solche erst wahrgenommen werden, wenn man die tiefere und bewusste Verbindung zu den eigenen Fragen wiederfindet. Man kann das Abrufen von Wissen mit dem Vorgang im Internet vergleichen. Auch dort ist ein großes Wissen gespeichert. Man muss aber den entsprechenden Code oder das Schlüsselwort kennen, um an das Wissen heranzukommen. Auf ähnliche Weise ist auch das I-Ging eine Hilfe. Die Botschaft setzt sich dabei zum Teil aus den Worten des Buches und zum Teil aus der eigenen Weisheitsquelle zusammen.

Zunächst fragte ich, wie ich am wirkungsvollsten den Einstieg in meine Bucharbeit finden könnte. Ein interessanter Hinweis, den ich auf meine Situation passend münzte, lautete:

So wie das Wasser fließt, ohne sich anzuhäufen, so sollst du durch gefährliche Engpässe hindurch gehen, ohne dein Vertrauen zu verlieren. Deine Gesinnung trägt dich erfolgreich hindurch, indem du ausgewogen von der Festigkeit Gebrauch machst. Handeln ist von Wert, das heißt, dass durch dieses Unternehmen etwas erreicht wird, das den Einsatz lohnt.

Dann fragte ich, ob es an der Zeit sei, zur Hagar Qim loszufahren. Als Antwort kam das Zeichen „Der Friede", und die Wandlungslinie lautete:

Umarme die Trostlosen (auch die Verlassenen), traue denen, welche Flüsse zu überqueren verstehen, vernachlässige nicht die in der Ferne. Sind die Gefährten gegangen, vermagst du den Wert ausgewogenen Handelns zu verstehen, das gibt Glanz und Größe.

Ich prägte mir diese Worte ein und fuhr los. Dieses Mal fand ich den Weg leicht, einfach meiner Intuition vertrauend. Nach einer kurzen und inspirierenden Fahrt kam ich am Tempel an. Leider liefen auch hier relativ viele Menschen umher. Da dieser Tempel aber nicht so eingepfercht zwischen lauter Großstadtbauten ist, störte es mich nicht so. Ich zahlte meinen Eintrittspreis. Neben dem Wärter stand ein Mann von Anfang 40, der mir irgendwie bekannt vorkam. Ich überlegte, ob ich ihn schon einmal gesehen hatte. Es ging eine sehr männliche und auch sexuelle Ausstrahlung von ihm aus. In seinen Gesichtszügen und Bewegungen war etwas, das mir urbekannt erschien.

Aber ich fand nicht heraus, an wen er mich erinnerte.

Beim Anblick des Tempels blieb ich überwältigt stehen. Wie erhaben strahlten diese Steine! Welch heilige Magie ergriff mich unmittelbar! Dadurch, dass dieser Tempel in wirklich freier Landschaft stand, konnte er in seiner ganzen Pracht wirken. Die Steine aus Globigerinenkalk schwangen sich fast musikalisch in die Landschaft. Trotz der Größe – sie waren ca. 4 m hoch – wirkten sie in keiner Weise erdrückend. An der Nordostseite erhob sich ein ca. 7 m langer und 3 m hoher Steinblock. Es war, als schauten mir aus ihm zwei riesige Gesichter entgegen, wie ich sie gut von alten Steinen aus Portugal kannte. An der Nordseite befand sich ein riesiger Einzelmenhir, der in seiner Erhabenheit alles überragte und wie ein Wächter dastand. Ich genoss den Wind, den Blick auf die tiefblaue See und die nahe gelegene kleine Insel Filfla. Dieses Bild sog ich nahezu gierig in mich auf, als wollte ich diesen Eindruck tief in meiner Seele verankern und nicht mehr verlieren. Etwas Urbekanntes, Erinnerung, Andacht und das Gefühl von Dauer und Größe schenkten mir ein unmittelbares Berührt-Sein, das mich immer wieder tief beglückte. Es war einer dieser Augenblicke, in denen man die Ewigkeit der Schöpfung und gleichzeitig die tiefe und elementare Liebe zur Materie spürt. Ich sah die Steine des Tempels vor mir, als seien sie erst gestern errichtet worden.

Jeder Bau ist ein absoluter Anfang, tendiert also zur Wiederherstellung des anfänglichen Augenblicks, der Fülle einer Gegenwart, die keine Spur von Geschichte enthält. Dieses Zitat von Mircea Eliade über alte Tempelbauten gibt am ehesten in kurzen Worten wieder, was mich in diesem Moment bewegte. (18)

Tief und beglückt atmete ich auf. Ich war wieder angekommen und angenabelt an eine Welt des inneren Vertrauens und der kosmischen Größe. Die ganze Anspannung fiel von mir ab.

Plötzlich hörte ich Schritte neben mir. Der Mann, der mir gleich zu Beginn aufgefallen war, stand an meiner Seite.

„Wollen Sie mit mir kommen? Ich zeige Ihnen, wo die Eingänge sind und was ich über die Tempel weiß", sagte er freundlich und ziemlich bestimmt, alles in englischer Sprache.

Ich wusste nicht recht, wie mir geschah, tauchte blitzschnell aus meinen Erlebnistiefen auf und schaute ihn musternd an. Ganz kurz war ich unwillig, fühlte mich gestört in meiner Ruhe.

„Was will der von mir? Geld oder Sex?" schoss es mir kurz durch den Kopf.

Doch das dauerte nur Sekunden, und noch bevor ich zu einer typischen Reaktion der unnahbaren Frau ansetzen konnte, stoppte ich meinen inneren Misstrauensdialog. Ich wusste sofort, dass ich mitgehen musste, dass hier ein Geschenk für mich bereit lag, wenn ich wach genug blieb. Mir war, als würde ich geschoben, noch bevor ich überhaupt richtig Zeit hatte nachzudenken. Ich fühlte mich wie in einem Traum, wo man in Sekundenschnelle entscheiden muss, ob man einen Freund vor sich hat oder einen Feind. In diesem Moment fühlte ich, es war ein Freund.

In seiner Begleitung wurde ich das erste Mal durch den Tempel geführt und fühlte mich geschützt vor den Touristen. Zwar kam ich wieder nicht zu der erhofften Meditation, aber ich wusste, dass sich noch eine Gelegenheit dazu bieten würde. Er führte mich von Gang zu Gang, von Stein zu Stein, und überall erzählte er mit einer Selbstverständlichkeit die Geschichten, als hätte er selbst einmal hier gelebt. Er zeigte mir Gesichter in den großen Steinen und eine Figur, deren Umriss den Eindruck erweckte, als wäre sie liegend auf den Stein gemeißelt. Er wies auf versteckte Spiralmuster und einzelne Steine hin, die übersät waren mit kleinen, eingemeißelten Mulden, die im Licht der Sonne glänzten und auf mich wirkten wie Orgon. Er zeigte mir die Altäre, sprach von Tieropferungen und deutete auf einen großen, liegenden Stein, den er als einen Altar interpretierte, auf dem Tiere geopfert worden waren. Daneben befand sich ein Becken, von dem er meinte, dass hier das Blut der geopferten Tiere aufgefangen worden sei. Er wies auch auf einen kleinen Schrein hin, in dem man ein aus Stein geschliffenes Messer versteckt gefunden habe. So wusste er zu fast jedem Stein eine eigene Geschichte zu erzählen.

Ich wollte solche Hinweise nicht ganz wahrhaben, denn sie widersprachen meinem Bild von einer Friedenskultur. Der Stamm, dessen Geschichte sich mir im Steinkreis offenbart hatte, hatte weder Tiere getötet, noch gegessen, geschweige denn zu irgendwelchen kultischen Zwecken geopfert. Er kannte noch nicht einmal Haustiere.

Ob seine Geschichte nun der Wahrheit entsprach oder nicht, jedenfalls war die unmittelbare Verbundenheit dieses Mannes mit dem Platz zu spüren. Dass hier irgendwann Tieropferungen stattgefunden hatten, war tatsächlich kaum zu bezweifeln. Er erzählte mir, dass er seit sieben Jahren hier arbeite. Dann erwähnte er einen älteren Tempel, etwas unterhalb, nicht weit entfernt von Hagar Qim.

Wir stiegen einen steilen Weg hinunter zu dem Tempel, der heute Mnajdra genannt wird. Vom äußeren Eindruck unterscheidet er sich sehr von Hagar Qim. Er ist aus anderem Stein erbaut, einem eher festen, harten, bläulich korallinen Kalkstein. Wenn man den Hügel hinunter geht, erkennt man auch in der umliegenden Landschaft, wie sich die Natur der Steine verändert. Man hat also vermutlich die meisten Steine für den Bau aus der unmittelbaren Umgebung geholt.

Die Mnajdra besteht aus zwei Tempeln und einem zusätzlichen Rundgebäude. Diese Bauten befinden sich auf unterschiedlicher Höhe. Die Tempel sind jeweils in zwei ellipsenförmige Räume aufgeteilt, die Apsiden genannt werden. Auch beim Betreten dieser Gemäuer hatte ich das gleiche Erlebnis wie in Gozo und Tarxien: Ich meinte, den Orakelraum wieder zu erkennen. Ein großer, flach liegender Stein, den man allgemein als Altar bezeichnet, schien mir auf Anhieb der ursprüngliche Ort zu sein, auf dem Orakelpriesterinnen ihren heiligen Schlaf ausgeübt hatten. Im Vorraum befinden sich zwei größere liegende Steine, von denen ich glaube, dass sie für Schülerinnen waren, die in den Orakelpriesterinnenschlaf eingeweiht werden sollten. Hier fühlte ich erstaunlich wenig Anzeichen von Gewalt, auch nicht an Tieren. Ich war sehr gespannt, welche Auskunft mir die Bücher darüber geben würden, wollte aber mit dem Nachlesen warten, bis ich genügend eigene Eindrücke gesammelt hatte, um mich nicht zu früh beeinflussen zu lassen. Ich fragte Jo – so nannte sich mein Begleiter – was er glaubte, welche Funktion diese liegenden Steine seiner Meinung nach gehabt hätten. Er zuckte mit den Schultern. „Ich weiß es nicht genau, mag sein, dass Besucher oder Wächter darauf geschlafen haben." Eine verblüffend ähnliche Assoziation zu der meinigen! Er schien mit diesem Ort noch mehr verbunden als mit dem obigen, Hagar Qim, und schilderte mir alles lebhaft und lebendig.

„Schau hier", sagte er, als wir um die äußeren Mauern herumliefen und einen kleinen runden Raum sahen, der durch eine Öffnung mit dem Innenraum verbunden war. „Hier haben die Orakelpriesterinnen gestanden und ihre Botschaften an die Fragenden ins Innere des Tempels gegeben."

„Ich vermute, dass es eher umgekehrt war", meinte ich nachdenklich. „Hierher kamen diejenigen, die Fragen an das Orakel hatten. Und die Ratsuchenden bekamen ihre Antworten – vermittelt durch die Orakelpriesterin – aus dem Inneren."

„In den Büchern steht es anders", beharrte Jo.

„Wer weiß", murmelte ich nachdenklich. „Auch die Verfasser der Bücher wissen ja nicht, wie es wirklich gewesen ist. Wir können im Grunde nur Vermutungen anstellen und als Anregung zu unserer eigenen Inspiration nehmen."

Er merkte, dass ich mich ernsthaft für die Tempel interessierte, und schien sich darüber zu freuen. Er bot mir an zu warten, bis die Tempel geschlossen würden, dann könne ich mit ihm jederzeit ins Innere der Tempel gehen und in Ruhe alles studieren, denn er habe den Schlüssel.

„Weniger Leute", sagte er. „Das ist doch besser."

Ich hatte den Eindruck, dass mir hier eine wichtige Pforte zu den Erinnerungen aus der Vergangenheit angeboten wurde. Eine Zeitlang allein in einem Tempel zu sein, um mich ganz meinen medialen Eingebungen widmen zu können, das war jedenfalls mein größter Wunsch. Natürlich willigte ich ein.

ABENTEUER MIT EINEM FISCHER

Für die, die den Weg kennen,
öffnet sich der Kosmos –
die, die ihn verloren haben,
sehen nur das Chaos.
Monica Sjöö (22)

Jo und ich standen am Eingang des Tempels und überlegten, was wir jetzt tun sollten, denn bis zur Schließung des Tempels hatten wir noch viel Zeit.

„Wenn du willst, zeige ich dir in der Zwischenzeit unten am Meer die Grotten. Es ist einer der schönsten Plätze der Insel. Gestern war ich dort mit einer deutschen Frau. Sie wollte sofort schwimmen. Hier kannst du sogar nackt baden. Du wirst sehen, es lohnt sich, dorthin zu gehen", sagte er mit dem gewissen Unterton, der Wünsche transportiert.

Ich spürte, wie mir Adrenalin ins Blut schoss. Ein fremder Mann bot mir an, mit mir dort hinunter zu steigen, und sprach vom Nacktbaden. Er machte keinen Hehl daraus, dass er noch gestern mit einer anderen Frau dort gebadet hatte. Das machte ihn mir sympathisch. Die sexuelle Energie, die sich vorher nur leise angedeutet hatte, bebte sofort zwischen uns und füllte meinen Leib mit Spannung.

Was für verschiedene Welten sich in der Phantasie auftun, je nachdem, ob ich der Angst und dem Misstrauen folge oder ob ich den Bildern des Vertrauens nachgebe, registrierte sofort ein feiner Sensor in mir. Die Angst führt zu Bildern der Gewalt: ein fremder Mann mit finsterer Miene, der irgendwann beim Hinabsteigen hinter einer Felsenspalte, wo niemand uns sehen würde, mich zu sexuellen Szenen zwingen würde. Der mich benutzen würde für seine lange angestaute, nicht gelebte Sexualität. Der genügend Kraft haben würde, um mich zu zwingen... *Und bist du nicht willig, so brauche ich Gewalt.*

102

Und sollte ich mich wehren, so hätte er die Möglichkeit, mich ins Meer hinabzustoßen. Niemand würde mich vermissen, bis irgendwann nach einigen Tagen bemerkt würde, dass in meinem Apartment niemand mehr das Telefon abnahm. Wenn man dieser Angst nachgibt, hält das Innere ein riesiges Szenarium an Horrorbildern bereit. Film, Fernsehen, Presse, natürlich auch die eigene Phantasie und nicht zuletzt die konkrete Wirklichkeit sind ja voll davon.

Die zweite Variante ist die des Vertrauens.

Wähle deine Gedanken so, dass du im Licht bleiben kannst, war meine Eingebung, der ich jetzt folgte. Sie führte mich in der Vorstellung hinunter ans Meer. Ich konnte die Schönheit und Weite der Natur genießen und wurde an Plätze geführt, die ich sonst nie zu sehen bekommen hätte. Ich befand mich an der Seite eines attraktiven und kundigen Mannes und hatte das einmalige Angebot, in die Tempel zu kommen. Ich konnte beim Hinabsteigen prüfen, ob mir nach einem sexuellen Abenteuer zumute war, und wenn ja, den Mann an einer schönen Stelle über den Fluten, an einem wärmenden Felsen einladen zu einem gemeinsamen Fest der sinnlichen Liebe. Das würde der alten Welt des Urvertrauens, die mir aus der Steinzeitwelt entgegenleuchtete, sicherlich mehr entsprechen. Hier stand ich vor einer inneren Wegscheide, und ich wusste wohl, dass es jetzt darauf ankam, genau zu sein.

Ich dachte an die einführenden Worte der Lilith. Wie würde sie handeln in ihrer unkorrumpierbaren Liebe zur Wahrheit? Meine Gedanken schalteten in Blitzesschnelle. Ich habe viel Erfahrung mit Männern und weiß, wie man es macht, dass ihnen die sexuelle Spannung vergeht. Zu Jo fühlte ich mich aber hingezogen. Ich war noch nicht sicher, ob ich auch schon sexuell für ihn bereit war, denn ich wusste, was für ein Verlangen ein südlicher Mann einer Frau entgegenbringt, wenn sie ihm das Tor einmal geöffnet hat. Aber ich vertraute ihm. Ich mochte die schlichte und einfache Art, wie er erzählte. Und sein Angebot, die Tempel nach offizieller Schließung noch zu besuchen, freute mich riesig. etzt fiel mir das I-Ging-Orakel vom Morgen ein:

Umarme die Trostlosen (auch die Verlassenen), traue denen, welche Flüsse zu überqueren verstehen, vernachlässige nicht die in der Ferne. Sind die Gefährten gegangen, vermagst du den Wert ausgewogenen Handelns zu entdecken. Die Zeiten erfordern es nun, auch schwierige Unternehmungen zu wagen...

Ich musste schmunzeln bei der Vorstellung, dass dies auch so direkt gemeint sein konnte. Ich sagte zu. Bei strahlender Sonne stiegen wir die blaurosa schimmernden Felsen hinab. Trittsicher fand er vor mir den Weg. Ich folgte ihm. An schwierigeren Stellen drehte er sich zu mir um und reichte mir helfend die Hand. Ich spürte keine Spur von Angst. Beim Hinabsteigen betrachtete ich seinen Stiernacken, seine dunkelbraune Haut, die am Hals bereits einige Falten zeigte. Die Spuren von Wind und Wetter waren deutlich auf seiner ledernen Haut zu erkennen. Ich beobachtete, wie sich sein kräftiger schwarzer Haaransatz leicht gelockt in den Nacken schmiegte. Er gefiel mir. Ich ahnte jetzt, dass ich es zwar noch nicht sofort, aber wahrscheinlich bald mit ihm tun würde. Zwischendrin machten wir eine Pause an einer wilden Kluft, wo der Fels steil und unmittelbar ins Meer hineinragte. Die Tiefe, die vor uns aufklaffte, schätzte ich auf ungefähr 30 bis 40 Meter. Ich hielt die Luft an und trat einen Schritt zurück, denn ich war keineswegs schwindelfrei. Kurz wurde ich wieder berührt von den Phantasien der Angst und Gewalt, die mich ganz am Anfang gestreift hatten. Doch da hörte ich die Stimme der Lilith:

Du kannst keinen Frieden zwischen Menschen entwickeln, solange du mit Gewaltkräften in Resonanz stehst.

Entschieden wies ich diese zweite Attacke von Gewaltphantasien von mir. Es sind oft unsere Phantasien und Ängste, die uns von einer viel schöneren Wirklichkeit trennen. Zwei Meter von der steilen Schlucht entfernt setzten wir uns auf einen von der Sonne gewärmten Stein.

„Bist du verheiratet?" fragte er.

„Nein, aber ich lebe in einer festen Partnerschaft," antwortete ich.

„Und du?"

Er verneinte. Ich begann, ihn ein wenig auszufragen über sich und sein Leben. Seit sieben Jahren arbeitete er im Tempel, und er liebte diese Arbeit. Sein Verdienst reichte ihm knapp zum Leben. Zusätzlich verdiente er etwas Geld mit Fischen. Er war Fischersohn und in einer großen Familie aufgewachsen. Wenn ich ihn richtig verstand, dann lebte er in einer ganz einfachen Garage, wo er auch seine Fischernetze verstaut hatte.

„Kochst du dort auch selbst?" fragte ich ihn.

„Ja", sagte er stolz. „Wenn ich in Berlin meine Freunde besuche, dann koche ich immer für sie."

Heiraten wollte er noch nie.

„Heiraten, das ist nicht gut. Es gibt so viele Schwierigkeiten in der Beziehung. Die Frauen auf Malta sind sehr eifersüchtig. Wenn du verheiratet bist, darfst du nie wieder zu einer anderen. Und ich mag nicht lügen. Es ist besser so", sagte er und erzählte mir von den Frauen, die er in letzter Zeit kennengelernt hatte. Er machte keinen Hehl daraus, dass er immer wieder Frauen traf, die ihn sexuell einluden, oder besser gesagt, die er einlud und bei denen er Erfolg hatte. Ich war beeindruckt von seiner schlichten Ehrlichkeit. Er lud mich ein zu allen möglichen Abenteuern: zu einer Fahrt mit seinem Fischerboot, auf der er mir die Grotten zeigen würde, zu einem Ausflug nach Gozo. Wieder musste ich schmunzeln beim Gedanken ans I-Ging: *Traue denen, die es verstehen, das große Wasser zu überqueren.*

Während wir uns nach und nach bekannt machten, waren wir den Abhang weiter hinabgestiegen und am Meer angekommen. Kristallklares Wasser umspielte weich und friedlich die Bucht. Eine große Grotte öffnete sich in die Tiefe des Berges. Jo meinte, dass im Sommer hier Menschen lebten und dass früher bestimmt Menschen in den Grotten gehaust hätten, denn es seien auf Malta kaum Wohnstätten gefunden worden. Auch wies er darauf hin, dass hier bei Ausgrabungen verschiedenste Funde gemacht worden seien, vor allem von besonderen Tieren aus ganz früher Zeit.

„Willst du baden?" fragte er.

„Nein."

Im Moment wollte ich nur still auf einem Stein sitzen und den Anblick des großen Ozeans genießen. Hier also hatten sie vor Tausenden von Jahren gelebt und ihre eigene Kultur entwickelt. Sie waren geschützt vor der Gewalt des Meeres. Sie hatten ihre telepathischen Fähigkeiten geschult, um mit den Menschen auf dem Festland zu kommunizieren. In meiner Vision war Malta ein richtiges Herzstück in der Kommunikation gewesen. Irgendein besonderer Schatz und ein besonderes Wissen waren hier gehütet worden, das man überall auf der Welt schätzte und aufsuchte. Aber hatten die Urahnen auch direkten Kontakt mit den Menschen auf dem Festland gehabt? Hatte es zu der damaligen Zeit bereits Schiffe gegeben? Und wie hatten die Menschen auf der Insel selbst gelebt? Waren sie auch Nomaden? Hatten sie in Höhlen gehaust, wie Jo vermutete? Auf einer so kleinen Insel dauerhaft als Nomade zu leben, war jedenfalls nicht ganz eingängig. Wie war das Wachstum hier gewesen? Welche Tiere hatte es gegeben? Die Steinskulpturen von Tarxien zeigten ja deutlich, dass es bereits Haustiere, Schafe und Schweine gegeben hatte.

Auch wenn der Tempel von Tarxien jünger war als Hagar Qim, so war ich doch erstaunt darüber, dass die Haustierhaltung schon so früh angefangen hatte. Man sagt, dass die Tempel auf Malta um einiges älter sind als die ältesten Pyramiden Ägyptens. Gab es von hier auch eine Verbindung nach Ägypten? Je mehr ich mich mit diesem Ort anzufreunden begann, desto lebendiger wurden die Fragen in mir, und mein Wissenshunger stieg. Jetzt würde ich sicher bald ernten können - einmal durch meine eigene Intuition, dann aber auch durch das Lesen in den Büchern.

In mir verstärkte sich der Eindruck, dass diese Tempel aus einer etwas späteren Kultur stammten als der Steinkreis in Portugal. Von meinen Träumen her musste es aber auch auf Malta Steinkreise und vereinzelte Megalithen gegeben haben, die von einer noch früheren Kultur zeugten. So war ich in Gedanken versunken und hatte Jo, der still neben mir hockte, für kurze Zeit fast ganz vergessen.

Gerade dachte ich darüber nach, was es denn mit dem Fisch auf sich hatte. Wieso war ich im Steinkreis auf den Fisch verwiesen worden? Was hatte der Fisch mit Malta, Kreta und Ägypten zu tun? Ich sollte seine Spur verfolgen bis zu den Urchristen. *Vernachlässige nicht die in der Ferne...*, hatte das I-Ging gesagt. Möglicherweise war dies ein Hinweis darauf, dass ich jetzt die Gelegenheit hatte, tiefer mit der urgeschichtlichen Kultur in Berührung zu kommen und mehr darüber zu erfahren.

Irgendwann fragte Jo: „Sollen wir wieder hochgehen?"

„Ja", sagte ich, dankbar, dass er so wenig aufdringlich war. Wieder musste ich schmunzeln bei der Vorstellung, dass es ja eine erste, ganz profane Spur zum Fisch gab: Jo war Fischersohn und von Hauptberuf selbst Fischer. Er hatte mir das erste Tor nach Malta geöffnet. Begegnungen mit Fischern sind für mich keine Selbstverständlichkeit.

Behende stieg er den Berg hinauf, obwohl er Kettenraucher war. Ich kam kaum nach. An der Mitte des Hanges machten wir eine nächste Rast. Ich war völlig aus der Puste.

„Möchtest du, dass ich dich küsse?" fragte er.

„Noch nicht", antwortete ich. So außer Atem war mir tatsächlich nicht nach Küssen zumute. Aber ich genoss die erotische Spannung zwischen uns. Sie beflügelte meinen Geist. Ich wusste jetzt, dass ich es bald mit ihm tun würde. Er hatte mein volles Vertrauen gewonnen, ich wartete nur auf die passende Situation, um sie so zu gestalten, dass es mir gefiel.

Er schlug vor, eine Kleinigkeit zu essen und dann zu warten, bis die Tempel geschlossen seien.

„Ich habe dort einmal mit einer Frau Liebe gemacht. Es war wunderschön. Wenn du willst, können wir es dort tun", schlug er vor.

„Vielleicht, wir werden sehen", antwortete ich, immer wieder verwundert über seine Mischung aus Direktheit und sensibler Zurückhaltung. In einer kleinen Hafenbar in der Nähe der Bucht Ghar Lapsi aß ich eine kleine Portion Ravioli mit Malteser Käsefüllung. Jo saß mir gegenüber, ohne etwas zu essen. Es kamen immer wieder Pausen auf, in denen wir still voreinander saßen und nicht mehr wussten, was wir sagen sollten. Die erotische Spannung war gewaltig gestiegen. Ich wusste, dass wir nicht mehr länger warten dürften. Bis zur Schließung des Tempels würde es noch eine Stunde dauern. So schön ich den Gedanken an ein sexuelles Abenteuer in den Tempeln fand, lieber wollte ich sie doch in Ruhe begrüßen. Erst wenn ich die besondere und sakrale Kraft des Ortes ganz aufgenommen hätte, schien es mir passend, sich dort einen geeigneten Ort auszusuchen, wo man es tun könnte, der Göttin und den alten Tempeln der Liebe zu Ehren. Es war ein schönes Bild, meine Ehrerbietung für die Ahnen dadurch zu zeigen, im heiligen Tempel meinen Leib einem einfachen Fischermann anzubieten und ihm etwas von meinem Wissen in der sinnlichen Liebe als Gegenleistung für die Öffnung zu schenken, die er mir zum Tempel gewährt hatte. Das war eine Anknüpfung an die Gepflogenheiten aus den urgeschichtlichen Kulturen. Wer mit dem Leib Frieden geschlossen hatte, konnte auch mit der Welt Frieden schließen. Darin bestand ja eines der großen Geheimnisse der frühen Urkulturen, durch das sie den Frieden im Stamm hüteten.

Jetzt war es nicht mehr schöpferisch, länger zu warten. Jo schlug vor, mir seine „Garage" zu zeigen. Gern willigte ich ein. Ich war gespannt auf seine „Villa" am Meer. Wir stiegen in meinen Wagen. Er wies mir den Weg. Eine steile Straße führte uns bis hinunter an eine Bucht. Unmittelbar über dem Meer erstreckte sich eine lange Gasse mit vielen aus Stein gebauten

Garagen. Vor einem Tor bat er mich zu halten. Er öffnete das grüne, etwas verwitterte Eisentor, und wir standen mitten in seinem „Palast". In der hinteren Ecke stand eine einfache Pritsche. Rings um das Bett und an den Wänden hingen lauter große Kalenderbilder von nackten bzw. halbnackten Frauen. Das also waren seine Tempeldienerinnen, zumindest in der Phantasie. Von den Bildern her zu urteilen, hatte er nicht den schlechtesten Geschmack. In der Mitte des Raumes stand ein Tisch, voll bedeckt mit vielen Utensilien. Überall – an der Decke, oberhalb des Bettes, auf einem Brett – waren Fischernetze. In der Ecke auf einem Schemel stand ein seltsames Gefäß mit einer kleinen Lampe, die immer an und aus ging. Als ich mich ihr näherte, sah ich, dass in dem Gefäß lauter kleine Eier lagen. Er brütete hier Küken aus. In einer anderen Ecke stand sein Gasherd, auf dem er sein Essen zubereitete. Beeindruckt schaute ich mich in seinem Haus um. Dazu blieb jetzt allerdings nicht mehr viel Zeit. Eine Hand kam und umfasste meinen Leib. Wir küssten uns, und ich legte meine Hand sanft auf seine Lippen, als seine Küsse etwas zu schnell und zu heftig wurden.

„Slow down. Wir haben Zeit", sagte ich. Wir zogen uns aus und begaben uns auf sein Lager. Er hatte einen guten, festen Griff und eine samtige Haut: genau das, was ich an Männern liebe. Auf seinen Armen hatte er einige Tätowierungen. Sein Bauch war weich. Ich finde dies sinnlicher als die harten, eingezogenen Männerbäuche. Mit der Hingabe und der wollüstigen Faszination des ersten Mals bearbeitete er meine Brüste. In solchen Momenten ist im Mann oft der kleine Junge noch ganz lebendig, der endlich an die Brüste der Mutter darf, ohne dass sie ihn dafür bestraft. Er darf handeln, elementar, unverstellt, direkt und unmittelbar. Welch eine Befreiung für beide Geschlechter darin liegt! Beim ersten Mal kam er schon vor dem Vollzug. Er schämte sich etwas dafür. Für mich war das vollkommen in Ordnung. Gerade der Leistungsdruck zwischen den Geschlechtern erschwert ja eine normale und unverstellte Begegnung. Ist es nicht normal, wenn ein Mann, der lange nicht mehr mit einer Frau zusammen war, zu früh ejakuliert? Eigentlich ein schönes Zeichen des Verlangens und der Ehrerbietung an das weibliche Geschlecht! Ich hatte weder das Gefühl, zu kurz gekommen zu sein, noch fühlte ich mich zu wenig befriedet oder beachtet. Ich mag es überhaupt nicht, wenn ich spüre, dass ein Mann hauptsächlich mit der Frage beschäftigt ist, ob er es mir recht macht.

Allerdings war ich auch nicht besonders ausgehungert oder bedürftig, denn ich fühlte mich zu Hause von meinen Männern gut versorgt. Er hingegen war hungrig wie ein Wolf. Er wollte noch nicht ablassen, und seine Direktheit ließ auch meine Lust weiter steigen. Ich hielt seinen schön geformten, relativ großen Phallus in meiner Hand, und es dauerte nicht lange, da war er wieder in seiner vollen Größe und Pracht bereit. Wir zogen das Kondom über, und jetzt hatte er genügend Ruhe gewonnen, um mit seinen behutsamen und kräftigen Stößen immer tiefer in mich einzudringen. Es war ein schöner, einfacher, fast tierlich kreatürlicher Kontakt. Danach ruhten wir noch eine Weile aneinander, bevor wir uns wieder voneinander lösten. Wir standen auf, und er zeigte mir noch ein paar Fotos von einer jungen, hübschen deutschen Frau, die mit ihm zusammen gewesen war.

„Wie schön, dass es heute bei dem allgemein sexualfeindlichen Trend auch noch andere Frauen gibt, die den Sex lieben und dies auch zeigen", dachte ich im Stillen.

Während ich so dastand, die Fotos und den Raum in seiner sympathischen, natürlichen Ordnung betrachtend, fiel mir plötzlich siedend heiß ein Traum ein, den ich vor langer Zeit auf der „Kairos", einem Segelschiff, gehabt hatte. Wir waren damals unterwegs gewesen, um den Kontakt mit Delphinen zu erforschen. In einer Nacht hatte ich einen aufwühlenden Traum.

Ich stehe auf einer mir fremden Insel an Land. Da springt ein Delphin aus dem Wasser mir unmittelbar in den Arm. Ich stehe vollkommen überrascht mit der Frage da, was ich mit diesem Delphin an Land machen soll. Ich überlege, wie ich ihn retten kann. Im selben Moment verwandelt sich der Delphin in einen Fischer, der auf eine einfache Baracke zeigt, in der er lebt.

Jetzt wusste ich wieder, woran mich Jo erinnerte: Er war der Mann aus diesem Traum, an den ich mich deutlich erinnerte. Jetzt fiel mir vieles von der damaligen Reise wieder ein. Der dauernd hohe Ton von den Delphinen, der immer wieder über Lautsprecher an Bord erklang und den ich später auch ohne Lautsprecher hören konnte: Dieser Ton hatte mich nach einigen Tagen auf eine ganz eigene Spur der Wahrnehmung gebracht und die Dinge des Alltags vorübergehend vollkommen anders wahrnehmen lassen, als ich sie normalerweise erlebte. Fast dauerhaft hatte ich in einem mythologischen Erleben gestanden. Jetzt leuchtete die volle Erinnerung an den Tag des Traumes wieder auf. Ich wusste wieder, in welcher Intensität ich die Fischer am Hafen wahrgenommen hatte. Sie alle repräsentierten in diesem Moment eine mythologische Botschaft für mich. Einer von ihnen hatte immer wieder von Maria gesprochen, die für ihn die archetypische Mutter symbolisierte. Damals entdeckte ich einen tiefen Zusammenhang zwischen Maria, der Mutter Gottes, und dem Fisch. Aber all das hatte eine eigene Logik, die mir nur schemenhaft, eben wie ein Traum, in Erinnerung geblieben war. Zum zweiten Mal wies mich mein Unbewusstes im Kontakt mit Jo auf den Fisch hin. Ich nahm es wahr und ließ es zunächst ohne weitere Deutung stehen.

Heute würde ich die Tempel nicht mehr besuchen. Aber morgen, am Nachmittag, wollte ich wiederkommen und die Tempel in Ruhe ganz allein aufsuchen, wie es ihnen entsprach.

Das matrilineare Verwandtschaftssystem der alten Zeiten, verbunden mit dem Zugang zu den Quellen der Nahrung und des natürlichen Reichtums, den die Frauen in den anmutigen Dorfkulturen des Neolithikums mit ihren Rispen, Früchten und Knollen und mit ihren bemalten Tongefäßen und Göttinnenfiguren noch hatten, garantierte persönliche und erotische Souveränität. Im Laufe der Zeit aber (...) wurden Frauen ihrer Öffentlichkeit, ihrer selbstverständlichen Teilnahme am Gemeinschaftsprozess beraubt und in die Privatheit der Ehe gedrängt.

Ein System von Schlangenbewegungen (...) war in orientalischen Mysterien-Tempeln der geradeste Weg zum überirdischen Sehen. Durch die qualifizierte Stimulierung von Energiebahnen verschwindet die Illusion der festen Form.
Eluan Ghazal (6)

NACHTGEDANKEN ZU EINER WEIBLICHEN REVOLUTION

Am Abend in der kleinen Hotelbar zog ich ein Buch hervor, das ich kurz vor meiner Abreise von einer Freundin geschenkt bekommen hatte. Es war das Buch „Schlangenkult und Tempelliebe. Sakrale Erotik in archaischen Gesellschaften" von Eluan Ghazal. Ich bestellte mir ein maltesisches Bier und begann fasziniert zu lesen. Ich schlug gleich eine Seite auf, die zu meiner Überraschung genau zu dem heutigen Erlebnis passte: Es ging um die sinnliche Liebe von frühen Priesterinnen und Königinnen. Eluan Ghazal berichtet hier über keltische Frauen, die als Gegengabe für Dienste aller Art, die ihnen wichtig waren, ihren Leib darboten.

Die Autorin kommentiert:

Ob Osten oder Westen, Priesterinnen setzten ihren „Heiligen Körper" ein, um die Gemeinschaft zu lenken. Heute ist es anders. Welche Frau – in West und Ost – würde das schaffen!

*Lady Di musste ihre Seitensprünge peinlichst geheim halten,
und dann kam's doch raus, und der Thron ging flöten.*

Ich musste schmunzeln, als ich an mein heutiges Abenteuer
dachte. Würde der Erlebnisbericht mit Jo, dem Fischer, ins
Buch passen? War es inzwischen salonfähig, diese einfachen
und elementaren Erlebnisse in unsere Forschungsreisen
einzubeziehen? Ein großer Teil der Menschen würde meine
Erfahrung als Beschmutzung alter Heiligtümer bewerten.
Für sie wäre die Seriosität meiner Arbeit mit einer solchen
Selbstoffenbarung sofort in Frage gestellt. Ich aber stehe
ja gerade im Dienst der Überwindung der Privatheit in
diesen wesentlichen Themen des Menschen. Mein Auftrag
im Dienst einer neuen Weiblichkeit und einer Politik des
Herzens besteht ja gerade darin, die Liebesvorstellungen
und vor allem die sexuellen Vorstellungen aus den privaten
Ghettos zu befreien. Über die Dinge wieder zu reden, über
die man normalerweise nicht spricht, und so über sie zu
reden, dass ohne verklärte Romantik und falsche literarische
Schnörkel sinnliche Wahrheiten wieder ans Licht kommen,
das verlangen die urgeschichtliche Kultur, die wilde Lilith
und mit ihr viele Frauen heute von mir. Es war mir klar, dass
ich auch diese Abenteuer auf den Spuren der Urgeschichte
mit ins Buch aufnehmen musste.

*„Die ersten Frauen sind auf dem Weg. Sie werden wieder
neue Türen und Tore öffnen..."*, dachte ich, über meine schöne
Erfahrung lächelnd und dankbar für dieses schöne Buch, das,
in einer wunderbaren Sprache von einer Frau geschrieben,
ähnliche Dinge formulierte, wie sie mir am Herzen lagen.
In diesem Moment bedeutete mir dieses Buch soviel wie ein
Freund oder eine Freundin an meiner Seite. Mein Herz war
voll und verlangte nach Austausch. Bald würde ich Pierre
von meinen Erfahrungen erzählen.

Ich habe die außergewöhnliche Möglichkeit, solche intimen
Erlebnisse meinem Geliebten Pierre offen erzählen zu können.
Ich weiß, dass ein Teil meiner revolutionären Kraft daher
kommt, dass wir beide im Liebesbereich Zeit unseres Lebens

unbeirrbar dem erotischen Thema treu geblieben sind und mit allen Mitteln versucht haben, bei der Wahrheit zu bleiben. Eine Freundschaft mit Pierre ist auf anderem Weg gar nicht möglich. Wie ich befindet er sich auf der Suche nach neuen Lebensformen, und er ist durch und durch ein revolutionärer und politisch denkender Mensch. Viele Möglichkeiten, sich gemeinsam in verlogene Nischen einer falschen Zweisamkeit zurückzuziehen, haben wir auf diesem Weg nicht. Ich weiß, dass er meine Erlebnisse nicht nur notgedrungen gutheißt, sondern beglückt an meinen Abenteuern teilnimmt und dies unsere erotische Spannung und Vorfreude aufeinander nur steigert. Wenn die Frauen in wichtigen gesellschaftlichen Positionen offiziell so handeln könnten und würden, wenn sie vor niemandem einen Hehl daraus machten: Was für eine andere Welt täte sich auf! Schließlich war Lady Diana trotz ihrer Seitensprünge zu einer Kultfigur geworden. Ihr Begräbnis bot ein überdeutliches Zeugnis dafür!

Fasziniert las ich weiter und stellte erstaunt fest, dass Eluan Ghazal auch über Malta geschrieben hatte. Ihre ergreifend sinnliche und weibliche Sprache und auch die Abbildungen der schlafenden Priesterin und anderer Figuren faszinierten mich. Ich bin immer dankbar, wenn ich auf Frauen treffe, die sich auf dem Weg ihrer eigenen Emanzipation befinden und dennoch oder gerade deswegen die sinnliche Liebe in all ihren Aspekten bejahen. Wenn sich genügend solcher Frauen zusammenschließen, die sich nicht länger dem Mann unterwerfen, ihn aber auch nicht länger bekämpfen, wenn sie sich zusammenschließen in einer neuen und tieferen Art von Solidarität, die auch an den Liebesthemen nicht scheitert, wenn Frauen beschließen, nach den vielen Jahrtausenden erneut das Geheimnis des Eros in allen Tiefen zu ergründen und zu lichten, wenn wir bereit sind, aufs Neue die soziale Verantwortung, die damit verbunden ist, zu übernehmen, können wir dann nicht eine Umwälzung, eine Revolution in der Liebe einleiten, die weitreichende Konsequenzen hat? Wäre das nicht ein wichtiger Neubeginn der weiblichen

Politik im dritten Jahrtausend? Wie sonst sollten das Massaker, das ewige Morden, der Geschlechterkampf jemals ein Ende finden?

Immer wieder träume ich von einer solchen Revolution, von einer gewaltfreien Revolution der weichen Macht. Welchen Grund gibt es denn noch, mitzumachen bei dem, was Unglück in uns selbst und anderen erzeugt? Ich sehe vor mir, was geschehen wird, wenn Mütter und junge Frauen, Heilige und Prostituierte, Ehefrauen und Singles sich zusammenschließen in einer wahren weiblichen Solidarität. Wenn die Hure keine Bedrohung mehr ist für die Ehefrau, die Ehefrau keine Bedrohung mehr für die Geliebte, weil sie sich alle auf einer tieferen Ebene wieder verständigen können, weil sie wissen, dass sie alle das gleiche sehen und suchen im Mann. Jetzt können sie sich die Arbeit teilen und die Männer zu den Liebhabern machen, die sie schon seit Jahrhunderten erhoffen und ersehnen. Mütter werden es nicht mehr zulassen, dass ihre Söhne in einem System erzogen werden, das sie zu Soldaten macht, zu Verbrechern, zu heimlichen oder offenen Mördern oder zu emotionslosen Intelligenzmaschinen und gefühlskalten Robotern, zu Geschäftsführern von riesigen Konzernen, die ihren Verlust an Leben und Liebe durch eine falsche Macht ersetzen müssen.

Frauen werden sich besinnen auf ihre eigentliche weibliche Macht. Gemeinsam sind sie in der Lage, das ewige Rad des Massakers, das grauenhafte Töten, Quälen und Sterben machtvoll zu stoppen und sich wiederzubesinnen auf die einfachen Qualitäten des Lebens, der Liebe und der Göttin. Liegt hier nicht ein geschichtlicher Schlüssel, um einen Hitler oder einen Putin endgültig außer Kraft zu setzen, um die kriegerischen Unruhen im Nahen Osten zu beenden und dafür zu sorgen, dass die Flüchtlinge im Kongo Hilfe bekommen? Wir würden endgültig damit aufhören, ohnmächtig den sinnlosen Debatten eitler und prestigesüchtiger Politiker zuzuschauen, die einem System von Gewalt, Betrug und Korruption verfallen sind. Eine neu und tiefer gewonnene

Frauensolidarität hat eine überwältigende Macht und Magie für jedes Männerherz.

Jetzt müssen wir das Wissen ganz zurückholen, denn vorher waren Frauen nur allzu bereit, an ihre Ohnmacht zu glauben und nicht an ihre Macht.

In den nächsten Tagen besuchte ich Hagar Qim und Mnajdra einige Male. Ich bekam reichlich Gelegenheit, die Tempel in aller Stille zu genießen. Jo spielte den Wächter, und ich hatte endlich die Möglichkeit, meinen Eingebungen zu folgen. Was Jo da tat, war in keiner Weise erlaubt. Verständlicherweise versucht man, die Tempel vor den Zugriffen Fremder zu schützen. Einer der Tempel ist bereits an vielen Stellen mit scheußlichen Aufschriften bemalt. Auch die Wächter haben offiziell nicht die Erlaubnis, die Tempel außerhalb der Öffnungszeiten mit fremden Menschen zu besuchen. Jo versteckte sich während meiner Forschungen hinter einem großen Stein am Eingangstor und hielt Wache. Ich dankte ihm und allen guten Geistern, dass sie mir diesen Zutritt ermöglichten.

Zweimal konnte ich je zwei Stunden lang diese heiligen Mauern allein besuchen. Reichhaltig und klar zeigten sich mir Bilder vom ursprünglichen Leben in den Tempeln. Jetzt brannte ich darauf, einige Tage im Hotel zu verbringen, meine Eingebungen schriftlich niederzulegen und die vielen interessanten Bücher zu lesen, die ich mitgebracht hatte.

Während ich beim Steinkreis *Almendres* fast ohne Literatur auskommen musste, hatte ich über Malta einiges an Material gefunden. Noch kurz vor der Abreise hatte mein Verleger mir ein Buch über Malta übergeben. In meiner Weltsicht gibt es keine Zufälle. Zufall ist nur ein Wort für Zusammenhänge, die wir noch nicht ergründet haben. Am späten Nachmittag, nach meinem zweiten Besuch, verabschiedete ich mich von Jo, fuhr zurück in mein Hotel und verbrachte dort zwei Tage fast ausschließlich in meinen Räumen.

IM TEMPEL DER TRAUMKRAFT

Ich kletterte auf einen großen, flach liegenden Altarstein im Mnajdra-Tempel, der mich magisch anzog. Ich nehme an, dass hier Orakelpriesterinnen geschlafen haben, um ihre Botschaften zu empfangen. Nach herkömmlicher Schätzung wurde der Tempel etwa 3000 Jahre v. Chr. erbaut. Ich vermute aber, dass alles dies um einiges früher stattgefunden hat. Vielleicht wurden diese Steine später zu anderen Zwecken genutzt, zu Opfergaben, zu Gottesdiensten, als Altar, als Gabentisch bei Erntedankfesten und vielem mehr, aber ursprünglich hatten die Orakelpriesterinnen hier geschlafen. Dieser Gedanke hakte sich jedenfalls eigenwillig in mir fest.

Jo hatte mich allein gelassen. So konnte ich in aller Stille auf meine Eingebungen lauschen.

Ich spürte, wie mein Zellsystem sich veränderte und ich jetzt dicht daran war, mich auf das Schwingungsmuster und das Frequenzsystem für Inspirationen zu öffnen. Meine Bilder und Eingebungen führten mich mitten ins Zentrum einer alten Kultur.

Ich sehe in einem Nebenraum Frauen, die ein Feuer bereit halten, das nie erlöschen darf: Das heilige Feuer des Lebens. Mir scheint, dass ich mich in einer Tempelschule zur Ausbildung von Schamaninnen befinde. Man kann sie auch Priesterinnen nennen. Hier erlernen sie die Kunst der Weissagung und des Orakels.

In Mnajdra hüteten drei Hauptpriesterinnen den heiligen Hain. Sie wechselten sich in ihrem Dienst ab und standen die in dauerndem Kontakt mit Raschnim, der Hauptschamanin in den Höhlen von Hal Saflieni. Dort befand sich das Hypogäum, etwa einen halben Tagesmarsch entfernt von hier. Das Hypogäum von Hal Saflieni war bereits seit einigen Jahrhunderten der Ort, wo die ältesten Priesterinnen im

Inneren der Erdmutter das Schöpfungswissen hüteten. Sie standen in dauerhaftem Kontakt mit Mutter Erde und empfingen von ihr lebensnotwendige Botschaften. In Hal Saflieni wurden die Geschichten der Kulturentstehung auf Malta von vor über 2000 Jahren gehütet und weitergetragen. Damit der Kontakt mit den Kräften der Erde ungestört blieb, war dieser Tempel als Höhle unter die Erde gebaut worden. Hier fühlten sich die Frauen geschützt vor den Frequenzen, die in den letzten Jahren die Orakelinformationen und die telepathischen Drähte zu anderen Völkern vermehrt gestört hatten. Seitdem es Völker auf der Erde gab, die den Gedanken der Macht und der Herrschaft verbreiteten, war die Entwicklung der friedfertigen Kulturen bedroht. Die Schamaninnen taten alles dafür, um die Keimkräfte der schöpferischen Friedensträume nicht zu stören. Die weisen Tempelpriesterinnen, die über die Jahrhunderte ihren Dienst an der Urmutter getan hatten, wurden nach ihrem Tod in einem besonders dafür hergerichteten Raum, direkt im Hypogäum, bestattet. Das Hypogäum war also Tempel und heiliges Grab zugleich. Die Verstorbenen wurden später als heilige Kontaktpersonen verehrt und von den nachfolgenden Priesterinnen befragt. Sie hatten mit ihren Nachkommen bestimmte Zeichen vereinbart, an denen man erkennen konnte, dass sie es waren, die eine Botschaft durchgaben.

Doch gehen wir zurück nach Mnajdra, dem Tempel und dem früheren Dolmenkraftplatz, und ergründen wir diesen Ort.

Der große Altar, auf dem ich saß, wurde zu allen wichtigen Zeiten von einer der Hauptpriesterinnen bewacht. Um Vollmond und Neumond hielt immer eine der Priesterinnen den heiligen Tempelschlaf, um besondere Botschaften von Nammu, der Urgöttin, zu empfangen. Drei Tage und drei Nächte bereiteten sich die anderen auf diese besondere Zeit vor, um anschließend für die göttlichen Antworten aus berufenem Munde bereit zu sein. Das Wissen der Göttin und die neu gewonnenen Antworten gaben sie weiter, wenn die vielen Inselbewohner zur allgemeinen Orakelbefragung zum Tempel kamen. Einmal im Monat war das Orakel für alle Bewohner der Insel geöffnet. Hier gingen sie hin, wenn sie in besonderen Lebenssituationen Fragen hatten.

Die Menschen, die ich hier vor mir sah, waren eher klein und zierlich, ganz anders, als ich sie vom Umfeld des Almendres-Steinkreises her kannte.

Ich schaute von meinem erhobenen Platz aus nachdenklich um mich. Der Eingang zeigte in östliche Richtung. Zwei erhabene Steine trennten diesen Altarraum, in dem ich mich befand, von einem größeren, elliptisch geformten Raum. Vor dessen Eingang lagen zwei große Steinquader, die aussahen, als sollten sie den Orakelsuchenden und Schülerinnen eine Sitzgelegenheit bieten. Außerhalb der Schutzmauer standen drei große Steine, die alles überragten. Wo war ich? Welchem Zweck diente der elliptische Vorraum? Warum war dieser Raum, in dem ich saß, durch einen kleineren Altar von der Vorkammer getrennt? Ich schloss die Augen wieder, damit sich meine ersten Eindrücke und Intuitionen vertiefen konnten...

In dem südlich von mir gelegenen Raum schüren zwei junge Frauen das Feuer. Sie sind Dienerinnen des Tempels und werden hier in der Orakelkunst ausgebildet. Die drei großen Steine, die außerhalb der Schutzmauern stehen, strahlen eine ganz personale Energie aus.

Wir repräsentieren die drei heiligen Aspekte des Lebens: die Vergangenheit, die Gegenwart und die Zukunft. Je nachdem, in welcher Gegenwärtigkeit du dich befindest, rufst du andere Aspekte einer möglichen Zukunft und Vergangenheit ab. Dieser Vorgang ist für die Schulung der jungen Priesterinnen sehr wichtig, denn sie müssen lernen, sich so zu fokussieren, dass sie nur gewünschte Informationen hineinlassen, die der Heilung und dem Schutz des gesamten Archipels dienen.

Eine andere Bedeutung dieser drei heiligen Steine besteht darin, dass sie den weiblichen Zyklus der Dreieinheit der

Göttin repräsentieren: den Aspekt der Geburt und der Jugend, den Aspekt von Vollreife und sexueller Vereinigung und den Aspekt des Todes und damit auch der Wiedergeburt in eine neue Daseinsform. Die Priesterinnen haben die Aufgabe, diese drei Urkräfte der Göttin für den gesamten Stamm im richtigen Lot zu halten und nutzbar zu machen.

"Wofür ist der äußere Raum, den man allgemein als Orakelraum bezeichnet? Standen hier wirklich die Orakelpriesterinnen?" fragte ich. Diese allgemein übliche Deutung passte gar nicht in mein Bild, denn das würde bedeuten, dass die Fragenden im Inneren der Tempel waren, während die Priesterinnen außen standen, in einer äußerst seltsamen und unbequemen Stellung, um durch die Wandlöcher ihre Botschaften zu verkünden.

Nein, dieser Raum wird erst später angebaut werden. Hier stehen Ratsuchende, die nur für einen Tag zum Orakelplatz pilgern. Sie bleiben im Außenbereich des Tempels und stellen von hier aus ihre Fragen, kam prompt die Antwort.

Wer besonders existentielle Fragen hat, der bereitet sich auch entsprechend auf das Orakel vor. Sie verweilen drei Tage und drei Nächte lang an dafür vorgesehenen Plätzen, bevor sie das Orakel befragen. Dann wird ihnen im Inneren des Tempels ein bestimmter Platz zugewiesen, wo sie die Antwort erhalten. Bevor sie ihre Antwort von der Orakelpriesterin bekommen, sollen sie sich erst selbst in der Antwortfindung üben. Denn jeder Mensch wird darin geschult, den Göttinnenaspekt in sich selbst zu entdecken. Nach drei Tagen finden sie Einlass in den Feuerraum vor dem kleinen Altar, bringen ihre Opfergabe dar und verkünden dann dem Orakel die Antwort, die sie in den vergangenen Tagen und Nächten herausgefunden haben. Anschließend dürfen sie die Botschaft vom Orakel erfahren, die entweder vom Orakel selbst oder von einer jungen anwesenden Priesterin verkündet wird.

„Opfert ihr Tiere?" fragte ich.

Anfangs nicht. Später ja. Die Geschichte von Manu, die an einem ganz anderen Ort auf dem Festland geschehen ist, wirkt sich feldbildend aus. Natürlich weiß man auch hier davon. Denn aus den verschiedensten Richtungen der Erde treffen ja seit Jahrhunderten Friedenshüterinnen und -hüter auf Malta ein. Tamara, Newar und Vatsala waren Mitbegründerinnen der maltesischen Kultur, und ihre Namen werden ihrer Tradition gemäß weitergegeben. Die Sprache, die hier gesprochen wird, hat sich seit Jahrhunderten aus den vielen Sprachen der Ankommenden entwickelt. Das Ereignis zwischen Manu und Meret ist kein Einzelfall geblieben: In Osteuropa und Nordasien, aber auch in anderen Teilen der Erde haben sich ganz eigene, männliche Kulturen daraus entwickelt, die einen Kriegsgott oder mehrere Kriegsgötter verehren. Ihre Informationen und Taten trüben den telepathischen Äther. So kommt es zum Bild der Opfergabe als Wiedergutmachung. Besonders im oberen Tempel, Hagar Qim, findest du Orte, wo Tiere geopfert wurden. Das ist so schnell nicht zu verstehen. Komm darauf zurück. Darüber wirst du später mehr erfahren.

„Und wozu dient der große, östlich gelegene Raum? Warum gibt es zwei Tempel mit dem gleichen Umriss? Zwischen den beiden Tempeln liegt außerdem ein kleiner, ganz seltsam anmutender Raum, der ebenfalls mit einem kleinen Säulenaltar versehen ist. Welchen Zwecken hatte er gedient?" fragte ich.

Geh umher, schau dich um. Öffne deine intuitive Antenne. Die Informationen kommen hier eher auf der Bildfrequenz zu dir als über Worte. Gib dich diesen Bildern hin, und du wirst immer mehr über das Leben auf Malta vor vielen Tausenden von Jahren erfahren.

Ich lief durch die Tempelräume, in die sanftes Sonnenlicht fiel. Ich besuchte jeden Raum und verweilte dort einige Zeit. Zuerst suchte ich eine Kammer auf, die sich zwischen den beiden Tempeln befand und sich an eine Zelle anschloss. In diese Kammer kam man nur vom Zentrum des Tempels aus durch ein winziges Tor. Ich setzte mich auf einen niedrigen Stein, der sich wie eine Sitzbank in die Mauer einfügte, schaute nachdenklich auf den kleinen Altar, der mit schmalen Säulen versehen war und fast wie ein traditioneller Kamin wirkte. Sofort kamen mir Bilder. In die urgeschichtliche Zeit versetzt, fühlte ich mich selbst wie eine junge Priesterschülerin, die darauf wartete, vom Orakel in den hohen Dienst der Priesterinnenausbildung aufgenommen zu werden...

NUDIME ERZÄHLT

In dem kleinen Raum steht ein Krug mit Wasser. Auch einige getrocknete Beeren und wenige Früchte liegen für mich bereit. Ich sitze bereits seit zwei Tagen hier. Noch einen Tag und eine Nacht muss ich mit wenig Wasser und einigen Früchten ausharren; zu gegebener Stunde wird mir eine der Priesterinnen auch einige von den Beeren reichen, damit ich die Vision, die ich hier mit geöffneten Augen empfangen soll, klarer sehen kann. Die Beeren unterstützen den Kontakt zur Großen Göttin Nammu, mit der ich mich jetzt verbinden soll, um meine neue Lebensstufe, die Stufe der Vollreife, einzuleiten.

Die Beeren sind mir im Traum als Beigabe für den Kontakt mit der Göttin erschienen. In den nächsten Tagen wird sich entscheiden, ob ich in die Ausbildung der Traumtänzerinnen gehen werde oder ob mein Beruf im Bereich der Hüterinnen der Pflanzen liegen wird. Ich selbst sehne mich sehr danach, in den Reigen der Tempelpriesterinnen aufgenommen zu werden. Mudima, die älteste Priesterin dieses Ortes, die mich vor einer Woche im Nachbartempel mit 27 weiteren Schülerinnen empfangen hat, hielt uns gleich zu Beginn eine mahnende und einführende Rede.

„Achtet auf eure Wünsche. Eure Wünsche sind Wegweiser zu eurer eigentlichen Gestalt, die in Nammu, eurer universellen Mutter, auf euch wartet und die nun in eurem Inneren keimt. Manchmal machen euch Wünsche zu ungeduldig, und dadurch werdet ihr getrennt vom großen kosmischen Wissen. Ihr seid dann nicht mehr in der Lage, die feinen Frequenzen und Zwischentöne zu hören, die es ermöglichen, dass eure Wünsche zur rechten Zeit verwirklicht werden. Durch die Geschichte von Manu und Meret wissen wir, welches Unglück über die Menschen kommen kann, wenn sie zu früh handeln und nicht im Kontakt mit Nammu bleiben. Nammu, in der wir alle geborgen sind und die in jedem von uns wohnt, kennt

123

den richtigen Zeitpunkt. Bleibt immer in eurem Zentrum, in eurer Mitte. Gebt nicht dem ungeduldigen Verlangen nach, sondern achtet darauf, wo euch euer Verlangen hinführt, wenn ihr im Zentrum eures Leibes in Ruhe verweilt. Echte Visionen werden immer aus der Ruhe und inneren Erfülltheit geboren, daran könnt ihr sie erkennen. Es gibt Regungen und Gefühle, die ihr als große Sehnsucht erlebt. Sie treiben die Schöpfung voran; sie kommen aus dem Urtraum der universellen Mutter, der Schöpfung und Weisheit, an dem wir alle beteiligt sind. Diese Sehnsucht möchte uns manchmal hinreißen und dazu verführen, zu früh zu handeln. Es kommt alles zur rechten Zeit. Die Sehnsucht braucht zu ihrer Verwirklichung die Kraft der Ruhe. Nur aus ihr wird das Paradies geboren, zu dessen Verwirklichung wir alle gekommen sind."

Mudima wird von uns allen sehr geliebt und verehrt. Aus ihren Augen blitzen der Schalk, die Güte und das Wissen. Auch mit ihren 85 Jahren kann sie ihren Bauch und ihre Hüften schwingen und die Göttin des Mondes aus ihrem Inneren sprechen lassen. Zwischen tiefem Ernst, ehrfürchtiger Andacht und größter Heiterkeit verfolgen wir junge Frauen ihre Vorführungen. Sie vermag die Geschichten über die Vergangenheit unseres Volkes in so schillernden Farben zu erzählen, dass diese unmittelbar vor unseren Augen lebendig wird. Mudima ist mein Anker und mein Vorbild. In späteren Jahren will ich werden wie sie.

Jedes Jahr werden 28 junge Frauen der Insel, die das Alter der Vollreife erreicht haben und die bereits eine Umlaufbahn des Mondes auf der Nachbarinsel Gozo im heiligen Tempel der Frauen verbracht haben, hierher gerufen, um eine tiefere Einführung in die Kunst des Träumens und der Visionen zu bekommen. Hier sollen wir lernen, der Stimme von Nammu, der Urschöpfung, zu lauschen und ihr Geheimnis zur Blüte und zur Vollendung zu bringen, soweit es nach den ersten Verletzungen, die sich in der Ferne zugetragen haben, noch möglich ist. Wir haben gelernt, dass viele unserer Ahnen bereits in andere Sphären gegangen sind, um dort das Schöpfungsgeheimnis zu hüten, das seit dem Vorfall mit

Manu verletzt worden ist. Die Erinnerung, die Traumkunst, die Intuition und das Gedächtnis, alles Gaben der Großen Mutter, sind vom Verfall bedroht. Wir wissen darum. Schon als Kinder hat man uns vom großen Einbruch in die Evolution und in die Urschöpfung erzählt. Wir sind bewusst auf der Erde und haben die Aufgabe, eine Kultur zur Blüte zu bringen, um den Traum vom Paradies wenigstens an einigen Orten dieses Planeten soweit zu verwirklichen, dass er sich im Zellsystem und im biogenetischen Gedächtnis manifestieren kann. Es ist unsere Aufgabe, ihn trotz der Gefahren weiter zu vollenden. Wenn wir behutsam genug sind, können wir diesem Traum zur Verwirklichung verhelfen. Wir hoffen dies - trotz des vehementen Auftretens der Kurganvölker auf dem europäischen Festland. Die kriegerischen Völker aus dem Norden haben sich immer mehr in alle Himmelsrichtungen ausgebreitet. Es ist nötig, unsere Kulturgedanken so weit auszutragen, dass der Keimling der Liebe, durch Nammu geschützt, gedeihen wird. Und in späteren Jahrhunderten, wenn alle Menschen ihren Irrtum einsehen werden, werden Friedenshüterinnen die Möglichkeit haben, unseren Traum aus dem Gedächtnis der Erde abzurufen. Dann kann er voll zur Vollendung gebracht werden. Es geht uns um die Verwirklichung des Traumes von Nammu, der Mutter Erde, der einmalig in der gesamten Schöpfung ist. Im Zentrum dieses Urtraumes steht die Verwirklichung der sinnlichen Liebe zwischen Mann und Frau, die Verwirklichung und Erfüllung von Polaritäten. Es geht uns darum, einen bewussten Umgang mit den Daseinsqualitäten von Raum und Zeit zu erlernen.

Riechen, Schmecken, Sehen, Hören, Fühlen, Tasten, Bewegen, Sprechen, Tönen: All das sind Qualitäten, die es in dieser Form nur auf der Erde gibt. Sie tragen eine paradiesische Möglichkeit der Erfüllung in sich. Alle Daseinsräume stehen in Verbindung und Beziehung zum universellen Ganzen und finden nur in dieser Verbindung ihren Sinn, ihre Vollmacht und ihre Erfüllung.

Mudima, die Tempelpriesterin, ist in der letzten Woche jeden Morgen zu uns gekommen. Sie übte mit uns im Inneren des zweiten Tempels die Tänze, die es erleichtern sollen, den Körper für die Botschaft der Göttin zu reinigen. Dann fragte sie nach unseren Träumen. Alle zusammen haben wir im Nachbartempel genächtigt. Zweimal wurden wir geweckt und nach unseren Träumen gefragt. Manchmal kommt es vor, dass junge Frauen ganz besondere Träume haben. Sie werden dann ins Innere des Tempels gerufen. Manchmal geschieht es auch, dass eine Frau während des Tanzes von der Kraft der Göttin besucht wird. Frauen, die die Göttin im Tanz aufsucht, werden in den oberen Tempel geschickt, zur Hagar Qim, um den Ort der Tänze, des Studiums und der Liebe aufzusuchen und dort in die weitere Vorbereitung und Ausbildung zu gehen.

Dies hier unten ist der Tempel der Traumkunst, weiter oberhalb ist der Tempel der Tänze und der Kunst der Liebe. Beide Tempel werden nur von Frauen, von den Orakelpriesterinnen, gehütet und geleitet. Im oberen Tempel werden auch Männer ausgebildet. Hier im Tempel des Traumes werden neun von den 28 jungen Frauen im Laufe der Umlaufbahn eines Mondes ins Tempelinnere gerufen, um einen Traum- und Wachzyklus zu vollziehen. Drei davon werden ausgewählt, um eine Tempelausbildung zu machen. Jede Einzelne wird schließlich ihrer Aufgabe und ihrem Ort zugeführt werden.

In der letzten Nacht - es war meine sechste Nacht in Mnajdra - wurde ich plötzlich in meinem Traum kräftig gerüttelt. Die Augen einer Nachteule schauten mich an, und ich erkannte in ihnen die Augen von Surnja, meiner Großmutter, die vor zwei Jahren gestorben war. Als ich die Eule wahrnahm, verwandelte sie sich in meine Großmutter, die mir rote Beeren reichte. An dem heftigen Schütteln meines Körpers, an den Augen von Surnja und an den roten Beeren erkannte ich, dass dies mein Traum und mein Zeichen war, die mich ins Tempelinnere führen würden.

Nachdem ich selbst bereits wusste, dass ich in den Tempel gerufen würde, um eine Einweihung zu erhalten, rief mich Mudima zu sich.

„Gibt es eine Pflanze, die dich in deinen Träumen erkannt hat und die dich zu sich gerufen hat?" fragte sie.

„Ja, die rote Beere", antwortete ich. Die rote Beere ist eine Pflanze, die in unserer Gegend nur sehr selten wächst. Es gibt viele ähnliche Pflanzen, aber die rote Beere ist eine heilige Pflanze, die der Göttin der Sexualität und der Heilung gewidmet ist.

„So geh auf den Berg. Du hast zwölf Stunden Zeit. Wenn du fünf rote Beeren findest, so bringe sie mit. Sie werden dir Einlass in den Tempel gewähren."

Ich zog los, und nachdem ich sechs Stunden gegangen war, fand ich genau fünf der ersehnten roten Beeren. Beglückt und eilig lief ich die vielen Kilometer, die mich meine Füße auf der Suche getragen hatten, zum Tempel zurück. Ich bekam Einlass. Ich dankte der Göttin und überreichte der Priesterin Mudima strahlend meine fünf Beeren.

Drei Tage und Nächte soll ich im Vorraum bis zu der Entscheidung wachen, ob ich bei Vollmond selbst auf einem der heiligen Steine den heiligen Schlaf vollziehen darf und meinen Einweihungstraum erhalten werde. In dieser Nacht wird sich entscheiden, ob mein zukünftiger Beruf im Inneren des Tempels sein wird oder ob ich meine Aufgabe anderswo zu erfüllen habe.

Jetzt sitze ich bereits seit zwei Tagen in der Vorkammer der wachen Visionen. Jeden Tag dreimal schaut eine der Priesterinnen durch das Fenster und fragt nach meinen Eingebungen und besonderen Erlebnissen. Heute Abend werde ich erfahren, ob ich aufgenommen werde für die Nacht des runden Mondes.

DIE LEHREN DER MUDIMA

Mein Traum hat sich erfüllt. Ich bin in die Nacht des runden Mondes und in die Schule der angehenden Mirjas aufgenommen worden. Hier soll ich die Kunst des Träumens und des Orakels erlernen. Schon im Tempel von Gozo, in der Ggantija, ist mir mein Name angekündigt worden: Nudime. Er bedeutet soviel wie „die, die zu Mudima in die Lehre geht". Wie habe ich mich darin geübt, diesen Traum loszulassen, mich nicht an ihn zu binden! Das ist eine der wichtigsten Übungen, die jede angehende Orakelpriesterin lernen muss: Nicht an eigenen Wünschen zu haften. Nur so ist es möglich, dass sich ihre universelle Wirkungskraft und ihr heiliges Wachstumsgesetz frei entfalten und auf diese Weise realisieren können. Dieser erste und wesentliche Lernschritt ist mir gelungen. Mein Traum hat Gehör bei Nammu gefunden; ich darf die Schule auf Malta durchlaufen; sie dauert sieben Jahre. Danach wird sich entscheiden, ob ich für längere Zeit auf Wanderschaft geschickt oder ob ich die weiteren Stufen des heiligen Orakels erlernen werde. Sie werden mich dann bis ins Zentrum, ins Hypogäum von Hal Saflieni, führen. Unsere drei Vorfahrinnen Tamara, Newar und Vatsala halten dort unter der Erde ihren heiligen Schlaf des Todes, und ich hoffe, dass ich eines Tages von einer von ihnen zur weiteren Ausbildung gerufen werde. Drei Frauen sind ausgewählt worden für die Schule der Mirjas, zwei davon für die heiligen Tänze der Schlange und ich für die Kunst des Träumens. Wir werden jetzt für eine Umlaufbahn des Mondes den Tempel nicht verlassen und auf die ersten wichtigen Wissensstufen vorbereitet.

Heute ist der Tag, an dem Mudima uns alle versammeln will, um uns ausführlicher über die Geschichte unserer Schule auf Malta und der Entstehung unseres Volkes zu berichten. Wir sollen tiefer in die Geheimnisse der Friedenshüterinnen und unsere kommenden Aufgaben als angehende Mirjas eingeweiht werden. Wir haben uns alle im großen Vorraum des südlichen Tempels der Mnajdra versammelt, um hier den Worten der Mudima zu lauschen. Sie kam, setzte sich auf einen der liegenden Altarsteine, der der schlafenden Nammu geweiht war und begann zu erzählen.

„Es war vor einigen tausend Jahren, da wurde diese Insel von den ersten Menschen bevölkert. Sie kamen mit Schiffen aus dem nahe gelegenen Sizilien. Sie waren friedliebende Menschen, welche die Kunst des Träumens gelernt hatten. Dadurch standen sie in unmittelbarem Kontakt zur Urmutter Nammu. Der Geist der Fische war ihnen als ein Friedenszeichen erschienen. Er teilte ihnen mit, dass ein Teil von ihnen mit Schiffen übersetzen sollte, um Malta zu besiedeln. Er kündigte ihnen eine kommende große Friedenskultur auf Malta an. Sie sollten einen Ort auf der Insel Gozo ausfindig machen, der von Nammu als ein Zentrum der Welt angesehen wurde. Dieser war besonders geeignet für die Kunst des Träumens und Empfangens. Von hier aus würden sie Kontakt zu den Friedenshütern auf der ganzen Erde erhalten und mit ihnen auf dem Traumweg kommunizieren können.

So bauten sie auf Gozo den ersten Steinkreis. Darunter entstanden im Laufe der Zeit Höhlen und ein Labyrinth, in dem sie ihre Toten begruben und ihnen Geschenke für Nammu und ihre Ahnen beigaben. Noch heute ruhen dort ihre kleinen, aus Ton geformten Göttinnen, die der Fruchtbarkeit kommender Generationen dienen sollten. Mudima, die schon damals denselben Namen trug, wie ich ihn heute tragen darf, hütete den liegenden Stein. Von hier aus pflegte sie telepathischen Kontakt zu einem Stamm im Süden Portugals. Es war der Stamm der Traumhüter, der in Portugal in der Nähe eines mächtigen Steinkreises lebte. Dieser stand dort schon einige Jahrhunderte und hatte Friedenswissen in dichtester Form angesammelt. Außerdem hatte sie Kontakt nach Eritrea, Asien, Tibet und Indien. Auch zu den Völkern, die unterwegs waren, um die heiligen Ströme von Mutter Erde zu festigen, zu nähren und wichtige Informationen von ihnen zu empfangen, hielt Mudima Kontakt. Gemeinsam mit verwandten Stämmen fingen sie bereits an, die kommende Kultur und Orakelschule auf Malta geistig vorzubereiten. Diese sollte es erlauben, trotz erster aufkeimender Gegenkräfte die kommende Friedenskultur so lange wie möglich zu erhalten.

Es war bereits vor über 1000 Jahren*, als Tamara, Newar und Vatsala aus dem heutigen Portugal hier auftauchten. Kurz nach ihnen landeten weitere Boote: aus Eritrea und aus dem Land des fruchtbaren Halbmondes, dem späteren Ägypten, aus Anatolien, Nubien, Indien und anderen Plätzen dieser Erde. Von späteren Generationen wurde der Tempel in Zebbieh und Buggiba zu Ehren der Fischgöttin Nun, der Hüterin des Friedens, erbaut. Und im Laufe der nächsten Jahrhunderte entstand die Schule von Malta.

Vor 2000 Jahren traten die ersten Anzeichen der Gewalt auf der Erde auf. Wie ein Lauffeuer breiteten sie sich aus. Aber parallel dazu entwickelte und verfeinerte sich auch immer mehr unsere aufkeimende Friedenskultur. Der bewusste Kontakt zu Urmutter Nammu wurde immer wichtiger. In vielen Teilen Europas schüttelte sich die Erde; es kam zu Naturkatastrophen, da Urmutter Nammu so gewaltig verletzt worden war. Vor 1300 Jahren gab es erste heftige Ausschreitungen von Gewalt in ganz Europa. So kam es, dass viele Friedenshüter aufbrachen und ihre ursprünglichen Heimatplätze verließen, um Nammu zu schützen und ihren Traum zu hüten. Sie durften sich nicht infizieren lassen von den Gedanken der Gewalt und der Angst.

Dann, vor etwa 400 Jahren, gab es wieder einen Höhepunkt der Gewalt, nicht nur in Europa, sondern auch in Indien und Asien. Unsere Friedenshüter hatten die heiligen Tempel erweitert und die Plätze, wo ursprünglich nur Dolmen standen, zum Teil mit großen Schutzmauern umgeben. Die Steine waren seit Urzeiten unsere Gedächtnisträger, wir mussten sie hüten und schützen. Seitdem wieder Kriegsheere durch die Lande ziehen und viele Völker morden, wird der Zustrom auf Malta immer größer. Es kommen Schülerinnen und Schüler, die sich *dem Wissen der Friedenshüterinnen zuwenden wollen und die von Nammu auserwählt werden, zu uns in die Schule zu gehen. So werden immer mehr Tempel erbaut, damit wir auf all die kommenden Aufgaben entsprechend vorbereitet sind. Auf dem Festland haben sich inzwischen an verschiedenen Orten mächtige Priesterkasten entwickelt. Ihnen allen ist gemeinsam, dass sie hauptsächlich männliche Götter verehren, und es sind männliche Kriegsgötter, die sie anbeten. Entsprungen ist diese Entwicklung aus einer Idee, die sich längst verselbständigt hat und nicht mit den Träumen Nammus vereinbar ist: die Idee der Macht. Der Mann wollte Herrschaft gewinnen über andere. Zunächst wollte er Macht gewinnen über die Frau; dann dehnte sich dieser Machtgedanke aus und wandelte sich in den Gedanken der Herrschaft über ganze Länder und Völker. Dieser selbst geschaffene Traum begann, sich in den Männern immer mehr auszubreiten und seine Eigendynamik zu entfalten.*

Sogar in den alten Kulturen beginnen die Frauen, ihre ursprünglichen Träume zu vernachlässigen. Eine gewisse Vergesslichkeit schleicht sich ein. Es gefällt ihnen, wenn ihre Männer immer stärker und kräftiger werden und ihnen immer mehr von ihren Aufgaben abnehmen. Es gefällt ihnen auch, wenn die Männer sich ihnen auf eine neue, männlichere Art nähern. Es ist ja ihr Anliegen in der Liebe, dass die Männer sich wandeln vom Sohnesarchetyp hin zu einem männlicheren Archetyp, der den Frauen in allen Bereichen, vor allem aber im sinnlichen Bereich, Partner und Liebhaber sein kann. Weil diese Sehnsucht in den Frauen so groß ist, bemerken sie nicht, dass die männliche Potenz nur vorgetäuscht ist und einem falschen Gedanken der Macht folgt. Sie entspricht nicht der eigentlichen archetypischen Zielgestalt des Mannes.

Die Frauen beachten nicht die aufkommende Gefahr, die in der neuen Entwicklung liegt, und lassen es zu, dass sich fremde

---

*) Dies trug sich im Jahres 4100 v.Chr. nach heutiger Zeitrechnung zu; ich gehe davon aus, dass die Liebesschule ihre Hochphase etwa 3000 v. Chr. hatte. (Anm.d.Autorin)

Kräfte in ihre Träume einschleichen. Wenn die Nomaden mit den neuen mächtigen Priestern sie besuchen und ihre neuen Glaubenssysteme vor ihnen ausbreiten, sind die ersten bereit, sich mit ihnen zu verbünden und gegen Nammu vorzugehen. So geschah es, dass die Arier in Indien, die Mitaner in Ägypten, die Luwer in Anatolien, die Kurgan im Norden und Osten Europas und die Achäer und später auch die Dorer in Griechenland ihre Feldzüge durchführten. Inzwischen haben sie sogar mächtige Waffen aus den heiligen Schätzen von Nammu, den verschiedenen Metallen dieser Erde, geschmiedet. Das ist ein großes Vergehen gegen die heiligen Gesetze von Nammu. Diese Erdmetalle, in denen wichtiges Wissen gespeichert ist, sind nicht zum Töten geschaffen, sondern dienen dem organischen Fluss von Erdströmen. Es darf nur davon genommen werden, wenn Nammu es im Traum gebietet, zum Beispiel zur Herstellung von Schmuck für die heiligen Tänze der Fruchtbarkeits- und Liebesfeste. Der Raub dieser Erdschätze bewirkt vermehrt Katastrophen, die in manchen Gebieten den Menschen die notwendigen Lebensbedingungen wegnehmen.

Ihr werdet euch fragen, wieso Nammu es zulässt, dass die Lebensbedingungen so vieler Lebewesen durch den Menschen zerstört werden. Aber Nammu hat ihre Vollmacht nur in Zusammenarbeit mit dem Menschen. Er ist ein wesentlicher Teil von ihr. Wenn der Mensch aus diesem Zusammenhang austritt, hat er selbst eine große, zerstörerische Macht, denn das Ganze wird durch seine Tat gestört.

Ihr könnt euch denken, wie wichtig es wird, unser Wissen zu hüten und die heiligen Gänge anzulegen, die der Erde und Nammu Schutz geben würden. Eine vom Menschen geschaffene Macht beginnt, sich zu verbreiten. Sie wirkt bis in den Tod. Sie macht es sogar möglich, dass die Verstorbenen Fehlinformationen von Sirius oder von den Plejaden auf der Erde ausbreiten, die der Entfaltung neuer Kriegsgötter dienen. Die neuen Eroberer müssen es ja irgendwie schaffen, dass die alten weiblichen Gottheiten entthront werden.

Hervorgerufen durch die vielen Fehlinformationen und Zerstörungen auf der Erde setzt eine Wüstenbildung ein, die sich wie ein Ring um die Erde schließt und den heiligen Informationsfluss blockiert. In Afrika führte man das Ritual der Beschneidung als Sühnetat gegen die Sinnlichkeit ein, denn auch hier hat man begonnen, an strafende Göttinnen und Götter zu glauben. Manche Stämme bringen sogar Menschenopfer dar, um die strafende Göttin oder den strafenden Gott umzustimmen. All das geschieht aus maßloser Verwirrung und aus Vergessen. Eine Machtverschiebung findet statt, die noch wenige zu durchschauen vermögen. Immer weniger Menschen können sich deren Wirksamkeit entziehen. Einige Stämme leiten eine Religion ein, die die Tradition der Urmutter Jehova, wie sie in einigen Urstämmen genannt wird, in einen männlichen Kriegsgott verwandelt, den sie Jahwe oder auch Jehova nennen. Durch ihn und weitere männliche Götter werden sich große Religionen des männlichen Zornes und der Vernichtung ausbreiten.

Unsere Aufgabe besteht darin, trotz der zunehmenden Ausbreitung dieser Religionen unsere Kultur zu schützen und weiter zu entwickeln.

Denn die männliche Gottesvorstellung trägt eine Vernichtungsgewalt in sich, die dem ursprünglich männlich-göttlichen Aspekt in der Schöpfung in keiner Weise entspricht. Religion wird als Machtmittel eingesetzt. Sie ist eine geistige Droge, mit der man versucht, die Menschen von der Freiheit und Gegenwärtigkeit für diese Welt, die sie in sich tragen, wegzulenken. Menschen entfernen sich von ihrem eigenen Wissen und ihrem eigenen Selbst, um den Versprechungen der Religionen Glauben zu schenken, die sie auf ein Jenseits vertrösteten. Die gegenwärtige Welt selbst aber ist heilig und göttlich. Um dies wahrzunehmen, brauchen wir keine Religionen. Sie wurden geschaffen, um den Menschen zu unterwerfen und in eine nie da gewesene Abhängigkeit und Regierbarkeit zu führen. Und sie haben eine unfassbare Wirkung. Die ganze Welt wurde von dem Gedanken der Macht und der Unterwerfung infiziert. Man wird sogar versuchen, alle unsere Steinmale zu zerschlagen, damit nirgendwo ein Gedächtnis an uns und unsere Kultur gefunden werden kann. Der Hass auf die Frauen und ihr Wissen ist in diesen kriegerischen Völkern gewaltig gestiegen. Sie haben nur den einen Wunsch, über Nammu zu herrschen und damit über alle Frauen und alles Wissen, das von Frauen gehütet wird.

Dies alles trug sich feldbildend zu. Es wurde ausgelöst durch den zu früh geborenen Traum von Manu und Meret. Dieser ist wie eine kosmische Fehlgeburt. Es ist der zu früh geborene Liebhaber, der jetzt sein Unwesen treibt, denn er hat die Verbindung zur Urmutter verloren. Sie werden mit allen Mitteln den Menschen aus dem keimenden Paradies vertreiben. Sie werden mit allen Mitteln die Frauen verteufeln. Sie werden sie zu Millionen morden und töten. Das sexuelle Wissen werden sie ganz besonders verdammen, denn hier liegt ja die ursprüngliche weibliche Macht verborgen.

Wir müssen dafür sorgen, dass die Friedensbotschaften sich dennoch weiterentwickeln können. Wir dürfen nicht zulassen, dass das Gift der Gedanken von Wut und Rache in unsere Herzen dringt. Denn dieser Vorgang bewirkt das große Vergessen und macht es möglich, dass sich die lebenszerstörende Wut über alles ausbreitet.

Wer zu früh der Wut folgt, trübt in sich auf der Stelle die Reinheit elementarer und verbundener Gedanken. Auch wir müssen die Kräfte des Zornes behutsam in uns entfalten und kennenlernen. Wir brauchen Kraft, um die Wut in uns zum heiligen Zorn zu bündeln. Dies gibt uns die Fähigkeit, auch in schwierigsten Situationen mit Nammu verbunden zu bleiben, mit den Kräften der alles umfassenden Liebe und der Schöpfung. Verbunden mit dem heiligen Zorn werden wir die größere Macht entwickeln können, die diesen Planeten Erde schließlich zu retten vermag.

Zunächst aber müssen wir den keimenden Traum von Mutter Erde hüten und weiter zur Geburt bringen. Er ist ja noch jung in der Geschichte des Universums. In einigen Jahrhunderten werden die Kriegerkulturen auch diese Insel erreichen. Wir haben die Aufgabe, diesen Zeitpunkt so lange wie möglich hinauszuzögern. Bis dahin werden wir andere Inseln gefunden haben, wo wir das Wissen weiter austragen können. Solange die dunklen und nagenden Gedanken unsere Herzen nicht erreichen, können wir diese Insel noch erhalten. Wenn ihr auf euren Wanderungen unterwegs seid, so seid behutsam und verschwiegen. Es ist nicht gut, jedem von unserem Wissen zu erzählen, denn es könnte missbraucht werden. So wird lange Zeit niemand in diesen Völkern um die Existenz von Malta wissen. Wir haben noch einige Jahrhunderte vor uns, um unsere Kultur zur vollen Blüte und Sprache zu bringen.

Morgen werde ich euch von den Wissensträgern auf dem Festland erzählen. Wir hier auf der Insel haben die Aufgabe, ihre Handlungen mit schützenden Gedanken und Träumen zu begleiten. Dazu müssen wir ihre Wege und Methoden kennen. Ihr habt jetzt viele neue Dinge erfahren. Bis zum Eintritt eurer Vollreife hüten wir euch davor, zuviel über die Kulturen von Krieg und Gewalt zu erfahren. Denn noch seid ihr nicht geschützt vor den Kräften der Wut und der Rache. Zerstörerische Gedanken könnten eure Herzen erreichen. In den ersten Lebensjahren ist es wichtig, den Zyklus des Lebens in seiner ungetrübten Gestalt kennenzulernen. Eure Chakren und Körperzentren mussten sich in dem Wissen um euren Organismus trainieren und festigen, damit ihr den herannahenden Aufgaben geistig gewachsen seid. Hütet dieses Wissen. Redet auch zuhause an euren Feuern nicht zuviel davon. Geschwätzigkeit zieht Fehlinformationen an. Seid vertrauenswürdig und verschwiegen wie der Fisch.

Jetzt habt ihr die Aufgabe, drei Tage und drei Nächte über die Kräfte des Zornes zu wachen. Sie werden in jedem aufkeimen, der von der Geschichte unserer Ahnen hört. Der Zorn kann sich gegen Nammu richten, gegen die Kräfte der Urschöpfung, die zugelassen haben, dass die Freiheit des Menschen sich verselbständigen konnte. Er kann sich gegen die Völker richten, die den Krieg über die Erde verbreiten. Oder er wütet als *ziellose Kraft in euch und wendet sich schließlich gegen euch selbst, indem er sich in das Gefühl einer maßlosen Ohnmacht verwandelt. All dies ist gefährlich und öffnet nicht die Bahn zum heiligen Zorn. Haltet die Balance auch in eurem Zorn. Hütet ihn in euch und beobachtet, was durch ihn geschieht. Ihr könnt Zeuge werden von der Entstehung der Gewalt. Erliegt ihr nicht! Achtet darauf, welche Gedanken der Zorn in euch erzeugt. Dann werdet ihr Zeuge einer neu aufkeimenden Kraft. Sie wird in euch als revolutionäre Kraft der Neuschöpfung keimen. Wenn ihr durchhaltet, wird der heilige Zorn in euch erwachen. Er trägt die nötigen Antworten für eine Weiterentwicklung in sich.*

Ihr müsst mithelfen, dass diese Kraft in unseren Männern wächst, denn sie haben die Aufgabe, wieder zu heilen, was von Manu verletzt wurde. Achtet darauf, dass der Zorn sich mit der Herzkraft und Leuchtkraft der Sonne in eurem Leib verbindet. Nur so ist er eine für die Entwicklung nötige elementare Kraft, und ihr werdet euch nicht mit den aufkommenden Gedanken der Rache und der Gewalt verbünden. Ohne die Verbindung zur Herzkraft ist der Zorn gefährlich und destruktiv. In drei Tagen werdet ihr mir erzählen, was ihr erlebt und erfahren habt, daraus wird sich Weiteres über eure weiteren Aufgaben erschließen lassen."

Mudima schließt mit diesen Worten, und wir alle gehen für eine Weile schweigend hinaus, schauen über das weite Meer und lauschen den Klängen der Natur, über das nachsinnend, was wir soeben erfahren haben. Ich fühle in mir eine mächtige Trauer und einen großen Schmerz aufsteigen. Am liebsten will ich mich einfach meinen Tränen hingeben, aber etwas in mir mahnt mich innezuhalten. Ich kann fühlen und beobachten, wie sich in mir die Trauer in eine nie zuvor gekannte Kraft wandelt. Ich balle meine Faust, und in demselben Moment weiß ich, dass es der Zorn ist, der mich soeben erstmals besucht hat. Er ist mir ein gefürchteter und willkommener Gast zugleich, den ich in den nächsten Tagen beobachten werde. Ich werde

Zeuge werden von Gedanken, die aus dem Zorn entstehen, und habe die Aufgabe, ihn zu verwandeln in eine heilige, friedenbringende Kraft.

LABYRINTH UND SPIRALE –
IN DER TEMPELSCHULE DES WISSENS

Wieder sind wir versammelt.

Mudima hat sich gewissenhaft die Träume und Gedanken angehört, die wir zum Wesen des heiligen Zornes mitbrachten. Nach der heutigen Stunde werden wir erfahren, was jede von uns zu tun hat, um das Geheimnis des Zornes zu kennen und seine Gefahren von der eigenen Person und von Malta abzuhalten. Heute erzählt sie uns von unseren Freunden und Stammesmitgliedern, die auf dem Festland unterwegs sind, um das Friedenswissen über die Jahrhunderte hinweg zu hüten und lebendig zu halten. Sie spricht auch von den Geheimnissen des Labyrinths.

"Durch das Labyrinth wächst die Keimkraft eines jeden neuen Lebens heran. Durch das Labyrinth werden auch alle Verstorbenen geführt, wenn sie über die Schwelle des Todes gegangen sind. In unserer Kultur wird es von Raschnim gehütet. Es entspricht den Windungen in unserem Unterleib; es entspricht auch den Spiralen unseres Gehirns. Das Labyrinth könnt ihr auch als Sitz und Ursprungsort der Göttin bezeichnen.

Malta und Gozo liegen geographisch im Zentrum unserer Friedenskultur. Sie sind der geistige Nabel, von dem die neuen Gedanken ausgehen und zu dem sie zurückkehren. So wie ihr die Spiralbewegung in der Milchstraße erkennen könnt, so gibt es spiegelbildlich auch eine Spiralbewegung auf der Erde. Malta liegt auf einer solchen Spirale. Von hier aus erreichen wir leicht Afrika, von hier führen geodätische Wissenslinien hin zu anderen Ländern. Alle Bewusstseinslinien sind in irgendeiner Form spiralartig miteinander verbunden. Durch eine hohe Bewusstseinsschulung können sie erkannt und wahrgenommen werden. Eine führt zum Beispiel über Skandinavien, eine über Sumer und Babylon, eine über Frankreich, Spanien und Portugal. Diese Linien sind verbunden mit den lebenserzeugenden Bewegungen der Doppelspirale. Sie ist der Ursprung aller Wesen und der Anfang jedes Zeugungsvorgangs.

Alle geistigen Prozesse sind durch die Spirale zu erklären, das gilt wesentlich auch für den Vorgang der Telepathie. Es sind Lichtspiralbewegungen, die euch geistig zu den Adressaten führen, die ihr erreichen wollt. Je mehr ihr lernt, diesen Vorgang zu beobachten, desto bewusster könnt ihr ihn auch lenken. Dazu ist es sehr wichtig, dass ihr die Himmelsrichtungen und ihren Zusammenhang mit den energetischen Strömen der Erde kennt. Unsere Ahnen wanderten die Energieströme entlang über den ganzen Erdball, denn auf ihnen fließen die Informationen und die heilenden Manaflüsse von Nammu. Sie setzten überall an wichtigen Kraftorten und Energieknotenpunkten Steine. Gleich kosmischen Batterien laden sich diese immer wieder mit den fließenden Energien von Nammu und ihren atmenden Wirbelbewegungen auf.

Geomantie, Alchemie und Astronomie bilden eine Dreieinheit. In allen drei wirken die gleichen Lebensgesetze, die wir zu hüten haben. Sie folgen den Schöpfungsvorgängen der Spirale, den Materialisierungs- und Entmaterialisierungsvorgängen, die in der Doppelspirale kodiert sind. Beobachtet forschend einen Wasserwirbel! Setzt euch einige Stunden davor, und ihr könnt alle Gesetze der Mana- oder Lebenskraft studieren. Ihr findet in ihm das Geheimnis der Stabilität ebenso verborgen wie das Geheimnis vom Werden und Vergehen. Jede wahre Stabilität wird durch Bewegung erzeugt. Der Wasserwirbel folgt den Bewegungen der Doppelspirale. Je feiner und schneller die Bewegungsvorgänge werden, desto stabiler erscheint die Form in ihrem Äußeren.

Auch ein Stein folgt in seiner Formwerdung dieser Grundbewegung, nur sind hier die Bewegungsabläufe für eure Augen nicht mehr wahrnehmbar. Nur weil wir diese Bewegungsvorgänge kennen, ist es uns möglich, einen Stein als kodierte Gedächtnisstütze für menschliches Bewusstsein zu nutzen.

Unsere Gegner glauben, dass wir die Steine für Götter halten und sie aus diesem Grund verehren. Sie wissen nicht, dass ein Stein nur deshalb eine lebendige Sprache spricht, weil er ein Teil von Nammu und dem gesamten Leben ist. Die Sprache des Steines vermögen nur die zu hören, die mit dem Schöpfungsganzen in Verbindung stehen. Unsere Gegner haben keine Kenntnis von den Gesetzen der ewigen Schöpfung und von der Kraft Nammus, aus der wir alle kommen. Sie haben vergessen, dass das Leben selbst dauernd zu uns spricht. Um seine vielen Zeichen und Sprachen zu verstehen, brauchen wir keine Religion. Wir können diese elementaren Schöpfungsvorgänge verstehen, weil wir selbst aus ihnen hervorgegangen und mit allem Werden elementar verbunden sind. Durch Steine, Tiere, Pflanzen, Wasser und Licht spricht das Leben direkt zu uns, wir brauchen keine Götter und Götzen als Vermittler.

*Es gibt nur **ein** Sein. Es gibt nur eine einzige göttliche Kraft im universellen Geschehen, aus der alles Leben kommt. Man mag ihr tausend Namen geben, sie bleibt doch immer die gleiche. Hier auf der Erde äußert sich diese Schöpfungskraft zunächst als weibliches Geschehen und wird durch Nammu repräsentiert. Denn alle materiellen Geburtsvorgänge durchlaufen in ihrer elementaren Stufe einen weiblichen Zyklus, bevor sie in ihre spezielle Individuation übergehen. Und dieser Vorgang verbindet alles materielle Sein. Hier auf der Erde sollen Schöpfungsgeheimnisse des weiblichen Aspektes des Universums ausgetragen und immer tiefer verwirklicht werden. Hier hinein will auch die männliche Kraft geboren werden. Denn es gibt eine Ursehnsucht in der Schöpfung, dass sich die männliche Kraft auf der Erde materiell entfalten möge. Hier liegt ein Schöpfungsgeheimnis des Planeten Erde und der Menschen, das in den Körpern zu Hause ist. Die Schöpfung als Ganzes ist sowohl weiblich als auch männlich. Sie ist in sich polar und ewige Quelle. Erst aus der polaren Spannkraft vermag sich Leben zu bilden. Es schöpft immer. Es verbindet alle Gedanken und alle Träume. Die elementarste Form, in der diese Prozesse ausgedrückt werden können, ist die*

Doppelspirale. In ihr gibt es keinen Anfang und kein Ende. In ihr kann sich die Energiebewegung in jede Richtung ausdehnen und zyklisch ihre Richtungen wechseln. Jeder Daseinswechsel geschieht über die Spirale. Wir alle kommen aus ihr und gehen zu ihr zurück. Sie ist ein Ausdruck für die lebensgebärende Kraft. Deshalb seht ihr überall an unseren Tempeln das Zeichen der Spirale, meistens dargestellt als Doppelspirale.

Durch das Wissen über die Spirale, das auch bei unseren Ahnen auf der Milchstraße gehütet wird, könnt ihr das Klangnetz der ganzen Welt verfolgen. Ihr werdet sehen und verstehen, dass die Welt aus Klang erzeugt ist. Es ist auch das Wissen über Licht und Klänge, das es unseren Baumeistern ermöglicht, die großen Steine an die verschiedenen Orte zu transportieren und sie dort aufzurichten. Dies geschieht über die Bewusstseinsfrequenzen von Licht und Ton, durch die die Steine Eingaben erhalten. Eine Licht- und Tonfrequenz materialisiert das Gedächtnis in den Steinen, das die menschlichen Informationen speichern und jederzeit aktivieren kann, wenn sie gebraucht werden. Die von Menschen aufgestellten Steine stellen eine Bibliothek der menschlichen Geschichte dar, in der unsere Nachkommen lesen und aus der sie alles Wissen abrufen können, das sie brauchen. Durch bestimmte Klang- und Lichtformationen werden diese Funktionen aktiviert. Wenn ihr fein hinhört, dann könnt ihr das energetische Klangnetz hören, das sich um die Steine herum bildet. Ihr nehmt die Energiebewegungen wahr, die um die Steine fließen. Sie verbinden sich mit den Energiebewegungen von den Sternen, von Sonne und Mond und figurieren sich zu neuen Formen.

Nammu, Mutter Erde, ist ein lebendiger Organismus. Sie atmet und pulsiert wie wir. Sie beherbergt unendlich viele Organismen und Mikroorganismen, die alle Wissen in sich tragen. Der Mikrokosmos funktioniert wie der Makrokosmos. Wir sind wie eine Puppe in der Puppe in der Puppe. Alles Leben bewegt sich neuen Stufen und Formen entgegen. Der Apfelkern wandelt sich in einen Baum, die Raupe in einen Schmetterling, vom Wesen her bleiben sie jedoch dasselbe.

Es sind Bewusstseinsvorgänge, die immer neue Lebensstufen entwickeln und zur evolutionären Geburt bringen. Der Energiestrom der Liebe, eine rasende Licht-, Klang- und Wirbelbewegung, ist es, der alles zusammenhält. Aus ihm heraus entstehen alle Lebewesen, Zeugung und Geburt und auch neue Gedanken.

Seid Hüter der Metalle: der Bronze, des Kupfers, des Goldes und des Silbers. Sie sind dafür verantwortlich, dass die magnetischen Ströme auf der Erde ihre richtigen Bahnen nehmen. Ein System von gewaltiger Kraft zieht sich auf der Erde regelmäßig zusammen und dehnt sich wieder aus. Es ist ein ewiges Pulsieren, das auch ständig Klänge erzeugt. Auf diese Weise entsteht das Lied der Erde. Wir ordnen jedem Metall einen bestimmten Klang zu. Dieser ist bis zu den Plejaden zu hören. Ihr seid Hüter der Klänge und der Träume. Bringt eure Gesänge und Bilder, die ihr geträumt habt, gewissenhaft der Erde dar. Sie braucht euer Lied so, wie wir ihres brauchen. Durch unseren Gesang halten wir unser Wissen und unsere telepathischen Kräfte am Leben. Die Delphine in den Meeren sind unsere besonderen Freunde. Niemand hütet das Geheimnis der Klangwelt besser als sie. Sie sind verbunden mit dem Friedenstraum von Nammu. Durch bestimmtes rhythmisches Klopfen, durch Töne, verbunden mit den richtigen Gedanken, könnt ihr die Delphine rufen.

Spiralenergie bildet ein Licht- und Klangnetz im gesamten Universum und prägt so das Wachstum allen Lebens. Es bestimmt die Zeugungs- und die Geburtszeiten; es bestimmt, wann und an welchen Orten wir und unsere Ahnen sich inkarnieren. Mit Hilfe der Spirale könnt ihr auch lernen, auf Zeitreisen zu gehen oder in euren Träumen andere Planeten zu besuchen. Der Mond und die Erde sind durch die Spirale miteinander verbunden. Diese Energien werden durch Wasser weitergeleitet, beeinflussen Ebbe und Flut und treten präzise miteinander in Verbindung. Auch die Nabelschnur, über die eine Mutter ihr Kind ernährt, bildet sich durch den Vorgang der

Spiralbewegung. Vergleichbar damit existiert eine Nabelschnur zwischen Sonne und Erde und zwischen Mond und Erde.

Alles wird bestimmt vom Gesetz der gegenseitigen Anziehung. Hierin liegt auch das tiefste Geheimnis der Liebe, auch der sinnlichen Liebe zwischen den Geschlechtern. Die Hüter des Wissens, die auf dem Festland unterwegs sind, wandern an diesen heiligen Strömen entlang. Da gibt es die "ley-lines," die vollkommen geradeaus rund um den Erdball verlaufen. Sie transportieren bestimmte Energieströme. Andere Kraftlinien winden sich gleich Schlangenlinien um den Erdball. Wieder andere verzweigen sich nach einem ganz eigenen Adersystem. Die Steinkreise, die unsere Vorfahren in den verschiedensten Ländern aufgestellt haben, orientieren sich an diesen heiligen Lebensströmen. Durch Einkreisen der Energie werden Lebens- und Energievorgänge geschützt. Das Aufstellen der großen Steine auf den Kraftlinien dient der Kraftverstärkung. Dies erleichtert die Informationsvorgänge rund um den Erdball. An solchen Orten findet ihr fast immer ganz besondere Bodenschätze wie Eisen, Erz, Kupfer, Gold, Silber oder Uran. Solche Orte dienen aber auch der Berechnung von Sonnen-, Mond- und Sternenständen.

Ständige Neuschöpfung und fester Rhythmus, ständiges Wechselspiel und feste Dauer in den Dingen sind die Energievorgänge, die auf der Erde allem Leben Gestalt verleihen. Zwischen diesen beiden Polen bewegt sich alles Leben, solange es im Gleichgewicht gehalten werden kann. Die Steinkreise befinden sich deshalb alle an besonderen Kraftzentren von Mutter Erde, um das Gleichgewicht, das aus der Balance geraten ist, wieder zu festigen. An diesen Orten findet ihr heiliges Wasser, das hier gehütet und rein gehalten wird. Oft liegen diese Orte an Quellen, die besonders für den weiblichen Zyklus von Bedeutung sind. Das ist auch der Grund, warum wir an solchen Stellen der heiligen Gewässer oder fruchtbringenden Quellen unsere Geburtsplätze eingerichtet haben. An den Tieren könnt ihr beobachten, wie sie diese Orte finden und immer wieder aufsuchen. Diese unterirdischen Gewässer haben zu ganz bestimmten Zeiten eine heilige Kraft, die wir zur Heilung und Reinigung brauchen. Sie sind das Fruchtwasser der Erde. Nur in Verbindung mit der Information, die sie transportieren und die zu bestimmten Zeiten abrufbar ist, kann ihre Heilkraft nutzbar gemacht werden. Die Zeitpunkte ihrer Heilkraft hängen von den Bewegungen des Mondes, der Sonne und der Gestirne ab.

Die Steinkreise haben oft die Form einer Ellipse oder eines Eies, denn dies ist die Grundform allen Lebens. Sie entsteht aus der Spirale heraus. Das Ei ist die Grundform für alle harmonikalen Gesetze auf dieser Erde; es ist der Klangkörper, der das vollkommene bioenergetische Wissen in sich gespeichert hat. Deshalb ist die Eiform auch die stabilste Form und gewährt am ehesten die Sicherheit, dass das Friedenswissen über die Jahrtausende der Zerstörung erhalten bleiben kann.

Alle Friedenshüter folgen den Energiepfaden, die sie mit der Erde verbinden. Diese Energiepfade werden auch die richtigen Menschen zusammenführen, von denen es gewünscht ist, dass sie sich treffen. Sie übertragen Harmonie und Wissen auf all diejenigen, die diesen Weg begehen und dabei bewusst auf die Mitteilungen Nammus achten. Normalerweise ist es leicht, die Wege zu finden. Ihr erkennt sie an bestimmten Steinformationen, dem Auftreten bestimmter Pflanzen und besonderen Wachstumseigenarten. In der Regel folgen auch die Tiere diesen Energielinien.

Die ersten Menschen, die angefangen haben, Tiere zu züchten und in eingezäunten Gebieten zu halten, haben bemerkt, dass die Haustiere häufiger erkrankten als andere. Auch ihre Geburten verliefen oft schwerer. Das liegt daran, dass es den Tieren verwehrt wurde, ihren natürlichen Pfaden zu folgen. So konnten sie nicht zu den richtigen Zeiten das heilende Wasser trinken. Die Tiere brachen aus den Käfigen aus, um die Geburten an den richtigen Plätzen zu vollziehen, dort, wo sich die fruchtbringenden Quellen befinden.

Eine Möglichkeit, im Urwald oder Dickicht die Wege der heiligen Ströme zu finden, ist, der Straße der Tiere zu folgen. Achtet darauf, welche Tiere euch im Traum erscheinen, und lasst *euch von ihnen führen. Da es inzwischen immer wieder auch Energiestörungen gibt, kann es manchmal zu Schwierigkeiten kommen. Solltet ihr einmal verunsichert sein, so könnt ihr die Ruten der Weide, der Eibe oder der Eberesche zu Hilfe nehmen. Sie reagieren besonders fein auf die Schwingungen der Erde, falls diese durch überlappende Energieflüsse gestört sein sollten.*

Und nun nehmt eure Aufgabe für die nächste Woche entgegen: Lasst euch durch eure Träume euer Metall und euren Stein zuweisen. Es kann sein, dass ihr sehr plötzlich auf den Weg zu eurer ersten Schulung geschickt werdet. Euer persönliches Metall und euer Stein können euch stark behilflich sein bei der Wegfindung.

Für die, die den Weg kennen, öffnet sich das gesamte Universum. Die, die ihn verloren haben, sehen nur das Chaos. Das werden spätere Religionen in ausgiebigen Bildern von Himmel und Hölle auszudrücken wissen."

Dies sagte Mudima lachend, und so endete ihre zweite Lehrstunde. Sie sprach kein Wort mehr über den Zorn. Sie gab uns keine weiteren Aufklärungen oder Hinweise. Wir sind aber bereits gewohnt, dass die Lehrstunden ganz anders ausfallen, als wir es ursprünglich erwartet haben. Was wir in dieser Stunde gelernt haben, ist für uns kein wirklich neuer Lernstoff. Bereits im kleinsten Kindesalter sind wir in diese Themen eingeführt worden. Bereits mit sechs Jahren sind Kinder unseres Stammes in der Lage, anhand von Pflanzenaufkommen, auftauchenden Vogelarten und vielen anderen Anzeichen Kraftwege im Urwald ausfindig zu machen. Und doch erschließt sich uns der Lernstoff jedes Mal auf einer neuen Ebene. Haben wir diese Zusammenhänge in den früheren Jahren vor allem intuitiv erfasst, so sind wir jetzt herausgefordert, sie immer mehr auf einer geistigen Ebene zu verstehen und umzusetzen.

Wir verlassen den Tempelraum und steigen hinauf zur Hagar Qim, wo wir als nächstes eine Tanz- und Körperstunde haben werden.

Der Fisch

Dunkel verhangene Wolken kündigten reichlichen Regen an. Ich stand an einem Hügel oberhalb einer befahrenen Straße, wo ich mit Jo verabredet war. Ich blickte über die steinige Landschaft der Insel und betrachtete sie wie das Werk einer Künstlerin, die an dieser Insel einen besonderen Stil hatte erproben wollen. Was für eine geniale Künstlerin! Es war ihr gelungen, die Farben zart zu halten, aber auf eine Weise, dass sie trotzdem leuchteten. Als wären alle Gegenstände von innen lichtdurchflutet. Der Anblick beflügelte mich.

Ich wollte mit Jo einen Ausflug machen, vielleicht nach Valletta, um das Hypogäum zu besuchen. Das Hypogäum, wo die berühmte Terrakotta-Figur, die schlafende Priesterin, gefunden worden war, war ein Hauptmotiv für meine Reise nach Malta gewesen. Gleich zu Beginn hatte ich erfahren, dass es geschlossen war, aber ich war trotzdem entschlossen, den Versuch zu starten, auf irgendeine Weise ins Innere des Hypogäum zu kommen.

Um Punkt zwei Uhr bog Jo mit seinem klapprigen, alten, weißen, fast durchlöcherten Auto um die Kurve. Man konnte kaum glauben, dass dieser Wagen noch fuhr. Jetzt hatte es zu regnen begonnen. Der Scheibenwischer schaffte es gerade, ein kleines Sichtfenster auf der Scheibe zu öffnen, durch das man die Straße ahnen konnte. Das große Kunstwerk dieser Insel verwandelte sich in eine farblose Palette. Das Wetter verschlechterte sich so, dass der Ausflug keinen Sinn machte, und Jo fuhr mich, nachdem wir in einem Seitenweg eine schöpferische Pause eingelegt hatten, zurück zu meinem Hotel. Wir verabredeten uns für Dienstag der kommenden Woche und verabschiedeten uns fast beiläufig. Noch ahnten wir nicht, dass dies unser letztes Treffen gewesen war.

Einige Tage später, als ich den Tempel Mnajdra noch einmal besuchte, erfuhr ich, dass Jo dort nicht mehr aufgetaucht war.

„Wahrscheinlich musste er sehr schnell zu seiner Familie, da seine Mutter schwer krank ist", vermutete der Wächter, der mit ihm zusammenarbeitete. Ich trauerte der Situation nicht nach. Jo hatte mir ein großes Geschenk gemacht; ich war ihm dafür sexuell entgegengekommen und hatte selbst Gefallen daran gefunden. Nach mehr verlangte diese glückliche Begegnung im Moment nicht. Ich dankte der Göttin für diese wunderbare und eigenwillige Führung und überließ es ihr, ob sich meine und Jo's Wege wieder kreuzen würden.

Es vergingen einige fast ereignislose Tage. Still und konzentriert arbeitete ich in meinem Apartment und genoss die räumliche Großzügigkeit. Eine Unterbrechung in meinen arbeitsreichen Tagen war der Anruf einer Freundin namens Marici. Überraschend war sie gerade auch auf Malta angekommen und hatte von meinem Aufenthalt hier erfahren. Ich lud sie ein, zunächst einmal bei mir im Apartment zu wohnen, da ich genügend Platz hatte.

Gleich nach ihrer Ankunft machten wir einen gemeinsamen Ausflug. Wir setzten uns in ein Café und schmökerten in einem Ausstellungskatalog, in dem zahlreiche Funde aus dem Labyrinth unterhalb des Steinkreises von Gozo abgebildet waren. Ich war verblüfft über die Reichhaltigkeit der Funde. Unter den vielen Figuren ragte eine heraus, die einen völlig eigenen Stil zeigte. Es handelte sich um einen großen Stein, auf dem durch wenige Linien ein freundliches Gesicht angedeutet war. Ähnliche Figuren waren mir bekannt aus Portugal und Südfrankreich. Die Figur rief in mir die Erinnerung an den Stamm in Portugal wach, der damals sein Land verlassen musste. Die kleine Nomadengruppe, die aus Portugal mit einem Boot nach Malta gereist war, so hatte ich es durch meine Eingaben erfahren, hatte eine Steinfigur als Geschenk mitgebracht.

In dem Ausstellungskatalog stieß ich auch auf eine kleine Figur, die im Hypogäum gefunden worden war und die mir einen Ruf des Erstaunens entlockte. Es war eine kleine

Steinfigur, in der Art der Herstellung ähnlich wie die berühmte schlafende Priesterin, nur lag dieses Mal hier keine Frau, sondern ein Fisch auf einem Steintisch. Natürlich kam mir sofort die Botschaft in den Sinn, mit der ich ja auf diese Reise geschickt worden war.

Du musst ein Buch schreiben. Du sollst noch in diesem Winter nach Malta fahren. Verfolge die Spuren des Fisches von hier über Malta, nach Kreta bis nach Ägypten und bis hin zum Urchristentum.

Zum zweiten Mal auf Malta begegnete mir das Symbol des Fisches. Und er sollte mir auch noch ein drittes Mal begegnen. Was hatte es mit dem Fisch auf sich? Wurde er schon damals als Kraftsymbol für den Frieden eingesetzt? Verweist dieses Zeichen der Urchristen, die ihn als geheimes Erkennungsmal benutzten, auf ihre Verbindung zu uralten Friedenskulturen? Mir war bekannt, dass die Buchstaben des griechischen Wortes „Fisch" jeweils die Anfangsbuchstaben waren von den griechischen Worten „Jesus Christus, Gottes Sohn, der Retter". Aber vielleicht gab es darüber hinaus einen noch viel ältere Bedeutung des Fischsymbols. Stand es vielleicht für eine uralte Quelle, für eine vergangene Friedensepoche? Wies es darauf hin, Jesus auch als den wiederkehrenden Sohnesarchetyp der Urmutter zu sehen und zu verstehen? Erhielt Jesus seinen Schutz dadurch, dass er den männlichen und den weiblichen Aspekt der göttlichen Welt vereinen konnte? Möglicherweise war er einer der ersten, der eine tiefe Wiederverbindung zur weiblichen Kultur vorbereitete, indem er das Weibliche liebte und verehrte. Viele seiner außergewöhnlichen Handlungen weisen jedenfalls darauf hin. Hatte er nicht für die Zeit, in der er lebte, die Frauen auf ungewöhnliche Weise geachtet? Es gibt auch gnostische Überlieferungen, dass Jesus nicht nur zu Abba, dem „lieben Vater", gebetet habe, sondern ebenso zu Sofia, der Mutter. Mir ist bewusst, dass ich mich im Bereich der Spekulationen bewege, aber es fällt auf, dass der Fisch ein besonderes Symbol dieser urgeschichtlichen Kultur darstellt und dass ich, ohne darüber etwas zu wissen, im Steinkreis auf diese Spuren gelenkt worden war.

Im Tempel der Ggantija war mir gleich zu Beginn ein Relief mit einer Schlange aufgefallen, die einen Fischschwanz hatte. Die Schlange ist bekannt als ein Ursymbol der weiblichen Kultur. Aber wieso trug sie hier auf der Steintafel einen Fischschwanz? Der dritte Fisch würde in Buggiba auftauchen, wohin uns der Weg noch am selben Nachmittag führen sollte.

Zunächst genossen wir die Sonne im Café mitten in Valletta, ließen die Klangbilder der Kirchenglocken auf uns wirken und aßen würziges vegetarisches Gebäck, das es hier in den köstlichsten Varianten gab. Anschließend beschlossen wir, einen Tempel zu besuchen, der mir durch ein Foto aufgefallen war.

Ich hatte ihn in einem Bildband entdeckt, aber nichts Schriftliches über ihn gefunden, auch nicht in dem ausführlicheren Buch des Ehepaares. Ich fragte verschiedene Personen, aber niemand schien diesen Tempel zu kennen. Ich fragte den jungen Mann an der Rezeption meines Hotels. Er wollte mir schon mein Buch zurückgeben, als er plötzlich auflachte: „Ach, das ist im Hotel New Dolmen ganz hier in der Nähe." Ich wollte diesen Tempel sehen, ohne genau zu wissen, warum er mich so anzog, und so nahmen wir einen Bus über Buggiba und suchten nach diesem kleinen, relativ unbekannten Denkmal. Mitten in einer Touristenstadt fanden wir das Hotel New Dolmen, ein riesiger Kastenbau direkt am Meer. Von einem Dolmen war zunächst nichts zu sehen. Statt dessen betraten wir die edel eingerichtete Rezeptionshalle. Wir fanden verschiedene Hinweisschilder, die zu bestimmten Räumen führten, alle nach Orakelstätten benannt: Dodona, Delphi, Delos... Hier hatte sich jemand klug ausgedacht, wie man ein stilvolles Geschäft mit alten Orakelschulen macht. Ein Portier wies uns den Weg in den Innenhof des Hotels. Hier standen die alten Tempelruinen, umringt von den vielen Balkons der Sonnenhungrigen. Wahrscheinlich hatte man diese Teile erst beim Bau des Hotels gefunden, sonst war es nicht zu erklären, dass ein solcher Platz für einen monströsen Hotelbau freigegeben worden war. Auf der Stelle bekam ich heftige Kopfschmerzen, obwohl der Ort selbst eigentlich wunderschön war und man noch ahnen konnte, was für ein Kraftquell er für die damaligen Bewohner der Insel einmal gewesen sein musste. Der Tempel lag unmittelbar am Meer, wo er möglicherweise auch Navigationszwecken gedient hatte. Genau hier trafen wir wieder auf das Symbol des Fisches. Eine große Steintafel mit drei eingravierten Fischen war hier gefunden worden. Sehr schnell sah ich ein Bild vor mir, wie Ankommende von fernen Landen an dieser Stelle an Land gegangen waren und wie sie dem Fisch zu Ehren eine Steintafel hergestellt hatten, als Dank für seine Begleitung und seinen Schutz auf den Meeren.

Ich nahm die Art, wie die Steine dort standen, genau auf und prägte es mir tief ein; den Platz musste ich aber bald wieder verlassen, weil die Kopfschmerzen zu stark wurden. Das sind die Nachteile der medialen Arbeit. Wer beginnt, sich für andere Wahrnehmungsräume zu öffnen, wird oft empfindlich wie eine Mimose. Störfelder, wie sie hier vorzuliegen schienen, schlagen sich sofort im ganzen Leib nieder. Mir war fast zum Erbrechen schlecht, was sich beim Verlassen des Ortes schnell wieder legte. Es war später Abend, als wir endlich von unserem ausgiebigen Ausflug zurückkehrten.

EIN SPIRITUELLES EXPERIMENT

Marici zeigte sich genauso enttäuscht darüber wie ich, dass das Hypogäum und auch das archäologische Museum geschlossen waren. Das Hypogäum und die schlafende Priesterin zu sehen, stellte auch für sie einen Hauptgrund ihrer Maltareise dar. Marici ist Künstlerin und schnitzt kleine Frauenfiguren aus Stein. Um sich inspirieren zu lassen, besucht sie immer wieder historische Orte mit matriarchaler Kultur, an denen weibliche Steinfiguren gefunden worden sind.

Ich schlug ihr vor, ein gemeinsames spirituelles Experiment zu wagen, mit mir nach Valletta zu fahren und dort einen Schlüssel zu finden, der uns die Tore ins Hypogäum öffnen würde.

Es war schnell beschlossene Sache. Mit einem uralten klapprigen Bus, der in der Fahrerkabine mit bunten Bildern von Maria und anderen heiligen Figuren ausgeschmückt war, fuhren wir Richtung Valletta. Mich interessierte die Stadt mit ihren verschiedenen historischen Monumenten nicht besonders. Ich hatte nur das Interesse, auf den Spuren der frühen Geschichte von Malta zu bleiben und mich von keiner Kirchengeschichte oder Römergeschichte oder Phöniziergeschichte oder sonst einer Geschichte ablenken zu lassen. Das konnte später kommen. So streifte ich nur das lebendige Treiben der überaus freundlichen Malteser, während wir schnurstracks auf das archäologische Museum zuwanderten.

Ein Wächter stand vor der Tür: „Geschlossen, Madame. I am very sorry."

„Gibt es denn gar keine Möglichkeit?" fragte ich.

„Keine Möglichkeit. Da ist nichts zu machen."

So schnell wollte ich nicht aufgeben. Wir gingen in ein Informationsbüro, wo wir freundlich, aber bestimmt zu einer nächsten Station weitergeschickt wurden. Dort wollte man uns wieder zur Ausgangsstelle zurückschicken. Immer kam uns die gleiche verneinende Antwort entgegen. Auf das Museum war ich innerlich bereit zu verzichten. Wichtig war mir ein Besuch im Hypogäum. Hier wollte ich nicht aufgeben.

Ich gab Marici ein stummes Zeichen, und wir blieben einfach stehen. Ich ahnte, dass gleich noch eine wichtige Auskunft kommen würde. Zunächst bekamen wir ein Heft mit wunderschönen Fotos über die abgelaufene Ausstellung. Dann schaute die Dame, die uns bediente, etwas nachdenklich. Schließlich nannte sie uns eine Adresse, wo wir es versuchen könnten. So fanden wir den Weg durch die engen Gassen zum Verwaltungsbüro des archäologischen Museums.

„Wir haben gehört, dass man hier den Schlüssel für das Hypogäum erhalten kann", sagte Marici selbstbewusst. Ein älterer, rundlicher Herr schaute etwas verwundert auf und verwies uns an den Nachbartisch, wo ein ebenso gut beleibter Herr saß und die Zeitung studierte. Wir wiederholten unsere Vermutung. Er lachte nur und teilte uns mit, dass es sich um eine Fehlinformation handele. Ich erzählte ihm, dass wir an einem Buch arbeiteten. Ich hatte es mir zur inneren Regel gemacht, immer möglichst dicht an der Wahrheit zu bleiben, wenn ich etwas erreichen wollte. Alles andere diente nicht der spirituellen Lebensführung. Er schaute interessiert auf, verneinte aber wieder: Das Hypogäum sei seit Jahren im Umbau und würde vielleicht im Laufe dieses Jahres wieder geöffnet. Wir müssten eben zu gegebener Zeit wiederkommen.

„Das ist mir leider nicht möglich", erwiderte ich. Auch Marici probierte noch einmal ihr Glück mit anderen Worten. Wieder blieben wir eine Weile, die sich unendlich auszudehnen schien, stumm stehen, obwohl es eigentlich längst klar war, dass wir nichts ausrichten konnten. Ich wandte mich an meine Helferkräfte. Denn ich wusste ja, es war kosmisch erwünscht, dass ich den Weg ins Hypogäum finden sollte. Das Schweigen füllte den ganzen Raum mit einer riesigen Spannung. Wir hielten durch, denn wir spürten beide, dass hier eine Quelle für uns war.

„Das Einzige, was ich für Sie tun kann, ist, dass Sie es beim Kurator des Hypogäum, Herrn Melvier, probieren. Er hat die Befugnis, Ihnen eine Erlaubnis zu erteilen", brach er schließlich die gebannte Stille. Auf meine Bitte hin schrieb er uns den Namen des Leiters vom Archäologischen Museum in Malta auf einen kleinen Zettel.

„Das Museum ist zwar offiziell geschlossen", sagte er. „Aber gehen Sie trotzdem rein und fragen Sie nach Herrn Melvier. Er hat dort sein Büro. Die Tür wird vermutlich angelehnt sein." Entschlossen gingen wir zurück zu dem großen Bau, vor dessen verschlossenen Toren wir heute schon gestanden hatten. Maricis Brüste hüpften vor Vorfreude und Siegesgewissheit. Dieses Mal war niemand dort, der uns abweisen konnte. Wir öffneten das angelehnte große Tor und befanden uns im Inneren des Baus. Man sah große Steintafeln. Die Räume waren fast leer. Ein paar Reliefs standen dort, mit Tüchern verdeckt. Unsere Schritte verhallten laut in der Leere der großen Säle. Weit und breit war niemand zu sehen. Ich hörte Geräusche aus einem kleinen Hinterzimmer. Zielsicher, mit gedämpften Schritten, gingen wir dorthin. Zwei Bauarbeiter waren damit beschäftigt, die Decke zu streichen. Wir fragten nach Mr. Melvier, und sie schickten uns ein Stockwerk höher. In einem Raum sahen wir einen Schreibtisch mit einem Telefon. Es war der einzige Raum, der in diesem Haus bewohnt schien. Weit und breit war aber keine Menschenseele zu sehen.

„Hallo", rief ich in die leeren Hallen. Von irgendwo antwortete eine Frauenstimme: „Yes, please!" Eine junge Frau kam uns entgegen. Wir trugen ihr unser Anliegen vor. Sie war hilfsbereit und sagte bedauernd, Herr Melvier sei leider nicht im Hause. Sie könne uns aber seine Visitenkarte geben. Sie bat mich auch, ihr meine Schriften zuzuschicken, denn sie sei dabei, ein Archiv einzurichten von allem, was über die Tempel von Malta geschrieben wird. Gleich schoss mir die Frage ein, was sie wohl über meine sexuellen Notizen denken würde. Wie absurd es ist, dass diese schönen Dinge des Lebens einen etwas verruchten Charakter haben und so wenig in die Gemäuer der Wissenschaft und der Forschung passen. Als wäre der Eros nicht eine Realität, die zur Menschheitsgeschichte dazugehört.

Die Dame war in der Zwischenzeit verschwunden, um das Kärtchen zu holen. Sie hatte eine wunderschöne Figur. Sicher würde sie auch ein erotisches Abenteuer lieben, überlegte ich mir im Stillen. In diesem Moment kam ein junger, freundlicher Mann zur Tür herein. „Kann ich Ihnen helfen?" fragte er. „Wir sind auf der Suche nach einem Herrn Melvier", antwortete ich, ahnend, dass er bereits leibhaftig vor mir stand. So war es auch. Ich erzählte ihm von dem Buch, an dem ich arbeitete, und was für ein Anliegen es mir war, das Hypogäum besuchen zu können. Er hörte interessiert und nachdenklich zu. Nach einer gewissen Zeit des Zögerns begann er schließlich zu sprechen. Es täte ihm sehr leid, aber es sei wirklich unmöglich, die Ausstellung jetzt zu sehen. Ich spürte aber, dass er sehr entgegenkommend war. Er war mir auf Anhieb sympathisch. Ein Mann, der seine Arbeit liebte, der sie ernst nahm und gewissenhaft sein Amt ausübte, das spürte man sofort. Ich wiederholte, dass es mir vor allem um einen Besuch im Hypogäum gehe.

„Das Hypogäum...", murmelte er. „Ich werde sehen, was sich machen lässt. Warten Sie einen Augenblick." Dann ging er zum Telefon und sprach mit verschiedenen Personen. „Ich bin mir sicher, dass wir gleich im Hypogäum stehen werden", strahlte Marici mich an. Ich glaubte, dass noch Schwierigkeiten dazwischen kämen, aber ich ahnte jetzt auch, dass es einen Weg geben würde. Er kam zurück und wandte sich ausdrücklich Marici zu. Sie schien ihm zu gefallen. Gebannt warteten wir, was jetzt über seine Lippen kommen würde.

„Es tut mir sehr Leid", sagte er. „Ich habe es versucht. Aber im Moment gibt es wirklich keine Möglichkeit. Die

Bauarbeiter müssten alle Arbeiten einstellen. Auch ich kann Sie im Moment unmöglich durch die Räume führen."

„Das macht nichts. Wir stören die Arbeiter bestimmt nicht. Wir finden uns schon zurecht", stieß ich hervor. Wir wollten einfach unbedingt hinein.

Er lachte. „Wie lange sind Sie noch hier?"

„Bis Mittwoch in zwei Wochen."

„Ach so. Ich wusste nicht, dass Sie so lange hier sind. Dann rufen sie mich doch nächsten Mittwoch an. Ich werde sehen, was sich machen lässt."

Er reichte uns sein Kärtchen mit der Telefonnummer, und wir verabschiedeten uns. *Fixiere dich nicht und lass die Dinge wirken. Entlasse deinen Wunsch in den Kosmos.* Eine viel erprobte Regel der geistigen Welt, in der wir uns jetzt üben durften.

TRAUM VOM APOSTEL PAULUS UND SEINEM KAMPF GEGEN DAS WEIB

Bevor ich berichte, wie das Experiment ausging, möchte ich einem Hinweis auf den Apostel Paulus nachgehen, den ich im Traum erhielt.

Es war Vollmond. Für diese Nacht hatte ich mein Bett im Wohnraum auf der Couch eingerichtet, um von hier aus den Mond in seinem vollen Strahlen zu betrachten. Davon versprach ich mir ein bewussteres und wacheres Träumen. Tatsächlich folgten viele Träume.

Ich sah mich auf Gozo am Tempel der Ggantija stehend, mit einem Kompass in der Hand, die Verbindung zum Sirius überprüfend. Ein mir fremder Mann war an den Untersuchungen beteiligt. Er sagte zu mir: „Ja, nach der Jefferson-Methode müsste das alles stimmen.."

Ich wachte ruckartig auf. Das Wort *Jefferson-Methode* schien mir sehr wichtig, aber wie ich es nach dem Erwachen auch drehte und wendete, mir sagte der Name nichts. Der berühmte amerikanische Präsident konnte ja wohl nicht gemeint sein.

Ich schlief wieder ein und träumte vom Apostel Paulus. Die Wissenschaftler streiten sich bis heute darüber, ob es auf Grund der Ströme und Winde des Mittelmeeres überhaupt möglich sein konnte, dass Paulus auf Malta strandete. Unabhängig davon, ob Paulus wirklich hier war oder nicht, spann sich eine riesige Legende um sein Auftreten auf diesen heiligen Inseln, die bis in meine Träume hineinwirkte. Während meines Theologiestudiums hatte sich in mir eine mächtige Wut gegen das Vorgehen von Paulus angesammelt. Es war Paulus, der dafür gesorgt hatte, dass die Frauen in der Kirche schweigen mussten. Er hatte auch dafür gesorgt, dass sich die Schrift als einzig anerkannte Offenbarungsquelle der christlichen Religion durchsetzte. Bisher hatte ich Paulus für einen machtbesessenen Frauenfeind gehalten, der wesentlich dazu beigetragen hatte, daß sich aus dem Urchristentum eine dogmatische Kirche entwickelte.

In meinem Traum war ich Paulus gegenüber auf einmal seltsam versöhnlich gestimmt. Ich sah ihn predigen und erwachte mit dem Satz: „Vergebt denen, die reinen Herzens sind."

Ich erzählte Marici meine Träume, und sie holte ihren Reiseführer hervor. Der Sage nach war Paulus nach seiner Strandung auf Malta von einer Schlange gebissen worden. Da er sowohl das Schiffsunglück als auch den Schlangenbiss überlebt hatte, hielt man ihn für einen Heiligen. Das ermöglichte es ihm, überall das Christentum zu predigen. Auf diese Weise fand auf seltsamen Umwegen das Symbol des Fisches - ursprünglich ein Schutzsymbol der Göttin - jetzt als Symbol der Urchristen seinen Weg nach Malta zurück. Paulus war sich wohl kaum bewusst, dass er mit dem christlichen Zeichen ein uraltes Symbol der Göttin auf die Insel zurückbrachte.

Mich wunderte es nicht, dass Paulus von einer Schlange gebissen worden war. In diesem Ereignis drückte sich auf einfache Weise aus, wie sich die weibliche Urkultur, symbolisiert durch die Schlange, gegen männliches Dogma zur Wehr setzte. In vielen Legenden wurden die Mönche, die zur Bekehrung in fremdes Land geschickt worden waren, von Schlangen gebissen oder angegriffen. Ähnlich erging es zum Beispiel dem Abt Pirmin, als er auf der Insel Reichenau im Bodensee ein Kloster gründen und die Gegend christianisieren sollte. Er musste ein ganzes Schlangenheer bekämpfen.

Paulus kämpfte wie kaum ein anderer gegen sexuelles und damit weibliches Mysterienwissen.

„Alle, die zu Jesus Christus gehören, haben das Fleisch und damit ihre Leidenschaften und Begierden gekreuzigt." (Galater 5,24) Er deutete an, dass er zu den gottgefälligen Eunuchen gehöre. Und so fand er es „... gut für den Mann, keine Frau zu berühren." (1. Kor. 7,1-7) Paulus schrieb an die Galater: „Diese Leute, die Unruhe bei euch stiften, sollen sich doch gleich entmannen lassen." (Galater 5,12)

Er machte in seinen Predigten klar, dass jene, die einander „beißen und verschlingen" – Begriffe, die häufig für die sexuelle Vereinigung verwendet wurden – sich dabei gegenseitig vernichten. Dass Paulus sich so viel mit dem Thema der Sexualität und mit den Frauen beschäftigt hat, ist ein Indiz dafür, dass zur Zeit des Urchristentums, ausgelöst durch Jesus, Frauen erneut Mut bekommen hatten, sich mit ihren Belangen zu Wort zu melden, sahen doch viele in Jesus den Boten der Göttin.

Wenn Paulus auf Malta die Schlange, die ihn gebissen hatte, besiegte, so drückt dies symbolisch den Kampf gegen eine Kultur aus, die die sexuelle Vereinigung noch bejahte.

Trotz des Versuches, die Schlange zu bekämpfen und zu besiegen, setzte sich interessanterweise die Schlange im Christentum auch als positives Symbol durch. Viele gnostische Traditionen setzten die Schlange mit Jesus gleich. In der Pistis Sofia war Jesus die Schlange, die vom Baum des Wissens und vom Baum des Lebens sprach. In einfachen mythologischen Bildern zeichnete sich überall die Spur der Göttin auch dort ab, wo sie bekämpft wurde. Lilith fand überall ihre anarchistischen Wege, um die Zeichen der Göttin zu hinterlassen. Mal war es der Biss einer Schlange, dann war es der Feigenbaum, dann wieder das Symbol des Fisches auf der Türschwelle. Und Nammu wartet geduldig, bis die ersten kommen und durch die lange Menschheitsgeschichte hindurch die Spuren der Göttin wieder entziffern. Möglicherweise hat sich das Wissen trotz der vielen Entstellungen und fehlerhaften Darstellungen durch Kirche, religiöse Lehrbücher und Staat weiterentwickelt. Und trotz der offensichtlichen Bemühungen von Paulus, die Frau aus der Kulturgeschichte zu eliminieren, wurde in der katholischen Kirche Maria weiterhin verehrt. Und auch wenn Paulus Offenbarungen nur durch die Schrift zulassen wollte, war nicht auszuschließen, dass anderen durch das Auftauchen einer Schlange oder durch den Ruf einer Kröte eine größere Offenbarung widerfuhr. Wie wollte er die Spuren des Lebens auslöschen, die er selbst nicht mehr verstand?

Nach der lustfeindlichen Haltung des Apostels Paulus, die sich sehr von der Haltung Jesu unterschied, soll die Frau Verehrung nur als asexuelles Wesen finden. Den Gipfel erreicht diese Haltung in der Vorstellung der Kirche von der Jungfrauengeburt.

Alle sprachen von der *Jungfrau Maria* und dachten dabei an Keuschheit und Askese. Wenn Paulus sich der Maria als der heiligen Jungfrau zuwandte, war ihm sicher nicht bewusst, dass die heiligen Huren des Tempeldienstes in früheren Kulturen die *heiligen Jungfrauen* genannt wurden. So fand trotz aller Keuschheitsbemühungen der sexuelle Aspekt doch immer wieder Eintritt in die christliche Tradition und Begrifflichkeit. Frauen hatten nach Paulus keinen Anteil mehr an den heiligen Mysterien, sie hatten in der Kirche zu schweigen. Da trennen sich Gott und Welt, werden einander fremd und zu Gegensätzen. Hier liegt ein Kern für den bis heute andauernden Geschlechterkampf. Aber trotz brutalster Ausrottungsversuche ließ sich die weibliche Stimme nicht zum Schweigen bringen. Spätere Spuren in der Kirchengeschichte geben Zeugnis davon, dass sich die Sprache der Göttin und eine sinnliche und heilige Vorstellung vom Leben trotz heftigster Verfolgungen nicht tilgen ließen.

„Es reicht aus, den Geist zu Gott zu erheben, und dann ist keine Handlung sündig, was es auch sein mag... Liebe zu Gott und Liebe zum Nächsten sind die obersten Gebote. Ein Mann, der sich mit Hilfe einer Frau mit Gott vereinigt, folgt beiden Geboten. Ein Gleiches tut der, der seinen Geist zu Gott erhebt und sich mit einem Menschen des gleichen Geschlechtes oder alleine vergnügt... Im Vollzug dessen ist das, was irrigerweise als unrein bezeichnet wird, die wahre, von Gott verfügte Reinheit, ohne die kein Mensch irgendein Wissen von ihm erlangen kann." (21)

Dies schrieb eine Nonne zu Beginn des 19. Jahrhunderts. Das Zitat ist ein Ausdruck davon, wie sich urmatriarchales Wissen durch die Jahrhunderte hindurch trotz aller Entfremdungen und Verfolgungen durch Kirche und Inquisition erhalten konnte.

Ich notierte meinen Traum und meine Gedanken in kurzen Umrissen. Der Mond strahlte auf mein Lager. In gleicher Weise hatte er vielleicht vor fast zweitausend Jahren sein Licht über dem Apostel Paulus leuchten lassen, zu dem ich durch diesen Traum ein etwas versöhnlicheres Verhältnis bekam.

In den Mond schauend und meinen Gedanken nachhängend schlief ich wieder ein und fiel erneut in schillernde Träume. Ich träumte vom Hypogäum. Es war mir noch nie so klar vor Augen gekommen. Ich folgte gebannt den Stufen ins innerste Labyrinth, ins Heiligtum der schlafenden Priesterinnen. Es handelte sich um einen relativ abstrakten Traum, der einer eigenen Funktionslogik folgte. Es war, als könnte ich die Energie- und Informationslinien bis ins Innere der Erde verfolgen. Ich nahm wahr, wie allein durch die Energie dieses Ortes die Konzentrations- und Sehkraft mächtig erhöht wurden. Nach etwa zwei Stunden erwachte ich wieder. Ich nahm diesen Traum als ein gutes Omen für die Möglichkeit, den Weg ins Hypogäum tatsächlich zu finden.

Die sakrale Welt war am Tage unsichtbar. Die sichtbare Welt war von der unsichtbaren Welt umgeben, wie neben der Sonne Millionen Sterne existieren, die man am Tage nicht sieht. Die außermenschlichen Personen traten also nicht nur in Mythen, sondern auch in Träumen auf, ja der Traum war der Mittler zwischen der profanen Welt des Alltags und der sakralen Welt, insofern nur er eine intime Beziehung jedes Einzelnen zu jener Welt zu stiften vermochte.
Elisabeth Lenk (18)

EIN BESUCH IM INNEREN DER ERDE

Im Traum hatte ich die höhlenartigen Räume des Hypogäum deutlich vor mir gesehen. Es ist wie ein Wunder, was für genaue Wahrnehmungen, Bilder, Eindrücke, Gerüche und Klänge unser Unterbewusstes im Traum produzieren kann. Sie können so deutlich sein, dass wir der Illusion erliegen, die Dinge tatsächlich und unmittelbar zu erleben. Und manchmal ist es mehr als eine Illusion. Oft genug habe ich Beweise erhalten, dass das Unterbewusste durchaus in der Lage ist, tatsächlich an Orte zu kommen und die Umgebung genau zu studieren. Die damaligen Orakelpriesterinnen wurden vermutlich in dieser Kunst geschult und trainiert. Sie waren in der Lage, mit Hilfe der Kunst des Träumens ganz real zu sehen und im Geist an ganz bestimmte Orte zu reisen. Ich erwachte mit dem klaren Wunsch, ins Hypogäum zu kommen.

Es war Mittwochmorgen. Heute sollten wir den Leiter der archäologischen Abteilung, Herrn Melvier, wieder anrufen. Heute würde sich entscheiden, ob es für uns einen Weg ins Innere dieses Jahrtausende alten Labyrinths gab oder nicht.

Nach einer gründlichen Meditation hatte ich es geschafft, ein klares Bild vor mir zu haben. Ich sah uns in den Gängen des Hypogäum. Die bewusste geistige Arbeit bestand jetzt

161

darin, sich nicht zu sehr an die eigenen Vorstellungen und Wünsche zu binden. Noch in der Meditation wurde ich dazu aufgefordert, das Bild wieder loszulassen, nicht mit Enttäuschung zu reagieren und mein Glück nicht davon abhängig zu machen, wenn es anders kommen würde. Es war, als würde man in einem kurzen Durchlauf Prozesse des Lebens vorwegnehmen und sie damit erleichtern. Ich merkte sehr deutlich, als ich es geschafft hatte. Es fühlte sich frei und leicht an.

Es ist eine Entscheidung, bei der göttlichen Kraft des Lebens zu bleiben. Dass die Göttin bei dir ist, das merkst du daran, dass Freude in die Zellen zieht.

Das war mein Kraftsatz für diesen Tag. Jetzt konnte ich meinen Wunsch klar in den Äther schicken. Den Rest legte ich in die Hände der Göttin. Ich hatte mich so weit von meinem Ziel entbunden, dass ich flexibel genug war, für die Umstände offen zu sein, die das Leben mir zuspielen würde. Jetzt kam es nur noch darauf an, wach zu bleiben für die innere Stimme und dafür zu sorgen, dass das Zusammenspiel mit Marici gut funktionierte. Sie hatte die Eingebung, Herrn Melvier anzurufen, erreichte ihn aber nicht. Während sie sich auf verschiedenste telefonische Spuren begab, folgte ich meiner inneren Stimme und arbeitete ganz normal weiter an meinem Buch, als hätte ich gar nichts Besonderes vor. Die äußeren Zeichen sahen nicht gut aus. Marici erreichte ihn weder im archäologischen Museum, noch im Hypogäum, noch in den Tempeln von Tarxien. In mir gab es keine Reaktion. Ich war bereit, alles anzunehmen, gleichzeitig jedoch auf Erfolg orientiert.

Ein Profi wartet nicht auf sein Schicksal. Er setzt die Figuren auf seinem Schachbrett so, dass sie höchstmöglich wirksam werden. Der Wille, der echt ist, zieht die Lebensbedingungen zu seiner Erfüllung an.

Verbunden mit diesen Gedanken fühlte ich mich frei und zuversichtlich für den Inhalt dieses Tages. Ich war begleitet von dem Gedanken, mich in einer kosmischen Lehrstunde zu befinden, die höchstmögliche Ungebundenheit und Präzision von mir verlangte.

Wir einigten uns sehr schnell, verschiedene Wege zu wählen, jede den Weg, der an ihre Inspirationsquelle und Freude anschloss. Ich hatte die klare Eingebung, im Hotel zu bleiben und ganz normal zu arbeiten.

Für diejenigen, die etwas bewirken wollen, ist es manchmal weiser, im eigenen Zimmer zu bleiben und die richtigen Gedanken zu denken, als zu früh aufgeregtem Handeln zu folgen, hatte meine innere Stimme mir klar gefunkt mit dem verschmitzten Bild der Lilith im Hintergrund. Marici sah sich in der Meditation nach Tarxien und auch zum Hypogäum fahren. Wir hatten beide das Gefühl, dass sie Herrn Melvier an einem dieser Orte treffen würde und besprachen alles im Detail, um uns nicht zu verpassen. Ich selbst würde in etwa zwei Stunden noch einmal versuchen, ihn telefonisch zu erreichen. So ging jede ihrem Vorhaben nach. Ich fasste gerade meine Erlebnisse in Gozo zusammen, als das Telefon klingelte. Der Wächter vom Hypogäum war am Apparat und ließ mir ausrichten, dass ein Besuch im Hypogäum leider - mir stockte kurz der Atem, aber ich hörte gefasst weiter zu - leider nur an drei Terminen möglich sei. Mein Herz überschlug sich fast vor Freude, aber ich blieb ganz gesammelt. Wir vereinbarten einen Termin, Donnerstag morgen, zehn Uhr. Das war morgen; und es war Maricis Geburtstag.

Am späten Nachmittag kam sie beglückt nach Hause. Sie wusste bereits alles, denn sie hatte Herrn Melvier in Tarxien getroffen, wie wir es am Morgen vorhergesehen hatten.

Am nächsten Morgen verließen wir früh das Haus. Wir nahmen den Bus nach Valletta. Neben unserem Fahrer stand ein kleiner Käfig, in dem munter ein Kanarienvogel trällerte. Das Fahrerabteil war eingerichtet wie ein Wohnzimmer. Mit heißem Reifen nehmen die meisten Fahrer die Kurven, als befänden sie sich auf einer Rennstrecke. Man brauchte einen stabilen Magen.

Im Hypogäum wurden wir tatsächlich freundlichst von einem Wächter empfangen. Punkt zehn Uhr betraten wir die große Vorhalle, die sich im Umbau befand. Nach ersten Begrüßungen und Erklärungen führte uns der Wächter, ein sympathischer, rundlicher Mann von etwa 50 Jahren, zu der steilen Treppe. Dann stiegen wir in die Tiefen einer Vergangenheit hinab, die uns für diese Zeit so nah kam, als hörten wir noch das leise Atmen der schlafenden Priesterinnen.

Es war, als würden die Höhlenwände lebendig pulsieren. Ich fühlte mich als kosmischer Embryo im Leib der Urmutter, die hier das Wissen einer Friedenskultur hütete und eine neue Geburt vorbereitete. Wie kurz das eigene Leben erscheint, in Anbetracht ganzer Epochen und Kulturgeschichten, die diese Erde erlebt hat und noch erleben wird. Auch die 5000 Jahre Patriarchat, das Unglück der gegenwärtigen Kultur, erscheinen in Anbetracht der Entwicklung des Lebens auf der Erde als ein winziger Ausschnitt, der jetzt dringend einer Korrektur bedarf.

Was für ein Szenenwechsel und Neubeginn fand in der kambrischen Revolution vor siebenhundert Millionen Jahren statt, als sich aus den Einzellern die Mehrzeller bildeten! Was für ein geistiger und geschichtlicher Entwicklungssprung ereignete sich damals!

Bei längerer Betrachtung kann man den Eindruck gewinnen, dass sich Geschichte fast immer feldbildend vollzieht, hervorgerufen durch einen wesentlichen geistigen Entwicklungsschritt, der die gesamte Evolution erfasst und dann einen Wechsel in allen Zellen bewirkt. So plötzlich, wie das Patriarchat als geistige Verirrung eingetreten ist, so plötzlich wird sich vielleicht bald ein feldbildender Wandel vollziehen, der sich vielleicht auf einer Ebene hier, tief im Inneren der Erde seit langem vorbereitet hat.

Und für diesen Prozess braucht die Erde den revolutionären und wahrnehmenden Geist von uns Menschen. Wir selbst sind aktiver Teil und gleichzeitig Zeuge dieses Vorganges. Wir sind das sehende Auge der Schöpfung und ihr handelndes Organ. Der Schmerz der Erde besteht ja gerade darin, dass sich der Mensch als wesentlicher Teil der Schöpfung von ihr getrennt hat.

Ich fühlte einen tiefen Schauder und eine große Dankbarkeit gegenüber den Gesamtvorgängen des Lebens auf diesem Planeten. Wie oft bin ich selbst wohl schon auf dieser Erde gewandelt, immer wieder neu mit den Rätseln dieses Daseins konfrontiert! Wird es irgendwann gelingen, das große Vergessen aufzuheben, so dass die volle Erinnerung eintreten kann?

Wie ist es möglich geworden, dass Menschen so lange die Geheimnisse der Erde vernachlässigt haben? Wie ist es möglich, dass sie Gott im Jenseits suchen und die göttlichen Wunder, vor denen wir täglich stehen, ignorieren?

Stell dir vor, du stirbst. Du kommst durch ein Tor. Hinter diesem Tor öffnet sich für dich das Paradies. Dieses Paradies ist die Erde. Was würdest du tun?

Ich hörte diese Frage, als käme sie von den Höhlenwänden zu mir. War es Nammu? War es Lilith? Es war der Aspekt des Weiblichen in der Schöpfung, der hier durch mich fragte und wahrgenommen werden wollte. Verbunden mit diesem Aspekt war ich nicht auf der Suche nach einem Jenseits. Das Jenseits wird alles durchleuchten können, sobald der volle Eintritt ins Diesseits wieder gelungen ist. Die Göttin verlangt die Bejahung des Diesseits, wo immer wir auch gerade sind.

Die göttliche Kraft liegt in der Gegenwart.

Es war, als atmete jede Zelle der Höhlenwände diese Gegenwärtigkeit als heilende Quelle und gleichzeitig als Mahnung zu mir herüber. Es war ein tiefes Gefühl der Geborgenheit, das ich in diesen Höhlen der Nammu, der Mutter alles Seienden empfand.

Etwa zwei Stunden lang erzählte uns der Wächter alles, was er über die Geschichte dieses Ortes wusste. Die Zeit verging wie im Flug. Wir konnten sein Glück darüber mitfühlen, zwei so interessierte Zuhörerinnen gefunden zu haben. Er war intim verbunden mit allen Steinen, kannte jede Nische und zeigte uns die winzigsten verborgenen Ecken. Immer wieder wies er auf Spuren von rotem Ocker hin. Es war die heilige Farbe der frühen Urkulturen. Er sprach vom Glauben der alten Kulturen, die sich verbunden fühlten mit der Urmutter, aus der alles kam und in die alles zurückkehren würde. Ihn schien diese Art von Glaubensvorstellung in keiner Weise zu beunruhigen. Sie verletzte nicht seinen männlichen Stolz. Er folgte nicht der männlichen Eitelkeit, immer wieder die Überlegenheit über eine so „primitive" Urkultur betonen zu müssen.

Man hatte im Hypogäum nur weibliche Figuren gefunden. Er zeigte uns den sogenannten Lebensbaum, der mit vielen Ornamenten an eine Wand gezeichnet war. Ich erinnerte mich an meinen Einführungstraum von Lilith, in dem ich auf den Lebensbaum der Urmutter hingewiesen worden war. Er erzählte begeistert, wie oft er schon davor gesessen habe, und war überzeugt davon, dass es sich um eine Schrift mit ähnlichem Bildcharakter handelte wie zum Beispiel in der chinesischen oder der ägyptischen Schrift. Es liegt nahe, dass auch damals schon Inhalte durch Bilder vermittelt werden sollten.

Nach dem gemeinsamen Rundgang ließ er uns allein. Jetzt hatte ich die Möglichkeit, meiner Meditation nachzugehen. Was für ein Glück, dass das Hypogäum geschlossen war! Wir hatten es ganz für uns. Gleich zu Beginn meiner Meditation wurde mein ganzer Leib von einer eigenartigen Energiebewegung erfasst, die ich kaum in Worten wiedergeben kann. Mir war, als wäre mein ganzer Körper ein einziges Gebet. Es war, als gäbe es keine Zeit. Ich war von einer Urstille erfüllt, die keine Gedanken und keine Gefühle störten: ein reiner Energieraum. Ich hatte jedes Zeitgefühl verloren. Es kam mir vor, als wäre ich unmittelbar mit dem Herzschlag der Erde verbunden, als könnte ich hineinhorchen in jedes Tier, jedes Gestein, jede Pflanze und jeden Menschen, den diese Erde trug. Alles war verbunden mit ihrem Herzschlag, mit ihrem Atem, ihrem Rhythmus und ihrem Klang. Und diese Wahrnehmung lag jenseits der Zeit: Gespanntheit und Gegenwärtigkeit gleichzeitig, die sich jenseits von Worten oder Gedanken abspielte, und dennoch ein Zustand von dicht gedrängter Information.

Erst später sollte sich dieser Vorgang in Bilder und Worte übersetzen.

Ich kam in unmittelbaren Kontakt mit erfahrenen Orakelpriesterinnen der frühen Urkultur, die hier das Friedenswissen hüteten, auch noch zu Zeiten, als es schon lange bedroht wurde.

Ganze Geschichtszusammenhänge schienen sich mir in diesen wenigen Augenblicken auf eigene Art zu offenbaren. Ich hatte weder ein Sprechgerät bei mir, noch sonst eine Möglichkeit, diese Flut der Informationen festzuhalten.

Früher hatten sie weder die Schrift noch Apparate. Sie mussten jederzeit den Kontakt zu ihrem Gedächtnis und zu der Quelle der Information herstellen können, mit der du jetzt verbunden bist. Hüte das Gedächtnis dieses Augenblicks, hüte seine Qualität und Besonderheit, dann kannst du die Informationen, die darin enthalten sind, auch zu späteren Zeiten abrufen.

Ich nahm diesen Hinweis dankbar auf und sprach ein Gebet des Dankes und der Kraft. Stundenlang hätte ich dort unten verweilen können. Mir war klar, dass erfahrene Priesterinnen hier oft wochenlang fastend verharrt hatten, wachend und träumend, um die Botschaften aus aller Welt zu empfangen und, wenn nötig, zu transformieren und weiterzuleiten.

Wir stiegen die Stufen wieder empor, öffneten die Tür und traten mitten ins grelle Tageslicht des modernen Großstadtlebens, als würden wir aus einem tiefen Traum erwachen. Wortlos gingen wir durch das Treiben, das uns unwirklich erschien. Das Erlebte dort unten schien in diesem Moment mehr Realitätskraft zu haben als der tosende Lärm, die hupenden Autos, die vielen Läden mit unglaublichem Tingeltangel und die vielen Menschen, die wie Marionetten verkleidet, abwesend und trotzdem geschäftig durch die Straßen eilten. Wir nahmen den nächsten Bus. Auf der ganzen Fahrt redeten wir fast kein Wort und ließen das Erlebte nachklingen.

IM TEMPEL DER LIEBE

Die Sonne strahlte in ihrer ganzen Pracht. Ich hatte beschlossen, die Hagar Qim noch einmal zu besuchen, weil mir hier noch Informationen fehlten. Gemeinsam mit Marici fuhr ich mit dem Bus bis zu dem in der Nähe gelegenen Ort Qrendi. Von dort aus wanderten wir etwa 3 km zu den Tempeln. Unterwegs trafen wir auf maltesische Frauen, die in der Sonne vor ihren Häusern saßen und den Tag an sich vorüberziehen ließen. Ein alter Mann, der unterwegs zu seinem Garten war, begleitete uns ein Stück unseres Weges. Stolz führte er einige deutsche Sätze vor, die er in der Tat erstaunlich gut beherrschte.

Ich wusste, dass dies vorläufig mein letzter Besuch in dieser Gegend sein würde, und ich wollte die noch fehlenden Botschaften entgegennehmen. Mnajdra hatte sich mir bis in die letzten Winkel offenbart; in Hagar Qim blieben noch Fragen unbeantwortet.

Am Hang, nahe der beiden Tempel, machten wir eine Rast und schauten auf das Meer und die nahe gelegene kleine Steininsel Filfla. Eidechsen huschten über das Gestein, und auch ein kleiner Gecko lugte vorsichtig aus einer Felsnische heraus. Ich schloss kurz die Augen und streckte mein Gesicht der Sonne entgegen. Zunächst ging ich noch einmal zur Mnajdra, um hier Abschied zu nehmen. Alle Räume begrüßten mich, als hätte ich mich wochenlang hier aufgehalten. Jede Ecke atmete ihre Geschichte für mich. Ich lief ein letztes Mal auf einem kleinen Pfad den Hügel hinauf, um auf den ganzen Tempel blicken zu können. Auf dem Weg entdeckte ich eine Spirale. Sie war ganz einfach in die felsigen Steine eingraviert. Dieses Bild erinnerte mich an meinen eigenen Traum, in dem ich als Schülerin eine Spirale in einen Stein gezeichnet hatte, um mich in der Konzentration und der bewussten Gedankenpflege zu üben. Die Spirale diente der Konzentration auf die wirklichkeitsschaffende Kraft von Gedanken.

Ich setzte mich auf den Hang oberhalb des Tempels und ließ meinen Blick noch einmal auf dem ganzen Gelände ruhen. Dann versuchte ich in aller Ruhe, die Übung mit der Spirale nachzuahmen. Ich konnte beobachten, was für ein Chaos ein nicht zu Ende gedachter Gedanke im Inneren erzeugt. Wenn er, halb angefangen, dem Unbewussten überlassen wird, erzeugt er Verwirrung. Es sind oft unsere Gedanken, die uns von der Wirklichkeit trennen. Sie schieben sich wie ein Film zwischen uns und die Welt. Misserfolg ist oft eine Folge von nicht zu Ende gedachten Ideen. Unbewusst fechten verschiedene angefangene Gedanken und Wünsche in uns, verwickeln sich und nivellieren sich schließlich gegenseitig. Nicht umsonst hängt das Wort Erfolg mit folgen zusammen. Auch Misserfolg ist ein Erfolg. Er ist die Folge von inneren Gedankenketten und Vorgängen, die wir nicht bewusst zu Ende geführt haben. Diese führen oft zu leiblichen Beschwerden, Ängsten und Irritationen aller Art. Sie können der Grund sein von allen möglichen Störungen im eigenen Leben. Es war äußerst aufschlussreich, eine Zeitlang Zeugin der eigenen Denkvorgänge zu sein. Während der Konzentration auf die Spirale war es von hoher Bedeutung, in welcher Geschwindigkeit ich meine Gedanken dachte. Ich durfte nicht zulassen, dass sich irgendein Nebengedanke im Nichts verlor. Ich durfte auch nicht zulassen, dass mein Denken mit mir davongaloppierte und mich vollkommen aus der Gegenwart riss. Meine Aufgabe war es, in die Stille zu gehen, meine Sinne der Wahrnehmung aufzuspannen, mich auf die Spirale zu konzentrieren und von dort aus bewusst alle aufkommenden Gedanken zu verfolgen. Ich war Zeuge von der Geburt der Ideen, konnte sehen, welche Gedanken auf der Stelle Kraft gaben und welche Angst erzeugten. Ich sah die hohe Verantwortung, die in der eigenen bewussten Gedankenpflege liegt.

Als ich es geschafft hatte, zunächst einmal die allzu alltäglichen Einfälle zu verabschieden, kamen tief aus dem Inneren folgende Sätze zu mir:

Wer ganz zurückzukehren vermag an den Ursprungsort seiner Gedanken, der kann in den Spiegel seiner eigenen Seele schauen. Von dort aus können neue Entscheidungen getroffen werden. In dem Spiegel deiner Seele findest du auch den Spiegel der Welt. Wenn du Frieden in dir gefunden hast, wirst du ihn auch in der Welt bewirken können. Hier entscheidet sich, ob Krieg oder Friede dein Handeln leitet. Wer dieses Geheimnis ganz versteht, der vermag die ganze Welt zu bewegen, als drehte sie sich auf seiner Hand.

Der letzte Satz erinnerte mich an eine ähnliche Aussage im I-Ging. Wer nimmt seinen Ideenreichtum schon bewusst als Realität schaffende Kraft zu sich - in dem Wissen, dass jeder bewusst gedachte Gedanke eine Wirklichkeit nach sich zieht? Diese Zusammenhänge sind vielfältig und sehr komplex; sie verlaufen nicht einfach linear und gradlinig. Es gibt heute eine Modeerscheinung, die viel zu früh versucht, auf diese Verbindung mit Rezepten und Handlungsanweisungen zu reagieren. Daraus ist der Slogan entstanden: „Du musst nur positiv denken."

Alle diese Versuche, ein Rezeptbuch aus den Geheimnissen des Lebens zu machen, sind in Anbetracht der Komposition des Ganzen vergleichbar mit einem kleinen Wellenschlag im tosenden Ozean. Sie kommen und vergehen, wie eine kleine Welle eben auch verebbt, bleiben am beiläufigen Spiel der Oberfläche haften und haben nicht die Kraft, in die Tiefen zu führen, wo sich die wahren Offenbarungen und die geistigen Umschlagpunkte des Lebens selbst vollziehen und ihre Wirklichkeit schaffenden Umwälzungen eingeleitet werden.

Eine neue Schule für eine Friedensbewegung würde eine Schule des Denkens aufbauen. In der heutigen Zeit gibt es eine Wut auf alles intellektuelle Denken und auf die sogenannte „Kopflastigkeit"; sie ist die Folge davon, dass der Kontakt zu einfachem und elementarem Denken, das aus der bewussten Wahrnehmung kommt, längst verloren ist. In seiner ursprünglichen Kraft ist das Denken so elementar wie das Atmen, das Essen, das Trinken und das Lieben. Es gehört unbedingt zu dem gesund funktionierenden Organismus Mensch. Ich vermute, dass zwischen dem Wort Gedanke und Dank eine unmittelbare Verbindung besteht. Gedanken, die in Verbindung mit der Schöpfung und der universellen Wahrnehmung stehen, haben immer eine intime Verbindung zum Dank.

Mit der bewussten Entscheidung, in heiliger Weise zu leben, ziehen wir die Lehren, die Informationen und das Verständnis an uns heran, die uns helfen, unsere Gaben zum Wohle aller zu entfalten. (23)

Dieser Satz stammt von Dhyani Ywahoo, einer Cherokee-Indianerin. Ich konnte die Wirklichkeit schaffende und mantrische Kraft dieses Satzes unmittelbar verfolgen und wahrnehmen. Ich sprach ihn laut aus und dachte daran, wie oft er mir schon heilend und helfend gedient hatte, wenn ich mich plötzlich im eigenen Gedankengestrüpp verirrt hatte.

Der Wächter winkte von weitem zu mir herüber und machte darauf aufmerksam, dass es an der Zeit sei zu gehen, da er jetzt schließen wolle. Ich hob einen kleinen Stein auf, steckte ihn in meine Tasche, als Dank und Erinnerung an meine Erfahrungen in Mnajdra. Wir gingen zur Hagar Qim, die zwei Stunden länger geöffnet war. Auf dem Weg zum Ausgang wechselten wir ein paar Worte mit dem Wächter. Für ihn, der die Tempel täglich bewachte, schienen sie wenig Bedeutung zu haben. Er schwärmte mehr von den Wäldern und Bergen der fernen Lande. Lachend schlug ich ihm vor, dass wir eine Zeitlang die Plätze tauschen könnten. Er war ein attraktiver junger Malteser, dessen Herz ganz und gar für die Gegenwart schlug und der noch wenig Zusammenhänge der westlichen Welt und Kultur hinterfragt hatte.

Jetzt zog Hagar Qim meine Aufmerksamkeit wieder auf sich. Ich verabschiedete mich von dem Wächter, und ich ging ins Innere des Tempels. Ich lief durch die hohen Steine, die vom späten Licht des Nachmittags beschienen wurden. Sie leuchteten, als hätten sie ein Eigenlicht. Während ich fasziniert von der Schönheit vor den wohl größten Tempelgemäuern dieser Insel stand, wurde ich plötzlich von einer Energiewelle erfasst. Es war, als würde mein Herz mit dem Herzen der Erde zu einem werden, genau das gleiche Urgefühl, das ich kurz zuvor im Hypogäum erlebt hatte. Mit dieser Energiewelle öffnete sich wie selbstverständlich eine reichhaltige Bilderwelt. Der Tempel schien mir seine ganze Geschichte offenbaren zu wollen. In dieser ureigenen Art war mir Hagar Qim bisher verschlossen geblieben. Es war, als würde ich mit dem Herzen sehen. Ich musste nicht mehr meditieren oder große Bemühungen anstellen. Jetzt sah ich die lebendige Geschichte des Tempels vor mir, als hätte sie sich gestern zugetragen. Erhaben leuchtete der Tempel in festlichem Glanz, als wartete er noch heute auf die lebendige Feier. Ich erkannte Hagar Qim als den Tempel wieder, der als Liebesschule und Liebestempel gedient hatte. Hier in Hagar Qim gingen auch Männer in die Lehre. Ich sah dem ganzen Tempel an, dass er insbesondere für den männlichen Geist ausgerichtet und geschaffen worden war. Ich sah die Steine im Außenbereich des Tempels, wo die jungen Männer genächtigt.hatten, sah die Liebesplätze, an denen sie von den Mirjas, den Stellvertreterinnen der Liebesgöttin, empfangen worden waren, sah die Tanz- und Festplätze, wo besonders zu den Zeiten des fruchtbaren Mondes und zur Sonnenwende gefeiert wurde. Ich hatte das starke Gefühl, dass dieser Ort auch ganz speziell der Sonne geweiht war. Einige Steine ragten wie Phallussymbole in die Höhe, als Zeichen der Fruchtbarkeit und der werdenden männlichen Potenz. Einer davon stand da, als wäre er begleitet von drei Göttinnen.

An einem Platz musste ich plötzlich lachen. Ein inneres, aber ganz deutlich sichtbares, plastisches Bild hatte mich förmlich angesprungen. Ich sah ein Kraftzentrum vor mir, wo die jungen Männer ihre körperliche Potenz prüfen konnten. Hier konnten sie energetisch testen, ob sie sich der Begegnung mit der weiblichen Mirja schon gewachsen fühlten, um bei ihr den sinnlichen Liebesdienst zu tun und in die Begegnung mit der Göttin eingeweiht zu werden. Ich musste lachen, weil das Bild so kreatürlich und liebenswert war, unserer heutigen Kultur aber so absolut fremd gegenüberstand. Religion und Eros waren hier in den Tempeln unmittelbar miteinander verknüpft. Dieses Bild der Hagar Qim öffnete sich so einfach, schlicht, lebensnah, fast alltäglich und selbstverständlich, dass ich davon tief berührt war.

Beim Weiterlaufen entdeckte ich eine Stelle, die ganz speziell mit der Kraft der Sonne zusammenzuhängen schien. Ein Stein, der auch jetzt von der späten Nachmittagssonne besonders schön beleuchtet war, hatte in der Mitte ein großes rundes Loch, das wie ein besonderes Tor wirkte. Ich nannte es instinktiv Tor der Sonne.

„Wo kann man nur mehr über diese Zusammenhänge erfahren, wie dieser Tempel im Verhältnis zu Mond, Sonne und Sternen steht? Es gibt doch bestimmt Nachforschungen darüber", überlegte ich. Versunken in meine Assoziationen stand plötzlich der Wächter neben mir. Ich schreckte aus meinen Gedanken hoch, als ich merkte, dass seine Worte mir galten. Er sprach von Jo und sagte, dieser habe plötzlich nach Deutschland reisen müssen. Aber wenn ich noch Fragen hätte, helfe er mir gerne weiter. Er arbeite bereits seit 27 Jahren hier und kenne jeden Stein der Insel.

Erst wollte ich ihn abwimmeln, als mir meine Frage wieder einfiel. Vielleicht bekam ich ja jetzt hier die Antwort ganz direkt zugespielt! Ich fragte ihn, und tatsächlich erfuhr ich eine interessante Neuigkeit. Er wies auf die Stelle hin, die ich Tor der Sonne genannt hatte. Er erzählte, jemand habe herausgefunden, dass zur Sonnenwende bei Sonnenaufgang die ersten Lichtstrahlen genau durch das Loch ins Innere des Tempels fallen. Dann zeigte er mir eine ähnlich markante

Stelle, an der das gleiche für die untergehende Sonne zur Sonnenwende galt. Der Tempel war also tatsächlich nach Sonnenmaßstäben gebaut und berechnet worden. Ich fragte, ob er Ähnliches über bestimmte Sternenstände wisse. Er erwähnte ein Buch, das ein Steinkreisexperte über Malta geschrieben hatte. Er könne mir ein Exemplar davon zeigen. Wir gingen in seine Kammer, wo er ein Buch hervorkramte. Fasziniert nahm ich es in die Hände und sah auf einen Blick, dass es viele Informationen enthielt, nach denen ich auf der Suche war. Ich fragte, ob man es noch irgendwo erhalten könne. Er verneinte, hielt dann aber nachdenklich inne, so als habe er soeben vom Kosmos eine bestimmte Eingebung erhalten.

„Gut. Ich habe eine Kopie", sagte er. „Nimm die. Wenn du wiederkommst und ich inzwischen gestorben bin, dann nimm es als Geschenk von Franz."

Ungläubig schaute ich ihn an. Fast hatte ich das Gefühl, es nicht einfach annehmen zu dürfen. Wie kam dieser Mann, den ich doch gar nicht kannte, dazu, mir ein solches Geschenk zu machen? *Natürlich, nimm es an, es ist ein kosmisches Geschenk,* forderte mich meine innere Stimme auf. Ich nahm das Buch entgegen und bedankte mich.

Gemeinsam mit Marici fuhr ich mit unserem geliebten Malta-Expressbus nach Hause. Es war inzwischen dunkel. Still saßen wir nebeneinander. Die Bilder des Tages liefen noch einmal vor meinem inneren Auge vorbei. Ich fühlte mich so intim verbunden mit der göttlichen Quelle der Liebe, dass ich wünschte, sie möge auf diese schlichte und einfache Art immer bei mir bleiben. Es war ein fast mystischer Liebeszustand. Ich liebte alles um mich herum. Ich liebte die Menschen, die im Bus saßen, und den Fahrer. Ich liebte einen etwas behinderten einfachen Malteser, der sich mir gegenüber gesetzt hatte und immer wieder zu mir herüber schielte. Es war eine schlichte, einfache und beglückende Liebe, die mich erfasst hatte. Ich fühlte mich in allem, was mir begegnete, als

Dienerin des Lebens und war erfüllt von einem Grundgefühl umfassender Heimat auf diesem Planeten.

Nicht nur die Vergangenheit, sondern auch das gegenwärtige Leben entfaltete sich mit seinen vielen paradiesischen Möglichkeiten und gab mir Mut, mein Herz für die Bilder einer wachsenden Sehnsucht nach einer lebenswerten Zukunft ganz zu öffnen. Aus dieser Sicht konnte ich mich nur über die Banalität und Sinnlosigkeit wundern, in der viele und oft auch ich selbst die Tage verbrachten. Wie konnte man nur so an der Heiligkeit und ursprünglichen Liebeskraft des Lebens vorbeileben! Ich lud Marici zum Essen ein. Wir sprachen den ganzen Abend über die vielen Eindrücke, die wir heute erfahren hatten.

WIEDERENTDECKUNG DES STEINKREISES

Ich war neugierig geworden, ob der Steinkreis von Gozo zu finden war, von dem ich in Portugal geträumt hatte. Also setzte ich noch einmal mit der Fähre über und richtete mich darauf ein, möglicherweise eine Nacht auf Gozo zu bleiben. Früh morgens nach einem gemeinsamen Tee mit Marici nahm ich den Bus zur Fähre. Ich wollte bereits am Tempel Ggantija sein, wenn er geöffnet würde, um ihn möglicherweise auch eine Zeitlang allein zu erleben.

In der Nacht hatte es geregnet. Jetzt leuchtete mir die Insel von der Fähre aus wie frisch geputzt entgegen. Es war herrliches Wetter. Ich fand mich erstaunlich leicht zurecht und entdeckte schnell den richtigen Bus. Um kurz vor neun Uhr befand ich mich schon vor den noch verschlossenen Tempeltoren. Ich hatte Glück. Der Wächter nahte gerade mit einem klapprigen Moped und einem Vesperbrot in der Hand. Als er mich warten sah, öffnete er die Tore, obwohl es noch vor der Öffnungszeit war. Fast zwei Stunden sollte ich den Tempel ganz für mich haben. Inzwischen fiel es mir ganz leicht, den medialen Zugang zu den geschichtlichen Informationen zu finden. Es dauerte nicht lange, und es entfalteten sich viele Eingebungen und Tempelbilder vor meinen Augen.

Die Steine dieses Tempels wirkten auf mich, als würden sie mich energetisch „abklicken“. Teilweise hatten sie eine sehr personale Ausstrahlung, ganz ähnlich, wie ich es vom Steinkreis her kannte. Links vom Eingang sah ich einen Stein, der mir unmittelbar das Bild eingab, dass die Schülerinnen hier lernen mussten, sich ihre Seele frei zu reden. Direkt gegenüber befand sich ein „sprechender Stein“, der symbolisch für die Stimme aus den Tiefen der Mutter Erde zu stehen schien. Hier sollten sie üben, sich ganz frei zu machen für das Lauschen auf die universelle Stimme. Es war erstaunlich, wie klar ich jetzt, im Unterschied zu meinem ersten Besuch auf Gozo, in der Lage war, die Geschichte dieses Tempels vor mir zu sehen. Ich fühlte mich verbunden mit dem Inneren der Erde, aus der erstaunliche Antworten zu mir empor drangen. Dieses Gemäuer betrachte ich als den ehemaligen Tempel der Frauen und der Geburt. Die Geschichten öffneten sich mir so intim, als würde ich selbst in der damaligen Zeit leben. Ich sah die Frauen vor mir, wie sie sich einige Tage vor der Geburt hier versammelten, sah, wie junge Frauen auf das sexuelle Leben vorbereitet wurden, wie sich Frauen hier aufhielten, wenn sie sich zur Zeit ihrer Periode seelisch, körperlich und geistig reinigten. Nicht umsonst hat dieser Tempel die Form einer Gebärmutter. Wenn man sich medial einlässt, fühlt man sich wie im Schoß der Urmutter, aus der jetzt neue Geburten hervorgehen sollen. Die Zeit verging erstaunlich schnell. Nach fast zwei Stunden nahten die ersten Besucher.

Geh und komm später wieder. Nimm dir in diesem Ort ein Hotel. Besorge dir wieder einen Film. Den brauchst du für die Dokumentation. Achte darauf, dass du immer richtig ausgerüstet bist! Erst danach frage weiter. Es gibt hier noch wichtige Dinge zu entdecken! ermahnte mich meine Führung streng. Leicht verärgert über mich selbst stellte ich fest, dass mein Film tatsächlich schon wieder voll war und ich es versäumt hatte, einen neuen einzustecken. Beim Verlassen des Ortes fragte ich den Wärter nach dem nahegelegenen Steinkreis und einem Fotogeschäft. Aber er zuckte nur die Achseln. Dieser Tempel sei das einzige Denkmal, das es in dieser Gegend gebe, und einen geöffneten Laden könne er mir auch nicht nennen. Es war Sonntag, und es würde schwer sein, einen offenen Laden zu finden, denn die Malteser schätzen den heiligen Sonntag hoch. Ich musste erst einmal über eine Stunde Fußmarsch zurücklegen, bis ich endlich einen Laden fand, wo zu meinem Glück auch Filme verkauft wurden. Auf dieser Such-Odyssee kam ich auch zu einem Hotel, das man in diesem kleinen, unscheinbaren

178

Ort nicht vermutet hätte. Obwohl es äußerlich vornehm wirkte, war es erstaunlich günstig, und ich mietete gleich ein Zimmer. Inzwischen - es war bereits Mittag - war ich auch hungrig geworden. Ich nahm einen kleinen Imbiss zu mir, bevor ich mich weiter führen ließ, und dachte darüber nach, wie sehr ein universell verbundenes Dasein mit hoher Gegenwärtigkeit und der richtigen Geschwindigkeit zusammenhängt. Eine kleine Schlamperei, wie bei mir jetzt das Vergessen des Filmes, kann einen vorübergehend aus der Verbundenheit mit der kosmischen Wahrnehmung reißen. Sobald man identifiziert ist mit dem Gefühl, etwas falsch gemacht zu haben, ist der Geist nicht mehr frei für die Wahrnehmung der unmittelbaren Gegenwart. Schon ist man verstrickt in innere Dialoge, die sehr schnell eine unbewusste Unglückserwartung nach sich ziehen und die Wahrnehmung für alles Weitere überschatten. Da ich dieses Mal meine inneren Vorgänge sehr bewusst begleitet hatte, konnte ich mich relativ schnell wieder hinaus bewegen. Ich habe immer wieder festgestellt, dass man die eigenen Fehler am leichtesten überwindet, wenn man sie zunächst als solche akzeptiert. Erst wenn ich meinen Fehler erkannt habe, kann ich ihn auch wirklich verlassen. Wenn ich mir dieses Vorgangs bewusst bin, dann kann ich meine Fehler einsetzen, um mein Handeln auf ein hohes Energieniveau zu steigern. Ich investiere die Wut in meine eigene Entwicklung, anstatt sie blind gegen andere zu schleudern.

Eine Eingebung unterbrach meine gedankliche Exkursion:

Finde heute den Platz der Vision und den Steinkreis, bevor du wieder zum Tempel gehst. Der Platz der Vision war der Ort, an den die jungen Frauen geschickt wurden, bevor sie in die nächsthöhere Stufe ihres Wachstums im Tempel eingeweiht wurden. Der Platz der Vision ist einer der wenigen alten Megalithen, die noch übrig sind. Er hat noch heute eine hohe Energie.

Jetzt war ich wieder herausgefordert, genau auf meine innere Führung zu horchen, ohne den inneren Dialogen oder auch Zweifeln nachzugeben. Aus Erfahrung wusste ich, dass dies eine hohe Übung ist und ich herausgefordert war, ganz in meinem inneren Zentrum zu bleiben, um die genauen Hinweise überhaupt aufnehmen zu können. Der erste Hinweis kam auch schon:

Schau nach in dem Buch, welches du von dem Ehepaar bekommen hast, das du hier bei deinem ersten Besuch getroffen hast. Du findest im Anhang des Buches einen Plan, wo in etwa die Lage des Visionssteines und auch die des Steinkreises eingezeichnet sind.

Ich fand tatsächlich einen entsprechenden Plan, den ich vorher gar nicht bemerkt hatte. Die Zeichnung war zwar ungenau, ließ jedoch die Lage in etwa erahnen. Beim Verlassen des Hotels fragte ich noch den Portier. Dieser aber wusste weder etwas von einem Steinkreis, noch von einem Megalithen. Er wies darauf hin, dass es vor kurzem zwar eine neue Ausgrabungsstelle gegeben habe, aber die sei vollkommen mit Brettern verriegelt und mit Sandsäcken zugestellt; man könne da nicht einmal reinschauen. Ich hatte in den letzten Jahren aus den Hinweisen meiner inneren Führung gelernt und vertraute ihr inzwischen oft mehr als den Wegweisungen mancher Bewohner. Zuversichtlich zog ich los durch das langgestreckte Dorf, immer der Himmelsrichtung folgend, in der ich den Stein vermutete. Am anderen Ende des Dorfes angelangt, erhielt ich dann erstaunlich präzise Hinweise der inneren Stimme. Sie führte mich durch schmale Gassen bis auf einen Acker am Ortsrand. Ohne Schwierigkeiten fand ich einen liegenden Megalithen, etwa dreihundert Meter vom Dorf entfernt mitten in den angelegten Feldern. Ein herrlicher Platz mit erhabenem Blick über das Meer! Ich wusste sofort, dass ich hier richtig war. Hierhin also waren die Schülerinnen in früheren Zeiten geschickt worden, wenn sie neue Visionen empfangen sollten. Das konnte ich mir gut vorstellen. Ich setzte mich auf den Stein und vertiefte mich in Gedanken. Eine Weile hatte ich dort gesessen, als ich, erstaunt über eine innere Mitteilung, hochsah. Mitten aus meinen Träumen über die Urgeschichte kam plötzlich der Satz: *Steh auf und schau dich um! Du findest hier etwas!* Ich lief um den Stein herum. Was sollte es denn hier zu finden geben, außer vielen Träumen und Hinweisen, die aus dem Inneren kamen? Da entdeckte ich ein kleines Bündel Schilfgras, das wie zu einem Besen zusammengebunden war. Es war fein säuberlich an den Stein gelegt worden. Ich nahm dies als einen Hinweis, dass dieser Stein möglicherweise auch heute noch von Frauen aufgesucht wird, die in intimer Verbindung mit der Natur ihre Wettergebete sprechen oder um gute Ernten bitten. Damit ihr Gebet erhört wird, bringen sie Mutter Erde möglicherweise Geschenke dar wie dieses kleine Bündel Schilfgras. Ich fotografierte dieses seltsame Relikt und legte es an seinen Platz zurück. Erstaunt stellte ich fest, dass ich bereits weit über zwei Stunden hier gesessen hatte. Mittlerweile hatte ich ein ganzes Band voll gesprochen. Ich konnte mir gut vorstellen, wie sie damals mehrere Tage fastend an diesem Ort verbracht hatten, mal schlafend, mal wachend, bevor sie mit neuen Visionen und Eingebungen in die Tempel zurückkehrten. Mir war klar, dass ich jetzt aufbrechen musste, wenn ich noch vor der Dunkelheit den Steinkreis finden und die Tempel bei Sonnenuntergang noch einmal besuchen wollte.

Ich peilte die Richtung an, in der ich die Tempel vermutete. Auf dem Weg zu ihnen würde ich bestimmt auch zum Steinkreis finden, denn aus dem Buch ging hervor, dass er nur wenige hundert Meter von den Tempeln entfernt liegen musste. Zielsicher lief ich meines Weges. An einer Stelle, die sich bereits wieder im Dorf befand, entdeckte ich einen kleinen Trampelpfad, der ins Gestrüpp führte. Ich fühlte mich klar aufgefordert, hier hineinzugehen. Gespannt folgte ich dem Pfad. Schon nachdem ich mich etwa 300 m durch das Dickicht bewegt hatte, sah ich einen hohen Bretterzaun und ein großes Tor. Das war entweder eine Baustelle oder mein erstrebtes Ziel. Mit großer Freude nahm ich wahr, dass das Tor offen war.

Ja, geh hinein, du bist richtig, wurde ich ermuntert. Ich bewegte mich vorsichtig durch die schmale Öffnung des Eingangstores. In einer Bretterbude erblickte ich zwei Gestalten. Sie sahen etwas verwegen aus und starrten mich entgeistert an, als käme ich von einem anderen Planeten. Mir stockte kurz der Atem. Ich fragte, ob ich eintreten dürfe, aber sie schienen mich nicht zu verstehen. Sie machten aber auch keinerlei Anstalten, mich fortzuschicken; sie starrten mich nur an. Also nahm ich kurz entschlossen meinen ganzen Mut zusammen und ging hinein. Mir pochte das Herz bis zum Halse. Ich wusste, dass ich richtig war. Ich befand mich an dem Ort, an dem ehemals ein voll erhaltener Steinkreis gestanden hatte. Durch meine Träume hatte ich ihn deutlich vor Augen.

Von hier aus hatten die Priesterinnen ursprünglich mit den Menschen von Almendres in Portugal kommuniziert, noch bevor der Bau der Tempel aufgenommen war und noch bevor Menschen vom Festland hier eingetroffen waren. Erst das Gemälde in dem Buch, das ich von dem Ehepaar erhalten hatte, hatte mir bestätigt, dass der Steinkreis, den ich bis dahin nur aus meinen Träumen kannte, tatsächlich existierte. Jetzt befand ich mich genau an dem Ort, der erst vor kurzem wiederentdeckt worden war. Hier war es auch, wo man den Fisch auf dem Altar gefunden hatte, die kleine Tonfigur. Ich wusste, dass ich mich an einem der ältesten heiligen Plätze der Inselgruppe befand, an dem die Vision der Friedensschule ihren Anfang genommen hatte. Andächtig schloss ich für einen Moment die Augen und ging in die Stille. Dieser Ort war lange vor dem Hypogäum errichtet worden und hatte zu Beginn, als die Schule auf Malta noch nicht existierte, eine ganz ähnliche Funktion wie diese. Ich war mir sicher, dass man auch jetzt, bei weiteren Ausgrabungen, noch wichtige Gegenstände finden würde, die weiteren Aufschluss über die Frühkultur auf Malta geben würden.

Ich erkannte auch, dass hier zerstörerische Kräfte gewütet hatten. Hier musste der etwas in die Erde eingelassene Stein mit den zwei Säulen gestanden haben, den ich im Traum gesehen hatte. Man konnte es noch ahnen. Leider war von einem Steinkreis nicht mehr viel zu sehen. Die Bauern, die nicht wollten, dass man ihnen ihren Acker fortnimmt, hatten gründliche Arbeit geleistet und fast alle Steine beseitigt. Später erfuhr ich, dass einige von den Menhiren an anderen Orten aufgestellt worden waren.

Hier befanden sich die unterirdischen Gänge, wo sie vermutlich auch den Stein wiedergefunden hatten, von dem ich glaubte, dass sie ihn vom Festland als Gastgeschenk auf die Insel mitgebracht hatten. Hier befand sich wohl das unterirdische Labyrinth, auf das ich gleich bei meinem ersten Besuch hingewiesen worden war. Es hat schon etwas Bewegendes, wenn man Orte der eigenen Traumwelt in der Wirklichkeit wiederfindet. Ich war mir ganz sicher, am richtigen Ort zu sein. Mir war, als könnte ich die Stille hören, als sei sie durchdrungen von einer ganz personalen Wesenheit, die mich begrüßte. Ich wusste, dass es sich um einen ganz zentralen geschichtlichen Knotenpunkt handelte. Vermutlich lag hier der Ausgangspunkt der ursprünglichen Visionen von allen weiteren Tempeln auf Malta. Eine Weile lang untersuchte ich die Gegend, nahm die Informationen auf, so gut es mir trotz der beiden düsteren Gestalten möglich war. Ich war aber auch erleichtert, als ich bald die deutliche Eingebung bekam, jetzt weiterziehen zu können. Es gab im Moment nichts mehr zu tun für mich. Die innere Führung hatte funktioniert. Das war heute meine Lehrstunde gewesen.

Ich nahm die ursprüngliche starke Heilkraft dieses Ortes wahr, spürte gleichzeitig aber sehr deutlich, dass er von einem Störfeld durchzogen war, das meine Seele bedrückte. Es fühlte sich an, als würden sich auch düstere und zerstörerische Kräfte an diesem Ort festkrallen und von ihm zehren.

Ich verließ den Ort auf einem schmalen Pfad in Richtung der Tempel. Dabei fühlte ich mich seltsam getrieben, so als müsste ich schnell fort. Eine leichte, undefinierbare Angst hatte sich eingeschlichen. Als ich einige hundert Meter gegangen war, entdeckte ich, wie einer der beiden Männer durch das Dickicht schlich und mich beobachtete. Er versteckte sich hinter einem Baum und schaute zu mir herüber, offenbar im Glauben, dass ich ihn nicht sähe. Ich beschleunigte meinen Schritt und war froh, schließlich wieder auf der Straße zu sein, wo ich mich durch die Gegenwart anderer Menschen geschützt fühlte.

Ich verbrachte die Abendstunden in kraftvoller und inspirierter Ruhe im Tempel, festigte alle meine Eindrücke und Bilder und holte noch die letzten Informationen ab, die mir für das entstehende Buch wichtig waren.

Am nächsten Morgen, nach einem ausgiebigen Obstfrühstück, wurde ich noch einmal zum Tempel geschickt, um ihn in aller Frühe zu fotografieren. Ich entdeckte eine wunderschöne Postkarte, auf der ein auffälliger Megalith abgebildet war. Wieder fühlte ich mich aufgefordert, eine Wanderung über die Insel zu machen und einzelne Steine aufzusuchen.

Du wirst auf dieser Insel Megalithen und Kraftlinien finden, die noch voll intakt sind. Mache einen Gang, das ist eine gute Methode, um noch weitere Informationen abzurufen.

Ich fuhr mit dem Bus über die Hauptstadt Rabat zu einer Haltestelle, von der ich vermutete, dass sie in der Nähe meiner gesuchten Megalithen war. Dann ließ ich mich erneut auf das Abenteuer ein, mich ganz von meiner inneren Stimme führen zu lassen. Durch die engen Häusergassen schlendernd, sah ich an fast jedem Hauseingang ein schön verziertes Schild mit dem Namen eines Heiligen. Eine kleine Heiligenfigur als Schutzpatronin des Hauses war meistens noch zusätzlich in einem geschmückten Schrein aufgestellt.

Ich wusste, dass der letzte Bus zur Fähre bereits um 14 Uhr den Ort verließ, aber das irritierte mich wenig. Ich war mir sicher, dass ich auf irgendeinem Weg zum Hafen zurückkommen würde. Bereits nach ca. zwanzig Minuten Fußweg gelangte ich auf freies Land. Das helle Licht, der erhabene Blick über die nahegelegenen Felsen und das Meer brachten mich schnell in eine mediale Verfassung, und so folgte ich leichten Fußes den Spuren, die mir durch meine Eingebungen gewiesen wurden. Es dauerte nicht lange, da hatte ich bereits den Eindruck, genau auf einer Kraftlinie zu laufen. Sie führte ganz geradeaus, direkt auf die nahegelegene Küste zu. In Abständen von einigen hundert Metern lagen große Steine in auffälliger Position da, so dass ich ganz deutlich den Eindruck hatte, dass sie von Menschenhand dorthin gebracht worden waren. Ich hüpfte von Stein zu Stein und fühlte mich dabei für meine Verhältnisse erstaunlich sicher. Nach etwa einer Stunde kam ich genau zu dem Stein, den ich auf der Postkarte gesehen hatte. Er war zwar kleiner, als er auf dem Bild gewirkt hatte, aber deutlich als aufgestellter Megalith zu erkennen. Auch erkannte ich ihn daran, dass in der Ferne die gigantisch wirkende Kirche zu sehen war, die auf der Postkarte mit abgebildet war. Ich setzte mich eine Weile nieder und begann, auf die inneren Geschichten zu lauschen, die sich alle wie in einem Film vor meinen Augen abzeichneten. Dann lief ich bis zur Küste weiter. Einmal war es mir sogar, als könnte ich einen Fuß im Stein abgedrückt erkennen, deutlich sichtbar waren auch die sogenannten „Karrenspuren", deren Herkunft niemand genau zu erklären weiß. Es sind tief in den Stein eingefurchte Rinnen, die wie Fahrrinnen wirken. Meine Eingebungen ließen allerdings keine Bilder zu diesen Spuren entstehen. Wahrscheinlich waren sie erst später entstanden, möglicherweise durch die Phönizier.

Etwa eine Stunde mag ich am Steilhang der Küste gesessen haben, tief in die Erlebniswelt vergangener Kulturen versunken. Dann fühlte ich, dass es an der Zeit war, mich auf den Rückweg zu begeben. Es wurde ein endlos scheinender Fußmarsch. Auch in den nächsten Dörfern konnte ich keinen Bus mehr ausfindig machen. Etwa fünf Kilometer vor meinem Ziel hielt ein Wagen an, ein junger Mann bot an, mich mitzunehmen. Er hieß Jo - wie mein erster Begleiter, ein Name, der auf Malta geläufig zu sein scheint. Er bot mir an, mich über die ganze Insel zu fahren. Mir war aber im Moment nicht mehr nach neuen Abenteuern zumute, und so ließ ich mich zum Fährhafen bringen, bedankte mich und nahm die Fähre nach Malta. Am späten Abend kam ich müde, aber reich beschenkt wieder in meinem Apartment an, wo ich schon von Marici erwartet wurde.

AUSBILDUNG IM TEMPEL DER FRAUEN

Nachdem ich in Mnajdra die Geschichte der Nudime nacherlebt hatte, wollte ich mehr wissen. Bevor sie als Mirja in die Ausbildung gekommen war, hatte sie einen Monat auf Gozo verbracht. Ich wollte wissen, wie sie in der damaligen Zeit zu ihrem neuen Namen, Nudime, gekommen war und wie sie den Weg zu den Tempeln nach Mnajdra gefunden hatte. Diese Nachforschungen führten mich direkt zur Ggantija nach Gozo. Durch meine medialen Eingebungen entfaltete sich folgende Geschichte vor meinen Augen:

Ich gehe mit einer Gruppe von anderen jungen Frauen den Hügel hinauf zu den Höhen des Tempels. Zu der Zeit heiße ich noch Surinja. Der Name stammt von Surnja, wie meine Großmutter gerufen wurde. Für einen Monat sind wir junge Frauen hier auf die Insel Gozo geschickt worden. Wir befinden uns im Stadium der werdenden Frau. Ich erwarte meine erste Blutung, das Zeichen unserer kommenden Fruchtbarkeit.

Gozo ist die Insel der Frauen. Ich fühle mich ganz besonders verbunden mit dem Stern der Frauen, dem Sirius, der später der ägyptischen Isis geweiht werden wird. Ich befinde mich im Tempel der Ggantija. Dieser Tempel ist älter als Mnajdra und Hagar Qim. Vor ihm existierten als erste Tempelbauten der maltesischen Inselgruppe nur der Tempel von Zebbieh und der Tempel von Mgarr auf Malta. Seit etwa drei Generationen ist der Zustrom auf unsere Inseln gewaltig gewachsen. Es treffen immer mehr Menschen auf der Insel ein. Das hat dazu geführt, dass unsere Schule stark erweitert wurde. Noch vor Großmutters Generation ist dieser große Tempel, der Tempel der Frauen auf Gozo, in der Nähe des älteren Steinkreises errichtet worden. Dort befindet sich auch das Labyrinth, der heilige Urplatz, der gleichzeitig der Ort des Schlafes und die Ruhestätte der Toten ist.

Erhaben liegt der Tempel auf den Höhen der Insel und erlaubt einen weiten Blick über das Land. So wie die meisten Tempel der Insel zeigt auch dieser mit dem Eingang nach Osten, mit einer leicht südlichen Abweichung. Es ist jedes Mal ein Ereignis, wenn die ersten Morgenstrahlen die hellen Steine mit ihrem Licht umspielen. Die ersten Eidechsen recken ihre neugierigen kleinen Köpfe dem Licht entgegen, manchmal sieht man sogar den Tanz einer Schlange im Morgenlicht. Sie wechseln aus der Starre der kühlen Nacht wieder ins bewegliche Spiel des Tages. Auch wenn die Grundform des Tempels derjenigen des Tempels der Mnajdra sehr ähnlich ist, so gibt es doch einen auffallenden Unterschied. Die Tempel in Mnajdra haben jeweils zwei aneinander gebaute nierenförmige Rundungen, bei denen der erste Raum, den man betritt, größer ist als der hintere Altarraum. Hier aber ist es genau umgekehrt. Der erste runde Raum, in den man eintritt, ist kleiner, dahinter öffnet sich eine große einladende Form, die wie ein dreiblättriges Kleeblatt wirkt. Man könnte auch sagen, dieser Tempel hat einen Kopf, während die anderen nur die Leibesform repräsentieren. Das ist kein Zufall. Es geht hier im Tempel ganz besonders um die Schulung und Reinigung des Kopfzentrums. Die Form des Tempels ist dieser Funktion angemessen.

Es gibt bestimmte Sonnenstände und Zeitpunkte im Frühjahr, an denen der Tempel nur für die Frauen geöffnet ist, die unter dem Aspekt des kommenden Neumondes kurz vor der Reife stehen und auf ihre Blutung warten. Das Blut der Frauen ist uns heilig, denn es ist die lebensspendende Kraft, die es möglich macht, dass neues Leben in uns entstehen kann. Wir wissen auch, dass dieses Blut jeden Monat neu unseren Geist und unseren Körper reinigt. Zu diesen Zeitpunkten ziehen wir uns immer an bestimmte dafür vorgesehene Plätze zurück. Das Blut hat Heilkraft für die Menschen und für die Erde, das wissen wir, und dementsprechend handeln wir.

Alle ankommenden jungen Frauen werden von der Hüterin des Ortes empfangen. Sie bekommen eine Einweisung in ihre Aufgaben und werden dann noch einmal fortgeschickt. Für jede gibt es eine Zeit, wann sie den Tempel alleine oder in kleinen Gruppen betreten soll.

Es ist später am Morgen. Nachdem bereits zwei Schülerinnen gerufen worden sind und die Schatten der Sonne schon kürzer werden, ruft eine weibliche Stimme meinen Namen. Ich werde von einer nicht viel älteren Mirja empfangen und erhalte meine ersten Anweisungen. Zunächst darf ich den kleineren Tempel betreten, der nördlich gelegen ist. Gleich am Eingang stehen zwei große Wächtersteine. Hier ist es die Aufgabe einer jeden Schülerin, konzentriert stehenzubleiben, um ihre Körperenergie zu überprüfen. Bestimmte Einbuchtungen in den Steinen sollen uns helfen, unsere Zentrierung in den entsprechenden Körperzonen zu finden und zu spüren. Schon bevor ich das Tempelinnere betrete, bin ich darauf hingewiesen worden, dass es meine Aufgabe ist, eine Lichtspirale vor meinen Augen zu fokussieren. Gleich am Eingang des Tempels befinden sich die Symbole der Spirale eingraviert.

Der linke Stein hat etwa auf Kopfhöhe eine große Öffnung. Hier bleibe ich still stehen. Er repräsentiert die Kraft des Zuhörens der großen Urgöttin Nammu. Ihr kann ich meine ganze Geschichte erzählen, alle meine Wünsche und Hoffnungen, mit denen ich diesen Tempel betrete. Ich erzähle von meinem größten Wunsch, zu Mudima in die Lehre zu gehen. Ich erzähle aber auch von meinen Hoffnungen in der Liebe. Ich offenbare die Wünsche, welchen Männern ich gerne zuerst begegnen möchte, wenn ich demnächst in den Tempel der Liebe zu den Mirjas kommen werde. Ich spreche von meinem Traum, der sich bereits jetzt bei mir gemeldet hat, in zwei Jahren ein Kind zu empfangen. Ich erzähle meine Träume von den Pflanzen und Tieren, die mir in der letzten Zeit gekommen sind und vieles mehr. Wir sollen so lange erzählen, bis unser Kopf und unser Herz sich sauber und gereinigt fühlt. Der Zuhörerstein spendet die Kraft der Ruhe und der Leere und nimmt alles auf, was ihm dargeboten wird.

Wenn wir alles erzählt haben, dann stellt sich ein Zustand der Leere ein. Bei mir geschah dies nach etwa einer Stunde. Ein

Licht durchflutet mein Herzchakra und meinen Geist. Dies ist das Zeichen dafür, dass Nammu uns Eintritt gewährt. Jetzt ist es soweit, dass ich die Fragen stellen kann, die ich mitgebracht habe. Bei manchen zeigt sich das Zeichen nicht sogleich. Dann gehen sie noch einmal fort, um die Geschichten zu finden, die sie noch zu erzählen haben. Wenn das Zeichen gekommen ist und wir unsere Fragen formuliert haben, ist unsere körperliche Energiespirale gereinigt und bereit für die inneren Erfahrungen des Tempels. In mir ist dieses Licht im Inneren aufgeleuchtet. Der wohlige Zustand der Leere hat mich erreicht, und das wärmende Licht durchflutet mein Herzchakra. Aufgeregt ist meine Stimme, als ich meine Wünsche und Fragen vor das Orakel bringe. Jetzt werde ich aufgefordert, auf die andere Seite zum Eingang des Tempels zu gehen. Auch hier befindet sich in dem großen Eingangsstein ein Loch etwa auf Gesichtshöhe. Dahinter steht ein Stein mit zwei kleinen Öffnungen. Er repräsentiert den sprechenden Aspekt von Nammu. Hier soll gelernt werden, sich selbst ganz auf das Zuhören zu fokussieren und alle Botschaften zu vernehmen, die Nammu aus dem Erdinneren für uns bereithält. Meine Aufgabe ist es nun, mit der inneren Leere und dem Licht, das ich auf der anderen Seite empfangen habe, verbunden zu bleiben. In dieser geöffneten Haltung kann ich jetzt auf die Stimme horchen, die in meinem Inneren aufsteigt, wenn ich mich auf die beiden Öffnungen im vor mir stehenden Stein konzentriere. Jetzt bekomme ich meine ersten Hinweise. Antworten öffnen sich aus dem lichtdurchfluteten Herzchakra, die ich dankbar entgegen nehme.

"Zwei verschiedene Wege wohnen noch als Wunsch in deinem Herzen. Dein Wunsch, zu Mudima in die Lehre zu gehen, ist nicht vereinbar mit deinem Traum, in zwei Jahren ein Kind zu empfangen. Ein Kind braucht deine volle Wachheit und Präsenz. Dies passt nicht zusammen mit dem Weg einer Orakelpriesterin, die ihre ganze Aufmerksamkeit auf die Botschaften von Nammu richtet. Viele Orakelpriesterinnen

verzichten ganz darauf, selbst Kinder zu empfangen. Mindestens aber für vier Jahre ist der Weg einer Orakelpriesterin nicht mit einer Empfängnis vereinbar. Manche betreten auch erst den Weg einer Mirja oder einer Priesterin, wenn sie bereits ein Kind zur Welt gebracht haben und es seine Heimat ganz im Schoß der Gemeinschaft gefunden hat. Achte auf die Stimme deiner eigenen Seele und auf deine Träume. Sie werden wissen, welcher Weg für dich bestimmt ist. Eine Orakelpriesterin darf nicht nebenher von anderen Entwicklungswünschen getrieben sein, das würde ihren Dienst nur trüben und ihrer Seele schaden."

Diese Worte kamen klar und eindeutig zu mir. Es ist meine Aufgabe, nichts zu kommentieren, sondern schweigend und dankbar alles entgegen zu nehmen, was ich als Antwort empfangen habe. Diese Antworten liefern den Rohstoff für meine weitere Arbeit.

Anschließend darf ich die nächste Schwelle ins Innere des Tempels überschreiten. Ich trete in die leeren Apsiden und reinige erneut Körper und Seele. Dann setze ich mich kurz nieder und warte, bis ich das Gefühl habe, dass alles, was ich soeben erfahren habe, in meinen Zellen gelandet ist. Hier darf ich mich setzen und ausruhen oder auch hinlegen und in einen Halbschlaf gehen, je nachdem, wonach mir zumute ist oder was ich zuvor für Eingebungen bekommen habe. Manchmal werden Schülerinnen hier auch noch einmal fortgeschickt, um offen gebliebene Fragen zu klären.

Gelegentlich kommt es vor, dass ganze Altersklassen gemeinsam eingeführt werden. Wenn sie in kleinen Gruppen dort sind, dann erzählen sie sich gegenseitig, was ihnen widerfahren ist. Im linken Teil sitzen diejenigen, die zuhören, rechts die, die erzählen. Diese sollen alles Erlebte in eigenen Worten so klar und genau wie möglich wiedergeben. Dann wechseln sie die Positionen. Diejenigen, die zugehört haben, stehen nun vor der Aufgabe, sprachlich wiederzugeben, was sie soeben erfahren haben. Und diejenigen, die vorher gesprochen haben, hören jetzt zu. Die Schülerinnen lernen bei dieser Übung den präzisen Umgang mit Sprache und Gedächtnis.

Vor dem nächsten Eingang befinden sich zwei weitere Steine, von denen jeder wie ein Thron vor einem heiligen Altar wirkt. Hier nehmen wir Platz, wenn wir bereit sind für den nächsten Schritt. Rechts ist der Platz, wo wir uns üben, etwas zu senden, links ist der Platz, wo wir uns in der Fähigkeit trainieren, etwas zu empfangen. Es handelt sich um ein ähnliches Spiel wie das vorige, nur ohne Worte. Auf der rechten Seite befindet sich eine tiefe Öffnung in der Erde, Nammus sprechendes Orakel, das uns Informationen gibt. Hier wird die Funktion der Sendung verkörpert, die wir jetzt zu üben haben. Auf der anderen Seite ist die Kunst des Zuhörens zu trainieren, also die des Empfangens. Hier trainieren wir unsere telepathischen Fähigkeiten. Manchmal üben wir sie zu zweit. Die auf dem rechten Stein Sitzende hat die Aufgabe, der auf dem linken Stein Sitzenden eine Botschaft zu schicken und so lange konzentriert zu bleiben, bis die Botschaft empfangen wird.

Ich bin allein und übe mich darin, Mudima zu erreichen mit meiner Botschaft und mit meinem Wunsch, bei ihr in die Lehre zu gehen. Für mich steht dieser Wunsch höher als der nach einem Kind, und ich hoffe, dass die Göttin der gleichen Meinung ist wie ich. Lange sitze ich auf dem Stein. Ich konzentriere mich zunächst auf die Spirale. Das ist der Beginn jedes neuen geistigen Aktes. Dann hole ich das Bild der Doppelspirale vor mein inneres Auge, und schließlich beginne ich, Mudima in meiner Imaginationskraft zu suchen. Es dauert etwa zwanzig Minuten, dann spüre ich, dass ich von einer weichen, wärmenden Lichtwelle durchflutet werde, was ich als Zeichen dafür nehme, dass Mudima mich gehört hat. Ich sehe ihre Augen vor mir und konzentriere mich darauf. Dann bringe ich meinen Wunsch dar. Anschließend wechsle ich auf den Stein des Empfangens und horche, ob ich eine Botschaft oder irgendein Zeichen von ihr erhalte. Wieder ist es eine bestimmte Energiewelle, die mir die Gewissheit gibt, dass ich nun energetisch mit Mudima, der Tempelpriesterin von

Mnajdra, verbunden bin. Ich nehme klar die Botschaften auf, die sie mir mitteilt.

Nachdem ich meinen Zyklus im Tempel abgeschlossen habe, so sagt sie, soll ich für einen Tag und eine Nacht nach Santa Verna, an den Platz der Vision gehen.

„Dort wirst du einen neuen Namen erhalten. Daran kannst du erkennen, was deine weiteren Aufgaben sind", lautet die Anweisung. Bald werde ich auch die Nachricht erhalten, wann ich in Mnajdra empfangen werde.

Nun werde ich in die beiden Schlafkammern eingelassen, wo jede Tempelschülerin Zeit hat, innerhalb des Tempels die Kunst des Träumens weiter zu schulen. Darin werden alle geübt, egal, ob sie später Orakelpriesterin werden sollen oder nicht. Alle werden auch darin trainiert, sich an den Himmelsrichtungen zu orientieren. Eine weitere Übung besteht darin, geistig klar zu sein in dem, was wir senden oder was wir empfangen. Hier geht es nicht um die Schulung des tiefen Schlafes, sondern vielmehr um das konzentrierte und bewusste wache Träumen, das mit bestimmten Themen und Fragen verbunden ist. Es geht um die Schulung und Reinigung der rechten und der linken Gehirnhälfte. Obwohl es sich hier um einen Frauentempel handelt, werden zu besonderen Zeiten auch die Männer in diesen Bereich geholt, um den weiblichen Aspekt der körperlichen Reinigung des Kopfchakras bewusst zu trainieren.

„Wenn sich falsche Gedanken ins Kopfzentrum einschleichen, die nicht mit der Urenergie von Nammu verbunden sind, so ist das der Beginn allen Übels. Dadurch fällt ein Schöpfungsaspekt von Nammu ins Chaos zurück."

Das hat man uns von klein auf gründlich eingeprägt. Im Zentrum des Tempels, der stellvertretend steht für das Kopfchakra, befindet sich der Ort der Tempelhüterin. Hier steht der Altar, auf den wir die Geschenke legen, die wir als Zeichen der Verehrung und Dankbarkeit für Nammu mitgebracht haben. Meistens sind es bestimmte getrocknete Kräuter. Die Priesterinnen zünden sie an und schicken deren reinigenden Rauch in alle Himmelsrichtungen, um den Wünschen Kraft und Segen zu verleihen. Ich selbst bringe Rosmarin und Lavendel als Geschenk mit. Dies sind zwei Pflanzen, die mich auf meinem Weg der inneren Reinigung begleitet haben.

Anschließend werde ich in den Nachbartempel geführt. Er ist größer und runder als der erste. Er verkörpert das Innere des Leibes und insbesondere das Herzchakra als erkennendes Organ. Damit dieses sich ganz öffnen kann, müssen der Kopf und der Leib gereinigt worden sein. Hier, im Inneren des Tempels, wird immer ein Feuer gehütet. Hier ist der Ort, an dem die körperlichen Chakren ihre Reinigung und Festigung erfahren. Hier wird getanzt und das nächtliche Träumen in allen Himmelsrichtungen geübt. Die Frauen lernen die inneren Funktionen ihrer Organe kennen. Sie wissen, dass jedem Organ auch eine geistige Erkenntniskraft entspricht. Da alles Materielle im Sinne einer Ineinanderfügung von Mikrokosmos und Makrokosmos organisiert ist, gibt es für alles Existierende eine Entsprechung auf einer anderen Ebene. Wenn jemand aus dem Stamm an einem bestimmten Organ verletzt wird, so fragt man immer auch danach, wo in der Gemeinschaft etwas nicht stimmt und wo hier die Verletzung stattgefunden hat. Eine Verletzung im Organismus des Einzelnen hat seine Entsprechung im Gesamtorganismus. Wir schauen also bei der Heilung eines Einzelnen immer auch darauf, was im Gesamtorganismus der Heilung bedarf.

Einzelne Personen sind die Hüter besonderer Organe. So weiß ich zum Beispiel durch meine Träume, dass ich ein besonderes Verhältnis zur Niere und im Knochenbau zu den Knien habe. Ich bin also Hüterin für diese Bereiche des menschlichen Organismus und wurde vom Stamm bereits als junges Mädchen gerufen, wenn hier Heilung gebraucht wurde oder besondere Informationen gefragt waren. Für jedes Organ gibt es auch Entsprechungspflanzen.

Abgesehen davon, dass der Tempel Ggantija gewissen Einweihungsriten dient, ist er zu anderen Zeiten ein Treffpunkt für die Frauen. Hier gehen sie hin, wenn sie ganz bestimmte Fragen haben. Hier gehen sie hin, kurz bevor sie die Geburt *ihrer Kinder erwarten, denn in der Nähe befindet sich die fruchtbare Quelle, die ihnen die Geburt leicht macht. Dieser Platz ist allen Frauen zugänglich. Hier wird weibliches Wissen gehütet und weitergegeben. Bevor eine Frau in den Zyklus des Erwachsenwerdens eintritt, bevor sie Männer empfangen und Kinder austragen darf, besucht sie für einen Monat diesen Ort, um tiefer ins weibliche Geheimnis eingeführt zu werden. Erst später kommt sie in den Tempel der Mnajdra oder in die Hagar Qim, in den Tempel der Mirjas, der Liebesfeste und der Fruchtbarkeit.*

Jetzt befinde ich mich in dem Tempel, der den Unterleib und das Herzchakra der Frau symbolisiert. Dort ist mir mitten in der vergangenen Nacht im Halbschlaf eine zusammengerollte Schlange im Unterleib erschienen. Ich sah, wie sie langsam nach oben in Richtung meines Herzchakras züngelte. Dies ist das Zeichen, dass sich mein Leib für die sinnliche Liebe öffnen will. Ich weiß jetzt auch, dass ich noch im Laufe der nächsten sechs vollen Monde auf die andere Seite des Wassers eingeladen werde, zu den Tempeln der Mnajdra und der Hagar Qim.

Auf Santa Verna, wie dieser Ort später genannt werden wird, dem Platz der Visionen, soll ich alle weiteren Zeichen bekommen. Gleich am nächsten Morgen breche ich auf. Vierundzwanzig Stunden verbringe ich dort. Ich übe mich darin, mich nicht an den Wunsch zu binden, in Mudimas Lehre zu gehen. Trotz dieses starken Verlangens muss ich bereit sein für alles, was mir entgegenkommt, denn Nammu weiß am besten, was unserer eigentlichen Gestalt entspricht. Als mich ein Zustand tiefer innerer Leere und Ruhe erfasst, als ich keinen Wunsch mehr in mir fühle, sondern nur eine feste und klare Verbundenheit mit meinem Ziel und meinem Werden, als jedes Verlangen in meinem Leib zur Ruhe kommt, da falle ich in einen leichten Schlaf. Ich werde geweckt mit dem Wort Nudime. Dazu träume ich eine ganz klare Melodie. Ich weiß, dass dies mein Zeichen war. Mudima hat meinen Wunsch erhört. Ich habe die Prüfung bestanden. Ich bin aufgenommen in den ersten Lehrgang im gegenüberliegenden Tempel auf

Malta, der Mnajdra. Nudime, das ist mein neuer Name. Er bedeutet: „Die, die zu Mudima in die Lehre gehen wird".

Beglückt gehe ich zu dem Frauentempel zurück und verbringe dort die nächsten Tage in der Frauengemeinschaft. Wir sprechen über alle Themen, die unsere Herzen bewegen. Das reinigende, lebensspendende Blut hat mich zum ersten Mal besucht. Gleichzeitig ergeht es auch anderen jungen Frauen so. Während dieser Zeit sitzen wir meist bis spät in die Nacht hinein am Feuer. Die jüngeren Frauen stellen alle ihre Fragen an die wissenderen Frauen. Wir wollen mehr erfahren darüber, wie es sein wird in Hagar Qim, dem Tempel der Liebe. Jede junge Frau, die ihn noch nicht besucht hat, sieht ihrem ersten Besuch voller Freude und Aufregung entgegen. Manche Frauen erzählen von ihrem ersten sinnlichen Zusammentreffen mit einem Mann. Eine spricht darüber, wie sie sich gefühlt hat, als sie aus ihrem Gleichgewicht gefallen ist, weil sie zu demselben Mann wollte wie eine andere. Ihr half die Liebespriesterinnen, ihre innere leuchtende Kugel wiederzufinden und zu festigen. Andere erzählen von ihren Träumen, zum Beispiel davon, wie ihnen mitgeteilt worden ist, dass ein Ahne zu ihnen kommen wird und von ihnen ausgetragen werden möchte. Nun sind sie zum Tempel gekommen, um von der Göttin zu erfahren, wann der Zeitpunkt der Empfängnis kommen wird. Natürlich fragen sie auch, wer der Vater sein soll, falls sie dies nicht bereits wissen.

Langweilig wird uns nie. Die vier Wochen auf der Fraueninsel sind für alle Beteiligten ein großes Glück. Auch nach der Ausbildung besuchen Frauen diese Insel, meistens zum Zeitpunkt des abwesenden Mondes, immer in Vorfreude und Erwartung auf die Weisheiten, die sie von den anderen Frauen erfahren.

Vom Opfern der Tiere

Während meiner vielen Tempelbesuche war ich immer wieder auf die Frage gestoßen: Wurden auf Malta Tiere geopfert? Wenn ja, was bedeutete das? Aßen die Menschen Fleisch? Auf vielen Steintafeln hatte ich Tierdarstellungen gefunden. Sie waren mit Sicherheit ein Zeichen dafür, dass es zu dieser Zeit bereits Haustiere gab. Aber tötete und verzehrte man sie auch? Oder hielt man diese Tiere, weil man sie verehrte, so wie es heute noch in manchen Gegenden Indiens der Fall ist?

In Portugal im Steinkreis hatte sich mir ein Stammesleben offenbart, in dem die Menschen rein vegetarisch lebten. Weder hielten sie Tiere, noch töteten sie irgendwelche anderen Lebewesen. Ich wollte hierüber mehr erfahren. Als ich in einer Meditation das alltägliche Leben der Menschen vor mir sah, stellte ich auch zu diesem Thema Fragen. Ich schaute wieder mit den Augen Nudimes auf die Welt von Malta und erfuhr von ihr Folgendes.

Als unsere Ahnen die Insel besiedelten, fanden sie einen Stamm vor, bei dem es üblich war, Tiere zu hüten. Meistens war dies die Aufgabe von Männern, mit ihnen über die Insel zu ziehen. Sie hielten sich dabei an die heiligen Wege der Tiere, die diese von sich aus wählten. Es gab vor allem Ziegen und Schweine. Allerdings waren diese viel wilder und vitaler als die später auftretenden Haustiere, denn sie lebten noch unmittelbar verbunden mit den Elementen und der Natur.

In unserem Stamm ist es nicht üblich, Tierherden zu halten, aber wir pflegen den Kontakt zu den Elefanten, den Bisons und den wilden Büffeln. Von den wilden Büffeln bekommen wir gelegentlich Milch, die vor allem den schwangeren Frauen gereicht wird. Die wilden Büffel sind uns besonders heilig. Die Büffelkuh ist die Repräsentantin der Göttin, die den Geist dieser Epoche hütet. Die Büffel haben ein hohes Vertrauen zu uns. Sie kommen zu uns, wenn wir sie rufen. Jeder hat einen heiligen

197

Namen. Niemand auf der Insel folgt der späteren Angewohnheit vieler Völker, überschüssige männliche Jungtiere einer Herde zu töten. Da Tiere überall auf der Insel geachtet werden, können sie beliebig ihre Herden wechseln, wenn es zum Beispiel in einer Herde zu viele Tiere eines Geschlechtes gibt. Darüber wachen auch die Ureinwohner der Insel.

Tiere sind unsere Freunde und werden als solche von uns geachtet. Doch ein Ereignis auf der Insel veränderte die Situation. Es war vor zwei Generationen, als ein fremder Mann in Begleitung einiger Frauen und Kinder mit einem Schiff auf Malta landete. Durch einen Traum war er nach Malta geschickt worden, um diesen Ort als Sanktuarium der Heilung für sich zu nutzen. Er betete zu einer anderen Göttin, der Göttin des Schutzes der Tiere und der Jagd. Gleich nach seiner Ankunft erzählte er den Priesterinnen von seiner schwierigen Lage. Er war selbst ein Verfolgter und suchte Schutz auf der Insel. Es war ihm ein Fisch mit der Aufforderung erschienen, den Weg nach Malta zu finden, dort Tiere zu hüten und auch zu jagen, wenn die Göttin es ihm gebot. Er bat darum, einmal im Jahr ein Tieropfer im Tempel darbringen zu dürfen zu Ehren seiner Göttin. Er liebte Tiere und hütete sie mit großer Aufmerksamkeit und Sorgfalt. Aber er glaubte an andere Götter, und seine Religion verlangte von ihm, einmal im Jahr ein Tieropfer zu Ehren der Gottheit darzubringen. Diese Geschichte erzählte er den Priesterinnen. Sie nahmen ihn auf der Insel auf und ermöglichten ihm, Tiere zu hüten. Sie erlaubten ihm allerdings nicht, Tiere zu jagen. Ein Jahr später kam er mit der Bitte zu ihnen, ein Tier seiner Herde, das sterben wollte, der Göttin zu Ehren im Tempel opfern zu dürfen. Lange berieten die Priesterinnen. Sie wachten einige Nächte. Sie liebten den Gedanken der Opferung nicht und kannten dessen Schattenseite.

Denn hier lag die Gefahr, der Manu vor vielen Jahrhunderten erlegen war, sehr nahe. Manu hatte entdeckt, dass der Mensch selbst es war, der die Macht hatte, über Tod und Leben zu entscheiden und diese beliebig einzusetzen. Damit hatte er einen Weg entdeckt und betreten, der es ermöglichte, sich von der Urschöpfung zu lösen und sich gegen die Lebensgesetze von Nammu zu stellen. Auf diese Weise hatten sich eigene, vernichtende Träume entwickelt, die gegen das Leben und gegen die Liebe gerichtet waren. Überall auf der Erde war feldbildend ein ähnlicher Prozess geschehen, der schließlich zu Krieg, Machtmissbrauch und Gewalt geführt hatte. Wir aber sind Hüterinnen des Lebens. Deshalb verweigerten die Priesterinnen dem Mann zunächst seine Bitte. Doch inzwischen kamen mehr Menschen, die seiner Religion angehörten, zu uns nach Malta und suchten Schutz.

Die Priesterinnen wussten, dass dieser Mann nicht log. Er war ein gewissenhafter Diener des Lebens und pflegte die Frauen, Kinder und Tiere seines Clans mit großer Fürsorge. Auch dessen andere Mitglieder waren beliebte Freunde der Bewohner unserer Insel geworden.

Als der Mann ein drittes Mal in den Tempel kam und noch einmal darum bat, dass auch seine Art, der Göttin zu dienen, anerkannt werden solle, berieten sich die Priesterinnen eine ganze Nacht. Würden sie es weiterhin verbieten, dass der Clan seinen Regeln folgte, so würde er es möglicherweise heimlich tun. Im Dunkel des Verborgenen würden sie ihre eigenen Rituale vollziehen, und es würde sich eine Eigenbewegung auf der Insel bilden. Dies war sicher nicht in Nammus Sinn. Eine Priesterin bat um einen Traum, als Antwort für die schwierige Situation.

Im Traum sah sie das Tier, das geopfert werden sollte. Sie nahm Kontakt mit ihm auf und erkannte, dass es tatsächlich willig war zu sterben. So duldeten die Priesterinnen von diesem Zeitpunkt an die Tieropferung.

Parallel zu dieser Entscheidung setzt es sich auch immer mehr durch, das Fleischessen auf unserer Insel zu gestatten. Diese Sitte hat es bei den Ureinwohnern ja bereits gegeben, als unsere Ahnen Malta aufsuchten. Ich verabscheue diese Gewohnheit. Die meisten Mitglieder unseres Stammes schließen sich ihr auch nicht an. Ursprünglich hielt niemand von uns es für natürlich,

Tiere zu töten, bevor ihre von Nammu festgelegte Todesstunde gekommen war. Warum äußerlich in den Kreislauf des Lebens eingreifen, wenn es doch keinen offensichtlichen Grund dafür gibt?

Aber der neue Clan auf der Insel lädt immer wieder Stammesmitglieder zu einem Gastmahl ein, und immer mehr Menschen, besonders Männer, beginnen, bei solchen Treffen auch von dem Fleisch zu essen. Die Priesterinnen unseres Stammes sehen das nicht gern. Aber wir sind von Nammu angewiesen worden, auch Andersgläubige zu ehren, denn die Schöpfung ist unendlich vielfältig. Nammu allein weiß, auf welchem Weg sie ihre Liebe anderen Menschen offenbaren will.

Unsere Priesterinnen und auch die Mirjas essen das Fleisch der Tiere nicht. Sie wollen den ursprünglichen Traum von Nammu, in dem es keinerlei Gewalt gibt, nicht trüben. Sie halten es für eine der größten Aufgaben, hier das richtige Gleichgewicht in unserem Stamm aufrecht zu erhalten. Die Priesterinnen gehen sehr gewissenhaft mit dieser Frage um. Sie wissen, dass das Verbot allein nicht die gewünschte Transformation bringen wird. Und sie sorgen dafür, dass das Töten der Tiere nur in Übereinstimmung mit den Träumen geschieht. Niemand darf mutwillig Tiere töten oder essen. Da dieser Vorgang nur in Kontakt mit den Tempeln geschieht, wird er geheiligt und dadurch in Balance gehalten.

Wenn wir einmal im Jahr am Fruchtbarkeitstag das Fest im Tempel feiern und dabei nun auch Tieropfer darbringen, gedenkt unser Stamm in besonderer Weise der Gewalt auf der Erde. Wir bitten um die Kraft, dass in uns die Wachheit erhalten bleibt, den Tötungstrieb zu verstehen und heilen zu können. Wir bitten um die Kraft, die uns in Balance hält, um mit den Schöpfungsträumen von Nammu verbunden zu bleiben. Wir bitten um die Kraft, mit ihrer Hilfe die Liebes- und Lebensträume heilen zu können. Nie wieder sollen Menschen unseres Stammes der Verführung erliegen, eigenmächtig über die Gesetze von Leben und Tod zu herrschen.

Wir sehen traurig ein, dass einige unserer Männer sich dem Brauch des anderen Clans angeschlossen haben und an dem Tötungsritual teilnehmen. Wir wissen, dass hinter diesem Vorgang des Tötens von Tieren auch ein sexueller Impuls steht. Es ist der noch nicht voll eingelöste sexuelle Kontakt zwischen Mann und Frau, der im Mann den Impuls hervorruft, ein Tier zu töten. Der Wunsch der Männer, irgendwann unsere weibliche Urkraft, unsere Mutterkraft und unsere weibliche Anmut sexuell ganz zu durchdringen, ist der tiefer liegende Grund für diesen Vorgang. In der Sexualität liegt der Wunsch verborgen, die äußere Schönheit auch von innen berühren zu können. Auch liegen der sexuelle Zeugungsimpuls und der Vorgang des Sterbens von ihrem Wesen her sehr dicht beieinander. Es ist der Wunsch nach Transformation und tiefer Verinnerlichung von äußeren Kräften, der mit dem Essen von Tieren verbunden ist. Kann der Wunsch nach Verschmelzung und voller Erkenntnis des Männlichen und Weiblichen auf der höheren Energieebene noch nicht ganz vollzogen werden, so sucht er sich eben auf einer niedrigeren Stufe seinen Ausdruck. Es ist ein noch nicht eingelöster sexueller Liebesimpuls, der zum Töten verleitet. Es ist der Wunsch des Mannes, der Frau sexuell gewachsen zu sein und ihre innere leuchtende Kugel des sexuellen Lebensfeuers dauerhaft berühren zu können, der auf einer anderen Ebene dazu führt, die Tiere zu töten und zu essen. Männer erhoffen bewusst oder unbewusst, dadurch mehr von der sexuellen Erkenntniskraft zu bekommen. Denn sie wollen unser inneres Geheimnis ganz ergründen können. Wir sind die Welt für sie. Und weil Frauen so sehr auf die neue sexuelle Einlösung warten, lassen sie all dies geschehen. Sie dulden Vorgänge, die sie eigentlich lieber unterbinden würden.

Ich bin noch jung und kann diese Zusammenhänge nicht in ihrem vollen Umfang ermessen. Aber wenn ich auf die Stimme meines Herzens höre, so wünsche ich mir, dass die Priesterinnen diesen Vorgang verbieten. Sie sollten zurückgreifen auf die alte Tradition unserer Vorfahren, die nicht duldete, dass irgendeinem Lebewesen von menschlicher Hand ein Leid zugefügt wurde. Mag sein, dass unsere Priesterinnen weise und umsichtig handeln, mag sein, dass ein Verbot des Tötens von Tieren nur zu unnötigen Konflikten auf der Insel führen würde. Mir selbst ist noch nie im Traum ein Tier erschienen, dass sich freiwillig angeboten hätte, durch menschlichen Eingriff zu sterben. Ich empfinde es als selbstverständlich, den Vorgang von Geburt und Tod der göttlichen Führung zu überlassen. Mein junges Frauenherz, das noch nicht bereit ist, in Kompromissen zu denken, empfindet die Entscheidung der Priesterinnen letztlich als einen Schritt der Ohnmacht.

Ich spreche oft mit Nammu über diese Themen. Wenn mein beruflicher Weg bis zur Priesterin führen wird, dann will ich mit Nammu gemeinsam hier andere, den ursprünglichen Lebenskräften näher stehende Lösungen finden. Niemals werde ich einer Göttin vertrauen können, die von mir verlangt, andere Lebewesen zu töten. Denn den Schmerz, den wir der Welt zufügen, den fügen wir letztlich immer auch uns selbst zu.

LEBENSZYKLUS, CLAN UND ALLTAG IN DER TEMPELKULTUR

Es naht der Tag der Fruchtbarkeit. Noch eine Umlaufbahn des Mondes, dann beginnt das große Fest. Schon jetzt sind alle beschäftigt mit den Vorbereitungen. Es wird in Hagar Qim stattfinden. Hier, auf dem Berg der Hagar Qim, ist ein guter Treffpunkt für die verschiedenen Clans, wenn es besondere Fragen gibt. Es ist auch der Ort, an dem alle unsere Dankesfeste gefeiert werden.

Das Fest der Fruchtbarkeit gilt als einer der wichtigsten Tage im Jahr. Es gibt noch viel zu tun.

Hagar Qim ist ein Tempel, der sich in alle Himmelsrichtungen öffnet. Hier geht es nicht darum, neue Erkenntnisse im Inneren zu gebären und zu hüten wie in den anderen Tempeln, sondern hier sollen unsere Erkenntnisse und Erfahrungen weitergegeben werden. Hier geht es darum, sich für die Welt zu öffnen und unser Wissen für alle Bewohner der Insel zugänglich zu machen. Hagar Qim ist der Tempel der Fruchtbarkeit, der Ernte und der Liebeskünste. Er ist aber auch der Tempel des Studiums. Hier lernen wir die Zusammenhänge der Astronomie, des Sonnenwissens und der Geomantie. In Hagar Qim erfahren wir alles über die heiligen Erdströme. Hier werden Sonnen- und Mondstand gemessen. Junge Frauen und Männer üben sich in der Kunst der Wahrnehmung und Beobachtung der Gestirne. Hier wird die Kunst der körperlichen Kraft studiert, die Kunst des Pirschens, der Levitation, der Möglichkeit, Steine durch geistige und musikalische Klänge leichter bewegen zu können und vieles mehr. Zusätzlich ist Hagar Qim ein Ort für die Heilung. Mehrmals im Jahr werden bestimmte Treffen einberufen, wenn Heilungsfragen für einen Clan oder den ganzen Stamm anstehen. Krankheit ist für uns immer ein Hinweis, dass Nammu um die Aufmerksamkeit für einen ganz besonderen Aspekt der Schöpfung bittet, den wir bisher übersehen haben. Denn Krankheit ist nie die Privatangelegenheit eines Einzelnen; sie wird immer aus der Sicht des Ganzen heraus gedeutet und geheilt.

Noch im Tempelbereich der Hagar Qim, etwas außerhalb der Hauptgebäude, haben die Männer ihr Lager, an dem sie sich zu bestimmten Zeiten regelmäßig treffen. Hier liegen auch ihre Schlafsteine, wo sie sich in der Kunst des Träumens üben. Sie schlafen nicht im Inneren des Tempels, sondern außerhalb. Ihre Aufgabe ist es nicht so sehr, sich ins Innere von Nammu zu versenken, sondern die Kräfte der Beobachtung, der Weltwahrnehmung, der Kunst des Pirschens, des Riechens, des Hörens und Sehens zu trainieren. Es ist immer wieder ein Wunder, auf wie vielen verschiedenen Frequenzen ein Mensch zu sehen oder zu hören vermag. Besonders Männer üben sich in diesen unterschiedlichen Arten des Sehens und des Hörens. Einerseits beherrschen sie die Kunst, Entfernungen zu schätzen. Durch präzises Beobachten der Sternenläufe sind sie in der Lage, das Auftreten der Sonne oder des Mondes zu bestimmten Zeitpunkten zu berechnen. Auch Klänge ermöglichen es ihnen, Entfernungen ziemlich genau einzuschätzen. Der Ruf eines Vogels aus der Ferne erlaubt es ihnen zu orten, wo dieser sich aufhält. Durch klare Fixierung von Gegenständen mit den Augen und durch volle Konzentration auf die Klänge mit dem Gehör können sie die Entfernung und Ortung von Gegenständen bis auf viele Kilometer präzise ausmachen.

Die andere Sehweise verlangt genau das Gegenteil von ihnen: Sie lernen es, an den Dingen vorbeizuschauen oder auch wahrzunehmen, was hinter ihnen ist. Auf diese Weise nehmen sie Kontakt auf mit der Seele allen Seins. Durch diese Blickeinstellung, die den Anschein erweckt, als schaue man durch alle Dinge hindurch oder als sei man vollkommen geistesabwesend, kommen die jungen Männer in die Lage, die Energievorgänge des Ganzen zu erkennen.

So lernen wir auf unterschiedliche Weise, die Aura von Pflanzen und Tieren zu sehen. Wir nehmen Kommunikations-

flüsse wahr, wir sehen Wetterumschläge voraus und vieles
mehr. Mit dieser Methode lernen wir auch, das höhere Selbst
aller Lebewesen zu sehen und zu erkennen. Auf ähnliche
Weise wird das Gehör auf verschiedenen Ebenen geschult.
Auf einer hohen Energiestufe ermöglicht uns diese Fähigkeit,
Levitationsvorgänge einzuleiten. Diese aber gelingen nur, wenn
sie in Einklang mit dem Willen des Ganzen geschehen. Es ist
eine Kunst, die den höheren Semestern vorbehalten bleibt.
Mit Hilfe der Klangforschung lernen die Baumeister unserer
Tempel, die schweren Steine zu den Orten zu transportieren,
an denen sie aufgestellt werden sollen. Später wird man
sich Legenden erzählen, dass unsere Männer allein durch
Konzentrationsübungen die Tempel errichtet hätten. Diese
Darstellung ist aber einseitig. Es ist vielmehr ein Zusammenspiel
vieler Elemente, das den Bau unserer Tempel ermöglicht.
Natürlich gehören auch die Körperkraft und der Erfindergeist
dazu, technische Hilfsmittel zu schaffen. Es erfordert das
kosmische Zusammenspiel mit Nammus Weisheit auf vielen
Ebenen. Nicht zuletzt zählt dazu die Kunst, durch Klangräume
Levitationskräfte zu mobilisieren. Schließlich ist es die volle
Verbundenheit mit Nammu auf allen Bewusstseinsebenen,
die ihre Vielfalt täglich durch neuen Entdeckungsreichtum
offenbart.

Am Traumplatz der Hagar Qim üben sich die Männer während
ihres Schlafes darin, die Himmelsrichtungen auszuloten.
Es ist wichtig für jeden, auch im Schlaf das Wissen um die
Himmelsrichtungen bei sich zu haben. Die Männer haben die
Aufgabe, immer mit dem Bild der großen Erdkugel vor Augen
einzuschlafen. Sie orientieren sich in der Richtung, in der
sie liegen, und üben sich auch auf diesem Weg in der Kunst
der telepathischen Wahrnehmung und Kommunikation mit
anderen Lebewesen, Sternenwesen oder Ahnen. Im Halbschlaf
ist es besonders leicht, die Verbundenheit mit allem Sein
aufzuspüren. In dieser Haltung empfangen wir die meisten
Botschaften und Hinweise. Hagar Qim steht in ganz besonderer

Verbindung zum Sirius und zu den Plejaden. Sie ist wie eine Mittlerin zwischen diesen beiden Welten.

Die Männer treffen sich immer wieder zu Beratungen hier an ihrem Lieblingsort der Tempelanlage. Die Jüngeren werden von den Älteren in die verschiedensten Künste und Wissensbereiche eingewiesen. Neben der Tatsache, dass die Männer oft auf der Insel unterwegs sind, lieben sie es, in der Nähe von uns Frauen zu sein. Sie tanken sich an unserer Schönheit auf, an unserem Lachen, an unseren Tänzen und Erzählungen, und das ist richtig so.

Männer und Frauen werden auf verschiedenen Wegen in den Erkenntnisvorgängen geschult. Werden Männer eher durch die äußere Wahrnehmung zur inneren Erkenntnis geführt, so ist es bei Frauen umgekehrt.

Im Laufe der letzten zwei Jahrhunderte hat es sich ergeben, dass sich die meisten Frauen von uns feste Wohnplätze in den Höhlen eingerichtet haben. Hier schnitzen wir unsere kleinen Figuren. Hier bereiten wir unsere Vasen und Gefäße vor und pflegen unsere Künste. Die Männer wohnen oft bei ihren Verwandten. Sie suchen uns für die Liebe auf. Meistens verlangen die Männer gar nicht nach festen Wohnplätzen. Da sie von ihren Müttern, Schwestern und ihrem Clan geliebt werden, finden sie immer eine Unterkunft. Unser Hauptwohnort, wo wir alle unser Haupt niederlegen können, ist schließlich Nammu, in der wir gleichermaßen geborgen sind.

Im alltäglichen Leben hat es sich so eingespielt, dass die meisten Frauen bis zu drei feste Liebhaber haben. Diese Männer begleiten sie auch in der Erziehung ihrer Kinder, wenn die Frauen es wünschen. Vor allem sind es aber ihre Brüder und ihre Clans, die sie in der Erziehung unterstützen.

Selten geschieht es, dass nur eine einzige Frau in einem Clan schwanger wird. Es kommen fast immer mehrere Kinder gleichzeitig zur Welt. Frauen, die Kinder zur Welt bringen, sind in der Regel noch sehr jung und haben selbst noch einen großen Teil ihrer Entwicklung und ihres Werdens vor sich. Deshalb übernimmt der gesamte Stamm die Verantwortung *für die Kinder. Sie wachsen gemeinsam auf und werden oft von unseren Großmüttern gehütet.*

Die Kinder sind nicht unsere persönlichen Kinder. Es sind Kinder des Universums. Auf einer anderen Ebene sind sie mindestens so erfahren und weise wie wir. Sie bringen neues Wissen aus dem Reich der Verstorbenen mit sich, Botschaften von unseren Ahnen. Sie sind wiedergekommen, um uns bei der Verwirklichung unserer Aufgaben behilflich zu sein. Die Kinder stehen unter dem Schutz des gesamten Stammes. Ganz besonders in den ersten Jahren werden die Kinder von unseren Stammesältesten gehütet. Man achtet darauf, dass die kleinen Wesen viel Zeit mit sich alleine, mit Nammu und in der Natur verbringen, um behutsam den Übergang in diese Welt zu finden. Wir alle wünschen, dass sie für die Botschaften aus der Welt des Jenseits offen bleiben und ihnen alles im Gedächtnis bleibt, was sie aus jener Welt mitgebracht haben. Wenn man sie zu früh mit Kontakten und Geschenken aus dem Diesseits überhäuft, dann besteht die Gefahr des Vergessens.

Frauen, die ihr fünfzigstes Lebensjahr erreicht haben, sind meistens in ihrem Leben so weit fortgeschritten, dass sie den Kontakt zum Universum und zu unseren Ahnen hüten. Sie sind deshalb auch, neben der Mutter, die Begleiterinnen der Kinder in ihren ersten Lebensjahren.

Wir haben alle unser festes und zuverlässiges Netz von Beziehungen und Freundschaften, das uns Schutz und Sicherheit gibt. Natürlich können wir jederzeit erotischen Abenteuern nachgehen, wenn wir es wünschen. Das bringt unser Liebesleben in keinerlei Unordnung. Sexuelle Begegnungen in Anwesenheit des Clans sind nichts Ungewöhnliches oder gar Verwerfliches. Wir lieben die Abwechslung und das erotische Spiel.

In Verbindung mit unseren Liebesträumen kommt es allerdings auch immer häufiger vor, dass sich Paare für eine Zeit aus dem allgemeinen Leben etwas zurückziehen. Sie wollen eine Zeitlang nur für diesen einen Partner da sein. Dies wird wohlwollend geduldet, wenn es nicht überhand nimmt. Wir haben dafür unsere Liebesplätze in den Wäldern geschaffen.

Unter den Blättern der Kokospalmen befinden sich die Plätze für Liebespaare. Hier können wir uns alle intim und ungestört dem süßen Spiel der Liebe hingeben.

Das, was uns Ruhe und Geborgenheit gibt, ist unser fester Clan. Von dort aus können wir die Abenteuer des Lebens erforschen. Wenn sich feste Freundschaften zu bestimmten Liebhabern entwickeln, ziehen diese zu uns. Sollte es dazu kommen, dass wir uns nicht mehr verstehen, dann trennen wir uns eben wieder. Dazu kommen uns oft ganz einfache Traumsignale zu Hilfe. Sie weisen darauf hin, dass der Sinn unserer Begegnung jetzt erfüllt und das, was wir gemeinsam verwirklichen wollten, abgeschlossen ist. Selten gibt es darüber hinaus ernsthafte Konflikte, denn jeder hat ja seine Geborgenheit in seinem Clan, zu dem man immer zurückkehren kann.

Erst seitdem der Traum der personalen Liebe immer mehr in unser Leben einzieht, wird es manchmal schwieriger. Es kommt zu Verwechslungen. Wenn ein Paar für einige Wochen das Lager auf besonders schöne Weise teilt, hält einer von beiden den anderen plötzlich für den Partner des Lebens. Man ist gefesselt an eigene Wünsche und Begierden und horcht nicht mehr auf die Stimme von Nammu. Dies geschieht, wenn jemand seine innere leuchtende Kugel zu verlieren droht. Manchmal kommt es auch zu Missgunst im Stamm, wenn ein Paar sich allzu lange zurückzieht. Wendet sich eine Frau zum Beispiel immer mehr einem neuen Liebhaber zu und sucht immer öfter die intimen Liebesplätze auf, vernachlässigt sie dabei die festen Liebesnetze im Clan, dann kann es durchaus zu Eifersüchteleien kommen. Dann können sich Gefühle wie Neid oder Missgunst melden. Die Ältesten und Priesterinnen wachen sehr darüber.

Führt dies einmal zu einer ernsthaft schwierigen Situation, so wird man zu den Tempeln geschickt, um dort um Unterstützung zu bitten. Die Priesterinnen führen oft Menschen wieder zusammen, die sich zu früh voneinander entfernt haben, obwohl ihre gemeinsame Lebensaufgabe noch nicht erfüllt ist. Manchmal kommt es auch vor, dass die innere sexuelle Energiekugel einer Frau zu heftig im Verlangen nach einem

Mann brennt. Eine Liebende, der dies widerfährt, gerät in heftige Unruhe. Es kann bis zu körperlicher Krankheit führen. Sie ist dann besessen vom sexuellen Feuer und verwechselt dies mit der Liebe zu einem Mann.

Männer erschrecken meist vor der Heftigkeit dieses Begehrens und können deshalb das weibliche Verlangen nicht erwidern. In solch schwierigen Situationen arrangieren die Priesterinnen eine heilende Zusammenkunft. Oft führen sie solche Frauen mit einem Schamanu zusammen, damit das überheftig brennende Feuer im Inneren gestillt werden kann und die Frau wieder zu sich und zu ihrer Ruhe findet.

Manchmal sind diese Frauen aber nur deshalb besetzt von einem Verlangen, weil etwas im Inneren aus dem Gleichgewicht gefallen ist. Ein kleines, schamanisch herbeigeführtes Ereignis im Äußeren kann die Dinge seelisch wieder ins Lot bringen. Hier helfen die Priesterinnen, die Mirjas und die Stammesältesten.

Wir wissen, dass Nammu eine Antwort auf alle Lebensfragen hat. Daran gibt es im gesamten Stamm keinen Zweifel. Gerade die erfahreneren Frauen sind uns in diesen persönlichen Lebensfragen eine große Hilfe. Vom fünfzigsten Lebensjahr an finden die Frauen ihre tiefere Erfüllung darin, die jüngeren Frauen auf die Vollreife vorzubereiten. Den Liebesdienst im Tempel tun sie selbst nur dann noch, wenn ihr ganz besonderes Alter oder Wissen verlangt ist. Sie reihen sich durchaus in den Reigen der Schlangentänzerinnen ein; sie lieben das Liebesspiel in ihrem Alter immer mehr, und es ist keineswegs so, dass sie den Leibesfreuden entsagen. Sie werden auch oft und gern aufgesucht, sowohl von den jüngeren, unerfahreneren Männern, als auch von den älteren. In ihrem Leben haben sie den Aspekt der vollreifen Liebesgöttin und ihren Traum verwirklicht. Sie haben ihre Partner, Freunde und Liebhaber gefunden. Mit ihnen zusammen führen sie in der Regel ein sattes und zufriedenes Leben. Jetzt haben sie die Aufgabe, jüngeren Menschen mit Rat und Tat zur Seite zu stehen. In ihrer kosmischen Suche wenden sie sich dem Aspekt des Alters und der Weisheit zu. Vertieftes Wissen in allen Bereichen zu erlangen, ist ihr hauptsächliches Lebensinteresse. Jetzt wollen sie auch immer mehr über die anderen Daseinsräume erfahren, auf die sie in der zweiten Daseinshälfte zuschreiten. Sie hüten die Neugeborenen und begleiten die Alten in den Tod. Und sie lernen von ihren Träumen. Auf diese Weise sind sie vielfach verbunden mit unseren Ahnen, die hinter der Schwelle des Todes leben. Gemeinsam mit ihnen wachen sie über das Liebesleben der Jugend und unterstützen die Einzelnen darin, ihren Weg zu finden.

Die kosmischen Wächter - Begegnung in den ältesten Tempeln Maltas

Meine Abreise näherte sich rapide. Jede Minute wurde kostbar. Oft verbrachte ich fast die ganze Nacht schreibend. Immer dringlicher wurde in mir das Gefühl, die wichtigsten Ereignisse wenigstens in Stichworten festzuhalten, bevor ich die Insel verließ. Obwohl ich sehr viel arbeitete, überkam mich am Tag vor meiner Abreise das seltsame Gefühl, meine Hausaufgaben nicht gemacht zu haben. Während ich schon am frühen Morgen unruhig am Schreibtisch saß, mahnte mich eine deutliche innere Stimme innezuhalten.

Dieses ist dein letzter Tag auf Malta. Höre sofort auf mit der Arbeit! Festige dein Gedächtnis und deine neu hinzugewonnene innere Kraft. Es wird dir nichts verloren gehen. Richtiges Handeln ist jetzt von entscheidender Bedeutung für das Gelingen. Horche nach in deinem Inneren, welche Aufträge du noch zu erfüllen hast, bevor du die Insel verlässt!

Betroffen hielt ich inne. Ich ließ mir Badewasser einlaufen und ging in Meditation. Kaum war ich etwas zur Ruhe gekommen, erhielt ich auch bereits die ersten Anweisungen.

Mache heute eine Wanderung und nimm die Energien der Insel noch einmal in dich auf. Sei wach und folge deinen Eingebungen, denn du hast noch etwas zu erledigen. Du kannst direkt vom Hotel aus losgehen. Mach einen Besuch bei den ältesten Tempeln der Insel, hier liegen noch Informationen für dich bereit.

„Soll ich etwa zu Fuß zu diesen Tempeln gehen? Wie soll ich den Weg dorthin finden? Außerdem sind sie geschlossen, und man kann sowieso nicht rein", fragte ich erstaunt zurück.

Mach dich auf den Weg. Du wirst heute noch viele Geschenke erhalten. Geh los und halte dich offen!

Also verließ ich die Wanne und zog mich wanderfest an. Ich hatte nur eine Autokarte von Malta, die ich vorsichtshalber einpackte, um mich wenigstens einigermaßen orientieren zu können. Ich holte noch meinen Fotoapparat, steckte etwas Geld ein und zog dann los. Gleich nachdem ich aus der Eingangstür trat, wurde ich angewiesen, direkt hinter unserem Hotel einem Weg zu folgen, der in die Wildnis der Insel führte.

Schon nach einigen hundert Metern Fußmarsch fiel alle seelische Belastung von mir ab. Es war eine wunderschöne Landschaft mit alten Pinien und mir zum Teil fremden südländischen Gewächsen. Die Luft war erfüllt von würzigen Düften. In der Ferne leuchteten verschiedene natursteinfarbene Dörfer, dahinter das blaue Meer. Ich war mir meines Weges sehr sicher, und ohne zu zögern, folgte ich den inneren Anweisungen. Nachdem ich etwa zwei Stunden gegangen war, kam ich auf eine kleine, kaum befahrene Straße, die sich über einen Hügel schlängelte. Ihr folgend entdeckte ich eine Höhle, die direkt am Straßenrand lag. Ihr Eingang war mit Blumen geschmückt. Ich beschloss, eine Rast zu machen und in die Höhle hineinzugehen. Erstaunt stellte ich fest, dass ich mich mitten in einer Kirche befand. Hinter einer Eisengittertür stand eine Madonnenfigur. Alte Krüge und Gefäße lagen rechts und links von ihr. Einer kleinen Schrifttafel entnahm ich, dass dieser Ort von den Gläubigen der Insel als eine Art Mekka und Heilungsplatz angesehen wurde, der in intimer Verbindung mit Lourdes stand.

„So haben manche weibliche Kultstätten die Jahrtausende überdauert und hüten immer noch ihre alte Funktion", dachte ich und ließ mich auf einer der Holzbänke nieder. Mich erfüllte ein stilles, fast kindlich religiöses Gefühl.

Sei wachsam, du wirst hier in der Nähe bald etwas finden, vernahm ich einen Hinweis aus der Stille meines kindlichen Gebetes. *Es ist ein Geschenk von der Insel für dich.*

Ich hatte das Gefühl, das erste Mal ohne Schwierigkeiten zur Mutter Gottes beten zu können, ohne dabei an eine abgehobene, prüde und sexualfeindliche Heilige denken zu müssen, die immer noch in so vielen Familien ihren

212

moralischen Zeigefinger erhebt. Diese Mutter Gottes, zu der ich jetzt sprach, war ja von ihrem ursprünglichen Wesen her die gleiche geblieben. Damals vor Urzeiten wurde sie als Nammu geliebt und verehrt. Sie war sinnlich, vital, elementar, wild und gütig zugleich, heiter und trauernd, weise und verspielt. Ich erinnerte mich dunkel, dass ich diese Art der Verbundenheit in meiner Kindheit bereits gekannt hatte, als ich noch nicht durch die Irrmühlen der Religion und patriarchalen Erziehung gegangen war. Später fand ich es absolut kindisch, zu einer Mutter Gottes zu beten, und war allenfalls gerührt von der Naivität der Gläubigen, die das einfach so konnten. Dieses kindlich religiöse Urgefühl für die weibliche Gottheit, wie ich es jetzt erlebte, war mir lange Zeit verschollen geblieben. Ich verharrte eine ganze Zeitlang darin, denn es war kostbar.

Schließlich dankte ich und zog weiter meines Weges, wachsam um mich schauend, welche Art von Geschenk wohl gemeint gewesen war. Nach etwa 30 Metern kam der klare Impuls:

Geh hier *recht*s rein!

Das deutliche Gefühl, an einem uralten heiligen Platz zu sein, stellte sich ein. Ich setzte mich in die Hocke und spannte alle meine Sinne.

Schau *dich* um!

Ich tat es, sah aber nichts als lauter Steine.

Schau *genau* hin!

Ich entdeckte, dass einer der Steine, der etwas größer als eine Handfläche war, eine ganz deutliche Musterung von einem Blatt zeigte. Sie war mit einer leichten Farbschicht überzogen, die an das Ocker erinnerte, das wir im Hypogäum gesehen hatten. Ansonsten lagen dort nur normale kleine Felsbrocken. Ich hob diesen Stein auf, der von einem sehr großen Krug oder auch von einer Säule stammen konnte und ein erhebliches Gewicht hatte. Ich hatte keine Ahnung, ob ich hier ein urgeschichtliches Dokument in Händen hielt oder ob es sich um ein Relikt aus phönizischer Zeit handelte. Ich wusste nur, dass es das Geschenk war, auf welches ich soeben im Gebet hingewiesen worden war. Ich freute mich fast wie ein Kind über diesen gefundenen Schatz.

Nach einer weiteren halben Stunde Fußmarsch kam ich in die Ortschaft Mgarr. In ihrer Nähe war einer der Tempel, die ich besuchen sollte. Aber erstaunlicherweise wurde ich angewiesen, gleich weiterzulaufen bis ins nächste Dorf, um dort einen Film zu besorgen.

Den wirst du heute noch brauchen, um wichtige Begebenheiten zu dokumentieren.

Zwar hatte ich dieses Mal vorsorglich einen Film eingesteckt, um nicht meinen Fehler von Gozo zu wiederholen. Aber das schien meiner inneren Führung nicht zu genügen. Ich musste ziemlich schnell laufen. Es war etwa zwanzig Minuten vor eins.

„Wie soll ich es denn bis ein Uhr zur nächsten Ortschaft schaffen? Da schließen doch die Läden?"

Frag nicht, lauf, konterte es zurück. Ich gehorchte. Manchmal muss ich der inneren Führung einen ziemlichen Vertrauensvorschuss geben, um mich nicht in unnötige Widerstände zu verstricken. Um etwa zehn nach eins kam ich in die nahegelegene Ortschaft und fand tatsächlich einen kleinen Kramladen, dessen Besitzerin gerade schließen wollte. Aus einem verstaubten Winkel kramte sie einen ihrer letzten Filme hervor.

Ich war ziemlich erschöpft und glücklich darüber, ein kleines Restaurant zu entdecken und beschloss, meine Mittagspause einzulegen, bestellte mir ein Glas Wein, ein Mineralwasser, einen Salat und genoss die Siesta. An meinen schwer gewordenen Gliedern bemerkte ich, dass ich es nicht mehr gewohnt war, längere Strecken zu wandern. Genüsslich meine Weißweinschorle schlürfend, schrieb ich einige Notizen in mein Tagebuch und überlegte, wie ich jetzt weiter fortfahren würde. Auch hier in Zebbieh war ein alter Tempel, den ich heute noch besuchen wollte. Ich hatte also noch ein volles Programm vor mir. Bis zum Abend wollte ich wieder in meinem Hotel sein. Während ich in Gedanken versunken da saß, nahm ich plötzlich eine klare innere Botschaft wahr.

Du musst um Punkt halb drei Uhr beim Tempel von Zebbieh sein!

Dieser Befehl kam so klar und eindeutig, dass ich erstaunt aufblickte.

Was hatte diese Botschaft zu bedeuten?

Ich hatte doch keine Verabredung oder irgend etwas ähnliches. Waren das jetzt die ersten Zeichen von Verrücktheit einer spirituellen Forscherin, die zu lange allein mit ihrer inneren Stimme gelebt hatte?

Diskutiere nicht lange! Du hast keine Zeit zu verlieren! vernahm ich es fest und bestimmt. Als ich auf die Uhr schaute, stellte ich erstaunt fest, dass es inzwischen bereits zehn Minuten vor halb drei war. Ich zögerte etwas, denn eigentlich war ich noch müde und faul gestimmt. War das denn wirklich meine innere Führung? Oder wollte mich da jemand zum Narren halten? Schließlich war ich ein freier Mensch! Aber ich konnte sehr deutlich bemerken, dass diese Gedanken nur Versuche waren, meiner Faulheit zu folgen. Ich bestellte die Rechnung. Die Kellnerin schien es in keiner Weise eilig zu haben und sprach mit Gästen vom Nachbartisch. „So lang werde ich ja wohl noch warten können", dachte ich mir. Aber meine innere Meisterin war unbestechlich.

Wink sie her! Gib ihr ein Zeichen, dass du es eilig hast.

Etwas beschämt schaute ich um mich, als ob jemand im Raum meinen inneren Dialog mitverfolgen könnte. Ich ging direkt zur Kellnerin, wies auf meine Uhr, dass ich es eilig hatte und zahlte mit einem großzügigen Trinkgeld. Dann rannte ich los. Ich hatte noch genau fünf Minuten.

Und tatsächlich kam ich genau um halb drei beim Tempel an. Schon von weitem hatte ich gesehen, dass das Tor offen war und ein weißes Auto davor stand. War das der tiefere Sinn meiner Unternehmung? Hatte ich jetzt womöglich auf Grund meiner Führung die Gelegenheit, auch noch diesen

Tempel kennenzulernen, von dem mir jeder versichert hatte, dass man ihn nicht besuchen konnte?

Außer Atem kam ich an das Eingangstor. Zwei junge, rundliche Malteser standen davor.

„Oh, es ist offen. Kann man hinein?" fragte ich auf englisch.

„Ja, gehen Sie rein. Wir haben schon gewartet", war die überraschende Antwort. In mir schaltete etwas ganz schnell. Ich wusste, dass ich die Gelegenheit sofort ergreifen musste. Erhobenen Hauptes und klopfenden Herzens ging ich durch das geöffnete Tor und fühlte mich wie die Königin von Saba.

„Wahrscheinlich warten sie auf jemand anderen. Das muss eine Verwechslung sein. Aber eine herrliche Gelegenheit, ins Innere des Tempels zu kommen", dachte ich beglückt. Ich würde mir auf jeden Fall Zeit damit lassen, diese Verwechslung aufzuklären. Dann stand ich still zwischen den Gemäuern. Sie waren erstaunlich gepflegt. Mir war dieser Tempel urbekannt. Er hatte etwas betörend Friedliches. Ich nahm sofort wahr, dass er den drei Aspekten der Göttin geweiht war, dem Aspekt von Geburt und Jugend, dem Aspekt der Vollreife und Fruchtbarkeit und zuletzt dem Aspekt von Alter, Tod und Wiedergeburt. Mit dem Bau dieses Tempels hatte die gesamte Tempelkultur auf Malta begonnen. Hier hatten die ersten Ankömmlinge, die vom Festland gekommen waren, zusammen mit den Bewohnern der Insel ihren Tempel der Kraft und des Dankes aufgebaut. Hier und ganz bald danach in Mgarr hatten sie mit der Ausbildung im Tempelschlaf und mit dem Aufbau der Schule Malta begonnen, die dann jahrtausendelang eine Kultur des Friedens gehütet hatte.

Ich hatte etwa zwanzig Minuten lang jeden Stein erforscht und ließ mich auch nicht dadurch ablenken, dass ich wusste, Zuschauer zu haben. Schließlich war ich ja im Auftrag hier. Die beiden Wächter beobachteten mich. Einer davon war genauso rund wie früher die Muttergottheiten. Fast kam es mir vor, als sei er eine dieser weiblichen Urfiguren in männlicher Gestalt. Schließlich kam er auf mich zu und sprach mich an. Er schien sich bis jetzt über keinerlei Verwechslung zu wundern. Im Gegenteil, beide wirkten vollkommen darin einig, dass ich die Person war, auf die sie gewartet hatten. Da niemand anderes kam, wurde ich selbst langsam unsicher. Waren die beiden womöglich mit meiner kosmischen Führung vertraut? Auf mein vorsichtiges Nachfragen, warum sie denn schon gewartet hätten, bekam ich nur ein freundliches Lächeln zur Antwort. War es ihr mangelndes Englisch? Oder wollten sie, dass ich im Ungewissen bliebe?

Sie schienen es in keiner Weise eilig zu haben und warteten geduldig, bis ich die letzten Winkel des Tempels untersucht hatte. Das dauerte eine gute Stunde. Der Dickere von beiden bot an, ein Foto von mir im Eingang des Tempels zu machen.

Schließlich kam mir der Gedanke, sie nach dem anderen Tempel bei Mgarr zu fragen, der ebenfalls verschlossen war. Möglicherweise konnten sie mir auch hier einen Zugang verschaffen. Der Jüngere von beiden, er war knapp 30 Jahre alt, bot mir sofort an, mich dorthin zu fahren. Erstaunt willigte ich ein. Mit einem klapprigen weißen Geländewagen fuhren wir zum Nachbarort. Eine Unterhaltung war schwierig, da er tatsächlich kaum Englisch sprach. Beim Tempel von Mgarr angekommen, öffnete er behende ein großes Loch in einem Zaun. Er kannte sich offenbar genauestens aus, und so stiegen wir gemeinsam ins Tempelgelände.

Noch einmal umgab mich die gleiche erhabene Stille. Nammu persönlich schien hier zu ruhen und mich freundlich zu empfangen. Ich erhielt keine besonderen Botschaften, es war schlicht und einfach stiller, lichter Friede. Ich ging ins Gebet, formulierte meine Dankbarkeit und mein Vorhaben, aus allem Erlebten und Gesehenen ein Buch zu schreiben. Während ich still da saß, lief für eine geraume Zeit ein Film aus der urgeschichtlichen Zeit vor meinem inneren Auge ab. Mir war, als würde ich vor einer urgeschichtlichen Priesterin stehen und mein Anliegen vorbringen. Ich fühlte eine warme, weiche Bestätigung für mein Vorhaben. Mir war, als würde ich nach langer Zeit an den ursprünglichen Quell meiner Kraft und meiner Liebe zurückkommen und jetzt in den Reigen der Botinnen der Göttin aufgenommen. Mein Dienst wurde von ihr begrüßt. Es war wie ein stilles Einweihungsritual.

Kehre immer an den Ursprungsort zurück, bevor du mit etwas Neuem beginnst.

Diese urgeschichtliche Regel kam mir in den Sinn. Sie war mir bereits im Steinkreis in Portugal als ein wesentliches Ritual der Urmenschen vorgestellt worden. Jetzt hatte ich den Eindruck, hierher geführt worden zu sein, um dieser Regel zu entsprechen. Das war es, was ich noch zu tun hatte, um meine Heimreise gut antreten zu können. Mit diesem Besuch waren meine Aufgaben in Malta abgeschlossen. Bei all meinen Tempelbesuchen hatte mir dieser Kontakt zu den ältesten Tempeln auf Malta noch gefehlt. Jetzt hatte sich der Reigen geschlossen. Meine innere Ruhe war zu mir zurückgekehrt. Ein Zyklus war abgeschlossen.

Die Erde verströmte ihren guten würzigen Duft, und ich war erfüllt von einer inneren Gewissheit. Ich fühlte mich tiefer eingeweiht in die Geheimnisse der Erde und ihrer Heilkraft, zurückgeholt in den Dienst einer Friedensbotschaft, die es schon immer gegeben hatte. Die Sehnsucht der Erde, ihr Pulsschlag, ihr Wissen und ihre Kraft ringen schon seit Jahrtausenden um das Überleben und warten auf diejenigen, die ihre Botschaften wiedererkennen und in einer Form, die dem gegenwärtigen Zeitgeist entspricht, zu verwirklichen suchen. Vor diesem urgeschichtlichen Hintergrund ist dieser Planet ein junges Vorhaben, eine Liebesaffäre der Schöpfung, und ihr paradiesischer Traum wartet auf Einlösung.

Mein Gefährte - ich empfand auch ihn wie einen Boten der Göttin, obwohl der möglicherweise nicht einmal davon wusste, dass er in ihrem Dienst handelte - wartete still und geduldig. Dann zeigte er mir noch eine Stelle, die man allgemein als die Gräber von Zebugg bezeichnete. Als er so vor mir stand und auf die Mulden zeigte, die in ein besonders weiches Licht und Farbenspiel gehüllt waren, war die erotische Spannung urplötzlich sehr hoch, obwohl ich vorher nicht einmal daran gedacht hatte.

Er bat, mich küssen zu dürfen. Aber meine innere Führung riet mir ganz klar davon ab. Ich hatte sehr deutlich das Gefühl, dass ich etwas durcheinander bringen würde in seinem Leben, wenn ich mich jetzt darauf einließe. Er bot an, mich nach Hause zu fahren, was ich dankbar annahm, da der Nachmittag sich bereits seinem Ende zuneigte. Auf der Fahrt erfuhr ich, dass er jung, aber nicht sehr glücklich verheiratet war. Ich sprach mit ihm über die Liebe, über Treue, über Sexualität. Er war erst 28 Jahre alt. Ich fühlte mich wie eine Priesterin der Liebe im 20. Jahrhundert. Dieses Mal waren die Botschaften allerdings etwas schwieriger. Seine Frau mochte keinen Sex, denn sie war streng katholisch. Fremd gehen durfte er auch nicht, denn dann war er ein Betrüger. Leider gab es kein soziales Gefäß, in das die Botschaften der wirklichen Liebe und einer möglichen Lösung hineinströmen könnten. Gäbe es dies, hätte ich ihn sinnlich begrüßen können, und er wäre beglückt und dankbar zu seiner Frau zurückgekehrt, um ihr von seiner neuen Erfahrung etwas weiterzugeben.

Ich verstand meine innere Mahnung. Wenn ich mit ihm eine volle Sexualität erlaubt hätte, wäre wahrscheinlich ein ganz junges Ehegebäude auseinandergekracht. Eine lange und umfassende Arbeit liegt vor uns, um soziale Gefäße zu entwickeln, damit das weit verbreitete Unglück in der Liebe nicht mehr nötig sein muss.

Nach etwa zehn Minuten hielt sein Wagen direkt vor unserer vornehmen Hotelanlage. Ich verabschiedete mich. Dieser letzte Tag auf Malta war wieder ein Lehrstück für innere Führung gewesen. Manchmal kommt es auf äußerste Präzision an. Hier war ein Zusammenspiel von Führung und Gehorsam eingetreten, wie es nur auf einer hohen Vertrauensebene möglich ist. Für mich war dieses Erlebnis ein Gruß der Göttin, der mir überdeutlich zeigte, dass das Zusammenspiel mit ihren Kräften bis in die Gegenwart hinein möglich ist.

AUSBILDUNG DER MÄNNER

An den Eingangstoren der Hagar Qim konnte ich eine eigenartige Energiebewegung beobachten. Hier war, auf einfachste Art in den Stein gehauen, ein Meer von tanzenden Punkten, das sich im Nichts aufzulösen schien. Das Licht der Sonne begann auf ihnen zu flimmern, wenn man sie längere Zeit betrachtete, und machte das Auge für alle möglichen optischen Erscheinungen bereit. An keinem anderen Ort hatte ich etwas Vergleichbares angetroffen. Es war wie die Darstellung einer Urschöpfungsenergie und erinnerte mich an eine Energie, die Jahrtausende später von Wilhelm Reich Orgon genannt wurde. Andere Völker bezeichnen sie als Manakraft, Prana oder Chi.

Vielleicht ist es kein Zufall, dass diese eigenartig abstrakte Darstellung ausgerechnet an den Toren des Tempels der Liebe eingraviert ist. Ich erzähle im folgenden die Geschichte der Hagar Qim, wie sie sich mir in ihrer blühenden Schönheit und sinnlichen Fülle darstellte, als ich nach ihrem tieferen Sinn und ihrer Bedeutung fragte. Es war ein Liebesleben, frei von Angst vor Verdammung oder Verurteilung, das sich vor meinen Augen entfaltete, frei von allem, was es in der heutigen Zeit so belasten würde.

Manche mögen sich darüber wundern, warum dem Thema der Liebe und der Sexualität so viel Aufmerksamkeit geschenkt wurde. Man stelle sich vor, dass in unseren Parlamenten statt Fragen der Panzerlieferungen oder der Aufrüstung Fragen der Liebe und Sexualität behandelt würden. In den Tempelkulturen wurde dem Liebesleben eine unglaubliche Zuwendung und Aufmerksamkeit geschenkt, so als hinge das Leben des gesamten Stammes davon ab, ob die Liebe zwischen zwei oder auch mehreren Menschen gelänge oder nicht. Kein Liebesereignis, und schien es noch so banal, war eine Privatangelegenheit, sondern Liebe geschah immer im Angesicht der Göttin. Ob Balance zwischen den Geschlechtern erreicht würde, ob die Liebessehnsucht von Männern und Frauen Erfüllung finden würde, wurde als maßgeblich für den globalen Frieden eingeschätzt. Denn hieran entschied sich die Frage, ob der Paradiesestraum von Nammu sich erfüllen konnte oder nicht. Es ging um viel mehr als um eine persönliche Liebeserfahrung zweier Menschen.

Es ging um die kosmische Balance polarer Schöpfungskräfte, um die fruchtbare Gestaltung der Lebenskräfte auf dem Planeten Erde. Ein Mensch, dessen Herzchakra in Verbindung mit dem Sexualchakra voll erwacht und geöffnet war, sah mit anderen Augen in die Welt. Er übernahm von selbst Verantwortung für die Pflanzen, die Tiere und die Menschen. Er entwickelte sich von selbst zu einem Friedenshüter auf dem Planeten. Deshalb ging es für Männer wie Frauen schon in jungen Jahren darum, gründlich die kosmischen Gesetze der Liebe zu studieren. Dieses Studium war die Grundlage für ihr gesamtes Weltverständnis und den Beruf, den sie später wählen würden.

Meine innere Bilderwelt führte mich in die Liebesschule, die die Männer durchliefen.

Auf dem Platz, an dem die Männer nächtigen, wenn sie zum Studium der Sterne kommen oder auch zum Liebesdienst an den Altar der Mirjas wollen, steht ein großer Stein. Er ist ein Phallussymbol, Hüter von Fruchtbarkeit und Wachstum. Er ist Wächter über ihre männliche Schönheit, Aufrichtigkeit und Geschmeidigkeit. Hierher werden die jungen Männer geschickt, um Träume zu empfangen. Dies ist der Ausgangspunkt für sie, wenn es um den Eintritt in das Paradies der sinnlichen Liebe geht. Jeder Mann hat die Möglichkeit, bei den Mirjas zu lernen, bevor er in die freie Wildbahn der Liebesabenteuer geschickt wird. Neben der Schulung und Entwicklung persönlicher Liebesfähigkeiten wird der sexuelle Akt als ein Dienst an der Welt, an Nammu und damit am weiblichen Aspekt der Schöpfung überhaupt geschult. Es wird hier im Tempel der

Hagar Qim gelernt und erfahren, dass in jede Liebesbeziehung und in jede Berührung mit der Frau etwas hineinragt, das von universeller und göttlicher Natur ist. Nur in Verbundenheit mit dem universellen Aspekt kann eine persönliche Beziehung ihre Erfüllung finden. In Hagar Qim lernen die Männer, die Welt und die Göttin in alles hineinleuchten zu lassen, was sie tun.

„Wer in der Liebe blind wird und in seinem Verlangen nur die Frau sieht, zerstört das göttliche Leben; doch wer in jeder Frau die Göttin erkennt und ihrer Entfaltung dient, der lebt im Sonnenaufgang der Ewigkeit."

Dies ist ein Satz der Liebespriesterinnen, den jeder Mann mit auf den Weg bekommt. Die Männer lernen, dass sie das Wesen einer Frau nur dann ergründen werden, wenn sie in ihr die Göttin wiederfinden.

„Du wirst in jeder Frau die Göttin entdecken und pflegen können. Ein Mann, der diese Kunst beherrscht, dient der Welt und wird reich beschenkt", lautet eine weitere Schulung auf dem Weg. Durch die Liebespriesterinnen erfahren die Männer vom sinnlichen Wesen der Frauen überhaupt. Sie lernen von ihnen, was Frauen lieben und was sie nicht lieben. Ein Mann, der es gelernt hat, seinen Phallus im Sinne der Göttin zu nutzen, hat damit auch gelernt, das weibliche Geschlecht richtig zu würdigen.

Alle Männer erhalten ihr klares Zeichen, wann es an der Zeit ist, zum ersten Mal eine Frau sinnlich zu besuchen. Dieses Zeichen kommt in den meisten Fällen durch einen Traum zu ihnen. Aus dem Traum wird die Wirklichkeit geboren. Der Traum ist der Hüter kommender Wirklichkeit eines jeden Menschen. Wenn ein Mann sexuell von einer Frau träumt, wenn er sie im Traum begattet, wenn er zusätzlich einer Schlange begegnet, dann ist es meistens klar und eindeutig, dass es an der Zeit ist, in die Liebesschule zu gehen. Nammu hat gerufen.

Die Männer üben sich in der Kunst der richtigen Annäherung, in der Kunst der sinnlichen Sprache und dem „Liebesgeflüster", wie sie es verspielt nennen. Sie lernen es, ihre Chakren im Körper zu festigen und zu öffnen. Sie lernen den Kern ihres Sexualchakras kennen, der sie wie über eine Nabelschnur mit Nammu verbindet. Sie lernen es, diesen Kern zentriert zu halten und sich von ihm leiten zu lassen.

Besondere Bedachtsamkeit wird auf die Öffnung des Herzchakras gelegt. Im Herzchakra vollzieht sich ein wesentlicher Wechsel für den Mann. Dies ist nicht nur ein persönliches Ereignis, hier geht es um die Vorbereitung auf einen neuen Schritt in der Evolution der Liebe. Diese Frucht wurde verletzt, noch bevor sie wirklich reifen konnte. Ein verschlossenes Herzchakra ist der Entstehungsort von Gewalt. Im Herzchakra soll sich für den Mann das Bild der Liebesgöttin öffnen. Ein geöffnetes Herzchakra kann das gesamte Denken eines Menschen auf der Stelle verwandeln. Verbunden mit dem Bild der Liebesgöttin ist es dem Mann möglich, Frauen zu verstehen, zu lieben und zu unterstützen.

Die Schönheit, die körperliche Fülle und Grazie, das persönliche Lächeln der vollen und weichen Lippen der Liebesgöttin, ihre perfekt geformten Brüste und Hüften vermögen im Mann ein heftiges Verlangen auszulösen. Es ist leicht, durch ein visionäres oder reales Abbild der Göttin in ihrer schönsten Pracht einen Mann aus seinem Hara zu schleudern.

Die Männer selbst sind immer wieder verwundert darüber, warum sie durch das Auftreten einer fremden Frau so leicht in Unruhe versetzt werden können. Über den tieferen Sinn dieser Verlockung wird viel gesprochen.

„Es ist die Sehnsucht nach der liebenden Vereinigung mit der Göttin, die euch in jeder Frau berührt. Wenn ihr dies nicht vergesst und der Führung der Göttin vertraut, könnt ihr die Ruhe bei euch behalten. Die Göttin wird euch sicher an euer Ziel führen. Wenn ihr über der Schönheit einer Frau den tieferen göttlichen Aspekt vergesst, so bleibt nur das brennende Verlangen zurück", sind aufklärende Worte der Mirjas, die meistens selbst in vollkommener Schönheit vor den Männern

stehen. Die Aufgabe des Mannes ist es, dem Verlangen zu folgen, ohne sich darin zu verlieren.

„Finde das, wonach du suchst, zuerst in dir selbst wieder. Es wohnt als Bild der Göttin in dir. Dadurch bist du geschützt, weil du es kennst. Erst, wenn du es in dir gefunden hast, handle", ist eine Richtlinie, die ihnen Orientierung gibt. Aufgabe der Frauen ist es, den Mann darin anzuleiten und zu führen. Duft und Glanz der Göttin können so bezaubernd wirken, dass die Männer darüber ihr eigenes Zentrum vergessen, ihre Sinne umnebelt werden und sie nicht mehr spüren, wann für sie der richtige Zeitpunkt zu handeln gekommen ist.

Dasselbe gilt für die schönen jungen Frauen, die in die nahe Berührung mit dem Bild der Liebesgöttin gekommen sind. Auch sie vergessen leicht den richtigen Zeitpunkt des Handelns, wie wir durch die Geschichte von Meret bereits wissen.

Da die Liebesgöttin eine sehr verführerische und persönliche Anziehung ausübt, kommt es oft zu Verwechslungen. Viele versuchen immer wieder, die personale Sehnsucht, für die die Göttin der Auslöser ist, im Kontakt zu einer Partnerin oder einem Partner zu erfüllen. Voreilig werfen sie ihre ganze Sehnsucht, die ursprünglich der Göttin gegolten hatte, auf eine Person. Diese ist natürlich niemals in der Lage, diese Sehnsucht zu erfüllen. So entsteht unweigerlich das Unglück in der Liebe.

Deshalb wird der Aspekt der personalen Liebe auch in Malta ganz besonders beachtet und gepflegt. Die Männer sind wie durch eine kosmische Nabelschnur mit Nammu und der Liebesgöttin verbunden. Durch diesen energetischen Vorgang bekommen sie auch die Zeichen, wann es für sie so weit ist, sich direkt und unmittelbar mit dem sexuellen Aspekt der Schöpfung zu verbinden.

Die jungen Männer, die noch nie zusammen mit einer Frau den kosmischen Starkstrom des Leibes erfahren haben, aber bereits durch die Schule der ersten Begegnung mit den heranreifenden Mädchen gegangen sind, und diejenigen, die im Traum dem sinnlichen Glück begegnet sind und das Zeichen der Göttin erfahren haben, gehen hinauf zu Hagar Qim, um der Priesterin von ihrem Traum zu erzählen. Sie wissen, dass die Tempeldienerinnen der Liebe jetzt eine Begegnung für sie arrangieren werden. Meistens verbringen sie dann einige Tage am Tempel und werden mit bestimmten Aufgaben vertraut gemacht. Sie sollen ihre Chakren reinigen und festigen. Sie werden zu einer Priesterin geführt und erzählen ihr ausführlich davon, was ihnen auf dem Herzen liegt, solange, bis ihr Herz frei ist. Die Priesterinnen hören sehr genau hin, um die tieferen Spuren der suchenden und liebenden Seele zu erkennen und richtig leiten zu können. Gerade in der Zeit der aufkommenden Potenz gibt es für die jungen Männer oft verwirrende Träume und Erfahrungen, die sie selbst noch nicht zu deuten wissen. Sie werden von ihren Geschlechtsgenossen, den männlichen Schamanu, durch die Tempel geführt und dürfen ihr Wissen in der Geomantie und der Sternenkunde vorführen und vertiefen. Sie werden von den Mirjas gefragt, inwieweit sie ihren persönlichen Aspekt der Verbindung zu den Sternen bereits kennen. Es ist von Bedeutung für den Weg in der Liebe, welche persönliche Verbindung zu den Sternen besteht, denn aus ihr kann man erkennen, welcher Kontakt zu einer Frau jetzt am dringendsten gebraucht wird.

Ein Mann, der die Verbindung zu den Ahnen vom Sirius pflegt, braucht für seinen ersten sinnlichen Kontakt eher eine sehr erdverbundene Frau. Sie muss ihn sicher und fest zu lenken verstehen.

Jemand, der mit der Venus in Verbindung stand, bringt diese Erdverbindung von selbst mit und braucht eher das leichte und verspielte Element einer tänzerischen und beweglichen Frau, die besonders mit den luftigen Elementen verbunden ist.

Nachdem die Tempelpriesterinnen ausführlich den Berichten des Liebesschülers gelauscht haben, beraten sie, wie sie den Mann in die Liebe einführen werden. Manchmal ist es der Traum eines Mannes, eine ganz bestimmte Frau aus unserem Stamm sexuell zu begrüßen. In der Regel wird diese Frau dann zu ihm gerufen. Man vermutet, dass eine besondere Begegnung zwischen den beiden anliegt. Dies wird geprüft, und auch die

Frau wird nach ihren Träumen gefragt. Meistens zeigt es sich, dass die Träume die beiden zueinander gerufen haben. Wenn es passt und an der Zeit ist, dürfen sie ihren ersten gemeinsamen Beischlaf in einer der dafür vorgesehenen Liebeskammern erproben.

Oft ist es der Wunsch der Männer, erst von den Tempeldienerinnen selbst in die Liebe eingeführt zu werden. Um herauszufinden, welches der richtige erste Schritt für die Männer ist, verbringen die Priesterinnen der Liebe oft mehrere Tage an den Tempeln, begleitet von den Mirjas und oft auch von Orakelpriesterinnen. Immer wieder werden die jungen Männer losgeschickt, um auf ihre eigenen Eingebungen zu achten.

Es gibt einen bestimmten erhabenen Ort, der direkt auf die Südküste zeigt, an dem eine Sitzbank in den Stein eingebaut worden ist. Dies ist eine der Lieblingsstellen, die Männer zur Besinnung auf ihre Fragen aufsuchen. Es ist ein Ort, wo schon Tausende von Männern vor ihnen gesessen haben. Hier überdenken sie ihre Wünsche und Hoffnungen und warten auf weitere Eingebungen. Neben den geistigen Herausforderungen gibt es auch Übungen für die körperliche Beweglichkeit und die Beherrschung der körperlichen Reaktionen.

Jeder Mann hat die Aufgabe, den sexuellen Gang zu üben und ganz auf die Regungen im sexuellen Chakra zu achten. Die Kriterien hierfür sind nicht von äußerlicher Art; es geht bei diesem Gang in erster Linie darum, wachsam für die innere Schlangenkraft zu sein. An der Bewahrung der Schlangenkraft entscheidet sich, ob man in der Lage ist, den Eros als kosmische Kraftquelle zu nutzen und sich von ihr leiten zu lassen, oder ob man diese verliert und in die Unruhe, in die Getriebenheit und Bedürftigkeit abrutscht.

„Wer die Schlangenkraft kennt und wachsam hütet, betritt den Weg eines Friedenshüters. Er wird auf den Wegen der Erkenntnis geleitet und zum Pol aller Liebenden, wo immer er wandelt. Die Schlange ist es auch, die uns den Weg der Heilung lehrt", prägen die Priesterinnen den Männern ein.

Es gibt einen kleinen dreieckigen Gang, der symbolisch die Vagina einer Frau andeutet. Hier stellen sie sich immer wieder hinein, um ihre sexuellen Chakren zu fühlen. Dabei verbinden sie sich mit dem Bild, jetzt gleich vor eine Mirja zu treten und den Dienst an der Göttin der Liebe erstmals in die Tat umzusetzen. Sie dürfen sich ganz genau ausmalen, wie es sein wird, wenn sie zum ersten Mal mit erhobenem Phallus vor eine Frau treten, um den Liebesakt durchzuführen. Wenn sich dann ihr Phallus prall und eindeutig erhebt, wenn dies trotz Aufregung mit dem Gefühl innerer Zentrierung und Ruhe verbunden ist, wenn ihr Phallus sich bei der Vorstellung des ersten Vollzuges nicht gleich wieder senkt, dann wissen sie, dass Nammu sie gerufen hat, dass jetzt der Zeitpunkt für ihre erste sinnliche Begrüßung einer Frau gekommen ist. Sie laufen dann zur Hüterin der Schwelle, um ihr davon zu berichten.

Die Priesterinnen achten besonders darauf, dass die Mirjas ihren Dienst so tun, dass er zu keiner falschen Bindung führt. Ihre Aufgabe ist es nicht, eine persönliche Beziehung zu den Männern herzustellen, sondern sie sinnliches Vertrauen zu lehren und einen Weg zu zeigen, der mit der Göttin verbunden ist. Es kommt zwar vor, dass ein Mann sich zunächst persönlich in eine Mirja verliebt. Aber sie hat dafür zu sorgen, dass dies zu keiner falschen Bindung führt. Es ist ihre Aufgabe, einen jungen Mann in die Kunst der Liebe einzuführen und ihm den Weg zu anderen Frauen und zu seinen Freundinnen des Herzens zu bahnen. Die Frauen wohnen ja bereits in seinem Herzen und wollen als solche nur noch erkannt werden. Die Erkenntnis in der Liebe wird sich dadurch einstellen, dass sich der sexuelle Aspekt des Herzchakras ganz öffnet und damit seine noch verborgenen Bilder aus dem Inneren preisgibt. Das geschieht durch die sexuelle Energie. Die Mirjas vertreten einen bestimmten Aspekt von Nammu, der zu dieser Öffnung und Erkenntnis beitragen kann. Eine Mirja arbeitet als Stellvertreterin der Göttin; in ihr kann der Mann den universellen Aspekt des Weiblichen überhaupt wiederfinden. Bei den Mirjas lernt ein Mann, was es bedeutet, den universellen Aspekt in der Frau zu lieben und zu umarmen. Er lernt, eine Frau so zu umarmen, dass sie sich in seinen Armen geborgen fühlen kann, ohne dass er sie für sich besitzen will. Denn bei dem Gedanken, eine Frau für sich besitzen zu können, wird der universelle Keim der Liebe sofort erstickt. Die Göttin entzieht sich bei diesem Versuch auf der Stelle, und damit ist auch die Quelle der universellen Liebe verschwunden. Der Glanz der Schönheit vergeht dann in den wollüstigen Umarmungen, und diese werden inhaltslos und leer.

Natürlich werden unsere Männer schon früh auf solche und ähnliche mögliche Fehlorientierungen hingewiesen. Jeder Mann im Stamm kennt die Geschichte unserer frühen Ahnen. Jeder kennt den Vorfall mit Manu, der dem Wunsch erlegen ist, eine Frau für sich besitzen zu wollen. Und jeder weiß um Meret, die den Apfel der Liebe zu früh an Manu gereicht hat. Manu und Meret haben sich den Regeln von Nammu und allen Mahnungen der Priesterinnen widersetzt. In der tieferen sexuellen Sehnsucht des Mannes geht es nicht darum, eine Frau für sich besitzen zu wollen. Der tiefere Wunsch liegt darin, sie ganz zu durchdringen, sie mit männlichen Armen so zu umfangen, dass ihm für einen kurzen Augenblick nichts mehr verborgen bleibt. Dies ist verbunden mit vollkommener Entblößung im Schutz der Göttin. Nichts Weibliches wird ihm dann mehr fremd sein; er ist ganz eingetaucht in die Tiefen des weiblichen Innenlebens. Kein Teil ihrer Seele wird sich ihm mehr entziehen, und für einen ewigen Augenblick wird er mit ihr zusammen von der universellen Liebe durchdrungen sein und zum tiefsten Urgrund des Seins vorstoßen. Er will ihrer weichen, weiblichen, hingebenden Seite eine männliche, kraftvolle Energie zur Seite geben, um sich dann für Augenblicke darin auflösen zu können.

Stellvertretend durch die Sehnsucht eines jeden Mannes vollzieht sich die evolutionäre Geburt der Partnerschaft. Die Frau will befreit werden davon, nur als Mutter vom Sohn gesehen zu werden. Eine Frau liebt es durchaus, Mutter zu sein für den Sohnesarchetyp. Darüber hinaus brennt aber noch eine ganz andere Sehnsucht in ihr. Es ist der Aspekt ihrer vollen Sinnlichkeit, der nach Befreiung verlangt, der nach der sinnlichen Anerkennung durch den voll erwachten Mann und Partner sucht. Durch diesen Vorgang vollzieht sich nichts Geringeres als die Geburt eines neuen Archetyps in der Schöpfung. Es ist die Geburt des neuen Archetyps des Liebhabers und seiner Geliebten. Jeder Mann, sofern die Sehnsucht in ihm brennt, verlangt danach, weich und geschmeidig in den inneren Kern der Frau vorzudringen, sie in ihrem inneren Wesen zu berühren, zu erkennen und zu erfahren. Er ist Geburtshelfer in dem Aspekt der keimenden erotischen Liebe der Liebesgöttin. Er verlangt danach, das leuchtende Feuer im Inneren der weiblichen Seele durch den eigenen Phallus zu nähren. Wenn er durch die kosmische Nabelschnur mit Nammu verbunden ist, muss er darüber hinaus nichts mehr leisten, um zur Erfüllung zu finden. Er braucht nur sein Vertrauen zur Göttin zu festigen. Hat er einmal gelernt, sich dem Liebesspiel hinzugeben, dann weiß sein Leib von selbst, wann sein Phallus sich hebt oder senkt, wann er weich wird oder fest und stark, je nachdem, wie die Liebesgöttin es verlangt. Die Göttin weiß sehr genau, was die Stunde gebietet und was der Erkenntnis und Erfüllung beider dienen wird. Dementsprechend fließen ihm Kraft, Erkenntnis und Liebe zu, die er vom weiblichen Körper entgegennimmt. Die Kunst besteht darin, das Schlangenwissen so zu aktivieren, dass er in sich die Stimme der Göttin jederzeit zu hören vermag, und auf diese Weise sein inneres Zentrum nicht mehr zu verlassen.

Den universellen Liebespunkt der Frau ganz zu berühren, das ist wie ein Trinken aus dem Brunnen der ewigen Liebe. Die Göttin allein entscheidet, wann uns dieses Glück zuteil wird. Es ist unabhängig von Alter, Beruf, äußerer Schönheit oder anderen Maßstäben. Nicht die Größe des Phallus ist der Maßstab für die Kunst der Liebe, sondern die innere Verbundenheit mit der Göttin, die Beweglichkeit, die daraus hervorgeht, die Geschmeidigkeit, Wachheit, Sensibilität und Flexibilität.

Es ist Tamara, die ich vor mir sehe, wie sie ihren Dienst in der Liebe tut. Sie hat einen Liebesschüler zu sich in das Liebesgemach gerufen. An der Art, wie er sich bewegt, ist leicht zu erkennen, dass er nicht zum ersten Mal zu einer Mirja in die Lehre geht. Meditativ und ruhig geben sie sich der Kunst der Liebe hin. Wenn keine Hektik mehr im Spiel ist, keine Unruhe und Ungeduld, dann erst kommen sie in Berührung mit Nammus innerem Leuchten, dann erst werden die Liebenden gemeinsam von der sexuellen Energie durch die körperlichen Zentren und Tore der sexuellen Erkenntnis geführt. Sie spüren, wie sich Lebensenergie in ihren Leibern ausbreitet, wie sie davon durchflutet werden. Es beginnt zunächst in ihren Unterleibern, dann aber steigt diese Kraft immer mehr an, sie erfüllt alle körperlichen Chakren und Zentren. Spiralförmig windet sich das Feuer der Liebe durch ihre Leiber, und sie folgen der transformatorischen Kraft der Schlangenenergie in ihren Körpern. Diese Kraft tanzt durch ihren ganzen Leib und füllt ihre Körperzellen mit der gesündesten und schöpferischsten Lebenskraft, die sie kennen. Manchmal bündelt sich die sexuelle Kraft auf ein Zentrum hin, formiert sich in bestimmten Körperzonen, rollt sich zusammen wie eine Schlange, dann wieder entfacht sie sich im ganzen Körper. Wenn sie davon erfasst werden, wird die ganze sexuelle Kraft plötzlich auch in den Blick geleitet. Für Sekunden ist es möglich, sich im erkennenden sexuellen Blick ins Auge zu schauen. Sie erkennen den göttlichen Ursprung im anderen, sie schauen auf den tiefsten Grund der polaren Schöpfung, und sie erkennen sich, ein Mann und ein Weib, in ihrer elementaren und wahren Nacktheit, Wildheit und Schönheit. Sie erkennen, dass sie eins sind, zwei sich ergänzende Pole eines großen Schöpfungsspiels.

In den verschiedensten Stellungen miteinander verschlungen, haben sie nur die Aufgabe, sich hinzugeben und den Bildern ihrer Seele zu folgen, die ihnen während der Begegnung kommen. Die Mirja, die Erfahrenere von beiden, leitet dabei sanft den Vorgang, sich selbst leiten lassend von ihrem inneren sinnlichen Wissen. Sie fühlt sehr genau, wo sich die sexuelle Energie des

Liebesschülers gerade befindet. Manchmal gebietet sie ihm, ganz still zu bleiben und sich nicht zu bewegen, in höchster stiller Konzentration zu verweilen, bis ein neues Seelenbild ihre Leiber erfasst und sie ihrem Tanz folgen. Die Zeit erstreckt sich wie eine Ewigkeit. Sie tun es so lange zusammen, bis er spürt, dass er die Kraft seines Samens nicht mehr halten kann und er sich in ihr ergießt. Still wie zwei ruhende Tiere liegen sie noch eine Weile zusammen. Sie schauen auf die Bilder der inneren Seelenwelt und lauschen der Stimme von Nammu. Dann erhebt sich die Mirja, bindet ihr Tuch wieder um den Leib, führt den jungen Mann zu dem Becken mit dem heiligen Wasser, wo er sich waschen und erfrischen kann. Er übergibt ihr ein Geschenk als Dank für diese Liebeserfahrung. Auch sie dankt für seinen Liebesakt, den sie stellvertretend für Nammu von ihm empfangen hat. Sie gebietet ihm, jetzt an die Klippen zu gehen, alles nachwirken zu lassen und nach einer Stunde wiederzukommen, um ihr zu erzählen, was er erlebt hat.

Während eine Mirja diesen Dienst der Liebe tut, wird ihr meistens das ganze Wesen des jungen Mannes, der dort mit ihr zusammen ist, offenbar. Sie weiß jetzt mehr darüber, worauf er auf seinem Weg in der Liebe zu achten hat, bei welchen Frauen er weiter lernen und zu welchen er gehen kann, wenn sein Verlangen eine wissende Frau braucht. Sie weiß auch mehr über seinen tieferen Seelenwunsch nach einer persönlichen Herzensfreundin und Geliebten an seiner Seite. Sie wird ihm Hinweise für seinen weiteren Weg geben. In der Regel strahlt ein großes Glück aus den Augen der Männer, wenn sie vom Tempeldienst der Mirjas zurückkommen. Gleichwie, es ist eigentlich immer eine große Erfahrung. Manchmal kann ein Mann die Spannung noch nicht lange genug halten und ergießt sich gleich zu Beginn in den Schoß der Göttin. Niemand verurteilt ihn deshalb. Er wird eben oft wiederkommen, um mehr zu lernen und zu erfahren. Nach einer Liebesstunde bei den Mirjas fühlt er sich als Mann geboren. Jetzt ist er vorgedrungen in das Wesen der sexuellen Liebe. Jetzt ist er bereit für die jungen Frauen, die voller Vorfreude auf seine keimende Liebeskraft warten. Immer wieder über Jahre werden die Männer in den Tempel der Liebe eingeladen, und je öfter sie eingeweiht werden, desto tiefer können sie in das innere Sehen und Erkennen des weiblichen Seelenwesens vordringen. Sie werden immer wissender und können so ihre Reife und Erkenntnis den Frauen ihres Stammes zur Verfügung stellen.

Manchmal kommt es vor, dass Männer wiederholt einen sexuellen Schlangentraum haben. Das ist für die Mirjas ein Zeichen, dass Nammu etwas Besonderes mit ihnen vorhat. Sie sollen ausgebildet werden im Dienst der Sexualität und der Heilung. Sie sollen mithelfen, dass die Geburt des neuen Liebhabers eingeleitet wird. Solche Männer werden in den Tempeldienst gerufen. Sie werden als Schamanu ausgebildet, den sexuellen Heilungsdienst für Frauen zu leisten, deren inneres Feuer aus irgendeinem Grund seelisch verletzt worden ist. Die Ausbildung dauert mehrere Jahre. Sie werden zu Hütern des Tempels, bis ihr fortgeschrittenes Alter sie zu neuen Diensten ruft.

DAS FEST DER FRUCHTBARKEIT

Es ist die Nacht vor dem großen Fest der Sommersonnenwende. Ab morgen werden die Tage wieder kürzer. Am Tag der Fruchtbarkeit wird die Sonne noch einmal ihr längstes Strahlen und Leuchten über unserer Insel ausbreiten. Alle Bewohner der Insel sind zum Tempel gepilgert. Alle Stämme und ihre Clans treffen sich zu diesem Festtag, zu Ehren von Nammu, zu Ehren der Göttin der Reife, der Früchte und der Ernte.

Die Männer haben ihre Fruchtbarkeitskostüme vorbereitet. Sie haben die verschiedensten Phallussymbole geschnitzt, die sie beim Tanz zu Ehren von Nammu tragen werden. Frauen haben schöne Gewänder vorbereitet. Schmuck und Bemalungen werden ihre Körper zieren. Neue Göttinnen sind aus dem Gestein geformt worden. Große Krüge stehen bereit. Auf ihnen wird täglich die Zahl der Tage von einem Fruchtbarkeitsfest bis zum nächsten eingraviert. Morgen, bei Sonnenaufgang, werden sie feierlich ihren letzten neuen Strich erhalten. Die Krüge sind gefüllt mit dem Getränk der gegorenen Früchte. Wochenlang wurde das Fest von allen vorbereitet. Es ist neben der Wintersonnenwende unser größter Festtag im Jahr. Auch die Übergänge vom Frühjahr zum Sommer und vom Herbst zum Winter werden gefeiert, aber sie verlaufen ruhiger. An diesen Tagen geht es vor allem um bestimmte geistige Erkenntnisse, die wir empfangen sollen, um sie zur Reife zu bringen. Dies aber ist der Festtag, an dem wir unseren Dank darbringen, unsere Ahnen ehren und in Nammu die gesamte Schöpfung und ihren friedlichen Fortgang feiern. Das Fest beginnt mit den ersten Morgenstrahlen. Die meisten haben in der Nähe von Hagar Qim genächtigt, oben bei den großen Wasserbecken oder in den Höhlen, die sich zahlreich in der Umgebung befinden. Manche haben die Nacht wachend, direkt am heiligen Tempel verbracht. Manche haben um Träume der Fruchtbarkeit gebeten und sich auf den umliegenden Schlafsteinen gebettet.

Kurz vor Sonnenaufgang beginnt das bunte Treiben. Schon im Morgengrauen sieht man von überall her die Männer und Frauen den Hügel hinaufsteigen. Sie versammeln sich an der Ostseite des Tempels. Still, bescheiden und in Ehrfurcht erwarten sie das große Ereignis der ersten Sonnenstrahlen. Im Inneren des Tempels befinden sich die Orakelpriesterinnen, einige der Mirjas und Schlangentänzerinnen, einige männliche Schlangentänzer und Schamanu.

Im Süden des Tempels stehen drei besonders große Steine. Sie repräsentieren drei Aspekte der Göttin: die Geburt und jugendliche Kraft, die Vollreife der sexuellen Weiblichkeit und die Weisheit des Alters und des Sterbens. Dazwischen ragt ein großer Stein auf. Es ist ein Phallussymbol, das Zeichen der großen Fruchtbarkeit. Ein weiteres Phallussymbol, der größte unserer Megalithen, steht im Norden. Dies ist das Kraftsymbol für die Männer. Der Tempel repräsentiert den Zyklus des werdenden Mannes. Die männliche Kraft ist weniger verbunden mit der Materie und inkarniert sich langsamer als die weibliche Kraft. Sie wird von uns dazu gerufen. Wir setzen unsere Intelligenz und Schönheit dafür ein, diese männliche göttliche Kraft dazu zu verführen, sich in materieller Form immer mehr zu inkarnieren und sich in diesem Daseinsraum zu beheimaten und zu verwirklichen. Die Geburt des männlichen Gottes, der sich neu inkarnieren und in Nammu ausgetragen werden will, kündigt sich jedes Jahr aufs Neue mit den ersten Sonnenstrahlen an diesem besonderen Tag an. Wenn diese Geburt nach Jahrhunderten abgeschlossen sein wird, dann ist der Schöpfungstraum von Nammu vollendet. Die männliche Kraft wird durch die Strahlen der Sonne gezeugt, und hier, in Nammu, soll sie ausgetragen und verwirklicht werden. Der männliche und der weibliche Aspekt sind in jedem Menschen vertreten; in uns Frauen überwiegt der weibliche, in den Männern der männliche Anteil.

Unser Tempel ist auch in seiner Bauweise diesem Schöpfungsakt der männlichen Kraft und Fruchtbarkeit geweiht. Das große Phallussymbol im Süden stellt die jugendliche, männliche Kraft dar. Die jungen Männer gehen zu der Göttin in die Lehre, um durch ihre Hilfe das Geschenk der männlichen Kraft und Fruchtbarkeit entfalten zu können. Im Osten befindet sich der größte Steinblock, den wir überhaupt jemals für den Bau unserer Tempel verwendet haben: über drei Meter hoch und ca. sieben Meter lang. Von Musik und Tanz begleitet, wurde dieser Steinblock vor Hunderten von Jahren hier aufgestellt. Die Göttinnensteine im Süden und der große Phallus-Megalith im Norden standen damals schon, um schützend über die Entstehung des Tempels zu wachen. In die große Steintafel im Osten soll die aufgehende Sonne ihre ersten Signaturen der Neuschöpfung zeichnen. Dieser Stein wird energetisch helfen, das Gedächtnis zu wahren und Nammus Traum zu realisieren. Hinter diesem Stein gibt es eine Mulde mit einem kleineren Dreieckstein. Er symbolisiert die Fruchtbarkeit von Nammu, ihr heiliges Tor, das ins Zentrum ihres Leibes und ihrer lebensspendenden Fülle führt. Direkt daneben befindet sich eine Öffnung, ein ovales Loch, durch das man ins Innere des Heiligtums sehen kann. Der Blick fällt in einen runden Raum. Er symbolisiert die Gebärmutter der Göttin, geschützt im Leib des Tempels. Es geht in diesem Tempel um die Vermählung der männlichen und der weiblichen Kraft, das spannendste Experiment unseres gesamten evolutionären Vorhabens.

Vor dieser Öffnung stehen wir alle, jedes Jahr um die gleiche Zeit, gebannt auf die nächsten Ereignisse wartend. Dieses Loch symbolisiert die Vagina von Nammu, aber auch ihren geistigen Geburtskanal, ihre geistige Nabelschnur, aus der alles kommt und in die jede Neuschöpfung eingeht. An diesem Ort soll sich das Licht der Sonne mit der inneren Sonne und Leuchtkraft der Erde vermählen. Deshalb liegt es eingebettet im Schutz der Tempelmauern. Es ist der Zeugungsakt neuer Schöpfungsgedanken, der hier jedes Jahr gefeiert wird.

Schon hört man leises Trommeln aus dem Inneren des Tempels. Es deutet den Herzschlag der erwachenden Nammu an. Die Umstehenden beginnen, leise und rhythmisch auf die

235

Erde zu stampfen. Dann tritt es ein. Das erste Sonnenlicht taucht im Osten auf und fällt unmittelbar in die Öffnung zum heilige Zentrum des Tempels. Die Erbauerinnen und Erbauer des Tempelgebäudes haben ihn so geplant, dass das Sonnenlicht an der richtigen Stelle eintrifft. Dafür waren lange Berechnungen und genaue Beobachtungen nötig. Jedes Jahr bewundern wir dieses große Ereignis erneut. Dass es keine Wolken gibt, dass die ersten Strahlen dieses Tages direkt von Nammu aufgefangen werden, nehmen wir als gutes Zeichen für das kommende Jahr. Es ist ein gutes Omen für das Fest der männlichen und weiblichen Liebeskraft, für die Ernte und für das Wachstum der Pflanzen, Tiere und Menschen.

Nachdem ein erstes Raunen durch die Menge gegangen ist, wird es wieder ganz still. Wir sehen durch die Öffnung, wie eine Orakelpriesterin das Innere des Raumes betritt. Wir hören ihr leises Stampfen, wir ahnen, wie ihre Hüften sich im Rhythmus dazu kreisend bewegen; hin und wieder erhascht unser Blick einen Schatten von ihr, der auf die erleuchtete Erde fällt. Dann ertönt ihr Lied. Sie singt das Dankeslied an Nammu und an die ersten Strahlen der Sonne. Durch sie sind die werdenden Kräfte der Männlichkeit in Nammus Schoß gelegt worden, um hier weiter ausreifen zu können. Ein ganzes Jahr arbeiten die Priesterinnen an diesem Lied, das zu jedem Fruchtbarkeitsfest in neuer Weise erklingt. Jetzt singt die Priesterin von der Liebe und der Sehnsucht, sie singt von Geburt, Eros und Tod. Sie singt das Gebet für Manu und Meret und ihre Heilung. Dann wird es wieder still.

Anschließend bitten wir um eine reiche Ernte und Fruchtbarkeit, sowohl für die Erde als auch für unsere Frauen, bei denen sich Nachkommen gemeldet haben. Heute ist der Tag der Fruchtbarkeit und der Heiligung unserer sexuellen Kräfte, durch die sich Nammu weiter verwirklichen möchte, im Menschen und in der gesamten Schöpfung.

Manava, Manu, Tewlett und andere Schlangenpriester haben ihre neuen Flöten fertig geschnitzt. Sie treten jetzt aus dem Tempelinneren heraus und beginnen leise, ihre Schlangenlieder zu flöten. Dazu tönt aus dem Herzen des Tempels immer noch das feste rhythmische Trommeln.

„Nammu, aus der alles Leben kommt, Nammu, in die alles Leben zurückkehrt, wir tanzen für dich, wir tanzen aus dir, gemeinsam mit dir weben wir unseren Traum der Liebe. Wir rufen die männliche Kraft der Schöpfung auf, sich in uns zu beheimaten, sich durch Nammu in uns zu verankern, in ihr zu werden und zu wachsen, so dass ihr Licht Nammu pflegen, lieben und verehren kann. Dieser Vorgang wird ihren Leib zur Erfüllung bringen, ihr Licht zum ewigen Scheinen, er soll das Lied der Erde zum Klingen bringen, so dass es bis zu den letzten Sternen gehört werden kann. An ihrem Leuchten soll er sich laben, an ihrem Leib soll er sich nähren und ihr dafür seinen fruchtbaren Samen schenken. In ihr, Nammu, sollen männliche Kraft und weibliche Anmut zu einem Ganzen verschmelzen, in der alleinigen Kraft der ewigen Schöpfung, der Großen Mutter, aus der alles Leben kommt und in die alles Leben zurückkehrt. In der sinnlichen Liebe soll der ewige Schöpfungs- und Zeugungsakt seinen immer neuen Anfang nehmen. Aus ihr soll der Same für die Neuschöpfung gelegt werden, hinein in eine neue Ordnung der universellen Liebeskraft. Ihr Liebhaber und Pfleger soll er werden, er, der ewig zu ihr hält, der ihren fruchtbaren Leib füllt, der ihre Anmut verschönt und zum Leuchten bringt und der ihren Leib ewig neu verjüngt. Hüter ihres Lichtes soll er sein, so dass er auch im Zustand des Chaos nicht zurückfallen möge aus der höheren Ordnung und Geborgenheit. Chaos sei der Beginn einer jeden Ordnung, Chaos ist das Tor der Göttin, das wohl gehütet werden will. Chaos ist es, aus dem alles Werden kam und aus dem es immer neu entstehen möge. Manu, Manu, gib deinen Glanz, gib deine Schönheit, gib dein Wachstum und deine Kraft zurück an die Göttin, finde deine Gesundung in ihrem Leib, an ihr wachsend und werdend."

So sangen die Männer und tanzten dazu. Sie hatten ihre geschnitzten Phallussymbole umgebunden, das Zeichen der Potenz und werdenden Männlichkeit. Die Frauen stimmten ein in den Chor: „Nammu, Nammu, gib deine Schönheit, gib deinen Leib, gib deine Güte, gib deine ewige Fülle, gib deine Ruhe, gib deinen Tanz und dein werdendes Leben, gib deinen Schutz und deine Geduld, gib dies alles dem werdenden Manu, schenke dich ihm ganz, gib ihm deinen Schöpfungstraum zurück und lass ihn wachsen in dir, an dir. Auf dass der neue Liebhaber geboren werde und uns allen seine schützende, liebende, pflegende und potente Kraft schenken kann. Bringe mit uns zusammen den Liebhaber zur Geburt, der zu uns hält und der mit uns das Kleid der Schöpfung verschönert, verfeinert und versüßt. Lass seinen Phallus an uns und in uns wachsen, so dass er das leuchtende Feuer unserer Leiber nähre und pflege, bis in alle Ewigkeit. Wir waschen unseren Leib in Schönheit und Glück, indem wir deine Freude genießen. Dank sei der Fülle. Dank sei dir, Nammu. Lass uns gemeinsam das Fest der Heiligen Hochzeit feiern." Die Tempelpriesterinnen und Mirjas treten aus dem Inneren der Tempel hervor. Die Jüngsten unter ihnen sind noch Schülerinnen und nicht älter als 17 Jahre. Erst tanzen die Erfahreneren. Sie tanzen in einer Anmut und Schönheit, dass sicher kein Phallus der anwesenden Männer unberührt bleibt. Dazu blasen die Männer auf ihren Flöten. Schlangen, die sie in großen Steingefäßen mitgebracht haben, kommen aus den Gefäßen, ragen mit ihren kleinen Köpfen steil und senkrecht aus den Schalen hervor, zischeln und züngeln und bewegen sich anmutig zur Musik. Man kann erkennen, dass manche von ihnen bis zu zwei Meter lang sind. Immer weiter kommen sie aus den Gefäßen hervor. Die Frauen tanzen mit ihnen und lassen sie um ihre Körper kreisen, als seien die Schlangen und sie eins. Der ganze Tanz dauert fast eine Stunde. Alle Umstehenden haben Rasseln, Trommeln oder andere Instrumente mitgebracht. Nach einiger Zeit ist es, als bebt die Erde unter uns und bewegt sich mit uns in unserem Rhythmus, zu unserem Tanz. Manchen Tänzerinnen sieht man an, dass sie während des Tanzens von Nammu selbst aufgesucht wurden. Sie werden bewegt, und sie stehen im Licht der Erleuchtung. Sie empfangen in ihrem Tanz einen

Schöpfungstraum, den sie verwirklichen wollen. Wenn ein solcher Augenblick eintritt, so wird das von den Mittanzenden gleich wahrgenommen. Sie wenden jetzt ihre tanzende Kraft und Zuwendung ganz derjenigen zu, die von Nammu aufgesucht worden ist, umkreisen sie und unterstützen sie in ihren Bewegungen und Erkenntnissen.

Auch die Männer beginnen nun zu tanzen, sie umtanzen die Frauen, umwerben sie, umkreisen sie, necken sich gegenseitig und spielen miteinander. Immer mehr stellt sich heraus, welche Frauen und Männer voneinander angezogen sind und in diesem Tanz füreinander bestimmt sind. Manchmal sieht man deutlich, wie das leuchtende Feuer des Eros mitten in ihre Körper fährt. Nachdem sie noch eine Stunde, sich gegenseitig umwerbend, getanzt haben, ist es soweit, dass die ersten die Reihe der Tanzenden verlassen und ins Innere des Tempels treten. Hier werden sie von einer der Stammesältesten, die früher selbst den Dienst der Mirjas getan hat, empfangen und in einen der Liebesräume geführt.

In der Regel machen die Mirjas und Liebespriesterinnen selbst den Liebesdienst etwa bis zu ihrem 50. Lebensjahr. Viele der Älteren bringen heute Einzeldarstellungen von ihrem Liebeswissen als Tanz dar. Oft ist dies erfüllt von einer großen Heiterkeit, aber auch von einer tiefen und bunten Fülle, die aus ihrer Lebenserfahrung kommt. Lachend beobachten sie unser Treiben, geben immer wieder Hinweise und Ratschläge, und immer wieder tritt eine von ihnen in unsere Mitte. Man sieht ihnen die Lebensfreude und die Zufriedenheit in ihrem Alter an. Sie sitzen meistens etwas abseits, so dass wir immer zu ihnen gehen können, wenn wir ihren Rat brauchen. Wir lieben und verehren unsere Alten. Sie sind die Hüter unseres heranreifenden Wissens und unserer Vergangenheit, vor der wir großen Respekt haben.

Die ersten Morgenstunden sind vergangen. Der wichtigste Teil unseres Rituals ist abgeschlossen, jetzt beginnt der Festtag. Damit alles geordnet verlaufen kann, wenden wir jetzt unsere Aufmerksamkeit den Clans zu, die ursprünglich nicht zu unserem Stamm gehörten und die zu einer anderen Göttin beten.

Im Vorfeld des Tempels eröffnet eine Mirja ein Gebet für den Clan, der der Göttin der Jagd sein Opfer bringen will. Eine Priesterin tritt an ihre Seite.

Wenn die Menschen heute vom Fleisch der geopferten Tiere essen werden, so sollen sie es im Namen der Heilung und Heiligung tun. In diesem Sinne sprechen die Priesterinnen stellvertretend für alle das Gebet. Sie danken den Tierseelen, wünschen ihnen eine gute Reise und laden sie ein, in ihrem nächsten Leben wiederzukommen. Viele von uns glauben daran, dass die Tierseelen sich freiwillig verabschieden, weil sie sich das nächste Mal als Mensch inkarnieren wollen und von uns jetzt für diesen Übergang und Wechsel die geistige Begleitung wünschen. Ihre Seele wünscht einen Wechsel des Leibes. Die Tierhüter beginnen anschließend, alle Vorbereitungen für das kommende Festmahl zu treffen.

Von den Tieren wird alles verwertet; es gibt nichts, was man nicht ehrt. Man bringt dem Tier die gebührende Achtung dadurch dar, dass es genutzt wird für das fruchtbare Leben der Menschen. Am Mittag, wenn die Sonne im Zenit stehen wird, wird das Festmahl bereitet und die weiteren Gebete gesprochen.

NUDIME UND IHR FEST IN DER LIEBE

Ich befinde mich im zweiten Reigen der tanzenden Schülerinnen der Mirjas und verfolge gebannt den ersten Tanz der aufgehenden Sonne. Zum ersten Mal darf ich an diesem Schlangentanz teilnehmen. Mein ganzer Körper bebt vor Erwartung. Da geschieht es. Mudima ruft meinen Namen. Jetzt bin ich an der Reihe, um den Sonnentanz aufzuführen, den ich wochenlang im Inneren des Tempels geübt habe. Ich habe die Hände über mein Herzchakra gelegt und fühle ein rasendes Pochen. Langsam werden meine Arme nach oben geführt, der Sonne entgegen. Mein ganzer Leib saugt die Strahlen des leuchtenden Lichtes auf. Es beginnt ein Seelentanz, der ganz aus meiner Intuition geleitet wird. Mein Tanz ist Gebet. Mein Gebet ist Tanz. Nammu ist gleich zu Beginn in mich gefahren und lenkt alle meine Bewegungen. Wie in Trance folge ich ihnen. Nachdem ich etwa zwanzig Minuten getanzt habe, höre ich ganz deutlich ihre Stimme in mir.

„Kreise um die Schamanu, kreise um die, die der Göttin geweiht sind. Umwerbe Manava, Manu und Tewlett. Gib dich den Windungen deiner inneren Schlange hin und lass dich von ihr führen. Heute wirst du zum ersten Mal mit dem Aspekt des sexuellen Herzens in Berührung kommen. Es ist der Lebensbereich, der besondere Aufmerksamkeit, Heilung und Pflege braucht.“

Ich folge meiner inneren Stimme. Schüchtern, aber doch entschlossen, nähere ich mich in meinem Tanz den drei Schlangenpriestern. Ich bin noch nie mit einem Schamanu zusammengewesen. Mein Leib ist noch jung und unerfahren in der Liebe. Erst vor einem halben Jahr bin ich in das Liebesleben eingeführt worden. Ich gab mich sinnlich zum ersten Mal erfahreneren Männern hin und wurde in das Glück des sexuellen Lebens eingeweiht. Jetzt hat mich seit einiger Zeit ein neues Gefühl eingeholt. Es ist der personale Aspekt der

Liebesgöttin. Seit Wochen dachte ich dauernd an Kareen. Es ist der schlanke, dunkelhäutige Mann aus dem Nachbarclan, den ich besonders schön und klug finde, anders als die meisten Männer, und dessen sinnlicher Stimme ich besonders gerne lausche. Er ist mir vor wenigen Tagen in einem sexuellen Traum erschienen. Mein Herz ist von der Liebe getroffen worden, und ich weiß, dass ich nun diesen Liebesaspekt vor Nammu bringen muss und von ihr zu lernen habe. Zwei Nächte vorher habe ich darum gebeten, heute, beim Fest der Fruchtbarkeit, zum ersten Mal mit Kareen im Tempel zusammenzutreffen. Kareen ist, ähnlich wie ich, vor kurzem in den pflegenden Tempeldienst der Hagar Qim aufgenommen worden. Wir sehen uns jeden Morgen, wenn wir Schule haben und gemeinsam zum Studium der Sterne gehen.

Jetzt aber werde ich zu den Schamanu geführt. Das ist eine Wendung, mit der ich nicht gerechnet habe. Aber ich weiß, dass Nammu immer wieder auf geheimnisvolle Art die Führung übernimmt und uns ihre Schöpfungslehren offenbart. Ich tanze für sie und gebe meine ganze Konzentration in meinen Körper. Ich fühle, dass sich die Schlange wie eine Spirale in meinem Leib auf und ab bewegt. Noch nie hat das sinnliche Feuer meinen Leib so sehr erfüllt wie in diesem Moment. Ich fühle, wie die ganze Magie meiner inneren leuchtenden sexuellen Sonne im Zentrum meines Bauches liegt und von dort aus die Regie über alle Bewegungen übernimmt. Ich bezaubere die Männer mit meinem Tanz.

Manava ist es, den mein Feuer am meisten entfacht. Kraftvoll umtanzt er meine Mitte, und wenn ein anderer sich mir nähern will, nimmt er mit ihm den Balztanz auf. Er wirbt auf diese Weise charmant um meine Gunst. Flirt und Spiel sind Elemente, die zur Vielfalt und Schönheit von Nammu gehören. Dies wird bei uns gelernt und geliebt.

Nach einiger Zeit bittet mich Manava, mit ihm ins Innere des Tempels zu treten. Schüchtern und erregt folge ich ihm. Ich weiß, dass er mich zum heiligen Tanz der Fruchtbarkeit auffordern wird und dass sein Leib nach meinem verlangt.

„Folge ihm", ist die klare Anweisung von Nammu. Ich folge ihm gerne, denn sein schöner Körper und sein Leuchten haben mich längst in seinen Bann gezogen.

„Bist du bereit, mit mir den Dienst an der Göttin am Tag der Fruchtbarkeit zu vollziehen?" fragt er mich. „Nammu hat mich angewiesen, dich einzuweisen in den sexuellen Aspekt des Herzchakras."

Ich bin so erregt, dass ich kaum zu sprechen vermag. Durch ein Kopfnicken gebe ich ihm zu verstehen, dass ich einverstanden bin. Wir befinden uns im Tempelraum der Liebe, der jetzt hell von der Sonne erleuchtet wird. Durch eine Öffnung können wir über die Hügel der Insel auf das nahegelegene Meer schauen. Manava umfasst mich fest mit seinen beiden Armen von hinten und ruft Nammu zu uns. Es dauert nicht lange, bis wir zu Boden sinken. Ich befinde mich auf den Knien, auf einen Tempelstein gelehnt und schaue direkt der Sonne entgegen. Manava ist hinter mir. Dies ist eine Stellung, die wir alle auf der Insel besonders lieben, wenn es im Kontakt darum geht, auf besondere Weise mit Nammu verbunden zu bleiben. Ich öffne ihm meinen Schoß. Manava hält meine Taille von hinten in seinen kräftigen Händen. Unser sexueller Akt ist ein einziges Gebet. Es ist das üppigste, reichste und vollste Gebet, das wir zu beten vermögen. Ein wesentlicher Schöpfungsaspekt von Nammu erfüllt sich durch unsere Leiber. Ich fühle, wie sein Phallus, der prall und doch weich und einfühlsam ist, meine innere leuchtende Kugel so tief berührt, wie sie noch nie berührt worden ist. Mir ist, als bewege sich meine sexuelle Schlange spiralförmig bis ins Herzchakra und öffne es auf vollkommen neue Weise. Nach dieser ersten kraftvollen Begrüßung unterbrechen wir den sexuellen Akt, und ich drehe mich zu ihm. Kniend sitze ich vor ihm und bin fasziniert von seinem Anblick. Ich sehe sein volles Glied vor mir und betrachte es aufmerksam, wie ich es noch nie getan habe. Er nickt mir aufmunternd zu.

„Ja, nimm dir die Zeit, dem zu folgen, wonach du verlangst. Die Göttin wünscht von dir, dass du die tieferen Seiten des Eros *jetzt erfährst und kennenlernst." Ich beuge mich hinunter und nehme sein steifes Glied zwischen meine weichen Brüste. Ich kann sehen, wie es sich bewegt, wie es pulsiert, meine langen Haare bedecken mein Gesicht. Ich atme seinen wohlriechenden Duft. Behutsam umschließe ich ihn mit meinen Lippen. Er streicht durch mein Haar, und nach einer Weile entzieht er sich sanft wieder.*

„Hüte seine werdende Kraft im Zentrum deines Herzens", flüstert mir Manava zu. „Führe ihn dorthin, wo er immer im Dienst der Frauen und der Göttinnen geborgen bleiben kann. Folge ganz dem Feuer deiner Liebe. Tue nichts, was du nicht liebst, und tue nie etwas, bevor deine innere Stimme dich nicht dazu gerufen hat. Dein Herz schlägt für Kareen, wahrscheinlich wirst du noch heute zu ihm gehen. Die Sehnsucht nach dir brennt in seinem Herzen. Stille sie, sobald du fühlst, dass es soweit ist, und biete ihm dein geöffnetes Herzchakra, damit er seinen Phallus an dir aufrichten kann und in der Zone deines Herzens Schutz findet. Es ist dein Schutz, der ihn davor behütet, in die Falle von Macht und Eitelkeit zu treten."

Dann nimmt er mich noch einmal von hinten. Dieses Mal nimmt er mich ganz. Mit kräftigen Stößen erfüllt er meinen Leib. Ich fühle, wie die leuchtende Sonnenkraft der Sexualität, die im Äußeren mein Gesicht erleuchtet, sich im Inneren meines Herzens fest verankert. Meine sexuelle Kraft des Herzens ist in diesem Moment voll erwacht. Noch nie zuvor hat mein Leib so jubiliert. Manava behält seinen Samen bei sich; er will heute noch für viele Frauen bereit sein. Er zieht sein noch pralles Glied aus mir heraus, versetzt mir einen leichten Klaps auf mein wohlgeformtes Hinterteil und sagt lachend: „Jetzt bist du wissender geworden. Dein sexuelles Feuer brennt so stark, das kann einem die Lenden sprengen. Pass auf, dass die Männer daran nicht verbrennen. Lass die Männer wieder ziehen, wenn du fühlst, dass es genug für sie ist. Ich jedenfalls muss meine Kraft jetzt aufbewahren für andere werdende Mirjas, die noch zu mir kommen."

244

Das Blut ist mir in die Wangen gestiegen, meine Augen strahlen. Ich erhebe mich, und mein langes Haar fällt über meine Brüste und bedeckt meinen fraulichen Leib. Ich danke Manava aus vollem Herzen. Er ist tatsächlich ein Diener der Göttin. Er verkörpert viel von dem, wie ich mir den kommenden Liebhaber immer vorgestellt habe.

Ich weiß jetzt, was ich an Kareen zu verschenken habe. Mein geöffnetes, sinnlich liebendes Herz ist das Geschenk an ihn. Ich weiß jetzt, wie ich ihn dorthin führen kann, ohne dass zu große Ungeduld mich leitet. Ich gehe zum Waschtrog, wasche mich und kehre wieder zu den anderen zurück. Draußen schlagen immer noch die Trommeln. Das Feuer für den Braten ist angezündet worden. Eine große Menschenmenge sitzt vor den geöffneten Toren des Tempels. Überall sehe ich erhitzte und leuchtende Gesichter. Ich beobachte, wie die Männer das Fleisch zerschneiden und es den Hungrigen reichen. Dazu trinken sie von dem gegorenen Saft in durstigen Zügen. Ich beteilige mich nicht an diesem Mahl. Die wenigsten Frauen tun das. Ich kenne den Duft des Bratens, der sich mit den Kräutern vermischt. Als ich ihn das erstemal bewusst gerochen habe, war ich erstaunt, denn ich bemerkte, dass er wohlriechend war. Erst das Bewusstsein darüber, woher dieser Duft kam, erzeugte in mir das tiefe innere Nein. Nach wie vor gefällt mir dieser Brauch nicht. Zu oft habe ich beobachtet, wie sich eine gewisse Gier in den Gesichtern der Männer abzeichnet, wenn es um die Tötung von Tieren geht. Daran will ich mich nicht beteiligen, weil ich diese Art des Todes nicht verstehen kann. Ich identifiziere mich selbst mit dem Tier. Warum soll es, anders als wir, eines unnatürlichen Todes sterben, auch wenn man sagt, dass es das freiwillig tut? Sollen sich die Männer doch lieber in der Liebe schulen und ihre Kraft dafür hüten, statt sich in der künstlichen Zerlegung eines Leibes zu verwollustieren. Es gibt eine andere Möglichkeit, das Innere und das Wesen eines Lebewesens zu erfahren. Ich schlinge meine Arme um den Hals eines lebenden Büffels, der hier dem Tempel von Hagar Qim geweiht ist und uns als heilig gilt. Ich flüstere liebende

Worte zu der Seele des Tieres. Ich tue dies im Andenken an alle
Tiere, die sich verabschiedet haben und geopfert worden sind.
Wann werden unsere Priesterinnen endlich diesen Brauch der
Opferung von Tieren wieder verbieten?

Ich sehe Manava, der schön und erfüllt aus dem Inneren des
Tempels tritt. Ich laufe noch einmal zu ihm und danke ihm.
Auch er isst nicht von dem Fleisch der Tiere, was meine Liebe
und Ehrfurcht vor ihm noch vergrößert.

Dann gehe ich fort, setze mich an die Klippen und sinne über
das, was eben mit mir geschehen ist, nach. Gleich werde ich
zu Kareen gehen und ihm mein neues Geschenk bringen. Ich
werde ihm mein neu gewonnenes Wissen in der sinnlichen
Liebe präsentieren. Ich weiß, dass er in meinem Herzen wohnt.
Es ist der Wunsch der Göttin, dass ich ihn für viele Jahre zum
Freund haben werde. Ich werde ihn begleiten auf dem Weg
des werdenden Liebhabers und Schamanus, denn dafür ist
seine Schönheit gedacht. Auch das weiß ich tief in meinem
Herzen. All das wurde mir richtig offenbar, als die sexuelle
Kraft Manavas mich voll im Herzzentrum berührte. Durch
die Führung anderer Mirjas, aber wesentlich durch mich und
meine sinnliche und partnerschaftliche Begleitung, wird Kareen
es lernen, seine sexuelle Heilkraft den Frauen zu schenken.
Er wird es mir durch eine große Liebeskraft danken. Meine
Schönheit und körperliche Fülle sind dazu da, dass er sich an
mir immer wieder auftanken und die neuen Entdeckungen
machen kann. Sie werden im intimen Raum des Vertrauens
wachsen, und er wird sie dann auch anderen zum Geschenk
machen. In mir wohnt ein großes Glück der werdenden Liebe.
Ich habe keine Eile mehr, und das ist gut so. Kareen und ich
werden im richtigen Moment aufeinander treffen, das weiß ich
jetzt. Ich danke Nammu für das große Geschenk, das sie mir
heute offenbart hat, schon jetzt, wo der Tag noch so jung ist.

Das Ende der alten Kultur auf Malta

Es vergingen weitere Jahrhunderte in dieser friedlichen und sinnlichen Daseinsweise. Unsere Künste und Fertigkeiten vertieften und verfeinerten sich. Unsere Männer wurden reifer und mächtiger. Immer mehr Reisende vom Festland kamen und suchten unsere Friedensschule auf. Wir wussten, dass die Kriege und Eroberungen auf dem Festland zunahmen. Immer mehr Nachrichten von Zerstörung und Gewalt kamen zu uns. Man erzählte uns von der Umkehrung aller Werte. Man berichtete von den Religionen anderer Völker. Hier war die Göttin nicht mehr die Mutter allen Lebens. Die Frau war zur Verkörperung des Bösen geworden. Mit ihr wurde auch die Schlange, bei uns ein Symbol der Göttin, verteufelt. Man erzählte, dass die Frau sich mit der Schlange verbündet habe, um den Mann zur Sinnlichkeit zu verführen. Das habe ihn ins Verderben geführt. Die Sexualität, die Ursprungsquelle allen irdischen Lebens, wurde verteufelt. Viele Frauen, Heilige und Priesterinnen wurden verfolgt und getötet. Wir wussten, dass manche unserer Kraftorte auf dem Festland bereits entdeckt und vernichtet worden waren. Die ersten Priester fremder Religionen hatten den Weg zu uns gefunden. Wir duldeten sie, aber wir wussten auch, dass sie große Gefahr mit sich brachten.

Eines Nachts hatte die Priesterin Raschnim im Tempel Hal Saflieni im Hypogäum einen Traum. Sie erwachte mit einer neuen Botschaft. Sie rief das ganze Volk zusammen, um sie zu verkünden. Sie erzählte, dass ihr im Traum fremde Priester erschienen seien, Priester der Rache und des Zornes. Diese planten einen Angriff auf die Insel. Sie wollten die Kultur vernichten, die wir über die Jahrtausende hinweg gehütet und aufgebaut hatten. Unser Paradiesestraum war aber noch lange nicht ausgereift. Er hatte noch nicht seinen Glanz und Höhepunkt erreicht. Wir durften nicht zulassen, dass unsere Tempel vernichtet würden, denn das würde den Untergang und

247

die Zerstörung unseres gesamten Kulturtraumes beinhalten. Er musste für die kommenden Jahrhunderte bewahrt bleiben.

Die Priester in Raschnims Traum hatten Waffen aus Metall. Sie würden alle Frauen, die noch nicht mit Männern zusammengewesen waren, mit sich nehmen und zur Sexualität mit ihnen zwingen. Unsere Mirjas, Tempeldienerinnen, Orakelpriesterinnen und alle weiteren Frauen, die schon von Männern berührt worden waren, würden eines gewaltsamen Todes sterben müssen. Alle Männer sollten zunächst beschnitten werden, dann würde man ihre Vorhäute den rachsüchtigen, vom perversen Geist durchdrungenen Tempelpriestern bringen, damit sie sich von ihrer Entmachtung der Männer überzeugen könnten. Anschließend würde man sie töten. Kein einziger Mann der weichen Kraft, der an die Göttin glaubte, sollte am Leben bleiben. Ihr Vorbild war der Kriegsgott, der Gott der Macht und Herrschaft. Noch nie hatte Raschnim einen Traum so leibhaftig und unmittelbar erfahren. Sie wusste, dass auch im Inneren unseres Volkes etwas vor sich gehen musste, das diese Gefahr möglich machte. Wahrscheinlich waren die Priester, die uns bereits besucht hatten, mit ihrem geistigen Gift erfolgreich gewesen und hatten auch manche unserer Seelen mit dem Gedanken an Macht, an Reichtum und kulturelle Bequemlichkeit berührt. Jetzt musste etwas Besonderes geschehen, um unseren kosmischen Lebenstraum weiter zu schützen. Dass dieser Traum überhaupt bis ins Innere der Erde hatte eindringen können, bis in Hal Saflieni, war ein Zeichen großer Verletzlichkeit. Das Hypogäum ruhte im Erdinneren und hatte die Form des kosmischen Eis. Diese Form war es, die den Träumen bis dahin eine besonders hohe Schutzkraft verliehen hatte.

Raschnim wusste, dass sich unser Volk in ganz realer Gefahr befand. Während einer Umlaufbahn des Mondes berieten sich alle Orakelpriesterinnen der Insel. Jeder im Stamm ahnte, dass etwas Besonderes passieren würde. Schließlich kamen unsere Ältesten zu folgendem Beschluss: Wir würden die Insel verlassen, so wie schon vor Jahrhunderten unsere

248

Vorfahren den Steinkreis in Portugal verlassen hatten. Einige der Stammesältesten würden diese Erde freiwillig verlassen. Wer sich dazu aufgerufen fühlte, durfte mit ihnen gehen. Sie mussten dies tun, um aus dem kosmischen Raum heraus verstärkt ihren Schutzgeist walten zu lassen. Sie würden diesen Planeten auf jeden Fall unverletzt verlassen, frei von Angst und unberührt von der Zerstörungswut anderer Menschen. Sie würden unseren kosmischen Traum im All und auf den Sternen reifen lassen, bis die Zeit gekommen sein würde, ihn hier auf dem Planeten Erde ganz zu Ende führen zu können. Die anderen sollten mit Schiffen die Insel verlassen. Sie würden zu einer weiteren Insel geführt werden. Hier lebten wenige, friedfertige Bewohnerinnen und Bewohner, mit denen wir Kontakt pflegten. Hier würden wir die Entwicklung unserer Kultur fortsetzen und uns mit ihrer Kultur verbinden.

In Windeseile wurden Schiffe gebaut. Es verging kaum ein Monat, bis alles vorbereitet war. Ernst und gehorsam folgten wir allen unseren Eingebungen. Es war für uns alle ein schmerzhafter Schritt, aber wir wussten, dass wir ihn tun mussten. So verließen wir die Insel, ohne dass auch nur eine Seele unseres Volkes verletzt wurde.

Als die fremden Priester mit ihren Schiffen und ausgerüstet mit Waffen unsere Insel erreichten, fanden sie keine Menschenseele mehr vor. Unsere Tempel waren energetisch so geschützt, dass man sie stehen ließ. Die Priester sahen keinen Grund mehr darin, sie zu vernichten. Sie wussten nicht, welche heilende Funktion diese Tempel immer noch hatten.

So konnte unsere Kultur ihre weiteren Blüten entfalten, zunächst auf Kreta, dann im frühen Ägypten und auch in anderen Ländern. Dies führte dazu, dass unser Kulturgedanke trotz aller Vernichtungsversuche immer seine Fortsetzung fand. Bis in eure heutige Zeit hinein werdet ihr auf Menschen treffen, die ein bewusstes Leben führen, das seine Wurzeln in unserer urgeschichtlichen Kultur hat. Sie leben meistens sehr einfach und mit dem Gemeinschaftsgeist verbunden. Sie pflegen die Kunst, mit den Steinen zu sprechen, sie leben so, dass sie unsere

Ahnen hören und den Kontakt mit ihnen pflegen können. Manche pflegen noch die Kultur der Tempelpriesterinnen, die auf Nammus Stein ihren Tempelschlaf halten. Sie führen ein Leben, das von der Kultur der Göttin geprägt ist, das die sexuelle Liebe zwischen Männern und Frauen heiligt und ehrt. Da sie in allen Kulturen verfolgt wurden, leben sie an den verstecktesten Orten, unerkannt irgendwo in den Bergen unbeachteter Regionen. Der Lebensraum dieser Völker ist inzwischen überall bedroht. Die Erde ist so zerstört, dass ihnen die natürlichen Lebensbedingungen zunehmend genommen werden. Bis in eure Gegenwart werden friedliebende Völker verfolgt und ihre Kultur mit allen Mitteln vernichtet. Manche werden mit Gewalt ausgerottet, andere mit subtilen Mitteln gezwungen, fremde Lebensformen anzunehmen. Sie werden christianisiert und zum patriarchalen Glauben bekehrt. Sie werden zur Ehe gezwungen, indem man ihnen weismacht, dass ihre ursprünglichen Lebensformen unmenschlich seien. Ihre Wälder werden zerstört und für die Herstellung sinnloser Konsumgüter genutzt. Man zwingt sie, in Häusern zu leben, obwohl ihr natürlicher Lebensraum in der freien Natur wäre. Die Überheblichkeit eurer westlichen Kulturen ist grenzenlos geworden. Die Urvölker und die wenigen Weisen der verbliebenen alten Kulturen allein vermögen den Planeten nicht zu retten.

Aber auch in den westlichen Kulturen sind Friedenshüter zu finden. Oft haben diese ihren Ursprung in den Friedenskulturen vergessen. Sie pflegen keinen bewussten Kontakt zu ihren Ahnen; sie erinnern sich auch nicht an die Kunst, mit den Pflanzen und Tieren zu sprechen. Und doch werden sie von der Göttin geleitet. Ihr Herz hat die Verbundenheit zu ihr und der Wahrheit nicht verloren. Sie kämpfen mit unbeirrbarer Kraft für die Wahrheit und den Frieden auf dem Planeten.

Jetzt wird die Zusammenarbeit aller Friedenshüter dringend gebraucht. Ein feldbildendes, gewaltiges Umdenken aller Kulturen ist zwingend geworden. Ihre Lebens- und Liebesräume sind inzwischen so entfremdet, dass sie keine große Chance mehr haben, lange zu überleben. Die sozialen und ökologischen Krisen, die sie angerichtet haben, zwingen jetzt zu radikalem Umdenken.

Sie sind herausgefordert, neue Formen des Zusammenlebens zu entwickeln, die es wieder möglich machen, dass der Planet Erde seine Freiheit zurückbekommt und die Göttin wieder atmen kann.

Sie müssen zurückfinden zu einer Kulturform, die den Zeitgeist der Göttin versteht, ehrt und achtet, sonst werden sie sich und die Erde zerstören.

Wenn es viele sind, die sich zur rechten Zeit an den Traum von Nammu erinnern, wenn es viele sind, die sich an ihre eigene ursprüngliche Schönheit, an ihr Wissen und ihre friedliche und sinnliche Kraft erinnern, dann wird es möglich sein, dass dieser Traum zu Ende geträumt wird und der Paradiesestraum Erfüllung finden kann. Dazu ist es nötig, dass diese Menschen den Mut finden, ihre Stimme wieder zu erheben. Sie dürfen nicht mehr zulassen, dass sie von der Macht der Zerstörung regiert werden und diese schweigend erdulden. Es ist nötig, dass sie ein machtvolles Netzwerk des Herzens bilden, das die Kraft hat, auch andere an ihren liebenden Ursprung zu erinnern. Die Berührung im Herzchakra mit der großen Kraft der Göttin vermag Welten zu verwandeln. Jetzt ist die Zeit reif für diese Umkehr. Wenn die ersten Menschen ihre Stimme so erheben, dass sie gehört werden kann, dann werden sie sich wieder in vollem Umfang an ihren kosmischen Traum der ewigen Liebe erinnern können. Sie werden wieder wissen, warum sie für dieses Leben angetreten sind, und alles, was in ihrer Macht liegt, zur Heilung des Planeten tun. Dies wird erst eintreten können, wenn sie Eitelkeit, Macht- und Besitzdenken, Rache und Hass hinter sich gelassen haben, weil sie dann bereit sind, eine vollere und umfangreichere Kraft in sich zu erkennen und anzunehmen.

Aber wir haben nicht mehr viel Zeit zu verlieren. Es ist ein Notruf der Erde, der sich in Unwettern und Katastrophen meldet, Menschen in den Wahnsinn treibt und ganze Tierarten zum Abtreten bewegt. Auch die wahnsinnig Gewordenen, die als Despoten ganze Völker in den Krieg führen, sind gequälte und abgespaltene Teile von verirrten Seelen, die ihre Quelle und Verbindung zur Göttin verloren haben. Es ist der Schrei der Ertrinkenden, die jetzt in ihrem letzten Aufbäumen noch einmal alle Mittel ihrer Macht zum Angriff einsetzen. Sie wissen nicht, was sie tun. Es ist der verzweifelte Schrei aller Lebewesen, der Ruf der Göttin: Erinnert euch an eine Macht, die höher ist als alle Gewalt. Erinnert euch an eine Lebensmöglichkeit, die aus der Fülle und der Liebe kommt. Tretet ein in die Wahrnehmung für diesen Planeten Erde. Übernehmt Verantwortung für diese Erde und eure Mitgeschöpfe, indem ihr wieder lernt, ein erfülltes Leben zu führen. Euer Leben sei ein Gebet. Seid Geburtshelfer bei der Entstehung eines neuen Kulturgedankens, der jetzt tief im Inneren der Erde und in euch keimt. Versteht euch selbst als Quelle und Keimkraft einer neuen Kultur. Jede Kraft wird gebraucht. Es ist die letzte Rettungsmöglichkeit, die euch die Erde noch bieten kann. Auf- oder Untergang, das ist die Frage, vor der das gesamte Leben auf dem Planeten Erde heute steht. Die Menschheit, die Mittel zur Zerstörung des Lebens in den Händen hält, hat auch die Mittel zu seiner Heilung in der Hand.

ABSCHIED UND HEIMREISE

Die Heimreise entwickelte sich für mich noch zu einer wichtigen Lehrstunde im kosmischen Klassenzimmer, zu einem wesentlichen Element meiner spirituellen Erfahrung. Sie lehrte mich wieder einmal, dass ein Ende niemals nur das Ende, sondern immer auch ein neuer Anfang ist. Es war, als wollte die Göttin mir noch einmal mit allen ihr zu Verfügung stehenden Mitteln ihre Anwesenheit präsentieren.

Eine Freundin hatte mich angerufen und mich gebeten, den Rückflug umzubuchen und über Berlin zu fliegen. Es gebe wichtige Dinge zu besprechen. Sie erzählte mir am Telefon, dass sie einen Flug nach Portugal von Berlin aus schon für mich reserviert habe.

Mein Herz wollte viel lieber so schnell wie möglich zurück nach Portugal, aber mir leuchtete ein, dass dieses Treffen notwendig war. Nach mehreren vergeblichen Versuchen, mit tatkräftiger Unterstützung von Marici, die ebenfalls einen Rückflug suchte, gab ich schließlich auf.

Ich ging ins Gebet und erzählte meiner kosmischen Begleitung, wie wichtig dieser Umweg über Berlin für mich war. Ich hatte geplant, dort eine Nacht zu bleiben und am nächsten Morgen weiterzufliegen.

Du musst ein sehr präzises und waches Verhältnis zur Wirklichkeit haben, um von hier aus mit der Kraft deines universellen Willens eine andere Wirklichkeit zu schaffen. Die Reise wird eine hohe Schule für dich. Begib dich mit der Kraft deines Vertrauens hinein, du stehst vor hohen Aufgaben für die kommende Zeit. Geh einfach zum Flughafen und versuch es von dort aus, war die sehr klare Anweisung, die ich erhielt. Ich folgte ihr. Die Dame am Schalter beteuerte mir noch einmal, dass eine Umbuchung unmöglich sei. Nachdem ich jedoch eingecheckt hatte, gab sie mir den Tipp, zu einem bestimmten Schalter zu gehen und mir einfach eine Bordkarte für Berlin geben zu lassen. Bis London säßen die Reisenden nach Berlin und nach Köln sowieso im gleichen Flugzeug. Sie schlug mir also einen Tausch unter der Hand vor. Das Gepäck war allerdings schon weg und lief über Köln. Ich wollte schon aufgeben ob der vielen ungereimten Aussagen. Aber mein kosmisches Telefon klingelte.

Mach, beeile dich. Jetzt gerade ist eine Person am Schalter, die es dir möglich machen wird.

Also rannte ich los. Tatsächlich gaben sie mir eine Bordkarte nach Berlin, obwohl ich nach wie vor ein Flugticket nach Köln hatte. Auch mein Gepäck war auf dem Weg nach Köln. Es enthielt wichtige Unterlagen, die ich für unser Treffen in Berlin brauchte. Folgender Gedanke schoss mir durch den Kopf: *Alles, was mir im Äußeren widerfährt, steht in Resonanz mit inneren Vorgängen. Aus ihnen setzt sich mein Schicksal zusammen. Wie innen, so außen. Wie ich in den Wald hineinrufe,* so hallt es zurück.

Ich telefonierte nach „oben": „Könnt ihr mir irgendwie ermöglichen, dass mein Koffer auch nach Berlin geht?" Im selben Moment tippte mir ein Angestellter auf die Schulter, ein dunkelhäutiger junger Mann. „Ich habe Sie beobachtet und alles mitbekommen. Wenn Sie möchten, dass der Koffer nach Berlin geht, kann ich Ihnen helfen."

Ich war vollkommen perplex. Jetzt wurde mein Gebet schon unmittelbar von fremden Personen erhört.

„Kommen Sie schnell", rief er und war auch schon unterwegs. Ich folgte ihm.

Am Fließband wurde das Gepäck gerade auf die einzelnen Flüge verteilt. Er bat mich, ihm meinen Koffer zu zeigen. Der lief tatsächlich gerade vorbei. Der junge Mann hob die schwere Last vom Fließband und brachte sie zu dem Förderband für den Flieger nach Berlin. Dann rannte er noch mit mir zu einem Schalter, um mir einen Beleg für den Koffer auszustellen.

„Machen Sie, beeilen Sie sich, Sie müssen jetzt einsteigen", rief er mir zu. Ich bedankte mich und eilte als letzte in die

Warteschlange. Die meisten waren bereits eingestiegen. Erschöpft sank ich schließlich in meinen Sessel. Marici, die mit mir gemeinsam nach London flog, sagte lachend:

„Das war kosmische Führung. Die Geister sind auf deiner Seite."

Ein letztes Mal sahen wir die Insel von oben. Ich dankte meiner kosmischen Begleitung für die tiefen Einblicke, die ich auf Malta erlebt hatte, und grüßte im Geist ein letztes Mal die Hüterinnen der Tempel und der Friedenskultur auf Malta.

Berlin war ein kräftiger Kultursprung aus meiner „Klosterklause" hinein in das Stadtleben. Viele Menschen wollten mich treffen und erfahren, wie meine Reise verlaufen war. Nebenher hatten wir einige organisatorische Fragen zu lösen. Ich versuchte, so gut es ging, in meiner Verbundenheit zu bleiben. Zu meinem Entsetzen erfuhr ich, dass mein Rückflug doch nicht sicher war. Man hatte noch versucht, mich auf Malta zu erreichen, um mir Bescheid zu geben, aber ich hatte das Hotel gerade verlassen. Trotz aller Versuche schien zur Zeit kein Rückflug nach Portugal frei zu sein.

Eigentlich war mir nicht nach neuen Abenteuern zumute, aber ich wollte auf jeden Fall schnell zurück. Ich hatte meine Reise bis aufs Letzte hinausgezögert. Jetzt warteten in *Tamera* wichtige Aufgaben auf mich.

Schließlich erhielt ich einen Rückflug von München aus und würde bis dort mit dem Zug fahren müssen – über Nacht, da mein Flugzeug früh am nächsten Morgen startete.

„Wenn das mal gut geht. Nachher ist der Zug voll und ich komme nicht nach München", dachte ich etwas ironisch.

Eine Freundin brachte mich zum Bahnhof, wo ich sofort zum Schalter ging. Dort geschah, was ich nur scherzhaft für möglich gehalten hatte. Die Frau am Schalter schaute mich fragend an. „Ein Ticket nach München? Damit kann ich Ihnen nicht weiterhelfen. Der Zug ist vollkommen ausgebucht." Mir fiel der Himmel auf den Kopf. „Vielleicht tritt ja jemand zurück oder es kommt jemand nicht", versuchte ich die Frau am Schalter zu überzeugen. Ich erklärte ihr, dass ich morgen früh um sechs Uhr am Flughafen sein müsse.

Sie wiederholte nur. „Da ist nichts zu machen.“

Eine ohnmächtige Wut stieg in mir auf. Ich konnte und wollte es nicht glauben, dass da nicht irgendwo in diesem Zug ein Plätzchen für mich frei sein sollte.

Nur in einer Situation der inneren Auswegslosigkeit entsteht diese ohnmächtige Wut gegen andere oder Resignation. Du betrachtest dann die Wirklichkeit als eine äußere, von dir getrennte Realität und übersiehst deine schöpferische Freiheit, Wirklichkeit zu schaffen. In dieser Freiheit wirkt die Göttin in jedem Augenblick.

Ich wusste diesen Hinweis nicht gleich in die Praxis zu übersetzen. Ich versuchte, innerlich loszulassen und meine Fixierung, diesen Zug unbedingt erreichen zu müssen, zu verabschieden.

„Gibt es denn irgendeine andere Möglichkeit, noch rechtzeitig nach München zu kommen?“ fragte ich.

„Ja, in einer Stunde fährt ein Zug. Aber da müssen Sie viermal umsteigen. Und er ist wahrscheinlich zu knapp. Sie müssten dann in München sehr, sehr schnell sein, um zum Flughafen zu kommen“, war die Antwort.

Mir fiel ein zweites Mal der Himmel auf den Kopf. Mit schwerem Koffer samt Computer, Drucker, Büchern und schwerem Stein mitten in einer Februarnacht auf irgendwelchen fremden Bahnhöfen herumfrieren und dann noch dauernd mit dem Druck, den Flieger nicht zu verpassen: Die Vorstellung war nicht sehr einladend.

„Was soll ich machen?“ fragte ich verzweifelt nach oben.

Solange du der Meinung bist, dass äußere Umstände Schuld an der Situation sind, in der du dich gerade befindest, machst du dich zum Opfer dieser Situation und gehst nicht in Schwingung mit der Frequenz, in der deine mögliche Freiheit liegt, eine neue Wirklichkeit zu schaffen. Komm erst einmal zur Ruhe. Gehe in die Kneipe nach nebenan und trinke ein Bier.
Ich folgte. Etwas verzagt verließen wir den Schalter. In der

Kneipe begannen wir, alle möglichen Lösungsvorschläge hin und her zu schieben, bis eine sehr strenge kosmische Stimme mich darauf hinwies:

Wenn du so voll bist mit Eifer und Reaktionen, lässt du keinen Raum für mögliche Lösungen. Erinnere dich an Malta und alles, was du gelernt hast. Lass jetzt erst einmal vollkommen los. Redet über ganz andere Dinge, aber nicht über die Reise.

Verblüfft über diese Anweisung, die sehr streng zu mir kam, folgte ich sofort. Sie bewirkte auf Anhieb, dass mir leichter ums Herz wurde. Ich erinnerte mich daran, dass ich unter Führung stand, wenn ich vertraute. Also wechselte ich das Thema. Wir sprachen über Belanglosigkeiten. Irgendwann gewann unser Gespräch an Tiefe, so dass ich meine Schwierigkeiten tatsächlich für einen Moment vergaß. Mit der Zeit wurde ich fast heiter, bis ich wieder sehr unmittelbar unterbrochen wurde.

Geh noch einmal zum Schalter. Jetzt sofort. Deine Freundin soll das Gepäck holen.

Meine Freundin mag etwas erstaunt gewesen sein, wie abrupt ich das Gespräch unterbrach und meine Anweisungen gab. Aber sie machte sofort mit. Ich zahlte und lief zum Schalter; sie holte das Gepäck. Am Schalter war die Dame auf einmal wie verwandelt. „Gut, dass Sie noch einmal kommen. Gerade habe ich gesehen, dass jemand sein Ticket nicht abgeholt hat. Es ist ein Zweibettabteil. Holen Sie Ihren Koffer, Sie müssen sich beeilen. Ich muss jetzt nur noch den Zugführer erreichen." Sie begann zu telefonieren. Ich wollte mein Geld ziehen und bezahlen. Sie winkte ab. „Gehen Sie und warten Sie am Bahnsteig, bis Sie jemand abholt. Sie können dann im Zug bezahlen. Der Zug fährt gerade ein. Ich erreiche jetzt niemanden", sagte sie freundlich, aber bestimmt.

Meine Freundin kam mit dem Koffer. Gemeinsam schleppten wir das Gepäck auf den gegenüberliegenden Bahnsteig. Dort stand ich gespannt, was nun geschehen würde.

„Bitte zurücktreten. Bitte die Türen schließen, der Zug fährt gleich ab", hörte ich es schon aus dem Lautsprecher tönen. „Steig einfach ein", flüsterte mir meine Freundin zu. Sollte ich einfach einsteigen? Ich versuchte, auf mein Inneres zu horchen.

Nein, warte. Es nimmt alles seinen richtigen Lauf.

Ich wartete. Dann hörte ich wieder eine Stimme durch den Lautsprecher: „Der Zugführer wird gebeten, sich am Schalter zu melden. Zugführer, bitte melden. Bitte melden Sie sich am Schalter 21." Die Zeit verstrich. Welche Ruhe in den Organismus zieht, wenn das Vertrauen wieder ganz hergestellt ist! Inzwischen hatte der Zug zwanzig Minuten Verspätung. Ein eigenartiges Gefühl, dass wegen mir ein ganzer Zug angehalten wurde. Schließlich kam ein Mann zu mir.

„Sind Sie Frau Lichtenfels? Schnell, steigen Sie ein und kommen Sie dann mit mir." Ich verabschiedete mich von meiner Freundin.

„Jetzt bin ich einmal Zeugin geworden von deiner spirituellen Art zu reisen", rief sie mir noch zu. Ich lief mit meinem schweren Gepäck hinter meiner Begleitung her durch den langen Zug. Mir wurde ein Ticket ausgehändigt. Ich zahlte einen erstaunlich geringen Preis für das Abteil: Ein Zweibettzimmer ganz für mich allein, mit einer geräumigen Dusche fast wie ein Hotelzimmer.

Ich lag fast die ganze Nacht wach, aber ruhte wunderbar. Das regelmäßige Rattern der Räder auf den Schienen, die Klänge der Lautsprecher auf den verschiedenen Bahnhöfen, ab und zu das Pfeifen vor den Tunnels, alles dies war genau die richtige Hintergrundmusik, um die Ereignisse, die ich auf Malta erlebt hatte, noch einmal Revue passieren zu lassen. Die Nacht wurde zu einer philosophischen Zusammenfassung alles Erlebten und zu einer Besinnung auf das Kommende. Lilith kam noch einmal zu mir.

DIE GEDANKLICHE ESSENZ: DAS SCHICKSAL DER LIEBE

Ich dachte darüber nach, wie der Kommunikationsfluss zwischen vergangener Zeit und Gegenwart überhaupt möglich werden konnte. Im Halbschlaf sah ich das Gesicht der Lilith vor mir, dieses Mal als erwachsene, entschlossene Frau. Die Spirale drehte sich vor meinen Augen. Fast war ich im Zustand des Schlafes, aber mein Geist blieb beweglich und wach. Folgende Worte kamen zu mir:

Die vielen spirituellen Erfahrungen deiner Reise waren nur möglich, weil sich letztlich alle Wirklichkeit aus Informationen zusammensetzt. Die gesamte Biosphäre ist ein informierendes und kommunizierendes Gesamtsystem. Information geschieht ständig so elementar wie das Atmen.

Der Mensch und seine Gesellschaftsformen sind in den letzten Jahrtausenden erkrankt, weil der Mensch sich selbst aus der universellen Einbettung seiner Lebenszusammenhänge hinauskatapultiert hat. Die kosmischen Kräfte sind durch den Menschen ins Ungleichgewicht geraten. Dadurch können Kräfte, die sonst als Heilkräfte wirken, Zerstörung anrichten. Durch ein geschichtliches Unglück folgt der Mensch seit Jahrtausenden dem spirituellen Gesetz und der Information der Angst. Die Folgen davon sind gestaute Wut, Hass, Eifersucht, Unfähigkeit zur Liebe, Kontaktlosigkeit, Gewalt, Unterdrückung, Herrschaft und Zerstörung. Spirituelle Praxis verlangt eine unverlogene Lebensbasis, und sie verlangt als Grundkraft das Vertrauen.

Zu schaffen ist ein System, das aus der Grundkraft des Vertrauens hervorgeht. Als Folge davon entstehen menschliche Qualitäten wie Schönheit - schön ist zum Beispiel die Bewegung eines angstfreien Körpers -, Wahrheit, Verantwortlichkeit, Kontakt und Kommunikation, freie und universelle Liebesfähigkeit, Pflege, Teilnahme an der Welt und Fürsorge.

Vertrauen ist eine bewusste Entscheidung. Mit dieser Kraft vermag ein Graskeimling die Asphaltdecke zu durchdringen. Nur in der Wiederverbindung einer tiefen Geborgenheit im All, im Leben und im Universum liegt die Kraft, die in der Lage ist, Angst zu stillen und zu heilen.

Ich fuhr hinein in eine andere Wirklichkeit. Ich fühlte mich wie auf einer Zeitreise und befand mich soeben auf der Brücke über die Zeit. Jetzt stand ich vor der Aufgabe, alle meine Erfahrungen in die Gegenwart zu übertragen. Ich würde es mir zur Aufgabe machen, die urgeschichtliche Utopie und den Geist der Göttin in unseren Alltag in Tamera hineinleuchten zu lassen.

Mein Entschluss stand fest: „Ich werde mitarbeiten an den Axiomen einer neuen und gewaltfreien Kultur. Die Angst muss von der Erde verschwinden. Ob wir in der Geschichte Täter oder Opfer waren: Im Zentrum steht immer die Angst, die aus einer Trennung hervorgegangen ist. Wir brauchen die universellen Informationen, die es ganz möglich machen, dass sich ein Organismus nach den Gesetzen des Vertrauens und des Wissens entwickeln kann."

Ich stand vor der Herausforderung, die vielen neuen Erfahrungen auf mein gegenwärtiges Leben zu übertragen und gemeinsam mit meinen Freunden und Mitarbeitern unsere Gemeinschaft so weiterzuentwickeln, dass sie einer zeitgemäßen gewaltfreien Kultur entspricht. Ich selbst versuche seit vielen Jahren, die Regeln der freien Liebe und der sozialen Transparenz zu verstehen und zu verwirklichen. Was aber sollte ich meinen Lesern mit auf den Weg geben?

Unserer Kultur ist der Gedanke an gelebte und praktizierte Gemeinschaft vollkommen fremd. Obwohl alle wissen, dass die meisten Ehen oder Zweierbeziehungen scheitern, wird es doch immer wieder aufs Neue versucht. Wenn die eine Beziehung nicht klappt, dann eben die nächste. Der Versuch, freie Sexualität außerhalb einer Gemeinschaft zu praktizieren, richtet oft mehr Verwirrung an, als dass er Heilung bringt.

Einerseits ist es schwierig, freie Sexualität außerhalb einer Gemeinschaft zu verwirklichen, andererseits gibt es keine dauerhafte, wahrheitsfähige Gemeinschaft ohne Wahrheit in der Sexualität. Es lässt sich keine wirkliche Transparenz in eine Gruppe bringen, wenn ein großer Teil unserer inneren Vorgänge immer verschwiegen werden muss.

Die Sehnsucht nach dem Numinosen in der Sexualität ist groß und verlangt nach Offenbarung und gelebtem Leben. Die Sehnsucht nach der personalen Liebe, nach gelebter und praktizierter Partnerschaft ist heute noch genauso groß und ungelöst wie vor Jahrtausenden.

Wir erleben es in unserer langjährigen Gemeinschaftspraxis immer wieder. Die freie Liebe ist für viele solange interessant, bis sie vor der großen Liebe stehen. Kommt dann einmal der „Große Prinz" oder die „Große Prinzessin", dann ist alles vergessen. Es ist unglaublich mitanzusehen, wie sehr Menschen immer wieder bereits erworbenes Wissen über Bord werfen, wenn sie der großen Liebe begegnen. Hat der Starkstrom der Leidenschaft und der ungestillten Sehnsucht einmal ein Liebespaar erreicht, dann gibt es kein Halten mehr. Jetzt widersetzen sie sich allen Regeln der Vernunft. Es nützt nichts, ihnen vorherzusagen, in welches Unglück sie rennen. Da zählt keine Gemeinschaft mehr, Transparenz in der Gruppe ist uninteressant geworden. Die Mahnung zur Geduld hat wenig Macht gegenüber der Anziehungskraft zweier Liebender. Ich selbst kenne es nur allzu gut aus eigener Erfahrung, wie mich dann auch Verlustangst oder Minderwertigkeit auf eine irrationale Weise ergreifen, alle meine Wahrnehmungen trüben und mit Gefühlen des Schmerzes und der Trauer überschatten können, selbst wenn es in der Realität gar keinen Grund dafür gibt. Wenn die Angst einmal da ist, ist sie so stark und mächtig, dass sie alle anderen Wahrnehmungen verzerrt. Ich weiß auch, wie man aus der Angst heraus zu Verteidigungsmanövern greift und einem plötzlich die Bosheit gegen andere als das einzige Mittel erscheint, um sich zu schützen.

Welche Macht ist diesen psychischen Vorgängen gewachsen? Wann werden wir endlich soweit sein, Lebensformen zu entwickeln, die unserer Sehnsucht gerecht werden? Der Starkstrom des Anonymen im Bereich des Eros einerseits und der Starkstrom der Zweierliebe andererseits sind Kräfte, die Antworten brauchen, die der Heilung dienen. Sie dürfen sich nicht länger als bedrohliche Kräfte gegenüberstehen und bekämpfen. Weder moralische Appelle, noch alte Rituale sind dem Thema der Liebessehnsucht und dem Thema der anonymen Sexualität in unserer heutigen Kultur gewachsen. Und wie wird die Sexualität wieder als das Heilige anerkannt, was sie von ihrem Wesen und Ursprung her ist? Wodurch wird die Geschichte dieses Buches auch für die Leser mehr als nur ein hübsches Märchen aus ferner Vergangenheit?

Ich bat um Hinweise auf eine zeitgemäße spirituelle Lebenspraxis für mich, unsere Gemeinschaft und die Leser meines Buches.

Ich rief Lilith zu mir, die durch die vielen Jahrhunderte Zeugin des Elends in der Liebe geworden war, die selbst die Fallen von Hass und Rache durchlaufen hatte und die jetzt auf einer höheren Ebene wieder angetreten war, um Frauen an ihre ursprüngliche Freiheit zu erinnern.

Ich rief Nammu, die Hüterin allen Lebens. Ich rief die universellen Kräfte der Liebe zu mir, um hier Worte des Erwachens und der Heilung zu finden.

Wie können wir heute in die Lage kommen, mit der Göttin zu kommunizieren? Wie werden die Frauen ihre Freiheit zurückgewinnen, ohne sich gegen den Mann zu stellen? Und welche männliche und göttliche Kraft wird heute an ihrer Seite stehen? Welcher Liebhaber wird den Frauen Stärkung und Vertrauen geben können, ohne weiterhin zu vernichten und zu zerstören? Wie werden Männer ihren Irrtum einsehen und sich auf eine neue spirituelle Lebenspraxis besinnen, auf ein neues Vertrauen in ihre ursprüngliche und wahre Männlichkeit, die nicht mit falschen Mitteln einer falschen

Macht erschlichen werden muss? Wie werden Männer den Aspekt der Göttin in sich und anderen wieder akzeptieren? Wie werden Frauen ihr Schweigen durchbrechen? Wie werden sie mit ihrer wirklichen Emanzipation beginnen, sich nicht mehr den Regeln der männlichen Kultur unterwerfen, den Mann nicht mehr nachahmen, ihn aber auch nicht länger bekämpfen? Wie werden sie zu ihrer eigentlichen weiblichen Macht und Güte, zu ihrer Wildheit und Schönheit zurückfinden? Vor allem aber, wie werden Frauen zu einer neuen und tieferen Solidarität finden, die auch dann nicht zerbricht, wenn zwei Frauen denselben Mann lieben und begehren?

Eine höhere Macht gebot mir, in meinem Sturm von Fragen innezuhalten, mich zu sammeln. Ich schloss die Augen und sah eine Frau um die vierzig Jahre, braun gebrannt mit wildem Haar vor mir, die mich mit ihren leuchtenden Augen anschaute. Ich erkannte sie als eine Form der Lilith.

Du fragst zuviel auf einmal, sagt sie. Bitte besinne dich auf eine Frage, die dir jetzt am wichtigsten ist.

Ich dachte einen Augenblick nach und bat darum, mehr über das Gesetz der spirituellen Anziehung in der heutigen Zeit zu erfahren, das uns helfen würde, zu neuen Formen des Zusammenlebens und der Liebe zu finden.

Das Gesetz der spirituellen Anziehung: Über die Verbundenheit aller Dinge

Gemeinsam stehen wir vor der Aufgabe, uns auf die heilenden Kräfte zu besinnen, unabhängig davon, an welchem Raum-Zeitpunkt wir uns jetzt gerade aufhalten. Jede Person hat einen eigenen Aspekt zur Lösung beizutragen. Je mehr wir den Blick auf das Ganze gewinnen, desto mehr verstehen wir auch unseren Aspekt und unseren möglichen Beitrag zur Heilung. Ich möchte mich mit dir zuerst auf das universelle Gesetz der spirituellen Anziehung besinnen.

„Mit der bewussten Entscheidung, in heiliger Weise zu leben, ziehen wir das Verständnis, die Lehren und die Information an uns heran, die wir brauchen, um unsere Gaben zum Wohle aller zu gestalten." Dieser einfache und elementare Satz von der spirituellen Führerin der Cherokee, Dhyani Ywahoo, ist ein Kraftsatz, der dir in jedem Moment ein neues Verständnis für deine Wirklichkeit eröffnen kann. Dieser Satz kann jeder Person in jedem Augenblick helfen, wenn sie sich entschlossen hat, ihr Leben auf eine neue Grundlage zu stellen.

Es handelt sich hier um einen Zusammenhang von innerer Haltung und äußeren Ereignissen. Das Gesetz der spirituellen Anziehung ist aus einer universellen Gesamtschau zu sehen und zu verstehen. Es ist immer das Ganze, das durch jeden Einzelnen und durch die Wirklichkeiten, die sich um ihn herum gruppieren, wirkt. Innen und außen sind viel weniger voneinander getrennt, als man in seiner normalen Weltanschauung glaubt. Alles, was uns im Äußeren widerfährt, steht in Resonanz mit inneren Vorgängen, aus denen sich unser Schicksal zusammenfügt. Wie innen, so außen.

Du fragst, wie man heute mit der Göttin kommunizieren kann. Information geschieht ständig so elementar wie das Atmen. Die kosmischen Kräfte sind durch den Menschen ins Ungleichgewicht geraten.

Es geht um Heilung durch die bewusste Wiedereinbettung in den universellen Gesamtorganismus. Ohne diese Wiedereinbettung sind die Fragen nach Liebe und Sexualität nicht lösbar. Niemand kann diese persönlichen Fragen außerhalb des universellen Gesamtgeschehens lösen. Niemand muss an eine Göttin glauben, um diese Zusammenhänge sehen und verstehen zu können. Er braucht nur zu Ende zu denken.

Kräfte, die aus dem Universum kommen, brauchen auch ihre universelle Einbettung. Die Welt ist nur aus holographischer Sicht zu verstehen. Zur Gesamtheilung gehört natürlich auch die Wiedereinbettung der Gemeinschaft in das Universum. Auch die Gemeinschaft ist Teil eines kommunizierenden

Gesamtorganismus, ist Teil der universellen Quelle, aus der heraus sie sich entwickelt hat. Solange die Gemeinschaften nicht mehr funktionieren oder ganz verloren gehen, fehlt ein wesentliches Glied in der Kette des Ganzen. Es fehlt ein Glied im Kommunikationsfluss des Gesamtorganismus. Eine funktionierende Gemeinschaft entspricht einem Organ in eurem Leib. Euer Leib kann auch nicht richtig funktionieren, wenn Organe fehlen. Die ergänzende Kraft der Organe ist ein wesentlicher Beitrag für die Funktion des Ganzen. Das Ganze kann auf Dauer nicht gesund bleiben, wenn seine Teile nicht funktionieren, und die Teile können auf Dauer nicht gesund sein, wenn das Ganze verletzt ist. Das Ganze wirkt immer in allen seinen Teilen und umgekehrt. Hieraus ergibt sich ein vollkommen anderes Weltbild. Hieraus ergibt sich auch ein vollkommen verändertes politisches Handeln.

Ich erinnerte mich bei diesen Worten an ein Zitat, das ich gerade am Abend zuvor in einem Buch über die Mayas gelesen hatte. Es ist bewegend, wie einzelne Indigenas sich noch heute darum bemühen, sich an den gemeinsamen Ursprung aller Dinge zu erinnern - und das trotz allen Leids und all der Unterdrückung, die ihnen widerfahren ist.

Noch heute weisen Einzelne von ihnen, die die Tradition der alten Stämme bewahrt haben, auf ein Erwachen hin, das sich über den ganzen Globus erstrecken wird und muss.

Meister Cirilo, ein Maya-Prophet, rief 1997 alle Stammesvertreter der Mayas zusammen und sagte: „Liebe Brüder und Schwestern, die Zeit des Erwachens ist angebrochen. Wir sind hier zusammengekommen, um uns mit dem großen göttlichen Geist und der Mutter Erde zu verbinden. Lasst uns gemeinsam unsere Aufgabe wahrnehmen. Lasst uns in die Welt rufen, dass wir alle den Fingern an einer Hand gleichen. Wir kommen aus demselben Ursprung und sind verschiedene Wege gegangen, werden aber dennoch von den gleichen Kräften geleitet. Wir Indianer haben das Wissen um die heiligen Traditionen erhalten. Jetzt ist es an der Zeit, dieses gemeinsame Wissen für eine gemeinsame, bessere Zukunft der gesamten Menschheit freizugeben. Lasst uns als Brüder und Schwestern auf diesem Planeten Erde zusammenleben. Alle müssen erwachen. Kein Volk, keine Kultur, keine Gruppe darf zurückbleiben, denn es wird ein gemeinsames Erwachen geben, das uns allen Glück und Frieden bringt." (17)

Wieder meldete sich die kosmische Stimme Liliths in mir zu Wort.

Dieses Erwachen können wir nicht nur den Urstämmen überlassen. Auch die Menschen aus der westlichen Kultur können und müssen ihren Beitrag zum Erwachen und zur heilenden Erkenntnis bringen. Auch ihr kommt aus dem Ganzen und habt durch die langjährige Erfahrung der Trennung viele wichtige Erkenntnisse für die Gesamtheilung einzubringen. Diese Erkenntnisse waren aufgrund der langen Trennung überhaupt erst möglich.

Entscheidend für den Vorgang der Gesamtveränderung ist der Wille. Studiere das Schicksal eines Menschen und setze es in einen inneren Zusammenhang mit dem, was er wollte. Was war sein Wille? Welche Information hat er in die Welt hinaus gerufen?

Es ist ein hilfreiches Bild, sich vorzustellen, dass wir uns in einem kosmischen Klassenzimmer befinden und unsere Wirklichkeiten als Lerneinheiten selbst schaffen. Es ist hilfreich, wenn ich mir auch in schwierigen Situationen bewusst bleibe: Ich bin hier, weil zumindest eine Instanz in mir es so gewollt hat. Jedes Ereignis, das mir widerfährt, wurde in Kooperation mit meinem höheren Selbst geschaffen, um gemeinsam mit mir eine Lehre zu durchlaufen. Jede Wirklichkeit dient einer höheren Erkenntnis. Je umfassender mein Verständnis von der Wirklichkeit wird, desto mehr unterschiedliche Kräfte vermag mein Leben zu vereinen. Je mehr unterschiedliche Kräfte in einem Lebenssystem vereint sein können, desto stabiler wird es.

ÜBER DIE ZUSAMMENHÄNGE VON OPFER- UND TÄTERDASEIN

Mir sind diese Zusammenhänge nicht neu. Und doch bäumt sich immer wieder die Frage in mir auf: Was ist mit den vielen Opfern? Was ist mit den Kindern, die in den Kellern von Grosny starben? Was ist mit all den Menschen, die einen unfreiwilligen Tod sterben? Haben sie dieses Leben selbst hervorgerufen? Oder was ist mit den Tätern? Wenn ich an die sterbenden Kinder denke, die gewaltsam gequält und gemordet werden und weiß, dass es meine eigenen sein könnten, wie kann ich da still halten? Ich wandte mich direkt an Lilith.

„Du selbst hast es doch kennengelernt. Du weißt, wie es sich anfühlt, wenn man einmal all seiner ursprünglichen Liebes- und Lebensquellen beraubt wurde. Du selbst hast erfahren, dass die Kraft der Rache in solchen Augenblicken machtvoller ist als alles Stillhalten oder Verzeihen. Was ist hier zu tun? Welche Lebenskraft hat denn tatsächlich mehr Macht als alle Gewalt und ist nicht nur ein tröstender Spruch für alle Schwachen?

Ich lauschte auf die antwortgebende Stimme der Lilith.

Das Drama von Täter und Opfer ist nur im geschichtlichen Zusammenhang zu verstehen. Es wurde erst möglich, weil die Menschen längst aus dem heilsamen Eingebettet-Sein in die Schöpfung herausgefallen sind. Hier kannst du nicht mehr mit dem Maßstab von Schuld oder Unschuld messen. Natürlich haben wir alle in gewisser Weise unsere Situation selbst hervorgerufen. Aber die meisten wissen es nicht mehr. Woher sollten sie es auch wissen? Wir wurden ja alle mit den grausamsten Mitteln in die Abhängigkeit geführt und haben unseren eigenen Wesenskern und die Verbindung zur Göttin verloren. Aus eigener Kraft kommt niemand mehr aus diesem Drama heraus. Aber jede Person, die den Weg des Erwachens betritt, kann wahre Hilfe leisten. Solange nur äußerlich Hilfe geleistet wird, wird sie dauerhaft wenig nutzen. Es kommt darauf an, den jahrtausendelang währenden Zyklus von Opfer- und Täterdasein zu durchbrechen. Auch der Täter ist ja Opfer einer Triebstruktur, die er schon längst nicht mehr durchschaut. Täter wie Opfer sind beide gleichermaßen auf Hilfe von außen angewiesen. Sie brauchen das Erwachen und die Wiederverbindung mit dem Ganzen. Nur auf dieser Ebene kann es zur Heilung kommen. Hier helfen weder Verurteilung noch Strafe. Es hilft nur Erkenntnis. Und es geht um einen feldbildenden Kulturwechsel, der das gesamte Dasein auf eine neue Ebene zu heben vermag.

Ja, ich habe selbst erfahren, wie sehr Rache Genugtuung bringen kann. Einige Leben lang kann der Starkstrom der Rache dir den Starkstrom des Lebens und der Liebe ersetzen. Auf diese Weise wurden diejenigen zu Tätern, die früher selbst Opfer waren. Irgendwann hat dieser wahnsinnige Zyklus begonnen. Es war wie eine Besessenheit des Geistes. Irgendwann aber versiegt auch dieser Starkstrom. Rache funktioniert wie ein Motor, der kurz vor seinem Auslaufen steht. Zuletzt läuft er noch einmal auf vollen Touren. Mit Rache halten sich die Personen am Leben, deren Herzchakra bereits verschlossen ist. Rache vermag den Gesamtorganismus noch eine Weile in Funktion zu halten. Dann aber versiegt die Quelle. In Anbetracht der Ewigkeit hat die Rache keinen langen Bestand. Letztlich führt sie in eine maßlose Abhängigkeit, in eine Kette von Verzweiflung und Angst, Macht- und Ohnmacht, Genugtuung und Depression.

Ein Friedensarbeiter kommt zu der Erkenntnis: Gegnerschaft zieht Gegnerschaft an. Solange du deine Feinde tötest, weil sie dir Unrecht getan haben, werden sie in der Regel wiederkommen und sich an dir rächen. Der Mechanismus von Angst und Gewalt findet auf diesem Weg keine wirkliche Aufhebung. Irgendwann stehen jede Rächerin und jeder Rächer vor dem Tor der Erkenntnis. Indem sie andere zerstörten, zerstörten sie das Leben und die Göttin in sich selbst. Plötzlich erkennen *sie, dass es ihre ursprünglichen Freunde waren, die sie gehasst und getötet haben. Zunächst durchlaufen sie erneut die Kette von Trauer, Verzweiflung und Wut. Jetzt noch schmerzhafter, da sie ihre Wut jetzt nicht mehr gegen andere richten können. Sie erahnen wieder die Wahrheit der gesamten Schöpfung und fragen sich, warum die Göttin diesen Irrweg zulassen konnte. Sie wissen noch nicht, dass die Göttin keine Macht über die Menschen hat, die sich von ihr abgekehrt haben. Sie wissen nicht, dass aus den Gedanken der Abkehr selbst eine diabolische göttliche Macht entstanden ist. Der Mensch selbst hat die göttlichen Kräfte der Zerstörung geschaffen, indem er sich von der ursprünglichen göttlichen Wahrheit getrennt hat. Im Menschen selbst liegt auch die Macht zu einer möglichen Umentscheidung. Irgendwann wird jeder Mensch vor der tieferen Entscheidung stehen. Irgendwann tritt die Erkenntnis ein, dass es eine umfassendere Freiheit gibt, einen Starkstrom des Lebens, der aus der Verbundenheit und der Liebe kommt. Wirkliche Freiheit gibt es nur in Verbundenheit mit den liebenden göttlichen Kräften des Universums.*

Ein spiritueller Mensch wird alles dafür tun, diese mögliche Freiheit ganz zu sich zurückzuholen. Zunächst wird er aufhören zu morden und zu töten. Er wird aber entdecken, dass immer noch Gedanken von Hass und Wut in ihm toben. Solange diese Kräfte keine Gestaltung finden, richten sie eine Zerstörung im eigenen Inneren an, die sich irgendwann auch nach außen richten wird. Es reicht nicht aus, auf dunkle Taten zu verzichten. Du wirst entdecken, wie viele ungenutzte Kräfte in dir toben, die gebunden sind in der Wut darauf, dass diese Welt so ist, wie sie ist. Du wirst mit aller Entschlossenheit die zerstörerischen Kräfte, die sich gegen dich selbst oder andere richten, als Quelle der Macht zu dir zurückholen. Du wirst Verantwortung für deine Gedanken übernehmen. Du wirst in deine eigene Entwicklung investieren, indem du Wut und Hass umwandelst in den erkennenden und heiligen Zorn.

Letztlich ist es immer eine Frage der Integration von Lebenskräften. Energie geht nie verloren. Energien, die auf einer niedrigen Frequenzebene zerstörerisch wirken, können auf einer anderen Frequenzebene Heilfaktoren sein. Suche immer den Ort auf, der eine Information des Ganzen hat. Wenn ein Gedanke oder eine Kraft zerstörend ist, dann suche die Richtung auf, in die sie sich hin transformieren können. Wenn ich eine höhere Information gefunden habe, in die ich die „negative Information" senden bzw. transformieren kann, ist sie wirksamer und vor allem heilsamer. Du erlebst diesen Vorgang, wenn er ganz vollzogen wurde, als einen Gewinn an Gesundheit, Kraft, Heilung und Lebensfülle.

Der heilige Zorn ist die höhere Kraft, die Wut und Hass zu transformieren vermag. Er wird nicht mehr zerstören, er wird mit aller Macht die Kräfte der Heilung und der Wahrheit in dir freisetzen. Er hat die Macht, die Angst hinter sich zu lassen. Er wird nicht mehr zulassen, dass in deiner Umgebung Leben zerstört wird und dass vernichtet wird, was ursprünglich heilig war.

Es ist die Angst, die lähmt

Es ist die Angst, die lähmt. Es ist die Angst, die in immer neue Abhängigkeiten führt. Deshalb heißt ein Grundsatz der Göttin und des Lebens: Verlasse die Angst. Wähle das Vertrauen. Da, wo die Kräfte des Vertrauens frei und bewusst in dir walten, bist du geschützt. Es geht nicht darum, blind zu vertrauen. Es geht um die Wachheit und wahrnehmende Präsenz, aus der das wahre Vertrauen wachsen kann. Es ist eine bewusste Entscheidung, den Weg des Vertrauens zu gehen.

Meistens folgen die Menschen der Angst vollkommen unbewusst. Sie sitzt wie ein Tuberkel in ihrem Organismus und leitet ihr Denken und Handeln. Ein wichtiger Heilungsvorgang besteht darin, dass Menschen ihre Angst wieder erkennen und sich ihrer bewusst werden. Aus Angst entsteht Enge. Aus Enge entsteht Gewalt. Die Einsicht in diesen Zusammenhang ist bereits der erste Schritt zur Heilung.

Solange Menschen dauerhaft im Zustand der Angst leben, ist ein großer Teil ihres Selbst ausgeklammert. Angst ist es, die die Menschen regierbar macht. Sie bleiben abhängig und hypnotisierbar. Solange du der Angst folgst, folgst du nicht den universellen Kräften der Heilung. Du wirst erkennen, dass die Göttin dadurch aus den Gesellschaften, aus den Gemeinschaften und aus den Zellen eines jeden Organismus vertrieben werden konnte, weil es gelungen ist, den Menschen Angst einzuflößen. Angst ist die zelluläre Grundkrankheit der bestehenden Gesellschaften und jedes einzelnen Organismus. Wer die Angst überwindet, wird auch das große Vergessen überwinden und Zugang finden zu den Heilungsinformationen des Universums.

Folge nicht der Angst, sondern rufe deine Erkenntniskräfte ab, die dir zeigen, wovor du solche Angst hast. Versuche behutsam, die Angst durch Vertrauen zu ersetzen, und du wirst auf den Weg deiner Heilung geleitet.

Wenn eine Person einen neuen Weg bewusst betritt, wird sie besonders oft in die Situation der Angst versetzt. Besonders häufig begegnet sie den Dingen, vor denen sie Angst hat. Folgt sie den alten Reaktionen, wird sie daran verzweifeln. Folgt sie neuen Spuren, wird sie lernen innezuhalten. Sie wird erkennen, dass gerade in den Situationen der Angst eine kosmische Botschaft verschlüsselt liegt. In diesen Situationen sprechen sehr oft die kosmischen Freunde zu der betreffenden Person, weil sie sie darauf aufmerksam machen wollen, dass etwas Neues ansteht und es alte Strukturen sind, an denen sie sich festklammern wollte. In ihr wollte sich ein Schmetterling entfalten. Sie aber hat versucht, sich an der Raupe zu orientieren, die ihre Hülle verloren hat, anstatt sich mit den Kräften des Universums zu entwickeln.

Manchmal steht auch eine Frage des Universums hinter deiner Angst: Ist es das, wovor du Angst hast? Ist dies die Situation, die dir so schwierig erscheint? Bitte, lass uns mit deinen Augen sehen! Bleibe bei uns, auch in dieser schwierigen Situation! Und teile uns sehr präzise mit, was du brauchst und was dir in dieser Situation eine wahre Hilfe ist. Oft kann die Hilfe nicht zu euch kommen, weil der Informationsfluss gestört ist.

Nicht immer kommt die Situation der Angst von deinen Helferkräften. Ein spirituell verbundener Mensch zieht auch negative Informationen an. Wir sind nicht nur kosmische Wesen, sondern leider auch Teil der Krankheit und der Zerstörung, die durch das kapitalistische Gesamtsystem hervorgerufen wird. Es hat keinen Sinn, davor die Augen verschließen zu wollen. Verschließe deine Augen nicht vor der Situation der Welt. Nimm die Informationen auf, die du brauchst, aber identifiziere dich nicht mit ihnen. Du musst die Lage der Welt kennen, um sie heilen zu können. Verbinde dich mit dem Schutz einer höheren Macht. Aber horche auch dorthin, wo es zunächst unangenehm erscheint. Manchmal möchte der Kosmos dich auch warnen. Wenn du hier mit Schreck reagierst, kann die Information nicht wirklich durchkommen. Angst erleichtert den negativen Kräften, sich deiner zu bemächtigen. Du gibst deine Macht ab, sobald du der Angst folgst. Wenn du dich eindeutig belästigt fühlst von kosmischen Energien, dann schicke sie fort. Auch ein Befehl kann ein Gebet sein. Wenn du dich nicht mit der Angst verbündest, hat dein Gebet eine hohe Kraft und vermag, negative Kräfte fortzuschicken.

Die Situation der Angst ist niemals deine Privatangelegenheit, wie man es euch weismachen will. In der Angst, gerade dort, wo die Kommunikation am meisten gebraucht würde, hat man euch zum Schweigen gebracht.

Damit haben sich die Lüge und das Misstrauen in alle eure Verhältnisse eingeschlichen. Man hat es geschafft, die Menschen in den Brennpunkten ihrer Sehnsucht und ihrer wahren Lebensthemen zu entpolitisieren. Eine private Therapie allein kann keine Heilung bringen, denn auch wenn du die Ursache deiner Krankheit in dir selbst gefunden hast, so sind es doch die Lebensverhältnisse, die letztlich die gewünschte Veränderung und Heilung bringen. Es gibt keine private Krankheit.

Die Erkrankung eines Einzelnen ist immer auch ein Zeichen für die Erkrankung des Gesamtorganismus und kann nur unter

Einbeziehung des Ganzen wahre Heilung finden. Man hat es geschafft, dass schon Kinder in ihren frühesten Kindheitsjahren zur Verstellung gezwungen und dann mit Ersatzbefriedigungen zum Schweigen gebracht werden. Man hat die Kinder schon in ihren ersten Lebensjahren zum kosmischen Vergessen und zu einem Schwur gezwungen, der sich gegen das Leben und gegen die universelle Liebe richtet. In das Innerste ihrer Seele hat man das Geschwür der Angst und der Gewalt gepflanzt.

Angst ist zur globalen Krankheit geworden und bedarf einer umfassenden Heilung. Jeder Einzelne hat die potentielle Macht, zur Heilung beizutragen. Jeder Mensch steht heute vor der Herausforderung, seinen kosmischen Willen wiederzufinden. Dem Wollenden ist das ganze Universum die Plazenta für sein Werk.

Je höher und umfassender ein Wille ist, desto mehr universelle Kraft vermag er anzuziehen.

Diese Worte kamen in einem Wurf zu mir. Ich fühlte mich so verbunden mit ihnen, dass ich kaum noch zu unterscheiden vermochte: Kamen sie aus mir, kamen sie von Lilith, kamen sie aus der Göttin oder kamen sie von meinem höheren Selbst? Mir war diese Frage aber auch nicht mehr wichtig. Wichtig war mir, dass ich sie als wahr empfand und dass ich bereit war, mein eigenes Leben zum Maßstab für diese Wahrheit zu machen.

LILITH UND DIE VERWIRRTEN EHELEUTE. DIE UNGESTILLTE SEHNSUCHT IN DER LIEBE.

Noch ein letztes Mal rief ich Lilith zu mir. Ich bat um Antworten aus dem Bereich der Liebe und der Sexualität. Was ist heute zu tun, damit der Starkstrom, der sich im Eros meldet, gelebt werden kann? Wie ist die große Sehnsucht nach Partnerschaft und Zweierliebe einzubetten in die Gemeinschaft? Wie schaffen Frauen es, ihre Eifersucht zu überwinden, wenn sie denselben Mann lieben und begehren? Und was ist mit dem heftigen Verlangen, das im Bereich des anonymen Eros ausgelöst wird? Wie behält man auch hier die „blaue Kugel" des intimen Frauenwissens bei sich? Warum ist die Angst in diesem Bereich so groß, und wie lässt sie sich überwinden?

Ich ging tief in die Versunkenheit und die Stille. Es war inzwischen früher Morgen geworden, und der Schatten der Nacht ruhte noch über der Welt. Nur das Rollen der Räder des Nachtzuges erreichte mein Ohr. Ich dachte an die Legende von Lilith, wie sie nachts die Männer in ihren Träumen besucht, um mit ihnen das Fest der anonymen Begegnung zu feiern.

Wie wachen die eifersüchtigen Ehefrauen darüber, dass ihr Mann nicht von Lilith aufgesucht wird, weil sie ahnen, dass sie die Sehnsucht des Mannes auf eine Weise wecken würde, die ihn fortreißt in die Sehnsucht nach anderen Frauen. Hervorgerufen durch das Erscheinen der Lilith, brennt im Mann ein rastloses Verlangen, seine Sehnsucht wird ihn immer wieder in die Ferne treiben, hinein in die Welt, hin zu fremden Frauen.

Die Ehefrauen selbst ahnen, dass ihr eigenes Verlangen, nun, wo sie mit ihrem ersehnten Prinzen in einem goldenen Käfig leben, nicht zu befrieden ist. Obwohl sie sich unter strahlendem Himmel im Rausch des ersten Liebesglückes ewige Liebe und Treue geschworen haben, obwohl sie geglaubt haben, am Ziel ihrer größten Wünsche und ihres ersehnten Verlangens zu sein, ist nun doch alles sehr anders geworden. Das ungestillte Verlangen und die Sorge bringen ihr manche unruhige Nacht. Jedes verführerische Lächeln einer schönen Frau, jeder pralle Hintern oder volle Busen wird zu einer Bedrohung. Der Stachel des Neids und der Missgunst vergiftet auf einmal ihr ursprünglich reines, liebendes Herz. Das hat auch die besten Freundinnen vertrieben, und sie findet sich in isolierter Einsamkeit wieder mit ihrem ehemals so begehrten Gatten, der ihr inzwischen oft fremd erscheint.

Sie fühlt, dass ihr eigener Leib hungrig zurück bleiben wird. Die Liebesnächte finden nicht mehr die ersehnte Erfüllung. Die ursprünglich berauschenden Umarmungen einer tiefen sinnlichen Fülle sind flach und alltäglich geworden. Die ersten Züge von Frustration und Enttäuschung zeichnen sich in ihrem Gesicht ab. Und so wandelt sich im Laufe der Jahre ihre ursprüngliche Wildheit und Schönheit nach und nach in die Züge eines frustrierten Hausmonsters. Und so, wie sie eifersüchtig über ihren Gatten wacht, so wacht er über sie. Zwar sucht er durchaus des Öfteren die Spur der Lilith in der Ferne, in den Bars, auf Geschäftsreisen, im trüben Licht der Bordelle für viel Geld. Aber dies tut er heimlich, im Verborgenen. Dieses Leben darf nicht ans Tageslicht seines Alltags kommen. Dort spielt er den gut funktionierenden Ehemann, der über seine Frau wacht. Sie ist seine Sicherheit, seine erkaufte Mama geworden. Das Abenteuer, das er sich gestattet, ist ihr noch lange nicht gewährt. Er ist froh über ihre Eifersucht, denn das gibt ihm die Gewissheit, dass er über sie herrschen kann. Ab und zu tun sie noch die eheliche Pflicht, ansonsten geht es um Autos, Fernsehen, Geld, Reisen, Kinder, gutes Essen. Sie pflastern ihr Leben zu, um nicht an den Schmerz ihrer uneingelösten Liebe erinnert zu werden und an das große Versprechen, das sie sich einmal gegeben haben.

Und während dies geschieht, besucht Lilith weiterhin Millionen Schlafzimmer. Millionen und Abermillionen Liebespaaren widerfährt das gleiche Schicksal in der Liebe. Sie halten ihr Unglück für ihr ganz persönliches, privates Elend und ahnen nicht, dass sich hinter all den Nachbarwänden das gleiche Drama abspielt. Alle legen den Schleier der Verschwiegenheit über ihr dunkles Schicksal. Und während sie vor dem Fernseher sitzen oder ihr alltägliches Leben regeln, ihre Frustration mit Konsum übertünchen, träumen sie heimlich von einer anderen, größeren und erfüllenderen Liebe. Sie merken nicht mehr, dass draußen eine Welt zugrunde geht und ihr Schweigen, ihre Dumpfheit und der steigende Ersatzrausch durch Konsum und Geld ein wesentlicher Beitrag dazu sind. Sie haben sich abgeschottet gegenüber der Welt und ihren Themen. Ihre Ehe wird zu dem kläglichen Versuch, zu zweit Probleme zu lösen, die sie alleine niemals gehabt hätten.

Lilith besucht in den Nächten nicht nur die Ehemänner. Sie kommt auch zu den Frauen. Sie schenkt ihnen die wildesten sexuellen Träume, die meistens so sehr neben allem liegen, was in dieser Gesellschaft als anständig gilt, dass sie diese Träume erschrocken vor sich selbst und erst recht vor ihren Freunden verbergen. Nur manchmal reißt der Schleier auf, und man liest beim Frühstück in der Morgenzeitung: „Eifersüchtige Ehefrau sprang in den Tod." Oder: „Ehemann erschoss seine Frau und seine Kinder. Grund für ihren Tod war der junge Nachbar, mit dem sie fremdging."

Während ich diesen Gedanken nachhing, war es hell geworden. Ich sammelte noch einmal meine ganze Konzentration, dieses Mal nicht, um das Drama des Liebeselendes vor mir zu sehen, sondern um auf mögliche Perspektiven und Antworten für die gegenwärtige Zeit zu lauschen. Ich rief Lilith, die sich mir gleich in den ersten Tagen auf Malta in ihrer umfassenden Tiefe des Frauseins offenbart hatte. Ich musste nicht lange warten, da kamen die ersten Sätze aus dem Inneren zu mir:

DIE STIMME DER SEHNSUCHT

Bei unserem ersten Treffen auf Malta habe ich bereits viele Antworten auf deine Fragen gegeben. Ich will es noch einmal versuchen. Die Sehnsucht nach dem Numinosen in der Liebe, das heftige Verlangen, das ein fremder Blick oder allein die Form eines Körpers auszulösen vermögen, und die große Sehnsucht nach der Zweierliebe und Partnerschaft haben in ihrem Wesen den gleichen Kern. Zwei Wesen möchten sich in ihrer Schönheit und in ihrer Freiheit lieben und erkennen. Sie möchten sich verschenken. Sie möchten auf den tiefsten Grund der Kommunikation kommen, in elementarer leiblicher Präsenz. Es ist der Urgrund der Göttin, der uns in dem flüchtigen Blick einer fremden Frau oder eines fremden Mannes trifft. Und es ist die Sehnsucht nach der ewigen Präsenz der Göttin und der Heimat in der Göttin, die uns in der Sehnsucht nach dauerhafter Intimität und Partnerschaft berührt. Es ist die Erinnerung an den Quell der Schöpfung, aus dem wir alle kommen. Es ist die Erinnerung daran, dass wir auf der tiefsten Ebene alle in dem einen Sein verbunden sind. Wir möchten dies wiederfinden. Alle unsere Zellen wollen von dieser Erkenntnis durchdrungen und durchleuchtet sein. Nichts Fremdes mehr soll uns trennen. Das Licht des gegenseitigen Erkennens soll in das Fremde genauso hineinleuchten, wie wir es in der Gegenwärtigkeit und Vertrautheit des alltäglichen Lebens suchen. Das Eine ist ohne das Andere nicht zu verstehen und vor allem nicht zu erfüllen. Beide finden keine Einlösung und keine Ruhe ohne den Aspekt des Heiligen in der Sexualität.

Es ist die Sehnsucht nach Transformation, nach der dauerhaften Präsenz für das Göttliche, das in der Sehnsucht der Geschlechter nach Erfüllung sucht. Denn in beiden Fällen ist es die Göttin, die der Mann in der Frau kurz gesehen hat und die er jetzt zu treffen sucht. Die Frau sucht im männlichen Liebhaber die Manifestation der männlichen göttlichen Kraft. Es ist der sinnliche Messias, der hinter allen großen Sehnsüchten der Frau steht. Es spiegelt sich die Sehnsucht der Schöpfung in den Sehnsüchten des Menschen. Die Erde wird nicht ruhen und der Himmel wird nicht rasten, bevor diese Sehnsucht nicht ihre wahre Erfüllung gefunden hat. Und aus jeder Erfüllung keimt eine neue Sehnsucht hervor. Das ist das Schöpfungsspiel, das alles Werden lenkt. Euer Herz schlägt noch heute mit Manu und Meret. Jedes neu gefundene Liebespaar wird von der gleichen Sehnsucht getragen. Und in jedem verheißungsvollen Blick einer fremden Frau oder eines fremden Mannes ruft das gleiche Numinose. Bei allem Verständnis und bei aller Liebe für sie, es liegt doch in keinem Bereich dringender der *geschichtliche Heilungsimpuls an. Ihr Handeln ist die Ursache für großes Elend auf der Erde, auch wenn es noch so privat erscheint.*

Nichts verlangt so sehr nach der Ausgewogenheit in der eigenen Mitte, nichts verlangt so sehr nach der Gewissheit im eigenen Inneren wie die Erfüllung der Sehnsucht in der Liebe. Die Rituale und Lebensregeln unserer Ahnen dienten dazu, die Ausgewogenheit in der eigenen Mitte zu finden, die Kraft der Ruhe und Zentrierung in sich selbst zu finden. Sie waren dem Thema aber nicht gewachsen, sonst wäre das weltweite Unglück, das in der Geschichte von Manu und Meret ja nur ein allgemeines Geschehen widerspiegelt, nicht passiert. Aber heute, nach einem langen Durchlauf der Erfahrung, kehrt in den ersten Erkennenden die Stimme der Göttin zurück auf die Erde.

DIE KRAFT DER VERBUNDENHEIT

Letztlich gibt es nur eine Antwort auf alle deine Fragen. Das Liebesthema wird seine Lösung nur aus der Verbundenheit mit dem Ganzen finden können. In dieser Verbundenheit liegt die Heilung für die Eifersucht, für die Angst, für die Gewalt und den Schmerz der Verlustangst. Übe dich in der Verbundenheit mit der Schöpfung, und du wirst sicher zu dem Ziel deiner Sehnsucht geführt werden. Folge der Energie, aber folge ihr wach und präsent. Die göttliche Stimme wohnt in dir. Erst wer das wieder weiß, wird ihr auch im Äußeren begegnen können. Kein Mann und keine Frau wird euer Verlangen stillen können, ohne dass ihr diese Verbundenheit in eurem Inneren wiedergefunden habt. Göttliches Handeln ist ausgewogenes Handeln, das aus der Verbundenheit und der eigenen Mitte kommt. Taucht Ungeduld oder Angst in dir auf, so spricht auch hier die Stimme der Göttin. Sie sind bereits das Zeichen einer blockierten Energie. Wut ist meistens eine bereits gebrochene Reaktion, die ursprünglich aus dem heiligen Zorn der Göttin kommt. In ihrem Wesen ist sie eine Handlungsenergie, die falsche Umstände richtig stellen möchte. In der Verbundenheit wandelt sich die Wut in heiligen Zorn und ist eine große und heilsame Kraft, die dringend gebraucht wird. In allen Fällen gilt: Horche tief in dich hinein, und du findest die Antwort in dir. Geh deiner Angst auf den Grund, und du findest die Antwort. Geh deiner Ungeduld nach, suche sie geistig zu verstehen, und du findest eine neue Richtung für dein Handeln. Geh deiner Wut auf den Grund, und du findest eine mächtige Ausrüstung der Kraft für aufrichtiges Handeln.

Die neue Weichenstellung für Manu und Meret

Ihr habt große Sympathie und Verständnis für Manu und Meret, weil viele von euch ähnlich gehandelt hätten. Jeder, der in seiner Jugend einmal vom Starkstrom des Eros erfasst wurde, weiß, dass die Sehnsucht stärker ist als jedes Ritual einer Gemeinschaft und größer als alle mahnenden Worte einer Priesterin. Aber inzwischen kennt ihr die Tragödie von Manu und Meret zur Genüge. Sie konnten ja keine Erfüllung finden. Gemeinschaften haben die Aufgabe, Gefäße der Liebe und des Vertrauens aufzubauen, wo dieser Starkstrom der personalen Liebe wieder möglich wird, ohne dass andere ausgeschlossen werden müssen. Die personale Liebe zwischen zwei Menschen braucht das vertrauensvolle Feld einer Gemeinschaft.

Der Gedanke, dass man gegen den Willen des Ganzen das für sich erobern will, was man liebt, führt aber dazu, dass man gleichzeitig das am anderen tötet, was man ursprünglich einmal geliebt hat. Keine Göttin wird sich jemals erobern lassen, und keine Freiheit der Liebe wird sich jemals in irgendeinen Käfig sperren lassen. Die gegenseitige Durchdringung, die im Einklang mit der Schöpfung geschieht, liegt sehr nahe bei dem Wunsch nach Eroberung. Der Wunsch einer Frau, einem Mann ganz gehören zu wollen, ist auf einer etwas niederen und unverbundenen Ebene der gleiche wie der Wunsch, der aus der Verbundenheit und der ursprünglichen Freiheit kommt, einen Menschen ganz lieben und erkennen zu können. Das gilt auch für die gleichgeschlechtliche Liebe und alle Spielarten des Eros. Weil diese Wünsche in unseren Zellen zum Verwechseln ähnlich sind, deshalb ist die Verwirrung so besonders hoch, wenn der Starkstrom des Eros einmal unsere Zellen in Aufruhr gebracht hat.

Nur der Gedanke, dem Geliebten nicht genügen zu können, nur der Gedanke, innerlich noch zu schwach zu sein, um das Geliebte trotz des Vergleichs und der Blicke der anderen erreichen zu können, weckte ja ursprünglich den Wunsch, den oder die Geliebte ganz für sich zu besitzen. Ein ganz tiefer Störvorgang liegt zugrunde, wenn man das Gefühl hat, vor irgend jemandem nicht genügen zu können. Es ist ein Gedanke, der sofort trennt, der sofort aus der Wahrnehmung reißt. Wenn dieser Gedanke in dir auftaucht, ist das schon ein Zeichen dafür, dass du aus der Verbundenheit herausgeraten bist. Der nagende Vergleich und das Misstrauen, die durch diesen Gedanken einsetzen, sind das Gift jeder wahren Freiheit. Wer diesen Gedanken ersetzt durch den klar formulierten Wunsch, so zu werden, wie er sein möchte, bekommt sofort Energie für seine Entwicklung. Er wird sich nicht mehr schützen und abgrenzen gegenüber anderen oder gar Erfahreneren, sondern wird von ihnen lernen wollen. Misstrauen und Neid weichen einer großen Neugier. Vertrauen ist die Voraussetzung für diesen Weg. Dies gibt auch den Mut, zu dem zu stehen, was man liebt und begehrt.

Wirklich erkennen werden sich nur die wahrhaft Liebenden. Und die Heilung der Zukunft wird aus den Gemeinschaften wahrhaft Liebender entstehen. Welchen Weg der Einzelne auch immer wählt, Heilung gibt es nur aus der Verbundenheit mit dem einen Sein.

Wer sich wieder mit der Gewissheit des Gelingens verbindet, das aus dem vollen Vertrauen und der Verbundenheit mit der Schöpfung kommt, wird den Reichtum der Welt in sich und seiner Umwelt wiederfinden. Du wirst jedem Geliebten, jeder *fremden Frau oder jedem fremden Mann mit der nötigen Wachheit begegnen. Du wirst allen Begegnungen den Raum und die Freiheit gewähren, dass das Nondum, das „noch nicht Gesehene" und „noch nicht Erkannte" der Schöpfung hineinleuchten kann. Nur aus der Angst heraus bauen wir Zäune um das, was wir schon kennen. Die Partner zerstören ja in der Regel ihr Glück sehr schnell dadurch, dass sie viel zu früh glauben, sich gegenseitig zu kennen. Auch zwischen zwei Fremden ist es die Angst vor dem Unbekannten, die sie daran hindert, zu handeln. Zwei Fremde, die sich begegnen und die von dem Lockruf des Eros getroffen wurden, trennt die Angst davor, voller Vertrauen der Offenbarung zu folgen, die die Göttin in diesem Moment von ihnen verlangt. Viel zu schnell kreisen wir in beiden Fällen das scheinbar bekannte Stück Welt ein und lassen der Schöpfung und Freiheit, aus der die echten Begegnungen geboren werden, keinen Raum.*

IGNORANZ UND ÜBERHEBLICHKEIT – URSACHE FÜR DIE TRENNUNG

Wenn du dich wieder mit der göttlichen Quelle in dir verbindest, kann es durchaus sein, dass du dich gelegentlich gegen die Regeln und Rituale deiner Gemeinschaft stellen musst. Alle Gewohnheiten und Regeln brauchen immer wieder den schöpferischen Geist der Erneuerung. Es kann von der Schöpfung gewollt sein, dass man sich für das, was man liebt, gegen den Geist einer gesamten Gruppe stellen muss, ja sogar eines gesamten Landes, weil im eigenen Inneren etwas vollkommen Neues keimt, das von den anderen noch nicht gesehen ist.

Aus dem Vertrauen heraus wirst du die Stimme der anderen hören und achten. Du wirst dich nicht einfach über sie erheben, und du wirst dennoch bei dem bleiben, was du liebst. Hierdurch werden Wandlungsvorgänge eingeleitet. Wer wahrhaft liebt, wird dafür sorgen, dass andere es auch sehen und lieben können. Dieser Weg führt immer in die Gemeinschaft. Es kann sogar sein, dass du dich aufbäumen wirst gegen die Gesetze der Schöpfung. Wenn du auch hier verbunden bleibst und durch deine Augen die gesamte Schöpfung blicken lässt, kann dies ein wesentlicher Beitrag sein zu Wandlungsvorgängen in der Schöpfung. Auch hier gilt es, nicht zu vergessen, dass es die Göttin selbst ist, die sich durch dich und dein Erkennen wandeln möchte. In diesem Vorgang liegt noch nicht der Schmerz der Trennung. Er setzt erst ein, wenn du dich über andere erhebst. Erst wenn du für die Stimme der Welt und des eigenen Herzens taub geworden bist, erst wenn du dich im Prozess der Gegnerschaften verirrt hast und die Gesetze der Schöpfung, aus der du selbst kommst, nicht mehr achtest, erst wenn das Verlangen dich von dir fortzureißen vermag, setzt das wirkliche Unglück der Vergessenheit ein. Daher heißt es: Liebe macht blind.

Du suchst im Äußeren, was du im Inneren deiner selbst vergessen oder verraten hast. Du wirst einem fremden Mann oder einem Geliebten anders begegnen, wenn du darauf vertraust, dass aus ihm eine Antwort der Welt und der Göttin zu dir kommt, anstatt der Verzweiflung und dem Glauben an die Nichteinlösbarkeit deiner Sehnsucht zu folgen. Aus der Verzweiflung heraus wirst du den Frauen oder Männern hinterherlaufen und doch immer wieder an denselben Punkt des Schmerzes deiner eigenen Seele geführt. Aus dem Vertrauen heraus wirst du Mutigeres wagen. Verbunden mit der Göttin, handelst du in der Gewissheit deines Weges, so, als wäre die Erfüllung bereits bei dir. Selbst wenn dein Leib vom Verlangen erfasst wird und vor Erregung bebt, wirst du nicht dein inneres Zentrum verlassen. Du lädst die Göttin ein, mit deinen Augen zu sehen und mit deinem Herzen zu fühlen. Allein dieser Entschluss gibt dir bereits den Schutz, den du brauchst. Du wirst auf die Stimme deines Herzens horchen und wissen, ob du zu handeln hast oder nicht.

Glaube nicht, dass dies immer nur rosig und leicht geht. Niemand hat gesagt, dass es immer leicht ist, zur inneren

Erfüllung zu finden. Wenn wir nicht lernen, auch in den schwierigen Situationen aus der Verbundenheit heraus zu handeln, machen wir uns und die Erde kaputt.

Überheblichkeit und Ignoranz sind die Elemente, die uns von der Schöpfung trennen. Aus der Verbundenheit heraus werden wir alles, was wir tun, vor den Augen der Göttin tun. Nichts, was wir sind, können wir unser Eigen nennen. Alles, was du bist, und seiest du noch so schön, noch so intelligent und noch so reich, kommt aus der Göttin und wird nur durch sie eine Heiligung erfahren. Leider vergessen oft gerade die allzu reich Beschenkten diesen Zusammenhang und rennen in die Falle des Größenwahns und der Egomanie. So schafft Intelligenz oft den Schmerz der Einsamkeit, weil man sich über andere erhebt und sich dadurch von ihnen trennt. So schafft Schönheit den Schmerz des Narzissmus, weil man die Schönheit anderer, die oft in den scheinbar hässlichen Dingen wohnt, nicht mehr wahrnehmen und lieben kann. So schafft der äußerliche Reichtum Krankheit in der eigenen Seele, weil man es verlernt hat, einfach zu leben und die Stimme der Natur zu hören. Man kennt den wahren Reichtum des Lebens selbst nicht mehr.

Aber zu viele haben diese Fallen durchlaufen. Jetzt steht eine Zeit des allgemeinen Erwachens bevor. Die Erkennende wird alle ihre Handlungen in den Dienst der Welt stellen. In dieser Verbundenheit handelt sie von selbst aus der Anteilnahme und dem Mitgefühl. Dies hat nichts mit Verzicht zu tun. Man wird auch nicht mehr so handeln, weil andere es gesagt haben, sondern aus einer eigenen Erkenntnis heraus. Die Erkennende wird alle ihre Gaben zum Wohle aller entfalten, und aus dieser Quelle kommt ihr wahrer Reichtum. Nicht moralische Appelle, nicht die Mahnung anderer werden dich zu dieser Verbundenheit zurückführen können. Sie können wohl ein Anstoß sein für die eigene Entwicklung. Letztlich ist es immer eine eigene Entscheidung. Viele müssen einen langen Erfahrungsdurchlauf machen, bis sie zurück zu dieser Erkenntnis finden. Die Erfüllung in der Sexualität und in der Liebe wird sich aber auf keinem anderen Weg finden lassen.

Erst wer erkennt, dass der Starkstrom, der in der Verbundenheit fließt, umfassender, heilsamer und kraftvoller ist, wird diesen Weg wieder betreten.

THEOLOGIE DER ENTSCHEIDUNG

Wie oft war ich selbst auf der Suche und fühlte mich hilflos! Daher weiß ich, dass diese Hilflosigkeit immer erst aus dem Gedanken der Trennung kommt.
   Verbunden mit der Göttin, fühlst du dich nie hilflos.

Der Koan dabei ist immer der, dass die Göttin oder Gott nicht im Äußeren gefunden werden können. Du findest sie erst im Äußeren, wenn du dich innerlich ganz dafür entschieden hast. Das Göttliche wird im Äußeren erst dann dein Leben durchleuchten, wenn du es auch im Inneren gefunden hast. Mehr noch: Du findest es erst im Inneren, wenn du dich dazu entschieden hast. Dies ist der große Koan für alle Atheisten.
   Für diesen Vorgang braucht es eine hohe Gegenwärtigkeit. Die göttliche Quelle ist immer in der Gegenwart zu finden. Angst ragt immer aus einer nicht bewältigten Vergangenheit und einer projizierten Zukunft in unser Leben. Wenn ich ganz in der Gegenwart bin, dann ist das ein Schutz vor der Angst.
   Das ist ein großes Geheimnis, aber eigentlich ein sehr offenbares Geheimnis. Du spürst die Verbindung zur Quelle dadurch, dass die Botschaften, die du erhältst und die ganz bei dir gelandet sind, Freude erzeugen. Freude, Geborgenheit, Gegenwärtigkeit. Es löst eine tiefe Öffnung in unserem zellulären System aus, wenn der Gedanke aufkommt, dass man sich ganz geborgen fühlen darf in dieser Welt. Allein die Tatsache, dass dieser Gedanke so viel Schönes auszulösen vermag, führt bereits zu einer inneren Pflicht, sich entsprechend zu verhalten.
   Dieser Gedanke wird dich zur Revolutionärin in der Liebe machen, wo immer du bist. So tief wohnt die göttliche Stimme in dir. Das ist immer wieder neu die große Offenbarung,

die große Entscheidung und die große Freiheit. Es ist deine Entscheidung, ob du es erlaubst.

Die Friedensinformation auf dieser Erde kann sich dadurch ausbreiten, dass du ihr ganz folgst. Sie ist voll abrufbar vorhanden, in jedem Augenblick. Sie ist parallel vorhanden zu Krieg, Untergang und Zerstörung. Je mehr Menschen diesen inneren Zusammenhang erkennen, desto umfassender und zielsicherer kann sich diese Wahrheit verwirklichen und wirksam werden. Wenn sie in einer Gemeinschaft ganz verwirklicht ist, wirkt sie als Feld und zieht alle weiteren Informationen an, die nötig sind.

Verlasse die Angst – es ist eine Entscheidung

Wieder und wieder wirst du fragen: Und wie verlassen wir die Angst? Und wie erhalten wir die Macht, die auf der Erde Frieden erzeugen kann?

Und immer wieder lautet die Antwort:

Es ist eine Entscheidung, den Weg des Vertrauens zu gehen und damit auch für andere gehbar zu machen. Verlasse die Angst. Die Angst muss von der Erde verschwinden. Bleibe bei der Angstfreiheit. Tag um Tag. Stunde um Stunde. Indem du immer tiefer studierst, wodurch dies möglich wird, wirst du die Gesetze des Universums immer tiefer verstehen. Friede ist eine Frage der Ausgewogenheit von Energie. Finde die Gedanken, die in dir und anderen Angst erzeugen, in ihrem Kern wieder und verwandle sie in Gedanken, aus denen Vertrauen entsteht. Dies ist eine geschichtliche Tat, die neue Wirklichkeiten schafft. Dies führt zu einer neuen Weichenstellung in der Liebe. Dies führt zu einer neuen Weichenstellung in der Gemeinschaft und schließlich in der Religion. Das ist die Aufgabe der kulturschaffenden Feldbildung in dieser Zeit. Durch umfassendes und existentielles Studium kommen die Antworten zu dir. Auf diesem Weg lassen sich die Erfüllung in der Partnerschaft, die Erfüllung in der Gemeinschaft und die

Erfüllung in der anonymen Begegnung wiederfinden. Du wirst entdecken, dass sie alle zusammengehören und nicht getrennt voneinander gelebt werden können. Sie alle erscheinen dir aus der Verbundenheit heraus in einem vollkommen anderen Licht. Da das ganze Leben aus einer Kette von Entscheidungen besteht, ist es durchaus sinnvoll, irgendwann die tiefste aller Entscheidungen zu treffen. Es ist eine Grundentscheidung. Wenn die einmal getroffen ist, dann muss man für den Rest der Entscheidungen nicht mehr so viel Kraft aufbringen, weil sie nicht mehr durch Angst blockiert werden. All dies geschieht nicht aus eigener Kraft. Aber das ist schon eine Folge der Grundentscheidung. Die Grundentscheidung heißt Vertrauen. Gehe den Weg des Vertrauens. Verlasse die Angst. Es scheint die tiefste, die grundsätzlichste, die dringendste Entscheidung zu sein, die gebraucht wird.

Entscheidungen sind nie beliebig. Sie finden immer im Zusammenspiel von Ich und Welt statt. Entscheidungen können niemals alleine getroffen werden. Sie sind ein Zusammenspiel zwischen dem Ganzen und dem Einzelnen und bekommen ihre heilende Kraft durch den Kontakt.

Wenn man einmal ernsthaft nicht weiter weiß, dann ist die einzige Antwort aus dem Universum: Halte still, bis die Kraft sich in dir ganz als Antwort formiert hat. Verschwende die Energie nicht mehr für die Zwischenräume. Warte, bis du von selbst weißt, was zu tun ist. Es ist letztlich alles ein Energiegeheimnis. Lerne den richtigen Umgang mit Energie. Du kannst in jedes Detail der Welt hineinhorchen, du findest immer das Ganze darin, und es kommt immer eine Antwort zurück. Konzentration ist hierbei ein wichtiges Element.

Es steht ganz vorne in der universellen Schule: Eigne dir schon jetzt für deinen langen Weg die Kraft der Ruhe an. Es ist eine riesige Heilkraft, die aus der Ruhe kommt. Ruhe hat in sich eine sehr hohe Macht und Magie. Lerne es, in der eigenen Geschwindigkeit zu sehen, zu gehen, zu fragen und zu erkennen. Aus diesem Vorgang spielt dir das Universum die Begegnungen zu, die Erkenntniskraft und Heilkraft in sich tragen. Wenn du in diesem Zustand bist, dann ist alles sehr einfach und klar. Du merkst deine richtige Geschwindigkeit daran, dass du auf dem Weg der inneren Resonanz gehst.

Diese Antworten waren getragen von einer klaren und entschlossenen Kraft. Ich brauchte einen ganzen Tag, um sie zu verdauen und zu verarbeiten. Um sie zu verwirklichen, brauche ich wohl ein ganzes Leben.

Es war gleichzeitig das Resümee meiner Reise. Mit neu aufgetankter Kraft und Zuversicht, mit noch tieferer Entschlossenheit und neu gewonnenem Wissen reiste ich zurück nach *Tamera*.

WORTE DER MALTAPRIESTERIN AN DEN HEUTIGEN MANN

Dieser Text entstand eine Weile nach meiner Malta-Reise. Das Liebesunglück eines Mannes hatte mich tief berührt. Ich verband mich mit der Liebesschule auf Malta und ihrer Priesterin. Die Antwort, die kam, ist eine Antwort an alle Männer.

Schläft ein Lied in allen Dingen,
träumt in ihnen fort und fort,
und die Welt hebt an zu singen,
triffst du nur das Zauberwort.
Joseph von Eichendorff

Der Schmerz, der sich in deiner Seele zusammenballt, ist der Schmerz aller Männer, die ihre Mutter zu früh verloren haben. Diesen Schmerz haben alle liebenden Söhne erfahren, da alle Mütter in den Untergrund der Versklavung gedrängt wurden. Liebhaber und gleichzeitig Befreier der Mutter zu sein, das ist das große Verlangen, nach dem deine Seele dürstet. Die unerlöste Mutter ruft in deiner Seele, als heimliche Verlockung und süßes Versprechen. Ihre himmlische Süße hat dich dazu bewegt, überhaupt auf diesen Planeten zu kommen. Aber als du dann auf der Erde angekommen warst, haben sich die Umstände schnell verändert und verwirrt. Du fühltest es bald: Ein Teil von ihr war nicht anwesend, war wie in eine stille Trauer eingehüllt. Sie war immer fort. Unerreichbar hinter tausend Schleiern verborgen, erinnerte sie dich doch immer an ein noch nicht eingelöstes Versprechen, das nach Erfüllung rief. Dies machte deine Seele schon früh trunken vor Sehnsucht und Verlangen. Ein früher Schmerz zeichnete dein Wachstum als Mann.

Du konntest nie wirklich landen bei deiner Mutter. Du hast nur eine Mutter erlebt, die Sklavin eines Ehemanns war, die ihr liebendes Herz, das sie dir gegenüber hatte, verbergen musste vor den eifersüchtigen Betrachtungen ihres Herrn. Nicht nur ihr Gatte war ihr Herr, die ganze Gesellschaft war ihr Herr, ihr Tyrann, ihr Joch, unter das sie ihre liebende Seele gebeugt hat. Auf diese Weise verwandelte sich über Jahrhunderte hinweg immer wieder die süße und heilige, von dir angebetete, sinnliche Fee in ein fauchendes Muttertier und Ungeheuer, das dich lockte und bedrohte, das von dir Stärke verlangte und dich doch schon früh durch ihren Frust beherrschte. Da war das Weib, das dich sinnlich lockte und doch zurückwies, wenn du seiner Verlockung gefolgt bist. Und da war das Biest, was dich strafte, wenn sich deine Seele vor Wut und Enttäuschung zusammenballte. Auf einmal fandest du Abweisung, wo du ursprünglich lieben wolltest. Jetzt findest du ein höriges Muttertier vor, obwohl dich eigentlich eine freie Seele gerufen hatte.

Gleichzeitig bist du das heimliche Ziel ihres Verlangens, ihrer Sehnsucht und ihres Begehrens. Du bist ihr heimlicher Geliebter, ihr Ritter, ihr Prinz, der sie befreien soll aus den Klauen ihres langweiligen Tyrannen und Monsters, des Ehemanns, der nicht erfüllen konnte, wonach sie verlangte. In ihrer stillen, frustrierten Arroganz und Verachtung ihm gegenüber empfindest du die Verachtung des gesamten weiblichen Geschlechtes gegenüber den Männern. Auch das fühlt deine noch junge und kindliche Seele: Vater hat versagt, mit ihm das ganze männliche Geschlecht. Du bist es nun, von dem sie hofft, dass ihr die Süße und Lebendigkeit des Lebens zurückgeschenkt werden, die sie schon lange verloren hat. Von dir erhofft sie, dass du die Stärke, die Schönheit und die Feinheit entwickelst, um sie zurückzuerobern in ein freies Land der sinnlichen Schönheit und Liebe. Manchmal leuchtet in ihrem Blick die ganze Freude und die Hoffnung wieder, für die du alles tun würdest.

Du liest in ihren Augen. Vielleicht vermagst du, was der Vater nicht vermocht hat: Mich zurückführen in meine wahre Schönheit als liebendes Wesen, in meine Wildheit und Verspieltheit. Vielleicht wirst du in der Lage sein, mein urweibliches Lied wieder zum Klingen zu bringen, mein Herz zum Fühlen, meinen Leib zum Pulsieren, indem du in mir die Geliebte befreist, die ich eigentlich bin.

Es ist die heimliche und ausweglose Liebe zwischen Mutter und Sohn, die sich als Ring um dein Herz gelegt hat und in dir diesen großen Schmerz und die große Verzweiflung hervorruft. Dieser Ring liegt um Millionen von Männerherzen und ließ sie zu stählernen Kriegern werden, zu Soldaten und Helden, zu Forschern, Kaufleuten und Büroangestellten statt zu Liebhabern und Fürsorgenden für alle Kreatur.

Wisse, dass die gesamte Welt gerade an den Stellen am meisten nach einem neuen Schritt in der Liebe ruft, wo dein Herz am liebsten verzagen möchte. Dein Herz kann heilen, indem du mithilfst, dass sich die Geliebte in jeder Mutter befreit. Wisse auch, dass es noch heute deine Mutter ist, die dich von deiner Geliebten trennt. Alle deine tragischen Gefühle und Regungen in der Liebe haben in ihrem Kern einen zugrunde liegenden Gedanken, dem du bewusst oder unbewusst folgst. Der Gedanke lautet: Mama ist nur für Papa da. Wenn ich sie wirklich brauche, dann hat sie keine Zeit. Dieser urkindliche erfahrene Urschmerz überträgt sich unbewusst auf alle deine weiteren Liebesbeziehungen, und du wiederholst unbewusst immer den gleichen Ablauf. Die Eifersucht setzt ein, sobald die Geliebte auch nur auf einen anderen schielt. Viele deiner Liebesversuche mussten immer wieder an dem selben Punkt scheitern. Wenn du mit einer Geliebten zusammen warst, hast du immer wieder die verlorene Liebe der Mutter gesucht. Und während du sie gesucht hast und ganz bei ihr landen wolltest, brannte in ihr ein eigenes unerlöstes und sehnsüchtiges Herz. Es brannte in ihr die uneingelöste Sehnsucht nach dem starken Mann, nach dem, der nicht fragt, sondern sie einfach zu nehmen versteht. Während du bedürftig wurdest, sehnte sie sich nach dem Erlöser, der nicht lange fragt, sondern handelt, der nicht verlangt, sondern ihr Verlangen stillt. Dieses Drama wiederholt sich in jeder deiner Liebesbeziehungen.

Es ist die Mutter, die du fliehst, wenn du deine Geliebte fliehst. Es ist die verlorene Mutter, nach der du weinst, wenn du glaubst, dass du deine Geliebte verlierst. Es ist die Mutter, die du halten willst, wenn in dir der eifersüchtige Liebhaber erwacht, der gegen den übermächtigen Vater kämpft. Und es ist der starke Mann und Befreier, Beschützer und Liebhaber zugleich, nach dem sich die Geliebte sehnt, wenn sie sich scheinbar zurückzieht vor deinem Verlangen und deinem Wunsch nach ihrem Schutz und ihrer Geborgenheit schenkenden Kraft.

Der Schmerz, den du fühlst, ist ein geschichtlicher Schmerz. Auch wenn er sich noch so persönlich, unlösbar und individuell anfühlt, so ist es doch eine ganze Welt der Schmerzen, die hier nach Erlösung ruft. Alle Söhne haben irgendwann diesen Schmerz erfahren, weil die Seele der Mutter und der liebenden Frau insgesamt aus eurer Kultur und eurer Seelenwelt verdrängt wurde. Wo ursprünglich das liebende Herz des Sohnmannes die Frau erhöhen und verehren wollte, wurde sie erniedrigt und verteufelt. Wo der junge Sohn an ihrem Leib erwachen wollte, wurde alles Sinnliche, alles Sexuelle als schmutzig und verderblich aus ihrem Leben verbannt. Deshalb wandelte sich die schöne Gestalt der Mutter in das Teuflische und Dämonische. Als der Sohn an ihren Brüsten sein männliches Erwachen erlebte, verwandelte sie sich in ein bedrohliches, abwehrendes und verschlingendes Ungeheuer. Weil sie selbst für ihre sexuelle Natur verdammt wurde, weist sie von nun an alles von sich, was sie daran erinnert.

Gleichzeitig ist ihr Verlangen unendlich groß und brennt übermächtig, doch sie darf es niemandem zeigen. Der junge Sohn fühlt die Übermacht darin, die er niemals stillen kann. Er fühlt das verschwiegene und verbotene Bündnis mit der Mutter, von dem niemand erfahren darf, und leidet unter seiner Last.

Es entsteht eine unauflösbare Kette zwischen Mutter und Sohn. Durch ihr stummes Leiden und ihr ungestilltes Verlangen bindet sie ihren Sohn an sich. Er bleibt an sie gebunden durch das ewige Band einer unbewussten Schuld, einem Nichtgenügen und einer heimlichen Liebe, die nie zur Erfüllung kam. Er beginnt, den Erwachsenen, den Liebhaber, den potenten Mann zu mimen, der er noch lange nicht ist, nur um vor ihren Augen bestehen zu können.

Ursprünglich wünschte er den Vater als Freund und Begleiter für das sinnliche Erwachen. Doch dieser ist durch das unausgesprochene Bündnis zwischen Mutter und Sohn längst zum Konkurrenten, zu einem übermächtigen Feind geworden, der die Mutter bedrohte und dem man doch nicht gewachsen war. Er war übermächtig, er war der einzige, dem die Mutter sich freiwillig unterworfen hatte, ihm gehörte sie, und gleichzeitig litt sie unter ihm. Wollte man die Mutter für sich gewinnen, so musste man den Vater besiegen. Als junger Sohn wusstest du ja nicht, dass auch der Vater ursprünglich ein unerlöster Sohnmann war, der die Mutter stürzen musste, da er sich ihrem sinnlichen Verlangen nicht gewachsen fühlte und sich auf diese Weise in den besitzergreifenden Vaterarchetypen verwandelt hat.

Wofür soll ein Sohn sich in dieser Situation entscheiden? Auf der Ebene des Problems erscheint es ausweglos.

Identifiziert er sich mit dem Vater, so wird die Mutter zum gefährlichen Drachen, der besiegt werden muss. Identifiziert er sich mit der jungen Mutter, die befreit werden will, so muss der Vater bekämpft werden.

Es gibt keinen anderen Ausweg innerhalb des Liebessystems, aus dem du kommst. Wenn du Heilung willst, musst du das ganze System verlassen. Hinter all diesen persönlichen Schicksalen steht ein Irrtum in der Liebe. Es ist die weibliche, feminine, sexuelle Macht, die aus der Geschichte verdammt wurde und deshalb von jedem Einzelnen schmerzhaft vermisst wird. Wie viele Söhne haben bereits gegen ihre Väter rebelliert und sich schließlich doch selbst in sie verwandelt. Wie viele Väter mussten von ihrem Thron steigen und entlarvten sich schließlich selbst als die unerlösten Söhne.

Wir haben die männlichen Archetypen kennengelernt, die Magier, Priester, Krieger, Machthaber, Väter und Lehrer. Übrig geblieben ist doch die weibliche Sehnsucht nach dem Mann, der die Liebe kennt, der die weiblichen Quellen und die Mysterien der sexuellen Liebe nicht mehr vergewaltigt. Aus jeder Mutter ruft ja doch immer wieder erneut das ewige Warten auf den Mann, der sie in ihrem Frausein auch sexuell erkennt und unterstützt. Der Archetyp des sinnlichen Liebhabers wartet noch darauf, geboren zu werden.

Musste der Mann Land und Wissen beschlagnahmen, musste der Priester das Land der weiblichen Quelle verteufeln und dem Satan zuschreiben, musste er das Wissen um Körperkultur, Pflanzen, um Geburt und Tod vernichten und der Frau mit Gewalt den Schlüssel entreißen, den auch er selbst zum Leben braucht? Musste er die Frauen dämonisieren, foltern und verfolgen, um seine männliche Kraft zu entfalten? Es waren steckengebliebene Sohn-Männer, die all dies taten, weil sie den Weg zu den Quellen nicht mehr fanden. Auf diese Weise fügten sie sich und der Welt den Liebesschmerz zu, unter dem noch du heute leidest. Das war die falsche Ebene der Befreiung.

Was bleibt, nachdem ihr diese lange Prozession durch die Wechsel der Zeiten gegangen seid und die verschiedenen Kulturstufen durchlaufen habt? Mit jedem Landstrich, den der männliche Krieger eroberte, tötete er ein Stück der Göttin und ihrer Kultur. So wie er die Frau besitzen wollte, wollte er die Göttin besitzen und beherrschen, und doch verlor er sie immer mehr auf diesem Weg. In deiner Verlustangst spiegelt sich die geschichtliche Tatsache des Mannes wider, dass er die Göttin verloren hat. Je mehr du eroberst, je mehr du besitzen willst, desto mehr wirst du sie verlieren. Sorge du nun dafür, dass ein neuer Weg gefunden wird.

Richte deine Wut nicht mehr gegen deine Väter oder gegen alle Männer, die den Vater repräsentieren. Richte sie auch nicht länger gegen die Frau, die dich scheinbar verlassen hat. Richte sie gegen eine ganze Kultur, die es unmöglich gemacht hat, die Frauen lieben zu dürfen. Setze hier dein kriegerisches Wissen und deine Intelligenz ein. Setze deine Wut ein für den Erkenntniswillen, der in der Lage ist, diesen Drachen einer ganzen Kultur zu besiegen und zu transformieren. Es stirbt durch den symbolischen Vatermord eine ganze Männerkultur, die die Frauen unterdrückt und so in das Böse und in das alles verschlingende Ungeheuer verwandelt hat.

Wisse, dass es letztlich nicht deine Mutter ist, sondern dass Ich es bin, die Göttin, der weibliche Aspekt der Liebhaberin, der hinter allem männlichen Verlangen steht.

Wenn du mein Leuchten wieder entdeckst, wenn du es zurückbringst in die Kultur der Menschheit, dann wirst du befreit sein. Es ist die Göttin, die ihr verloren habt und die ihr wiederfinden müsst. Sie kann euch begleiten auf eurem Weg in der Liebe, um euer großes Verlangen zu stillen. Sie weiß, was wann für dich gut ist, und sie wird dich führen. Was sie von dir braucht, ist dein volles Vertrauen. Wenn du in ihr die Heimat wiedergefunden hast, dann wirst du sie bei allen Frauen finden können. Sie vermag dein Verlangen zu stillen, deine Ruhe zu festigen und dir das Wissen zu geben, das du als Liebhaber brauchst. Die Göttin entzieht sich jeder Unterwerfung, und sie wird befreit durch jede liebende Hingabe. Finde dein geschichtliches Urvertrauen wieder durch deine Liebe zur Natur, zur Welt und ihrer sinnlichen Schönheit, und du nimmst Teil an der geschichtlichen Geburt des neuen Mannes.

Du wirst sagen: Was soll ich Trost suchen in der Religion, wo ich doch in keiner Frau gefunden habe, was ich suche. Was soll ich an eine Göttin glauben? Ist dies nicht eine neue Tröstungsphilosophie? Religionen haben immer die Sehnsucht ins Jenseits verbannt, die wir im Diesseits nicht finden konnten.

Doch hier verwechselst du die patriarchale Religion mit der heiligen Quelle des Lebens.

Die Göttin ist elementar, ganz und gar diesseitig. Sie ist keine Religion, sie ist das Leben selbst. Du findest sie in jeder Frau, wenn du danach suchst. Aber durch dein Vertrauen zu ihr verwandelt sich dein Verhältnis zu allen Frauen. Sie gibt dir universelle Heimat und Geborgenheit und damit die Annahme deiner selbst, wo immer du bist. Damit wirst du zu einem Schenkenden, wo du vorher noch ein Verlangender warst. Der Stachel der Eifersucht kann heilen, wenn ihr eure spirituelle Sehnsucht wieder zu euch holt, das Heilige nicht länger aus eurem Leben verbannt und die universelle Quelle aufsucht, die euch Kraft und Heilung gibt. Erst mit dieser Verbundenheit erfahrt ihr den wirklich liebenden Zustand, den ihr verloren habt. Erst durch die Mütter, die euch an sich binden wollten in ihrer unendlichen Hilflosigkeit, habt ihr diese Quelle verloren. Jedes Kind kennt ursprünglich das Urvertrauen. Es ist an keine andere Person gebunden.

Zunächst beginnt Heilung mit Erkenntnis. Indem du die persönlichen und die geschichtlichen Hintergründe sehen und akzeptieren lernst, hast du schon den ersten Schritt zur Heilung getan. Durch die Wiederverbindung mit der Göttin kommst du in Kontakt mit deinem "höheren Selbst", das jenseits aller Traumata, aller Ängste und Nöte in uns erhalten geblieben ist und langsam wieder sichtbar werden sollte. Du kannst es auch den inneren Stützpunkt Gottes und der Schöpfung in uns nennen. Es gibt eine universelle Bewusstseinszentrale in jedem Menschen, die ein erstaunliches Wissen abrufbar in sich trägt. Um das zu glauben, brauchst du keine Religion, keine vorgefertigte Weltanschauung.

Du fragst, wie das denn geht, wie du den Kontakt zur Göttin denn herstellen sollst? Nutze deine Kraft, um dir die Bereiche der Wahrnehmung zurück zu erobern, in denen alle Urteile zum Schweigen kommen. Nutze dein Wissenwollen. Der erste Schritt ist es, lernen zu wollen. Lerne, so wach und präsent zu werden, dass du Zeuge sein kannst für alles, was in dir und um dich herum passiert. Wenn du die Welt verstehen willst, musst du zunächst Zeuge ihres Wirkens werden. Lege deine heimliche männliche Arroganz ab, die dich vor der Liebe schützen sollte, und akzeptiere wieder, dass alles Leben eine Seele hat und damit einen Sinn. Wer sich diesen Raum zurückerobert, der betritt eine spirituelle Schule des Lebens, wo es kaum Therapeuten oder Lehrer gibt. Die Schöpfung selbst wird dir zur Lehrmeisterin. Sie ist höchst personal, gütig, leiblich, elementar und ewig. Diese Schule führt zu erstaunlichen Konsequenzen. Sie zwingt dich, die höhere Frequenz zu wählen und dein bedürftiges Verlangen in der Liebe zu verwandeln in die Kraft des neuen Kriegers und Liebhabers, der entschlossen das Neuland in der Liebe entdeckt.

Die neuen Männer sind imstande, Frauen zu lieben. Der neue Liebhaber ist zutiefst sinnlich und bewusst sensibel für die Belange der kreatürlichen Welt in all ihrem Glanz. Der neue Liebhaber weiß, dass es ein zusammenhängendes heiliges Leben gibt. Er kann fühlen, wie es ist, eine Biene, Ratte, Kröte, Spinne, eine Flechte auf einem Baum zu sein. Er weiß, dass wir in der Tat in einem holographischen Universum leben. Reflexion geschieht nicht länger aus der Spaltung und Trennung, sondern aus dem Mitgefühl. Männlichkeit bedeutet nicht länger Härte, sondern entschlossene Teilnahme am Ganzen. Damit beginnt eine neue Stufe der Wahrnehmung und Erkenntnis. Wer den Zugang zu der Macht des Liebhabers gefunden hat, der empfindet instinktiv mit der Welt und den Dingen um sich herum, statt gewaltsam gegen sie die eigene Macht aufzubauen. Er empfindet den Hunger und die Freude, das Leid und das Glück der Pflanzenwelt, der Tierwelt und der Menschenwelt. Er nimmt die Verantwortung des behutsamen Liebhabers und Geburtshelfers für alle erwachenden Dinge an. Die Geburt des neuen Liebhabers wurzelt im Mitempfinden und entfaltet so eine neue Stufe der Erkenntnis.

Und nun wird sich ein letzter Widerstand sich in dir aufbäumen. Du wirst zornig fragen: Und die Frauen? Wissen sie, dass es an ihnen liegt, ob es zu einem erneuten Machtkampf kommt oder nicht? Solange die Erfüllung in der Liebe zur Frau nicht gefunden wird, werden alle Bruderschaften, alle Orden und philosophischen Schulen weiterhin eine tröstliche Theorie verbreiten statt einer neuen alltäglichen, liebenden Realität. Der Mann ist mein natürlicher Rivale, solange Frauen in der Liebe so sind, wie sie sind. Warum haben Frauen sich so lange unter das Schwert der männlichen Herrschaft gestellt? Ich sehe doch an den Frauen, dass sie hörig sein wollen, dass sie den starken Eroberer suchen und begehren. Werden sie nicht die Mütter jener Söhne, die später das Schwert über die Frauen erheben? Sind sie deshalb nicht selbst mitverantwortlich dafür, dass jetzt ein neuer Typ von Mann und ein neues Bild männlichen Lebens entstehen kann? Haben sie nicht die Härte der Männer durch ebensolche Härte bekämpfen wollen? Haben sie nicht versucht, unsere Macht zu brechen, indem sie uns in ihr undurchschautes Netz lockten? Sie werfen uns Männern vor, dass wir Männer sind und sie sexuell begehren. Sie kennen nicht mehr das Spektrum ihrer eigenen Weiblichkeit und weigern sich, die Verantwortung für ihre Schönheit, für ihre erotische Verlockung und ihre weibliche Macht anzunehmen. Wie soll ich jemals das Vertrauen zu den Frauen finden, das nötig ist, um ihr Wesen zu verstehen? Es ist eine unendliche Wut, die mich trennt von jeder Frau.

Richte deine Wut nicht länger gegen einzelne Frauen. Frauen haben sich freiwillig unterworfen, weil die unbewusste Sehnsucht in allen Frauen, dass der Liebhaber im Mann erwachen möge, keine Geduld mehr hatte und nicht mehr warten wollte. Sammle jetzt deinen Mut zu deiner höchsten Quelle der Erkenntnis. Warte nicht mehr auf die Frau, aber schenke jenen Frauen deine Unterstützung, die um eine neue Liebe und Solidarität zu den Männern ringen. Wisse, dass vor jedem neuen Entwicklungsschritt Widerstand einsetzt. Er ist eine Schulung deiner Willenskräfte. Setze entschlossen diesen Widerstand auf neue Weise ein. Endlich wirst du lernen, deine Wut zu nutzen und zu verwenden, um die Welt zu verändern.

Wenn Frauen und Männer ihre Machtkämpfe durchschaut und überwunden haben, wenn sie nicht mehr aufeinander warten und doch sehen, wie sehr sie Teil eines Ganzen sind, wenn sie erkennen, dass sie ihr Selbstbewusstsein in sich selbst und nicht im anderen finden, dann kann vielleicht die Geburt der Erkenntnis beginnen: Und sie erkannten sich - ein Mann und ein Weib - und ein wunderbarer Weg der sinnlichen Liebe kann seinen Anfang nehmen, ein Weg der Liebe, der nicht mehr gebunden ist an Bedingungen. Liebe ohne Eifersucht, Sexualität ohne Angst; Vorfreude ohne die heimliche Angst vor Impotenz; eine Treue, die nicht an Seitensprüngen zerbricht; Dauer in der Liebe und neue Wege zur Partnerschaft, das wären in groben Zügen die Themen, die du jetzt stellvertretend für alle und zusammen mit anderen lösen wirst.

Du wirst dich durch die Göttin mit der Lösung verbinden, statt mit dem Problem. Du weißt, dass sich der Ring um dein Herz nur öffnen kann, wenn du gesehen und erkannt wirst als derjenige, der du bist. Du wirst alles bekämpfen, was dich an der Liebe hindert. Du wirst den eigenen inneren Drachen mutig angehen, auch dort, wo er dir unlösbar erscheint, wie ein zu kleiner Penis, eine zu schmächtige Gestalt oder was immer es ist. Du weißt, dass es aus der Verbindung heraus für alles eine Lösung gibt und dass der erste Schritt zur Lösung der entschlossene Ausstieg aus der Verzweiflung ist und der Austritt aus jeder Heimlichkeit.

Hört auf, euch ewig zu trennen und neu zu verlieben und immer aufs Neue das ganze Drama mit der nächsten zu wiederholen. Ihr fallt zurück in eheliche Rollen. Egal ob ihr verheiratet seid oder nicht, sobald das Thema der Zweierliebe einzieht, beginnt der Kampf mit den vorgegebenen Rollen. Ihr verkörpert eure Väter, das geschieht wie von selbst. Ihr fangt an, das, was ihr an eurer Freundin geliebt habt, ihre Schönheit, ihre Kraft und Stärke zu vernichten, indem ihr sie domestizieren und festschreiben wollt. Ihr vergesst die Träume und Märchen, die eure eigene Jugend erhitzten.

Finde jetzt deine kriegerische Kraft in einem höheren Ziel. Du besitzt die Träume und Sehnsüchte deiner Geliebten nicht und wirst sie nie besitzen können. Diese sind flexibel und wandelbar wie die Göttin selbst, sie lassen sich nicht gesetzlich regeln. Setze deine Kraft in deine eigene Entwicklung, um die kosmischen Träume des anderen Geschlechtes, die Träume der Göttin zu verstehen und dann mit Hilfe der Göttin zu erfüllen. Unsere ganze Nähe - sexuell und auch geistig - hängt davon ab, ob wir das wissen und akzeptieren oder nicht.

Du kommst schneller zu Heilung, wenn du entschlossen nach neuen Liebesgemeinschaften Ausschau hältst, unter deren Bedingungen diese traumatische Situation des Kindes nicht mehr entstehen muss. Du wirst nicht umhin kommen, dich nach Gemeinschaftsformen umzuschauen, in denen du eine Chance hast, dein Liebesthema zu lösen. Diese Gemeinschaften entstehen nicht von selbst, sie brauchen euren hohen Einsatz und eine hohe Entschlossenheit, um sie verwirklichen zu können. Auf deinem neuen Weg wird manches nüchterner werden, dafür aber auch erfüllender. Du wirst dafür sorgen, dass Liebe keine Privatsache mehr ist, sondern wirst zum Liebhaber für alle Frauen, die am Schicksal der Welt, am Schicksal der Göttin teilnehmen. Auf diesem Weg werden die Freundinnen zu dir kommen, die du brauchst und die dich brauchen. Erkenne wieder, dass dein Schicksal voll von solchen Geschenken ist. Dein Herz wird zur Ruhe kommen, wenn du mich in allen Frauen wieder gefunden hast.

ANMERKUNGEN ZU NAMEN, ORTEN UND SYMBOLEN

In meinen Eingebungen tauchten Namen und Symbole auf, die ich später in ähnlicher oder verwandter Form auch in der Literatur fand. Im Folgenden gebe ich einige dieser Informationen weiter. Die in Klammern angegebenen Zahlen verweisen auf die Bücher, auf die ich mich im Wesentlichen beziehe. Die verschiedenen Tempel und heiligen Orte finden Sie unter dem Stichwort „Tempelanlagen" beschrieben.

NAMEN:

Eva und Lilith

Der hebräische Name Eva bedeutet soviel wie Mutter alles Lebendigen. Ursprünglich war sie die Göttin, aus der alles geboren wurde. Doch die Verfasser der biblischen Geschichte wollen den Einfluss dieses Mythos zurückdrängen und machen Eva deshalb mit ihrer Erzählung zum Geschöpf Gottes. Die in der israelitischen Gesellschaft durchgesetzte Ordnung menschlichen Zusammenlebens, welche die Unterordnung der Frau unter den Mann fordert, soll mit der Erzählung vom Sündenfall legitimiert werden.

Inhaltliche Spannungen entstehen dadurch, dass es neben der Schöpfungsgeschichte von Adam und Eva im ersten Buch der Bibel noch eine weitere gibt, nach der Gott die Menschen nach seinem Bild als Mann und Frau schuf. Diese Diskrepanz wird im Talmud durch einen jüdischen Mythos gelöst, demzufolge die Frau des ersten Schöpfungsberichtes mit Lilith identifiziert wird. Lilith ist die erste Frau Adams, welche er lange vor Eva hatte. Diese erste Frau, so erzählt nun die jüdische Sage, weigerte sich, beim Geschlechtsverkehr die Lage unter Adam einzunehmen. Sie argumentierte, sie sei in gleicher Weise wie er geschaffen und nicht weniger wert als er. Sie war nicht bereit, sich dem Manne zu unterwerfen. Drei Engel, welche der Herr auf Adams Klage aussandte, vermochten nicht, sie zur Rückkehr zu bewegen. Jetzt erst schafft Gott für Adam eine bessere Frau: Eva. (12)

Nammu

Sumerische Hauptgöttin vor der Einführung der männlichen Götter. In zahlreichen Schöpfungslegenden aus frühester Zeit finden wir Nammu als die Göttin und Mutter-Quelle allen Lebens geschildert. Auf dem amerikanischen Doppelkontinent ist sie die "Herrin des Schlangenrocks", was deshalb interessant ist, weil die Schlange auch in Europa, im Mittleren Osten sowie in Asien als eine Hauptmanifestation der Göttin galt. Als sumerische Göttin, die Himmel und Erde gebiert, findet sie in einem Keilschrifttext aus dem zweiten Jahrtausend v. Chr. namentlich Erwähnung in einem Ideogramm mit der Bedeutung "Meer." (5)

Manu

In der indischen Mythologie taucht das Motiv der Arche auf. Hier ist Manu der erste Mensch. Er rettet einen kleinen Fisch, der von einem größeren gefressen zu werden drohte. Aus Dankbarkeit warnt ihn der Fisch – er ist inzwischen zu ungeheurer Größe herangewachsen – vor einer baldigen kosmischen Flut und zeigt ihm, wie man ein Schiff baut und es mit den "Samen aller Dinge" ausrüstet. Der Riesenfisch lenkt das beladene Schiff schließlich in sichere Gefilde. So kann nach der großen Flut neues Leben entstehen.

Paulus

In der Pfarrkirche von Rabat, 1741–73 erbaut, wird ein goldenes Requilar in Form eines Arms verwahrt. Es soll einen Arm des Apostels Paulus umschließen. Das Titularbild zeigt, wie Paulus eine Schlange ins Meer schleudert und damit Malta von diesen Reptilien befreit (Schlange als Ursymbol des Weiblichen!). Rechts neben dem Eingang führt eine Treppe in die Paulus-Grotte hinunter, in der der Apostel während seines Malta-Aufenthaltes gelebt haben soll. (26)

Angeblich hat Paulus im Jahre 56 n. Chr. vor der Küste Malta Schiffbruch erlitten (Apg. 28,1), wurde gerettet und hat dann auf Malta eine christliche Gemeinde gegründet. (11)

TEMPELANLAGEN:

Die meisten Tempelanlagen wurden etwa zwischen Mitte des vierten Jahrtausends und Mitte des dritten Jahrtausends v. Chr. gebaut. Die Zeitangaben schwanken in den verschiedenen Büchern. Die ältesten Tempelruinen bei Mgarr und Zebbieh stammen aus der Skorba-Zeit um 4000 v. Chr. Der jüngste Tempel ist wohl Tarxien, an dem sich auch bereits Anzeichen eines Kulturwandels bzw. Verfalls feststellen lassen, er wurde zwischen 3000 und 2500 v. Chr. erbaut. "Man könnte in den maltesischen Sanktuarien Stätten eines prähistorischen Mysterienkultes sehen, der, gleich den späteren der Antike, Unsterblichkeit versprach, heilige Orte der Hoffnung und Geborgenheit." (18) Es wurden viele kleine weibliche Göttinnenfiguren gefunden, darunter auch die berühmte schlafende Priesterin aus dem Hypogäum. Neben der Großen Mutter wurde in den maltesischen Tempeln sicher auch das männliche Prinzip verehrt. Das wird vor allem wegen der häufig auftauchenden phallischen Steinsäulen vermutet. Sie werden oft als Sinnbilder eines zeugenden Gottes, Partner der Großen Mutter, gedeutet. Darstellungen von männlichen Figuren fehlen ganz. Erst in Tarxien tauchen Figuren von überdimensionaler Größe auf, die auf einen Wandel in der Gottesvorstellung hinweisen und als erste Anzeichen des Machtgedankens gedeutet werden können. In Tarxien tauchen erste Figuren auf, die an alte mesopotamische Beterfiguren erinnern, von denen schwer zu erkennen ist, ob sie weiblich oder männlich sind, und die oft als Priesterfiguren gedeutet werden.

Rätselhaft wie der Beginn der maltesischen Kultur bleibt auch ihr Ende. Um die Mitte des dritten Jahrtausends vor Chr. wurden die Inseln plötzlich verlassen. Alles Leben und mit ihm die großartige Tempelkultur erlosch. Es gibt darüber nur Mutmaßungen: War es eine Hungersnot, die die Bevölkerung zur Auswanderung gezwungen hat, eine Pestepidemie oder eine Flucht vor Angreifern aus dem Meer? Sicher ist, dass es keine Anzeichen von einer kriegerischen Auseinandersetzung gibt. Sicher ist auch, dass der Archipel jahrhundertelang unbewohnt blieb. Erst gegen 2000 v. Chr. erschienen neue Siedler unbekannter Herkunft. Sie brachten erstmalig Bronzewaffen nach Malta. Die Tempel von Malta könnten Teil einer globalen Hochkultur in archaischer Zeit gewesen sein. Malta war wahrscheinlich ein Zentrum in einem weiten spirituellen Netzwerk. Es scheinen Verbindungslinien vom maltesischen Archipel in alle Himmelsrichtungen auszugehen, die zu tun haben mit einem - möglicherweise weltweiten - Verehrungskult der Großen Göttin und einer entsprechenden matriarchalen Ordnung.

Es folgen jetzt einige Bemerkungen zu den einzelnen Tempeln:

Ggantija

Mit dem Südtempel der Ggantija, des Doppelheiligtums auf der Hochfläche von Gozo, begann gegen 3600 v. Chr. die Ära der maltesischen Riesentempel. Deutlich ist, dass er von Anbeginn als ein titanisches Werk geplant war, als Brennpunkt einer Zone, in der sich noch mindestens drei kleinere Heiligtümer und der mysteriöse Brocktorff-Kreis (ein Steinkreis) befanden. (18)

Hagar Qim und Mnajdra

Der erste Tempel der Ggantija stand bereits auf Gozo, als über der steilen Südküste von Malta ein neues religiöses Zentrum geschaffen wurde, eine heilige Zone, in der innerhalb einiger Jahrhunderte mehrere bedeutende Sakralstätten entstanden.

Am Rande der Geröllabstürze zum Meer liegen die Ruinen der drei Mnajdra-Tempel in einer Mulde. Weiter oben thront Hagar Qim. Die Angaben darüber, wann sie errichtet wurden, schwanken. Man vermutet, dass der älteste Teil der Mnajdra aus der zweiten Hälfte des vierten Jahrtausends v. Chr. stammt. Allerdings gehen die Zahlenangaben in immer frühere Zeiten zurück. Man nimmt allgemein an, dass die Tempel als Orakelstätten genutzt wurden.

"Der Anblick der Hagar Qim, deren Name "Steine des Gebets" bedeutet, ist noch heute atemberaubend. Vor dem Altar lagen fünf weibliche Figuren. Vom zweiten Querschiff ist nur die rechte Apsis vorhanden, die wahrscheinlich der Befragung eines Orakels diente. Ein Ring kleiner Platten verwandelte den Raum in das Innere eines magischen Kreises, in dem man die Botschaften der Gottheiten erwartete ..."(18)

Die Mnajdra, deren zerklüftete Mauern vor dem grenzenlosen Hintergrund von See und Himmel aus einer leeren, harten Steinlandschaft wachsen, hat wie keine andere der oberirdischen Kultstätten das Fluidum eines Ortes uralter mystischer Erfahrungen bewahrt. Das unterste Heiligtum war sicherlich das wichtigste. (18)

Hypogäum – Sanatorium im Schoß der Erde
Einzigartig in der Megalithkultur ist das unterirdische Heiligtum Hypogäum auf Malta. Die runden Kuppelsäle mit ihren Apsiden sind unterirdisch in den gewachsenen Stein gehauen. Ihr Grundriss erinnert, wie der oberirdische Tempel, an die Form des weiblichen Körpers. Mit spiral- und kreisförmigen Mustern in rituellem Rot sind die Decken und   Wände der Kuppelsäle geschmückt. In den weiten, runden Räumen hinterlassene Votivgaben und auch die Frauenstatuetten in außergewöhnlichen Haltungen weisen darauf hin, dass es sich bei dem Hypogäum um eine Heilstätte im Schoß der Erde handelt. Hier wurde auch die berühmte "Schlafende Dame" gefunden, die wahrscheinlich eine Priesterin im heiligen Orakelschlaf darstellt. Wie damals üblich, waren alle Abbildungen von Göttern und Menschen sehr klein, so misst die schlafende Priesterin trotz ihres

voluminösen Leibes nur ca. 14 cm. Im Hypogäum finden wir auch das Zeichen des Lebensbaumes als Wandgemälde vor. (21)

Mgarr

Ta`Hagrat wird der Tempel bei Mgarr genannt. Er wurde in den Jahren 1925-27 erforscht. Mgarr liegt etwa 15 km westlich von Valletta. Die Ruinen bestehen aus zwei Gebäudegruppen. Im Grundrissplan hat der Hauptgebäudeteil die Gestalt einer dreilappigen Figur, wie das Kreuz-As von Spielkarten. Der Tempel liegt in der Nähe von dem Heiligtum bei Zebbieh. Beide gehören zu den ältesten Tempeln auf Malta und bilden sicher eine Einheit. (25)

Steinkreis "Brocktorff-Circle"

Dreihundert Meter südwestlich der Ggantija-Ruinen liegt der wiederentdeckte prähistorische "Brocktorff-Circle". Der megalithische Steinkreis, etwa 45 m im Durchmesser, wurde zum ersten Mal von J. Houel um 1770 skizziert. Heute findet man nur noch drei in Feldmauern integrierte Megalithen. Eine Ausgrabung wurde 1820 durchgeführt. Zur gleichen Zeit malte C. de Brocktorff Aquarelle von diesem Platz. Einige Jahre später ebnete ein Bauer diesen Platz ein und schuf somit bebaubares Land. Die meisten Megalithen zerbrach er und baute damit ein Farmhaus in der Nähe. Erst im Jahre 1965 wurde der Brocktorff-Circle wiederentdeckt.

Tarxien

Die Tarxien-Ruinen sind besser erhalten als viele andere. Sie wurden in den Jahren zwischen 1914 und 1920 entdeckt und ausgegraben. Die Tempel gehören zu den jüngsten auf Malta, sie wurden in der Zeit zwischen 3000 und 2500 v. Chr. errichtet. Hinweise in den Tempelanlagen von Tarxien deuten auf das Auftauchen einer neuen Macht von theokratischen Priestern, die sich im Laufe der Zeit durchsetzte und der ursprünglichen Hochkultur ein Ende bereitete. Schattenhafte

Spuren lassen Verbindungen zum Nahen Osten ahnen.
(18/25)

Zebbieh

Zusammen mit den Ruinen von Mgarr einer der ältesten
Tempelreste aus der Skorba-Zeit um 4000 v. Chr. Die einzigen
Ruinenreste hier sind einige aufrecht stehende Megalithen.
Die Reste von drei kreisförmigen Anlagen wurden aufgedeckt.
Zebbieh liegt nicht weit entfernt von Mgarr.

TIERSYMBOLE:

Fisch

Der Fisch war - als Wesen des Wassers und Symbol des
Großen Unbewussten, auch als Zeichen der weiblichen
Yoni - ein überall in der Welt verbreitetes Symbol für die
Große Mutter. Das Symbol des Fisches finden wir in vielen
Frühkulturen. Auch in der minoischen Kultur auf Kreta
wurde es oft verwendet. Die chinesische Große Mutter Kwan-
yin (Yoni aller Yonis) wurde häufig als Fischgöttin dargestellt.
Im Griechischen waren Fisch und Schoß Synonyme. Beide
hießen Delphos. Das Delphische Orakel gehörte ursprünglich
der Fischgöttin.

Die KeltInnen glaubten, dass das Essen von Fisch neues
Leben in den Schoß der Mutter pflanzen könnte. Das
Fischsymbol der yonischen Göttin fand die gesamte römische
Kaiserzeit hindurch so große Verehrung, dass die christlichen
Herrscher darauf bestanden, es zu übernehmen; dies geschah
allerdings erst nach einer umfassenden Überarbeitung der
überlieferten Mythen, durch die sorgfältig sämtliche das
weibliche Geschlecht betreffenden Bedeutungen ausgemerzt
wurden. Einige Christen behaupteten, dass der Fisch Christus
repräsentiere, weil das griechische Wort für Fisch - "ichthys"
- ein Akronym war für "Jesus, Christus, Gottes Sohn, der
Retter".

Schlange

Die alte Welt verehrte in erster Linie Frauen und Schlangen. In Ägypten war wie in Indien die erste Schlange eine Totemform der Großen Mutter selbst. Ägyptens archaische Schöpfungsmutter war eine Schlange. Die ägyptische Uräus-Schlange war eine Hieroglyphe für "Göttin". In Palästina wurde die Schlange schon verehrt, lange bevor es den Jahwe-Kult gab. In vielen gnostischen Schriften wird die Schlange des Paradieses dafür gepriesen, dass sie der Menschheit gegen den Willen eines tyrannischen Gottes, der die Menschen in Unwissenheit halten wollte, das "Licht" des Wissens gebracht hat. In einem gnostischen Evangelium heißt es: Das weibliche Prinzip der Spiritualität kam von der Schlange, der Unterweiserin, und sie lehrte sie und sprach: "Ihr werdet nicht sterben, denn es war aus Eifersucht, was er euch da sagte. Im Gegenteil werden eure Augen geöffnet werden und ihr werdet den Göttern gleich werden und Gut und Böse unterscheiden."(22)

WEITERE BEGRIFFE:

Kunst in frühen Epochen

Ein scharfer Kontrast zur Kunst späterer Epochen liegt darin, dass in der Kunst des Neolithikums idealisierende Darstellungen von bewaffneter Macht, von Grausamkeiten und Gewaltherrschaft vollkommen fehlen. Es gibt keinerlei Darstellungen von "edlen Kriegern" oder Schlachtszenen, keinerlei "heldenhafte Eroberer", die ihre Gefangenen in Ketten legen, noch irgendwelche anderen Beweise für Sklaverei. (5)

Labyrinth

Die mystische Bedeutung, die dem Entwurf eines Labyrinthes zugrunde lag, war eine Reise in die jenseitige und die Rückkehr in die diesseitige Welt, vergleichbar den zyklischen Reisen des heiligen Königs in den Tod und seiner anschließenden Wiedergeburt. Frühe Darstellungen des Labyrinths etwa auf Münzen, Höhlen, Gräbern usw. bezogen sich auf den Erdenschoß. Das klassische Labyrinth war kein Irrgarten, es bestand aus nur einem verschlungenen Pfad, der durch das gesamte Labyrinth führte. Sie waren fast immer mit einer Höhle verbunden. (21)

Mondzyklen und heilige Quellen
Die Alten wussten, dass einige Quellen und gewisse Steine, getrunken bzw. zu bestimmten Zeiten auf bestimmte Art berührt oder umarmt, Tiere und Menschen regenerieren und wiederbeleben konnten. Heilige Quellen und heilige Steine schienen eine Kraft zu beinhalten und zu verströmen, die periodisch ab- und zunahm. Die Mondphasen sind Teil des großen kosmischen Tanzes, an dem alles teilhat: die Bewegung der Gestirne, der Puls der Gezeiten, der Kreislauf von Blut und Säften bei Tieren und Pflanzen. Die Beobachtung des Nachthimmels, der Sterne und besonders des Mondes war der Anfang der Mathematik und der Naturwissenschaften. (22)

Spirale
Seit der Eiszeit gilt die Spirale als Symbol der fortwährenden kosmisch-weiblichen Lebensschöpfungskraft. Sie findet sich auf neolithischen Keramikgefäßen ebenso wie auf den verehrten Frauenfiguren.

Als heilige Zeichen haben Spiralen gerade in der Megalithkultur, in den Tempeln und Heiligtümern der Großen Göttin, einen zentralen Platz, so zum Beispiel die - häufig als strafende Augen der Göttin missdeuteten - Spiralenpaare an den Schwellen und Durchgängen des Tempels von Tarxien auf Malta. Noch eindrucksvoller als die Spiralenpaare symbolisieren Spiralengebinde die fortwährende Lebenskraft. (12)

In der Zeitschrift "emotion" (Nr. 10, 1992) fand ich weitere interessante Hinweise auf die Spirale. Nach

Wilhelm Reich ist die Spirale eine der wichtigsten Bewegungsformen der Orgonenergie. Die Spirale ist eine universelle Grundform der Natur und eine Grundbewegungsform für Materialisierungsvorgänge (und, wie ich hinzufügen möchte, in umgekehrter Drehrichtung für Entmaterialisierungsvorgänge). Die Erforschung der Urkulturen legt die Vermutung nahe, dass die Spiralform keineswegs nur eine rein ästhetische Bedeutung hatte, sondern bereits Ausdruck einer sehr weit in die Urgeschichte zurückreichenden Kenntnis der kosmischen Lebensenergie war. "Es besteht also durchaus die Möglichkeit, dass mit dieser altsteinzeitlichen Darstellung der Doppelspirale bereits die "normalerweise" überhaupt nicht mehr wahrnehmbare, am Anfang jedes Schöpfungsprozesses stehende Wirbelbewegung im kosmischen Lebensenergie-Ozean gemeint ist." (27) In diesem Zusammenhang wird auch die sogenannte "Tüpfelstruktur" auf einigen Tempelmauern von Malta interessant, die auffällig an die orgonotischen Partikelchen in sonniger Luft erinnern. Sie kann als eine Darstellung kosmischer Lebensenergie gedeutet werden. (27)

LITERATURVERZEICHNIS

1. Heide Göttner-Abendroth: Das Matriarchat. Stammesgemeinschaften in Ostasien, Ozeanien, Amerika. Stuttgart, Berlin, Köln 1991

2. Karl Heinz Deschner: Das Kreuz mit der Kirche. Eine Sexualgeschichte des Christentums. Düsseldorf, Wien 1974

3. Dieter Duhm: Der unerlöste Eros. Belzig 1998

4. Dieter Duhm: Die Heilige Matrix. Von der Matrix der Gewalt zur Matrix des Lebens. Grundlagen einer neuen Zivilisation. Belzig 2005

5. Riane Eisler: Kelch und Schwert. Von der Herrschaft zur Partnerschaft. München 1998

6. Eluan Ghazal: Schlangenkult und Tempelliebe. Sakrale Erotik in archaischen Gesellschaften. Berlin 1995

7. Marija Gimbutas: Die Sprache der Göttin. Frankfurt/M. 1995

8. Marija Gimbutas: Die Zivilisation der Göttin. Frankfurt/M. 1996

9. Elisabeth Gould-Davis: Am Anfang war die Frau. Die neue Zivilisationsgeschichte aus weiblicher Sicht. München 1980

10. Herbert Gottschalk: Lexikon der Mythologie. Berlin 1993

11. Konstanzer Kleines Bibellexikon. Konstanz 1962

12. Annette Kuhn (Hrsg.): Die Chronik der Frauen.
Dortmund 1992

13. Michael Ladwein. Chartres. Ein Führer durch die
Kathedrale. Stuttgart 1998

14. Sabine Lichtenfels: Traumsteine. Reise in das Zeitalter
der sinnlichen Erfüllung. München 2000

15. Sabine Lichtenfels: Weiche Macht. Perspektiven für
ein neues Frauenbewusstsein und eine neue Liebe zu den
Männern. Belzig 1996

**16. Sabine Lichtenfels: Die Geschichte von Manu und
Meret**. Themenheft. Zu beziehen über Verlag Meiga.

17. Norbert Muigg: Sprache des Herzens. Begegnungen
mit Weisen der Maya. Wien 1999

18. Sigrid Neubert: Die Tempel von Malta. Das Mysterium
der Megalithenbauten. Bergisch Gladbach 1988

19. G. Riemann (Hrsg.): I-Ging. Das Orakel und
Weisheitsbuch Chinas. München 1994

20. Alfons Rosenberg: Christliche Bildmeditation.
München 1991

21. Barbara G. Walker: Das geheime Wissen der Frauen.
Frankfurt/M. 1993

22. Monica Sjöö, Barbara Mor: Wiederkehr der Göttin.
Braunschweig 1985

23. Dhyani Ywahoo: Am Feuer der Weisheit. Lehren der
Cherokee Indianer. Zürich, München 1993

24. Hans-Joachim Zillmer: Darwins Irrtum. München 1998

25. Die prähistorischen Tempel von Malta und Gozo. Eine Beschreibung von Prof. Sir Themistocks Zammit. 1995

26. Malta. dtv Merian Reiseführer. München 1997

27. Zeitschriftenreihe Emotion. Beiträge zum Werk von Wilhelm Reich. Nr. 10. Berlin 1992

Projekte von Sabine Lichtenfels

Friedensforschungszentrum Tamera in Portugal

Sabine Lichtenfels ist Mitgründerin des "Heilungsbiotopes Tamera" in Portugal. Ziel dieses Forschungs- und Ausbildungsprojektes ist es, ein autarkes Modell einer Zukunftsgesellschaft zu errichten, in der Gewalt, Angst, Haß und Eifersucht strukturell ersetzt sind durch Vertrauen, Solidarität und globale Anteilnahme.
www.tamera.org

Spirituelle Ökonomie – Humanisierung des Geldes

Seit vielen Jahren setzt sich Sabine Lichtenfels für die „Humanisierung des Geldes" ein. Ihr Motto: Ein Friedensdorf statt einen Panzer.

Sie gründete die „GRACE-Stiftung", um Gelder anzuziehen für Projekte wie den "Global Campus", eine Initiative, die weltweit Friedens- und Zukunftsprojekte unterstützt und miteinander vernetzt.
www.the-grace-foundation.com

Global GRACE Day

Am 9. November, dem Jahresag der Reichspogromnacht (1938) und des Mauerfalls in Berlin (1989) ruft Sabine Lichtenfels zu weltweiten Aktionen auf im Namen von GRACE.
www.global-grace-day.com

Internationale Friedenspilgerschaften

Seit einigen Jahren leitet sie einmal im Jahr mehrwöchige Friedenspilgerschaften mit zum Teil mehreren Hundert internationalen TeilnehmerInnen.
www.grace-pilgrimage.com

Spirituelle Forschung und Lithopunkturkreis – die „urgeschichtliche Utopie"
In Tamera errichtet Sabine Lichtenfels in Kooperation mit den Geomanten Marko Pogacnik und Peter Frank einen Steinkreis: ein „Gesamtkunstwerk, das Menschenkräfte, Naturkräfte und kosmische Kräfte zusammenführt, ein Akupunkturpunkt für die Erdheilung."

"Grace - Schule des Lebens"
Sabine Lichtenfels ist eine Identifikationsfigur für Frauen, die beginnen, ihre sexuelle Natur zu bejahen und dafür Verantwortung zu übernehmen. Ihre Schule für ein neues Frauenbewusstsein und eine neue Liebe zu den Männern dient der Entwicklung weiblichen Wissens, der Wahrheit in Liebe und Eros und der Überwindung des Geschlechterkampfes.

Ring der Kraft
Regelmäßig schickt Sabine Lichtenfels per E-Mail auf deutsch und englisch einen Meditationstext und einen Gruß an ein wachsendes Netzwerk von Friedensarbeiterinnen und Friedensarbeitern: den "Ring der Kraft". Wer teilnehmen möchte, schreibe bitte ein Mail an:
ring-der-kraft@sabine-lichtenfels.com

KONTAKT ZU SABINE LICHTENFELS:
GRACE Office
Tamera, Monte do Cerro
P-7630 Colos/Portugal
Tel: 00351-283 635 484
Fax: 00351-283 635 374

WWW.SABINE-LICHTENFELS.COM